BASTEI
LÜBBE

Über die Autorin:

Elizabeth Boyle lebt mit ihrem Ehemann und ihrem Sohn in Seattle, Washington. Sie hat einige andere Berufe ausgeübt, bis sie entschied, sich ganz dem Schreiben von Liebesromanen zu widmen. Bisher sind von ihr erschienen: *Eine Frau, so stolz und sinnlich* (Band 18179), *Verführerische Schwindlerin* (Band 18241) und *Der Schwur der Liebe* (Band 18258). Weitere Informationen über diese Autorin finden Sie unter http://www.elizabethboyle.com.

ELIZABETH BOYLE

Betört von seinen heißen Blicken

ROMAN

Ins Deutsche übertragen von
Bettina Albrod

BASTEI
LÜBBE

BASTEI LÜBBE TASCHENBUCH
Band 18 287

1. Auflage: November 2001

Vollständige Taschenbuchausgabe

Titel der amerikanischen Originalausgabe: No marriage of convenience

Published by arrangement with HarperCollins Publishers, Inc.

Titelillustration: SPIAS/Agentur Thomas Schlück GmbH
Umschlaggestaltung: Beate Stefer
Satz: Heinrich Fanslau, EDV & Kommunikation, Düsseldorf
Druck und Verarbeitung: AIT Trondheim
Printed in Norway
ISBN 3-404-18287-1

Für den anderen Geschichtenerzähler in unserer Familie, meinen Vater Denton Herlan.
Danke, dass du mir beigebracht hast,
was man alles aus einer Fischgeschichte
herausholen kann und wie man
das dann noch übertrifft.
Mit Liebe und größter Anerkennung,

Lizzie

PROLOG

London, 1772

»Mutter, wohin schickst du mich? Du kannst mich doch nicht bis in alle Ewigkeit verstecken!«

Die zornige Stimme drang von draußen bis zum Frühstückssalon, in dem die Countess die erste Mahlzeit des Tages zu sich zu nehmen pflegte. Die Lady sammelte all ihre Reserviertheit, zu der sie dank ihrer adeligen Herkunft erzogen worden war, setzte die Teetasse ab und wartete auf den nächsten Wutausbruch. Als sie gerade die Serviette an die Lippen führte, platzte ihre Tochter Elise ins Zimmer. Zwei Diener folgten der jungen Frau auf den Fersen, packten sie an den Armen und versuchten, sie zurück in die Halle zu zerren, die Gesichter ängstlich und um Verzeihung bittend verzogen.

Nur gut, dass sie wenigstens Angst haben, dachte die Countess, *wenn sie schon eine solche Szene in meinem Haus zulassen.*

Ehe sie auch nur einen der beiden Bediensteten tadeln konnte, riss ihre skandalumwitterte Tochter sich von ihren Häschern los und stürmte auf die Countess zu.

»Was hast du diesmal vor, Mutter?«, schrie Elise und ließ ihre Faust mit solcher Kraft auf die Tischplatte sausen, dass die eleganten Teetassen auf den Untertassen klapperten. »Mich nach Bedlam einweisen lassen? Ich bin eine verheiratete Frau, die ein Kind erwartet, und keine pockennarbig Hafenhure!«

Die Countess erbleichte angesichts des vulgären Auftritts ihrer Tochter. Sie hüstelte verlegen und winkte dem gaffenden Mädchen und dem immer präsenten Butler, das Zimmer zu verlassen. Dann entließ sie auch die Diener mit einem Nicken. Als die Schritte der Bediensteten verklungen waren, griff die Countess nach ihrem goldverzierten Stock, erhob sich und wandte sich zu ihrem einzigen Kind um.

Im Raum herrschte angespanntes Schweigen. Die beiden Frauen maßen einander mit wütenden Blicken, und ihre dickköpfige Entschlossenheit machte sie zu Spiegelbildern ihrer selbst.

Warum nur hatte sie keinen Sohn geboren, beklagte die Countess innerlich. Auch wenn der Name und der Besitz ihres Mannes so angelegt waren, dass sie auch an eine Tochter vererbt werden konnten, war Elise es nicht wert, den edlen Namen zu tragen – nicht bei ihren Mätzchen und unwürdigen Bekanntschaften.

Die Ehre und der Anstand der Familie mussten gewahrt bleiben, egal um welchen Preis.

»Mutter, ich will wissen, wo du mich hinschickst«, wiederholte Elise, und Hohn und Verachtung klangen in ihren Worten mit. »Ich habe bei meiner eigenen Zukunft doch wohl auch ein Wörtchen mitzureden. Und ich lasse mich nicht länger wie ein Kind behandeln.«

Als die Countess sich erneut diesem unnachgiebigen Trotz gegenübersah, verlor sie alle Beherrschung, um die sie sich so bemüht hatte. Ohne mit der Wimper zu zucken, schlug sie ihrer Tochter mit aller Kraft ins Gesicht.

Der Schlag ließ Elise in die Knie gehen.

Die Countess ballte ihre schmerzende Hand und fuhr fort, ihre Tochter wütend zu mustern.

Elise kauerte auf dem Boden und sah durch ihre dichten, dunklen Haare, die sich durch den Schlag gelöst hatten und sie wie eine dunkle Woge umgaben, zu ihrer Mutter auf. »Wie kannst du es wagen«, keuchte sie. »Ich bin schwanger!«

»Das habe ich schon beim ersten Mal verstanden!« Die Countess stieß ihren Stock auf den polierten Parkettboden. »Sag es doch gleich so laut, dass dich auch die Milchmagd hören kann.«

Elise kämpfte sich auf die Füße und hob rebellisch das Kinn. »Wenn ich erst einmal aus diesem Haus raus bin, sage ich es so laut, dass mich ganz London hören kann.«

»Oh, keine Sorge. Du wirst schon bald weggehen. Aber bilde dir nur nicht ein, dass du eine noch größere Närrin aus dir machen kannst.« Die Countess setzte sich wieder auf ihren Platz an dem kleinen Tisch. Sie holte tief Luft, um ihre zitternden Hände zu beruhigen, und goss sich eine weitere Tasse Tee ein.

Elise trat näher. »Ist es dein Ernst, dass du mich aus London fortschicken willst?«

Der Countess kam es so vor, als hätte Elises Stimme bei der Frage einen besorgten Unterton, und sie lächelte innerlich über diesen ersten kleinen Sieg in der Schlacht um Elises unüberlegtes Durchbrennen mit Geoffrey Stoppard. Bis vor fünfzehn Jahren waren die Stoppards nicht mehr gewesen als einfache Tuchhändler, ehe sie sich in dem armseligen Bemühen, sich über ihre gewöhnliche Herkunft zu erheben, einen Adelstitel erkauft hatten, und sich seitdem Barone nannten. Geoffrey als der dritte Sohn hatte sich ein höheres Ziel gesetzt, als es selbst sein ehrgeiziger Vater für ihn angestrebt hätte.

Und Elise hatte ihm die Gelegenheit gegeben, es zu erreichen.

Denn als Elises Ehemann würde Geoffrey Stoppard nicht nur die Hand auf ihr Vermögen legen können, sondern laut Gesetz auch noch Anspruch auf den Titel erheben können, den der Tod von Elises Vater freigelassen hatte – den Titel eines Earl.

Die Countess erschauerte, als sie sich die unvorstellbare Verbindung ihrer Tochter mit diesem ... diesem ... berechnenden Kaufmannssohn vorstellte. Oder noch schlimmer, die Vorstellung, dass dieser Emporkömmling den Titel ihres Mannes annehmen könnte.

Was würde die gute Gesellschaft dazu sagen, wenn sich dieser gewöhnliche Mann plötzlich aus seiner niedrigen Herkunft zum Träger eines der ranghöchsten Titel des Hochadels aufschwingen würde – und alles nur, weil sie nicht in der Lage gewesen war, ihre ungebärdige Tochter zu zügeln?

Zumindest war es ihr gelungen, diese Blamage zu verhindern – wenn auch nur durch Härte und hohe Bestechungsgelder. Die Countess hatte alle Gerüchte von Elises Durchbrennen im Frühjahr erstickt und innerlich frohlockt, als die arrogante Art Stoppards dazu geführt hatte, dass er in Schottland – bei der Rückkehr aus den Flitterwochen – von Wegelagerern getötet worden war.

Die ganze Geschichte hätte totgeschwiegen und unter den Teppich gekehrt werden können, wenn das nicht wäre, dachte die Countess mit einem düsteren Blick auf den wachsenden Leibesumfang ihrer Tochter – die letzte

Erinnerung an Stoppards kühnes Vorpreschen und die ungezügelte Art ihrer Tochter.

»Wohin schickst du mich, Mutter?« Elises beharrliches Nachfragen durchbrach die Überlegungen ihrer Mutter.

Die Gräfin wählte ein Brötchen aus und begann, es langsam und präzise mit Butter zu bestreichen. »Ich beabsichtige, dich weit genug wegzuschicken, dass dein beschämender Zustand nicht entdeckt wird.«

Elise erschauerte. »Warum? Weil Geoffrey nicht über all die Titel und Verbindungen verfügte, die dir so wichtig sind? Mir ist das egal. Ich habe meinen Mann geliebt, und ich bin stolz darauf, sein Kind zu tragen. So wird wenigstens ein Teil von ihm weiterleben.«

Wut verschleierte den Blick der Countess. »Ich bezweifle, dass dein kostbarer Geoffrey solche Ergebenheit zu schätzen gewusst hätte, denn ihm ging es doch nur um den Titel und das Geld, die ihm die Ehe mit dir eingebracht hätten.«

Elise schüttelte den Kopf. »Ihm waren solche Dinge völlig egal. Er hätte mich auch geliebt, wenn ich arm wie eine Kirchenmaus gewesen wäre. Das hat er mir selber gesagt.«

Die Countess schnaubte. »Dasselbe hat er zu Lord Eastons Tochter gesagt, als er letzten Herbst versucht hat, mit ihr durchzubrennen.«

Elise erbleichte. »Cynthia?«

»Ja, Lady Cynthia. Zum Glück hat ihr Dienstmädchen ihre Pläne verraten, sodass Lord Easton sie aufhalten konnte, ehe das dumme Mädchen sich ruinieren konnte.« Die Countess schwieg und warf Elise einen Blick zu. »Ich dachte, du weißt das – fast alle wissen davon. Aber ich sehe an deinem Blick, dass du es nicht wusstest.« Die Countess wandte den Blick ab und wartete darauf, dass ihre Lüge in das von Liebe vernebelte Hirn ihrer Tochter vordrang.

»Was kümmert es mich, was Geoffrey getan hat, ehe wir …« Elise kämpfte vergeblich darum, ihren toten Ehemann zu verteidigen.

»Geheiratet haben?«, beendete ihre Mutter den Satz für sie. »Da wäre ich mir nicht so sicher. Für diese Ehe gibt es keine Beweise, wie du sehr gut weißt, denn du hast es zugelassen, dass die Papiere dir zusammen mit deinen anderen Besitztümern gestohlen wurden. Und warum solltest du überhaupt darauf bestehen wollen? Bedenke doch, du dummes Gör, was eine solche Verbindung für unsere Familie bedeuten würde: Sein Vater wird als Vormund für den Bastard eintreten und sich die Kontrolle über dein Erbe sichern. Wenn diesem Kind etwas zustoßen sollte, wäre der Titel zwar sicher, aber all unser Besitz und unsere Ländereien würden an diesen Tuchhändler und seine hassenswerte Nachkommenschaft übergehen. Nein, besser wir kehren die ganze Angelegenheit unter den Teppich. Und für dich ist es das Beste, wenn du dieses Kind vergisst.«

Elise schüttelte den Kopf. »Mein Kind vergessen? Niemals.« Sie richtete sich zu ihrer vollen Größe auf. »Geoffreys Kind verdient einen Namen und ein Heim. Warum soll das Kind die Folgen deiner Wut über meine Ehe mit Geoffrey Stoppard zu spüren bekommen?«

Die Countess antwortete nicht und sah ihre Tochter nur kalt an.

»Wie kannst du dein eigenes Enkelkind verleugnen?«, wollte Elise wissen.

»Ich werde deine unglückliche Verbindung mit diesem Mann nie anerkennen, noch werde ich unseren geachteten Familiennamen seiner Nachkommenschaft überlassen«, kam die kühle Erwiderung. »Es steht zu viel auf dem Spiel.«

»Aber mein Kind verdient einen Namen.«

Die Countess hob die Brauen. Sie sah sich um und erblickte vor dem Kaminfeuer den Lieblingshund ihres verstorbenen Gatten. »Wenn du darauf bestehst, deinem kleinen Bastard einen Namen zu geben, dann nenne ihn doch Riley«, schlug sie höhnisch vor und deutete mit dem Finger auf den hässlichen alten Hund.

»Ich soll ihn nach einem Hund nennen?«

Elise schüttelte fassungslos den Kopf und sah aus dem Fenster. »Es muss einen anderen Weg geben. Ich werde mein Kind nicht aufgeben.«

Die Countess beugte sich vor. »Entweder du stimmst zu, oder du verbringst deine Tage bis an dein Lebensende in einem französischen Kloster. Lieber lebe ich ohne meine Tochter, als dass ich es zulasse, dass der Name unserer Familie entehrt wird.«

»Nicht einmal du kannst so grausam sein, dein einziges Kind in einem Kloster einzusperren.«

Die Countess hob eine Braue. »Meinst du? Lieber sehe ich mit an, wie der Cousin deines Vaters alles erbt, als dass ich dir erlaube, erneut einen Skandal über unsere Familie heraufzubeschwören. Gib den Bastard auf und heirate Tamlyn.«

»Mein Kind ist kein Bastard! Es hat einen Vater: meinen Ehemann.«

»Und wo ist er, Elise? Wo ist dein Beweis für eine Eheschließung?«, höhnte die Countess. »Ich kann es dir sagen – gestohlen, genau wie dieser berechnende Schuft deine Unschuld und deinen guten Ruf gestohlen hat.«

Nicht ohne Bedauern sah sie, dass Elise geschlagen die Schultern hängen ließ.

Noch ist nicht alles verloren, mein Kind, dachte die Mutter. *Du kannst zurückkommen und deine Position in der Gesellschaft als Tamlyns Frau einnehmen – und dann brillieren, so wie ich es getan habe*.

Von dem Moment an, als Elise mit sechzehn in die Gesellschaft eingeführt worden war, war sie mit ihren geheimnisvollen grünen Augen eine gefeierte Schönheit gewesen, auf die Gedichte verfasst wurden und deren leichtlebige und stets flirtbereite Art von Adeligen und Menschen niederer Herkunft gleichermaßen imitiert wurde. Jeder Mann zwischen siebzehn und siebzig suchte ihre Gesellschaft.

Langsam wandte Elise ihren Blick vom Fenster ab. Die Countess beobachtete sie scharf und wartete auf ein Zeichen, dass ihre Tochter die richtige Entscheidung treffen würde.

»Was soll es sein?«, fragte sie schließlich und drängte ihre Tochter innerlich, die richtige Entscheidung zu treffen. *Vergiss dieses Kind und heirate den Herzog!*

»Ich werde nach Frankreich gehen.« Elises grüne Augen brannten vor Hass. »Aber ich werde mein Kind nicht aufgeben, und Tamlyn werde ich auch nicht heiraten.«

Die Countess hörte einen gefährlichen Unterton aus den Worten ihrer Tochter heraus: Hoffnung … und einen Plan.

Nun, sie würde alle haarsträubenden Vorstellungen

hier und jetzt im Keim ersticken. »Glaub nicht, dass du deine Freiheit wiedererlangen wirst, nur weil du nach Frankreich gehst. Edrich und seine Brüder werden dich begleiten, und ich werde sie so gut bezahlen, dass sie es nicht wagen werden, meinen Zorn zu erregen.«

Die Countess erhob sich und stützte sich auf ihren Stock. »Sie werden dich unter Bewachung zum Schiff bringen, und während der Überfahrt wirst du in deiner Kabine eingeschlossen sein. Der Kapitän weiß über deine unglückliche Neigung zum Wahnsinn Bescheid und ist nur zu froh, dich hinter Schloss und Riegel zu wissen. Niemand wird deine Hilferufe hören, denn du wirst niemanden sehen und mit niemandem sprechen. In Frankreich wird es die Äbtissin nicht erlauben, dass du deine Zelle verlässt, bis das Kind auf der Welt ist. Und wenn du dich dann weiterhin weigerst, Tamlyn zu heiraten, wirst du bis zu deinem Lebensende im Kloster bleiben. Von dort gibt es kein Entkommen.«

»Himmel, und was wird aus meinem Kind?«, fragte Elise, Verzweiflung und Entsetzen in der Stimme.

Die Countess stieß ihren Stock hart auf den Boden, als könne sie damit die Bitterkeit vertreiben, die ihr in den letzten zwei Monaten fast das Herz zerrissen hätte. Sie würde es nicht zulassen, dass unkluge Gefühlsduselei sie von ihren Plänen abbrachte.

»Das ist nicht mehr mein Problem«, erwiderte die Countess. »Ich will nichts mehr mit dir zu tun haben. Du hast getan, was in deiner Macht steht, um den Namen unserer Familie durch dein vulgäres Verhalten und theatralisches Auftreten zu ruinieren. Die Tage, in denen du Schande über dieses Haus bringen konntest, sind vorüber. Falls du nicht zur Vernunft kommst, sobald die

Sache mit dem Kind erledigt ist, werde ich überall erzählen, dass du an einem Fieber gestorben bist.«

Auf ein Zeichen der Countess kamen die Diener wieder herein und ergriffen Elise mit starken Händen.

»Ich werde dir entkommen, Mutter. Und ich werde zurückkommen!«, schrie Elise, als sie aus dem Salon gezerrt wurde.

Obwohl sie tatsächlich entkam, kehrte sie nie mehr in das Haus ihrer Mutter zurück.

Aber Riley tat es.

1

London, 1798

»Mein Bruder hatte den Geschäftssinn eines Pelikans, Cousine Felicity«, erklärte Mason St. Clair, der neue Earl of Ashlin, und deutete auf seinen papierbedeckten Schreibtisch. »Sieh dir das an. Rechnungen für Kutschen, Rechnungen für Pferde. Ich habe einen Blick in die Ställe geworfen – wir haben keine Pferde. Und wir haben keine Kutschen. Es sieht ganz so aus, als habe Freddie die Dinge noch schneller verspielt, als er sie gekauft hat.«

Masons Erklärung schien seine ältere Verwandte, die züchtig und aufrecht auf einem Sofa in der Ecke saß, kaum aufzuregen.

»Frederick hat immer erklärt, dass das Leben ein Würfelspiel sei. Vielleicht solltest du mit dem Glücksspiel anfangen.« Sie nickte bekräftigend, als hätte sie gerade etwas aus der Bibel zitiert.

Der Earl ergriff ein paar Papiere und wedelte damit durch die Luft. »Genau das hat uns in so eine Situation gebracht. Das Glücksspiel und Freddies unkluge Investitionen. Ich habe noch nie jemanden gekannt, der so viel Geld für solchen Unsinn angelegt hat. Goldminen in Italien, chinesische Erfindungen, und dann auch noch ein Theater!« Der Earl schüttelte den Kopf. »Das kann auch nur meinem Bruder passieren, dass er sein Geld in irgendein armseliges Etablissement in der Brydge Street steckt.«

»Wirklich, mein Lieber, du solltest nicht schlecht über einen Toten reden«, bemerkte Felicity mit einem Aufschluchzen. Kein Tag verging, ohne dass sie nicht irgendetwas fand, worüber sie Tränen vergießen konnte, vor allem, wenn es um Frederick ging. »Meine arme Caro und der liebe Frederick ... sind erst ... haben erst ...« Cousine Felicitys verstummte, unfähig, den Satz zu vollenden. Mit zitternder Hand griff sie nach ihrem Seidentüchlein, das immer griffbereit war, und schnäuzte sich theatralisch. Mit tränennassen blauen Augen sah sie verloren zu Mason auf, und das ließ sie zerbrechlicher erscheinen, als es ihre rund fünfzig Lebensjahre rechtfertigten.

Mason seufzte. »Ich weiß, dass die letzten sieben Monate für dich und die Mädchen nicht einfach waren. Aber unsere Probleme werden nicht dadurch gelöst, dass man sie jeden Tag beweint. Die Gläubiger werden langsam ungeduldig, Cousine. Wenn wir nicht einen Weg finden, um wenigstens die drängendsten Verpflichtungen zu bezahlen ... finden wir uns bald auf der Straße wieder.«

»Unsinn, mein Junge«, erklärte Cousine Felicity entschieden und vergaß ihre Tränen, als sie sich zurücklehnte und nach ihrer Stickerei griff. »Du bist der Earl of Ashlin. Sie würden es nicht wagen, uns auf die Straße zu setzen. Ehrenschulden treibt man nicht ein.« Sie beugte sich vertraulich vor. »Das hat Frederick mir immer gesagt, wenn meine Schneiderin unverschämt wurde und ihr Geld haben wollte.«

»Es tut mir leid, dass ich schlechte Nachrichten für

dich habe, Cousine, aber Schulden werden immer eingetrieben – Ehrenschulden oder nicht.«

»Aber Frederick hat gesagt...«

Der Earl hob die Hand, um einen weiteren Vortrag von Frederickismus zu stoppen. Selbst Masons Geduld hatte ihre Grenzen, wenn es um die Heiligkeit und unsinnigen Sprüche seines Bruders ging, die Cousine Felicity täglich zitierte.

»Also wirklich, Mason, du hattest auch als Kind schon diesen Hang zur Übertreibung. Ich dachte allerdings, dass du das inzwischen abgelegt hättest. Unsere Situation kann ja wohl kaum so ernst sein, wie du behauptest.«

»Leider doch. Sie könnte kaum ernster sein.«

»Wenn das so ist, kannst du dir ein ordentliches Vermögen sichern, indem du Miss Pindar heiratest«, schlug Felicity vor. »Die Trauerzeit für ihren Vater ist gerade beendet, und ich habe gehört, dass sie sehr gut dasteht. Ja, das wäre die perfekte Lösung.« Sie wandte sich wieder ihrer Handarbeit zu.

Mason beugte sich über die Papierberge und warf seiner Cousine einen – wie er hoffte – scharfen Blick zu.

Miss Pindar heiraten?

Lieber ließe er sich nach Botany Bay bringen. Das Mädchen verkörperte genau den dümmlichen Typ, den er so hasste. Außerdem hatte er sich als Junggeselle immer sehr wohl gefühlt und nie ernsthaft ans Heiraten gedacht.

Aber wenn Cousine Felicity über Hochzeiten reden wollte, konnte er mithalten.

»Cousine Felicity, warum heiratest du nicht Lord Chilton?«

Cousine Felicity wurde rot, als der Name des heiratsunwilligen Barons genannt wurde, mit dem sie seit zwanzig Jahren eine Romanze hatte. »Das wäre im Moment recht unpassend.« Wieder wandte sie sich ihrem Garn zu.

Mason wusste, dass sie damit sagen wollte, dass nicht um ihre Hand angehalten worden war. Nicht ein einziges Mal in all den Jahren! Oh, er hatte sie mit ihrem zögerlichen Verehrer nicht in Verlegenheit bringen wollen, aber das war der einzige Weg, um sie davon abzuhalten, ihn zu einer Heirat mit der grässlichen Miss Pindar zu bewegen. Nachdem er Cousine Felicity so erst einmal zum Schweigen gebracht hatte, wandte er sich wieder den Papieren zu.

»Himmel!«, rief Felicity aus und unterbrach damit seine Überlegungen, »hast du je an die Mitgift der Mädchen gedacht? Die könntest du doch beleihen.«

Mason schüttelte den Kopf. Er hätte wissen sollen, dass Cousine Felicity nie so leicht aufgab. »Frederick hat sich schon vor Jahren daran bedient«, erklärte er. »Selbst Carolines Witwensitz ist bis über das Dach belastet.«

Cousine Felicity sah entsetzt aus, als ihr der Ernst der Lage allmählich bewusst wurde. »Was sollen wir bloß machen?« Getreu ihrer Art brach sie in Tränen aus. »Nimm mein mühsam Erspartes. Ich habe ein bisschen beiseite gelegt … es gehört dir, mein lieber Junge. Nimm es, ich gebe es gerne«, erklärte sie unter Schluchzen.

»Nein bitte, Cousine Felicity.« Mason stand auf und setzte sich neben seine Cousine. Er konnte ihre Ersparnisse nicht annehmen; außerdem würden sie ohnehin nicht reichen, um auch nur eine der Forderungen bezahlen zu können. Aber vielleicht war sie jetzt bereit dazu, mit ihm über ihre Lage zu reden, was sie bisher nicht gewollt hatte, seit sie in sein Arbeitszimmer gekommen war, um ihn zu fragen, warum er den französischen Koch entlassen hatte. »Du weißt doch, wie es mir mit Tränen geht.«

»Aber die Mädchen …«, jammerte sie. »Wie sollen sie ohne Mitgift je einen Ehemann finden?«

Mason stöhnte. Nicht wieder das Thema Ehemann. Das war ja noch schlimmer als sein Verbot für sie, weiterhin wöchentlich zu ihrer Schneiderin zu gehen.

»Oh, Mason, das ist eine Katastrophe. Ich werde kein Wort mehr dazu sagen, dass der arme Henri gehen musste, aber die Mädchen brauchen einen Ehemann. Ich werde dafür tun, was in meiner Macht steht, denn ich habe ihnen allen hervorragende Partien versprochen.«

»Du hättest nie so ein Versprechen geben dürfen, Cousine Felicity.« Mason sprach leise und mit Schuldgefühlen, als er jetzt aussprach, was sie beide dachten. »In ganz England gibt es nicht genug Gold, um einen Mann dazu zu bringen, eines der Mädchen zu heiraten.«

Felicity öffnete den Mund, um zu protestieren, schloss ihn aber dann wieder.

Während Frederick und Caro mit ihrem Witz die Gesellschaft bezaubert hatten, hatte das attraktive Paar nichts von seinen Vorzügen an seine Kinder weitergegeben.

Cousine Felicity warf einen Blick zur Tür und sah dann wieder Mason an, ehe auch sie leise sagte: »Oh, zugegeben, sie sind ein wenig ungraziös, aber das liegt nur daran, dass Caro ihre Ausbildung vernachlässigt hat.« Sie seufzte. »Ich klatsche nicht gerne, aber ich muss sagen, dass ich nie verstanden habe, warum sie die Mädchen nicht in die Gesellschaft eingeführt hat. Caro hatte wahrscheinlich Angst, dass dann jeder merkt, dass sie selbst nicht mehr taufrisch war.« Cousine Felicity zupfte an einem losen Faden ihrer Handarbeit. »Mit der Zeit und ein bisschen Hilfe könnte Louisa sicher ganz vielversprechend werden. Und Beatrice und Margaret brauchen nur die richtige Anleitung, um ihre wahren Talente ans Licht zu bringen.«

Mason hätte fast gelacht, war aber zu ängstlich, um sie zu fragen, was für Talente das wohl sein konnten. Auch wenn er seine Nichten trotz aller Fehler herzlich gerne hatte, waren die Pläne seiner Cousine nur mit viel Zeit und Geld zu verwirklichen.

Beides hatten sie nicht.

Während Cousine Felicity die Namen möglicher Erzieher und Schulen nannte, warf Mason einen Blick auf den Berg von Schulden auf dem Schreibtisch und überlegte, was er tun konnte.

Als er vor sieben Monaten erfahren hatte, dass sein Bruder und seine Schwägerin bei einem Bootsunfall umgekommen waren, hatte er seine Position in Oxford mit der Absicht aufgegeben, den Familienbesitz zu übernehmen und sich um seine Nichten zu kümmern, bis sie bequem versorgt waren, um dann im Herbst wieder rechtzeitig zu Semesterbeginn nach Oxford zurückzukehren.

Doch seit Mason hier war, hatte er nichts anderes getan als zu versuchen, die komplizierten Geschäfte des Ashlin Besitzes zu entwirren. Erst hatte er mit dem Anwalt zusammen gearbeitet und dann die Besuche der Gläubiger ertragen müssen.

Diese Besuche, oh, wie er sie verabscheute.

Es tut mir leid, Mylord, wenn ich Sie einen Moment belästigen dürfte, es geht um diese Rechnung.

Ich hasse es, von solchen Dingen zu reden, Mylord, aber ich frage mich, wann Sie diese Rechnung begleichen können.

In letzter Zeit waren die Gläubiger nicht mehr so höflich.

Mylord, wenn nicht bald etwas geschieht, fürchte ich, dass ich zu anderen Mitteln greifen muss ...

Mason wusste, was sie tun mussten. Seinen Nichten und seiner Cousine würde nichts bleiben, selbst ihre Unterröcke und Strümpfe waren noch nicht bezahlt.

Bis vor ein paar Wochen war er entschlossen gewesen, alles zu verkaufen und nach Oxford zurückzugehen. Dort würde er so gut wie möglich für die Familie sorgen und vergessen, dass er je Erbe der Ashlin-Schulden gewesen war.

Das hatte er so lange geglaubt, bis er eines Abends in der Bibliothek auf eine zerfledderte Familienchronik gestoßen war. In seinem Drang, sich von den anrüchigen Machenschaften seines Bruders und Vaters zu befreien, war ihm nie bewusst gewesen, dass seine Vorfahren aus ganz anderem Holz geschnitzt gewesen waren.

Die Ashlins hatten schon zur Zeit der Kreuzzüge an der Seite des Königs gekämpft und Heinrich dem Tudorkönig als politische Berater gedient. Unter Königin Elizabeth hatten sie die Meere bereist, und die Ashlins hatten König Charles II geholfen, seinen Thron zurückzuerobern.

Statt Spielschulden, Mätressen und Skandale zu sammeln, waren die Ashlins, wie Mason entdeckte, einst für ihre Ehre und ihre Ergebenheit gegenüber König und Vaterlang berühmt gewesen. Deshalb lebten sie heute noch auf diesem Besitz.

Als Mason das Buch zu Ende gelesen hatte und schon der Morgen dämmerte, wusste er, dass er nur eines tun konnte.

Er musste verhindern, dass die Familie in weitere Skandale verwickelt wurde, und dem Namen Ashlin wieder zu seinem früheren Ansehen verhelfen.

Ein lautes Klopfen ließ Mason aus seinen Überlegungen aufschrecken und Cousine Felicity die Aufzählung möglicher Bewerber für die Mädchen unterbrechen.

Mason sah auf und entdeckte Belton auf der Schwelle, der seit zwei Generationen als Butler in der Familie war. Er blieb das treue Faktotum des Hauses. Als Kind hatte Mason immer gedacht, Belton sei alt. Wenn er den Butler heute ansah, schätzte er ihn auf siebzig Jahre – ein Alter, in dem andere im Lehnstuhl saßen und über Gicht klagten. Doch das einzige Anzeichen dafür, dass der Butler in den vergangenen Jahren gealtert war, war ein Hauch von Grau an den Schläfen.

»Ja, Belton, was gibts?«

»Mylord, eine *Person* wünscht Sie zu sehen«, verkündete der Butler mit einem leichten schottischen Akzent, der seine Herkunft verriet.

Mason wusste, was es bedeutete, wenn Belton aus seinem ansonsten guten Englisch ins Schottische rutschte – ein weiterer Gläubiger war erschienen. Belton verfügte über eine unchristliche Ablehnung gegenüber allen Kaufleuten, vor allem, wenn sie erwarteten, dass ihre Rechnungen auch bezahlt wurden. Das verriet sich jedes Mal in seinem Akzent.

»Schicken Sie ihn herein«, sagte Mason, erhob sich und trat zu dem Stuhl hinter Fredericks Mahagonischreibtisch.

»Wie Sie wünschen, Mylord.« Benton nickte und verließ den Raum.

Mason wandte sich zu seiner Cousine um, die im Begriff war, den Raum zu verlassen. »Fliehst du vor dem Sturm?«

»Ich verstehe nichts von diesen Dingen, mein Junge. Es ist sicher besser, wenn du mit diesen Leuten verhandelst.« Sie fuhr fort, Nadeln und Garne einzusammeln.

Mason durchschaute sie. »Nein, ich möchte, dass du bleibst. Es könnte ja auch deine Schneiderin sein.«

Als sie nicht auf ihn achtete und fortfuhr, ihre Sachen zusammenzuraffen, wusste Mason, dass ihn etwas Größeres erwartete.

»Ist das Kleid neu?« Er brauchte ihre Antwort gar nicht erst abzuwarten, denn ihr schuldbewusstes Gesicht verriet schon alles, was er wissen wollte. »Ich hoffe, das hat Lord Chilton bezahlt, nicht ich.«

Cousine Felicity öffnete den Mund, um zu erklären, wie unmöglich das wäre, aber sie brachte kein Wort heraus. Benton führte den ungebetenen Gast herein. Wenn Cousine Felicity den Mund eben schon weit geöffnet hatte, so schnappte sie jetzt wie ein Fisch auf dem Trockenen nach Luft, als Benton eine Frau hereinführte, deren Anblick ihr viel lieber war als der des bebrillten Wiesels von Gläubiger, den Mason erwartet hatte.

Mason wurde plötzlich sein Mangel an Manieren bewusst, und er sprang auf.

Auch wenn er wusste, dass seine Cousine viel zu kurzsichtig war, um die Frau genau sehen zu können, musste man schon blind sein, wenn einem das helle Grün ihres Kleides oder die reiche Silberstickerei entging.

Nach den vielen Rechnungen für Kleider, die Mason in der letzten Zeit erhalten hatte, wusste er sofort, dass diese Frau ein wandelndes Vermögen war. Allein ihr weitkrempiger Strohhut, die gepuderte Perücke und das reich bestickte Kleid würden schon genug Gold zusammenbringen, um die hartnäckigsten seiner Schuldner zu befriedigen.

Masons Inneres zog sich zusammen, als er sich genau das vorstellte – die Besucherin ihres Kleides entledigt und nur im Unterrock vor ihm stehend.

Diese Vorstellung fiel ihm ganz und gar nicht schwer, als sein Blick an ihren üppigen Brüsten hängen blieb, die aus dem tiefen Ausschnitt des Kleides quollen.

Himmel, er fing schon an wie Frederick zu denken.

Mason bemühte sich, sie wie ein Professor zu sehen, der das Für und Wider einer Theorie abwog.

Seine klassische Bildung sagte ihm, dass sie die Figur einer Venus und die Grazie einer Diana hatte. Aber alle Klassik hatte ihn nicht darauf vorbereitet, dass ihr Anblick ihm den Atem verschlagen würde.

Cousine Felicitys Aufkeuchen beim Anblick eines fremdländischen Mannes, der der Frau folgte, brachte Mason wieder zur Besinnung.

Dieser zweite Gast war ausgesprochen groß und kräftig – ein Eindruck, der durch den wuchtigen roten Seidenturban auf seinem Kopf noch verstärkt wurde. Über der breiten, fast entblößten Brust trug er einen reich bestickten Kaftan zu weißen Hosen, in deren Gürtel ein gefährlich aussehender sarazenischer Dolch glitzerte.

Welche unziemliche Gedanken Mason beim Anblick der Dame auch gehegt haben mochte, sie verschwanden unter dem bösen Blick ihres wild blickenden Begleiters sofort. Die Gesichtszüge des Mannes waren dunkel und scharf und ähnelten denen der heidnischen Soldaten zur Zeit der Kreuzzüge, über die Mason gelesen hatte. Wie seine Vorfahren im zwölften Jahrhundert sah auch dieser Mann so aus, als würde er nur zu gerne jemanden aufschlitzen, um seine Fertigkeit mit dem Dolch zu erproben.

Mason wandte sich wieder der Frau zu, die vor seinem Schreibtisch stehen geblieben war.

Höflich neigte sie den Kopf, und ihr verwirrendes Parfum drang ihm in die Nase.

Mason versuchte, eine Vorstellung von ihrem Gesicht zu bekommen, doch das meiste war hinter der breiten Krempe ihres Hutes verborgen. Er konnte erkennen, dass sie geschminkt war, aber wo andere Frauen damit ihre Schwächen verbargen, erhöhte es bei ihr nur ihre Vorzüge.

Puder und Rouge konnten die vollen Lippen nicht verbergen, die sanfte Linie ihrer Wangen oder das geheimnisvolle Grün ihrer Augen, als sie ihm einen verstohlenen Blick zuwarf.

Ehe Mason eine Begrüßung hervorbringen konnte, wandte die Frau sich an ihren Begleiter und streckte die Hand aus. Der Mann verbeugte sich und zog ohne zu zögern ein Bündel vertraut aussehender blauer Papiere aus seiner Tasche, die er der Dame übergab.

Mason wusste sofort, was das zu bedeuten hatte. Diese

blauen Papiere konnten nur eines sein – Pfändungsurkunden.

Anscheinend hatte er die örtlichen Gläubiger unterschätzt.

Sie waren dazu übergegangen, Frauen anzuheuern, um ausstehende Gelder einzutreiben.

Mason gab es nur ungern zu, aber es war ein geschickter Zug gewesen. Diese Frau war sehr gut dazu angetan, einem Mann alles abzuluchsen, was er besaß.

Ihr Begleiter trat hinter sie, die Beine gespreizt und die Arme vor der Brust verschränkt.

Mason sah, dass er mit einer Hand locker den Griff des Dolches umfasste. Es sah ganz so aus, als wolle er, wenn sie keinen Erfolg hatte, ihre Forderungen auf seine eigene Weise wiederholen.

Mason wandte sich wieder der verwirrenden Frau vor ihm zu und bemühte sich um ein ausdrucksloses Gesicht.

»Wollen Sie sich nicht setzen?«, fragte er und deutete auf einen Stuhl. Die Dame lächelte Felicity an, die, wie Mason feststellte, inzwischen wieder beruhigt auf dem Sofa saß und in ihrem Handarbeitskörbchen wühlte.

Wahrscheinlich, dachte Mason, *sucht sie nach ihrer Brille*.

»Danke«, murmelte die Dame und ließ sich auf die Kante des Stuhles sinken.

Auch Mason setzte sich wieder, froh, Fredericks schweren Stuhl als Stütze zu haben.

Die Dame rückte hin und her und hob dann den Kopf, sodass die Federn auf ihrem Hut wogten. Sie sah ihn aus smaragdgrünen Augen an.

Augen, die von so klarem Grün waren, dass Mason sofort wusste, dass er sie nie vergessen würde. Wie die Wiese von Christchurch bei Sonnenaufgang, wie ein …

Mason riss sich zusammen, ehe er weiter poetischen Gedanken nachhing. So etwas tat er sonst nie, und er konnte sich nur innerlich krümmen, wenn er daran dachte, was eben in ihn gefahren war – vielleicht ein Rest von Freddies Geist, der noch im Raum verblieben war, um ihn heimzusuchen.

Aber vielleicht hätte er doch auch mehr auf Freddie hören sollen. Sein Bruder hätte gewusst, was man in einem solchen Moment zu sagen hatte …

Andererseits, erinnerte Mason sich, war es gerade seine Forschheit in solchen Dingen, die die Ashlins in die missliche Lage gebracht hatte, in der sie sich jetzt befanden.

Er entschied sich für kühle Gleichgültigkeit. »Kann ich Ihnen helfen?«

Die Dame lächelte, eine freundliche Geste, die Mason fast um seine Beherrschung brachte.

»Doch, das können Sie«, begann sie. »Ich glaube, was ich mit Ihnen besprechen möchte, ist recht persönlicher Natur, deshalb möchte ich es nur mit Ihnen besprechen.« Sie wies mit einer leichten Neigung des Kopfes auf Felicity.

Persönlicher Natur.

Diese drei Worte löschten seine Überlegungen wie ein eiskalter Wasserguss aus.

Oh ja, sie war eine Art Schuldeneintreiberin. Wahrscheinlich war sie hier, um die Miete für ein diskretes Stadthaus und das Milchmädchen zu verlangen. So wie die anderen es getan hatten.

Diese engelhafte Dame konnte niemand anderes sein als eine weitere von Fredericks zahlreichen Mätressen. Während Mason zu diesem Schluss gelangte, konnte er dennoch das Gefühl nicht loswerden, dass diese sich von den anderen unterschied, dass sie etwas besaß, das nicht zu den halbseidenen Angehörigen der Halbwelt passte.

»Was immer Sie zu sagen haben, können Sie vor mir sagen. In diesem Haus gibt es keine Geheimnisse«, erklärte Felicity, während sie weiter nach ihrer Brille suchte.

Mason wusste, dass es keinen Weg gab, seine Cousine eines Besseren zu überzeugen. Sie liebte es, ihre Schneiderin aufzusuchen, aber nichts liebte sie mehr als guten Klatsch.

Durch ein Nicken bat er die junge Frau fortzufahren. Vielleicht konnte es gar nicht schaden, wenn seiner gutgläubigen Cousine die Augen darüber geöffnet wurden, wie ihr verehrter Frederick das Ashlin-Vermögen verschleudert hatte.

»Ich habe herausgefunden, dass zwischen uns noch eine unbezahlte Schuld steht«, begann die junge Frau.

Mason schüttelte den Kopf. »Eine Schuld? Das bezweifle ich entschieden. Wir haben einander noch nie gesehen.«

»Sie sind doch der Earl of Ashlin, oder?«

Mason nickte und dachte, wie musikalisch ihre Stimme klang. Sie wehte durch den Raum wie die Töne einer Panflöte und rührte an das Innerste seiner Seele.

Schon wieder poetische Gedanken? Himmel!

Er musste so schnell wie möglich nach Oxford zurück, ehe er noch damit begann, schlechte Sonette zu dichten und sich geschmacklos zu kleiden wie so mancher selbsternannte Dichter.

Die Frau faltete die Hände im Schoß und rückte erneut hin und her, sodass ihn wieder ihr feines Parfum erreichte und seine Sinne durcheinander brachte. Mason bemühte sich, sich auf die Gegenwart zu konzentrieren, aber ihr Duft ließ ihn wieder daran denken, wie ihr Körper wohl aussah – nur mit einem Hemdchen bekleidet.

Wenn sie wirklich die Mätresse seines Bruders gewesen war, hatte sie einen Großteil ihrer Zeit sicher noch weit weniger bekleidet verbracht.

Die junge Dame seufzte anmutig auf. »Ich habe vor kurzem erfahren, dass Sie ... nun, wie soll ich sagen, ... in einigen Schwierigkeiten sind. Deshalb bin ich gekommen, um einen Teil der Schulden zu begleichen, die ich bei Ihnen habe.«

»*Sie* bei *mir* haben?« Mason war sich nicht sicher, ob er die Frau richtig verstanden hatte. Entweder schlief er noch, oder er wurde langsam vollends verrückt wie der achte Earl of Ashlin. Seiner Erfahrung nach tauchten schöne Frauen nicht einfach in Arbeitszimmern auf und erklärten, dass sie irgendwem Geld schuldeten.

»Nun, ich kann nicht alles auf einmal zurückzahlen, aber ich habe eine erste Teilzahlung bereit.« Graziös zog sie eine Börse aus ihrem spitzenverbrämten Dekolleté und reichte sie ihm.

Mason sagte sich später, dass es die Aussicht auf unvorhergesehenen Reichtum war, die ihn aus dem Stuhl trieb und ihn zu ihr treten ließ. Niemals hätte er zugegeben, dass ihn in Wahrheit ihr betörender Duft anzog. Und niemals hätte er zugegeben, dass es ihn in den Fingern juckte, die Seidenbörse in der Hand zu halten, die noch die Körperwärme zweier perfekt geformter Brüste verströmte.

»Danke«, sagte er und ergriff die dargebotene Börse. Sie lag schwer in seiner Hand, und sein Gefühl sagte ihm, dass sie gutes englisches Gold enthielt.

Genug, um ihm etwas Ruhe vor Fredericks Gläubigern zu verschaffen. Doch da sah er Cousine Felicity aus den Augenwinkeln heftig den Kopf schütteln.

Mason erkannte, dass sie Recht hatte; es war nicht gut, einen zu eifrigen Eindruck zu machen. Er hielt inne und schalt sich innerlich selbst.

Wo blieb sein Geschäftssinn? Der schien ihm abhanden gekommen zu sein, als diese Dame das Arbeitszimmer betreten hatte.

Was für eine Art Mann war er geworden, wenn er Geld von der Mätresse seines Bruders annahm?

Mason verdrängte das Gefühl der warmen Börse in der Hand und die Gedanken an den Papierberg hinter sich und gab der Frau das Geld zurück.

»Das kann ich nicht annehmen. Welcher Art auch immer die Verbindung zu meinem Bruder war, sie ist mit seinem Tod beendet. Es steht mir nicht zu, mich in seine Affären zu mischen.« Mason drehte sich um und kehrte zu der relativen Sicherheit seines Schreibtisches zurück.

Die Frau sah erst ihn und dann seine Cousine an. Verwirrung malte sich auf ihrem Gesicht, und einen Moment lang dachte Mason, sie würde anfangen zu weinen.

Himmel, nicht noch mehr Tränen, dachte er. Cousine Felicitys tägliche Tränenausbrüche reichten ihm voll und ganz.

Er hätte sich nicht mehr irren können.

»Mylord, ich glaube, Sie irren sich gewaltig.« Ihre Stimme klang kalt und bestimmt. »Ich weiß nichts von einer Affäre mit Ihrem Bruder. Ich bin sofort gekommen, als ich von Ihren Schwierigkeiten gehört habe, und ich habe sehr wohl die Absicht, diese Schuld zurückzuzahlen.« Damit erhob sie sich, trat an den Schreibtisch und legte die Börse zufällig auf die drängendsten Rechnungen.

Während Mason ihr zuhörte, fiel ihm etwas an ihrer Stimme auf, das ihm bisher entgangen war. Sie sprach jedes Wort betont deutlich aus. Das war kaum das Schnurren einer Mätresse, die auf der Suche nach einer neuen Einkommensquelle war.

Wieder saßen sie schweigend da, bis Cousine Felicity das Wort ergriff. »Mein liebes Mädchen, wann waren Sie zuletzt mit Lord Ashlin zusammen?«

Mason hätte schwören können, dass Fredericks Mätresse bei dieser Farbe unter ihrem Puder wie eine Jungfrau errötete.

»Ich habe Lord Ashlin nie gesehen, Mylady. Das heißt ... bis heute nicht.« Die Frau lächelte Mason höflich zu.

Wenn sie Frederick nie gesehen hatte, dann konnte sie auch nicht seine Mätresse sein ... und wenn sie nie seine Mätresse gewesen war, bedeutete das ... Mason räusperte sich und versuchte, seine Gedanken zu zügeln.

Es bedeutete gar nichts!

»Wenn wir einander noch nie gesehen haben und Sie auch meinen Bruder Freddie nicht kannten, wie können Sie mir dann Geld schulden?«

Die Dame blätterte in ihren Papieren und zog ein Dokument hervor. »Vielleicht kann das Ihre Erinnerung auffrischen.«

Rasch überflog Mason das Papier, das sie vor ihn hingelegt hatte, und er erkannte den Vertrag sofort.

Ein Partnerschaftsvertrag mit R. Fontaine. Frederick hatte der Frau eine unermessliche Summe geliehen, damit sie eine neue Aufführung am Queens Gate Theater finanzieren konnte.

»Sie sind die Fontaine, die hier erwähnt wird?«, fragte er.

»Ja«, erwiderte sie, »Madame Fontaine, zu Ihren Diensten.«

Cousine Felicity, die endlich ihre Brille gefunden hatte, ließ sie bei dieser Eröffnung prompt fallen und suchte den Boden sehr undamenhaft danach ab, bis sie sie zu Füßen des Sarazenen wieder fand. Hastig schob sie sich die Brille auf ihre Knopfnase und musterte die Dame und ihren Diener, als wären sie eine kuriose Neuanschaffung für den königlichen Zoo.

Mason versuchte, das ungenierte Gaffen seiner Cousine zu übersehen, und wandte seine Aufmerksamkeit wieder seinen Gästen zu. »Und Sie sagen, *ich* hätte Ihnen das Geld geliehen?«

»Ja. Erinnern Sie sich nicht? Ich weiß, für einen Mann Ihrer Mittel und Großzügigkeit mag es keine große Summe sein, aber an die Umstände des Darlehens müssten Sie sich doch zumindest erinnern.«

Wieder betrachtete Mason das Papier.

»Sind Sie wirklich Madame Fontaine?«, fragte Cousine Felicity aufgeregt.

»Ja, Mylady.«

»Und das ist Hashim?«

Wieder lächelte die Frau. »Ja, das ist mein Diener Hashim.«

»Sie haben die Helen in *Bilder der Liebe* gespielt!« Cousine Felicity war aufgesprungen, zu der Dame getreten und musterte sie ganz ungeniert. »Kein Wunder, dass ich Sie nicht erkannt habe. In Wirklichkeit sehen Sie ganz anders aus als auf der Bühne. Aber das ist erstaunlich – Sie sind sogar noch schöner als die Confite, die Sie in *Das verlorene Menuett* gespielt haben. Mason, wir haben berühmten Besuch! Miss Fontaine ist hier! In unserem Arbeitszimmer! Ist es wahr, dass Sie an einem einzigen Abend mit dem Prinzen und seinem gesamten Wachbataillon geschlafen haben?«

»Cousine Felicity!«, brüllte Mason und sprang auf. »Wo bleiben deine Manieren?«

Madame Fontaine warf ihrem Diener über die Schulter einen Blick zu, als wolle sie ihm bedeuten, dass er Felicity für ihre unglaubliche Taktlosigkeit nicht mit einem einzigen Dolchstoß zum Schweigen bringen dürfe.

»Ich fürchte, dieses Gerücht ist doch etwas übertrieben«, murmelte sie dann.

Mason sah, dass seine Cousine enttäuscht aussah.

»Felicity, du entschuldigst dich auf der Stelle bei unserem Gast«, verlangte er.

»Aber du verstehst nicht«, wandte Felicity ein. Dann wandte sie sich entschuldigend an Madame Fontaine. »Er kommt aus Oxford.« Sie ließ die Erklärung so klingen, als wäre das ein Hottentottenort im dunkelsten Inneren Afrikas und nicht das intellektuelle Zentrum Englands. Ehe Mason sie aufhalten konnte, eilte Felicity auf Madame Fontaines Diener zu. »Ist es wahr, dass der Pascha von Kairo Ihnen persönlich die Zunge herausgerissen hat?«

Zum ersten Mal, seit Hashim den Raum betreten hatte, entdeckte Mason eine Regung in seinem grimmigen

Gesicht. In seinen dunklen Augen glitzerte etwas, das nur Amüsiertheit sein konnte.

»Oh, ist es wahr?«, fragte Felicity erneut.

Hashim öffnete den Mund und beantwortete Cousine Felicitys Frage, indem er sie zwischen seine Lippen sehen ließ.

Etwa zwei Sekunden lang starrte Felicity in Hashims Mundhöhle, dann stieß sie einen markerschütternden Schrei aus und sank ohnmächtig in Hashims Arme.

Mason fragte sich, ob dieser Tag noch schlimmer werden konnte.

Madame Fontaine, für ihre Freunde Riley, wedelte der ohnmächtigen Frau mit ihrem Taschentuch Luft zu und hoffte, dass sich die Cousine des Earls rasch von ihrem Schrecken erholen würde. Hashim hatte sein Opfer auf das rote Samtsofa gelegt, während Lord Ashlin der Dame ein Getränk vom Likörtischchen eingoss, das in der Nähe stand.

Während Riley weiter fächelte, hoffte sie, dass dieses kleine Zwischenspiel Lord Ashlin so sehr ablenken würde, dass er sich das Kleingedruckte im Vertrag nicht allzu genau ansah.

Das war auch der Grund, warum sie sich mit diesem verdammten Kleid aufgedonnert hatte – um seine Lordschaft so zu beeindrucken, dass er sie mit Blicken verschlang. Denn es war keineswegs bequem, sich in ein so infernalisch enges Korsett zwängen zu lassen. Außerdem zeigte sie so viel nackte Haut, dass sie sich mit Sicherheit den Tod holen würde.

Doch Aggie, der seit langer Zeit ihr Partner war, hatte ihr versichert, dass sie in dem Kleid einfach göttlich aussah und für Ablenkung sorgen würde.

Riley wusste, dass schon weit weniger ausreichte, um die Aufmerksamkeit von Händlern abzulenken, denen sie Geld schuldete. Also musste dieser Aufzug die Blicke des Earls geradezu magisch anziehen.

Immerhin war er ein Ashlin. Sicher nicht der Mann, der bei keiner Veranstaltung in der Stadt fehlte, wie Aggie ihn beschrieben hatte, aber Aggie hatte ihr ja auch nicht gesagt, dass ihr früherer langmütiger Mentor tot war.

Sie warf Ashlin einen Blick zu. Dieser Mann hatte etwas, das ihn von anderen unterschied – Riley wusste nicht genau was –, und das beunruhigte sie.

»Modisch« war ein Begriff, den man auf diesen Mann sicher nie anwenden konnte, trug er doch seine goldbraunen Haare in einem altmodischen Nackenzopf wie irgendein provinzieller Kaufmann aus den Kolonien. Sein schwarzes Jackett mit dem weißen Hemd und der einfachen Krawatte hätte eher zu einem Zeitungsdrucker gepasst als zu einem Earl.

Damit nicht genug, trug der Mann auch noch eine Brille.

Ein Earl mit Brille!

Das hätte sie nie für möglich gehalten.

Trotz der Tatsache, dass er so aussah, als würde er sie gleich alle zum Gebet führen oder versuchen, ihnen die letzte Schiffsladung Wein zu verkaufen, hatte er dem Ruf seiner Familie zum Trotz noch keinen Versuch unternommen, die Papiere zur Seite zu legen und sie um eine private Unterredung zu bitten.

Dennoch, überlegte Riley, würde er sich vielleicht wegen des kürzlichen Ablebens seines Bruders den Vertrag nicht genauer ansehen.

»Schon gut, Cousine Felicity. Trink das hier in kleinen Schlucken«, wies Lord Ashlin seine Cousine an und hielt ihr das Glas an die Lippen.

Der Brandy wirkte sofort, da Lord Ashlins Cousine das Glas ergriff und seinen Inhalt mit einem Schluck herunterstürzte – ein Vorgehen, bei dem ein Seemann einen Hustenanfall bekommen hätte. Cousine Felicity jedoch seufzte nur leise und sank auf das Sofa zurück, eine Hand dramatisch an die Stirn gepresst.

Riley fragte sich, ob die Dame wohl schon mal auf der Bühne gestanden hatte.

»Es tut mir aufrichtig leid, Mylord«, erklärte Riley in der Hoffnung, den Mann beruhigen zu können. »Hashim ist recht stolz auf seine Verletzung und liebt es, damit anzugeben.«

Sie warf ihrem Begleiter über die Schulter des Earl einen scharfen Blick zu.

Du brauchst gar nicht so breit zu grinsen, du großer Narr.

Hashim zuckte leicht die Schultern. *Nun, sie hat es so gewollt.*

Wann würde er endlich lernen, dass wohlerzogene englische Damen nicht daran gewöhnt waren, einen Mund zu sehen, dem man die Zunge herausgeschnitten hatte? Riley fuhr fort, ihr Taschentuch über der Dame zu schwenken. »Nun, es sieht so aus, als käme sie wieder zu sich.«

»Oh, oh«, stöhnte Cousine Felicity, und ihre Wimpern flatterten über den braunen Augen. Sie wollte sich aufsetzen, aber Lord Ashlin hinderte sie daran.

»Langsam, Cousine, du hast einen ziemlichen Schrecken bekommen.«

»Oh, das habe ich!«, erklärte sie triumphierend, ehe sie wieder in die Kissen sank. »Was für eine Geschichte! Ich habe Hashims Mund gesehen! Mit eigenen Augen. Ach, alle meine Freundinnen werden mich beneiden. Alle werden sie mich fragen, was ich gesehen habe!« Sie griff nach Hashims Hand und drückte sie an ihren üppigen Busen. »Ich werde für immer in Ihrer Schuld stehen, Sir. Für immer!«

Hashim neigte leicht den Kopf und versuchte, sich aus ihrem Griff zu befreien, aber Cousine Felicity war noch nicht bereit, ihren neu entdeckten Helden gehen zu lassen.

Rileys Lippen zuckten belustigt angesichts Hashims Unbehagen, ehe Lord Ashlin ihm zu Hilfe kam.

»Cousine Felicity, lass Mr Hashim los.«

Die Frau gehorchte, wenn auch nur widerstrebend. Hashim flüchtete hinter Rileys Stuhl, und sie setzte sich wieder, wobei sie sorgfältig darauf achtete, so vorteilhaft wie möglich auszusehen: Brust raus, das Kinn leicht angehoben und den Rücken gerade.

Cousine Felicity richtete sich auf und setzte ihre Brille wieder auf. »Oh, Madame Fontaine, es ist so eine Ehre, Sie in unserem Haus zu haben.« Die Frau drehte sich zur Seite, und ihr weißes Spitzenhäubchen flatterte. »Weißt du, Mason, Madame pflegt keine gesellschaftlichen Besuche zu machen, wir können uns also wirklich glücklich schätzen.«

»Nun, das ist kaum ein gesellschaftlicher Besuch, Mylady«, erklärte ihr Riley. »Ich denke nur, dass einige meiner Geschäftsbeziehungen durch persönlichen Einsatz etwas glatter laufen.« Sie lächelte Lord Ashlin an und neigte leicht den Kopf.

Das war eine von ihren besten Posen, die sie mit großem Erfolg in *Romeo und Julia* benutzt hatte, doch der Mann schien völlig unberührt davon zu sein.

Cousine Felicity fuhr unterdessen fort, sie zu beäugen, als sei sie in einer Ausstellung. »Oh, jetzt kann ich verstehen, warum man Sie Aphrodites Neid nennt.« Sie wandte sich erneut an Lord Ashlin. »Meinst du nicht auch, Mason? Ist Madame Fontaine nicht die verführerischste Frau, die je auf Erden gewandelt ist?«

Mason sah genauso aus wie Hamish vor ein paar Minuten. »Ja, Cousine Felicity, Madame Fontaine ist recht hübsch.«

Recht hübsch?

Riley wusste nicht, ob sie beleidigt sein sollte oder Lord Ashlin eine neue Brille brauchte.

Farblose Debütantinnen mit großer Mitgift und ehrgeizigen Müttern nannte man *recht hübsch*.

Noch nie, seit sie in London auf der Bühne gestanden und von den jungen Männern *Aphrodites Neid* getauft worden war, hatte sie jemand recht hübsch genannt.

Riley musste zugeben, dass ihre Eitelkeit jetzt, wo sie daran gewöhnt war, in Sonetten besungen und mit kleinen Aufmerksamkeiten überhäuft zu werden, durch Lord Ashlins Einschätzung empfindlich verletzt war.

Recht hübsch, und das aus dem Mund eines Ashlin! Wo die doch alle als skrupellose Frauenhelden und Könner auf dem Gebiet der leeren Schmeicheleien galten. Von wegen große Kunstmäzene – eher die Gönner von Opernsängerinnen und Ballettmädchen, die sie sich als Mätressen hielten.

Was war nur mit dem hier geschehen, fragte sich Riley.

Seine Augen blickten scharf wie die eines Hilfspfarrers, der selbst im Schlaf noch Psalmen zitierte. Schließlich wollte sie nur einen Teil ihrer Schuld begleichen und nicht unbedingt darlegen müssen, wie viel Geld noch ausstand.

Geld, das sie nicht besaß.

Zu Rileys großem Ärger nahm er jetzt genau das Blatt wieder zur Hand, das er vorhin beiseite gelegt hatte. Sie beobachtete, wie er das Papier überflog, und ihr Herz begann schneller zu klopfen. Vielleicht konnte sie mit ihrer Truppe ein Stück einüben, das ihm gewidmet war, sobald er sie auf die Straße gesetzt hatte – *Der Hilfspfarrer und die Schauspielerin.*

In ländlichen Gegenden würde sich das sicher gut machen, dachte sie, als sie mit sinkendem Mut beobachtete, wie er eine Braue hob und zu lächeln begann.

Oh, das bedeutete Ärger. Sie konnten von Glück reden, wenn ihnen genug übrig blieb, um ein Puppentheater ins Leben zu rufen.

»Sind Ihnen die Bedingungen dieses Darlehens bekannt?«, fragte er.

Riley legte den Kopf in den Nacken und lächelte lieblich, wobei sie hoffte, ihn dadurch vom Thema abzulenken. Aber offensichtlich schien ihn das nicht zu beeindrucken.

Ein attraktiver Adeliger, der nicht ihrem Charme erlag?

Oh, das bedeutete mehr als Ärger.

»Nun, ich denke schon …«, sagte sie mit versagender Stimme und versuchte, Zeit zu gewinnen. Ob sie den Rock nur ein wenig anheben sollte, um ihm ihre Fesseln zu zeigen – Gott wusste, dass dieser Anblick ihr die Drucker seit vier Monaten vom Leibe hielt.

Doch ehe Riley ihren Plan in die Tat umsetzen konnte, runzelte Mason leicht die Stirn, raschelte wichtig mit den Papieren und sagte: »Dieser Vertrag besagt, dass Sie mir die Premiereneinnahmen von vor vierzehn Tagen schulden.«

Riley ballte die Fäuste. »Wir hatten ein paar unvorhergesehene Schwierigkeiten, die uns daran hinderten, zum vorgesehenen Termin zu eröffnen. Ich versichere Ihnen, dass die neue Spielzeit in einem Monat beginnen wird. Und dann sollen Sie auch Ihr Geld haben.«

»Was? Damit Sie in der Zeit noch mehr Geld ausgeben? Nein, das geht nicht.« Lord Ashlin schüttelte den Kopf, wobei ihm eine goldbraune Haarsträhne aus dem ordentlichen Zopf glitt, sodass er plötzlich doch verwegen aussah. In Riley keimte die Hoffnung auf, dass er doch ein echter Ashlin sein könnte und nicht irgendein Findelkind, das man aufgenommen hatte, um den Besitz weitervererben zu können, wie sie schon vermutet hatte.

»Außerdem«, fuhr er fort, »sind Sie mit den Zahlungen überfällig, was dieses Darlehen erhöht. Dieser Absatz hier«, er deutete auf das Blatt, »erlaubt mir, die gesamte Summe plus Zinsen sofort einzuziehen.«

»Aber mehr Geld habe ich nicht«, sagte Riley schnell.

Das ließ Ashlin innehalten, doch dann betrachtete er die goldgefüllte Börse auf dem Tisch. »Dann müssen Sie Wege finden, das Geld aufzubringen. Vielleicht hat Ihre Truppe Kostüme oder Bühnenbilder, die man verkaufen könnte?«

Riley blickte zu Boden und bereitete sich darauf vor, die Vorstellung ihres Lebens zu geben. Es stand zu viel auf dem Spiel, und sie würde alles darum geben, das Theater zu retten – trotz all der Probleme, denen sie sich seit Monaten gegenübersah.

Riley ging im Geiste ihr Repertoire durch und warf noch einen Blick auf Lord Ashlin, ehe sie sich für eine Rolle entschied, die, wie sie hoffte, auch sein Herz nicht unberührt lassen würde.

Langsam hob sie ein Taschentuch an die Augen und tupfte sich vermeintliche Tränen ab, dazu ließ sie ihre Lippen beben.

»Ich ... ich ... ich hatte mein kleines Päckchen nur als Zeichen der Anerkennung für die immense Großzügigkeit Ihres verstorbenen Bruders gemeint, die er den Künsten gegenüber bewiesen hat. Denken Sie doch an sein Andenken, Mylord. Dieses Stück, unsere Bühne – ist ein Denkmal für ihn, seine Hilfsbereitschaft, seine Güte und Hingabe.« Sie sah mit einem flehenden Blick an die Stuckdecke, der auch das kälteste Herz rühren sollte, während sie das Taschentuch an die Brust drückte. »Doch nun muss ich fürchten, dass sein Nachfolger meine Geste nicht zu schätzen weiß und meine arme, geliebte Gesellschaft zugrunde richten wird.« Riley lenkte den Blick auf den Wollteppich und hoffte inbrünstig, dass ihre Vorführung Erfolg gehabt hatte.

Dem Schniefen und Schluchzen nach, das vom Sofa erklang, hatte sie Ashlins Verwandte jedenfalls überzeugt.

»Oh, Mason, du kannst doch Madame Fontaines Theater nicht schließen!«, beschwor ihn die Frau. »Jeder in London würde uns schneiden.« Sie wandte sich an Riley. »Bitte vergeben Sie meinem Cousin, Madame Fontaine. Er lebt schon seit Jahren in Oxford und weiß nicht, wie man solche Dinge handhabt.« Dann wandte sie sich wieder an Lord Ashlin und drohte ihm mit dem Finger wie einem ungebärdigen Schuljungen. »Was würden die Leute sagen? So etwas tut man einfach nicht. Unter keinen Umständen!«

»Cousine«, erwiderte der Lord, »Madame Fontaine schuldet uns eine große Geldsumme. Geld, das man besser für ... sagen wir für die Mädchen ausgeben könnte. Für ihre Erziehung und all die Dinge, die du für unerlässlich hältst, damit sie geeignete Ehemänner finden.«

»So viel?«, sagte Cousine Felicity andächtig.

Er nickte.

Cousine Felicity seufzte. »Oh, Freddies liebe Mädchen haben diese Erziehung so nötig. Wenn sie doch nur etwas raffinierter wären, dann wüssten sie, wie man ein liebliches Lächeln einsetzt oder anmutige Tanzschritte macht. Es ist so ein Jammer! Ich weiß, dass unsere Mädchen ein großer Erfolg sein könnten, wenn sie nur die richtige Erziehung bekämen. Stell dir nur vor, Mason, wenn sie einen Raum betreten und aller Augen auf sich ziehen könnten. Mit den richtigen Erziehern könnten sie den Neid von ganz ...« Ihre Stimme erstarb, als sie ihre bebrillten Augen zu Riley wandern ließ.

Die Bedeutung des eben Gesagten hing schwer in der Luft, und nicht nur Felicity, sondern auch der Earl sahen Riley jetzt an.

Cousine Felicity – denn unter einer anderen Bezeichnung konnte Riley schon nicht mehr an die ältere Dame denken – strahlte erneut, als hätte Riley ihr die Kronjuwelen geschenkt und nicht nur ein paar Münzen.

Lord Ashlin dagegen schüttelte den Kopf und sah so ungläubig drein, als hätte seine Cousine ihm gerade vorgeschlagen, am helllichten Tag die Kronjuwelen zu rauben.

Riley rutschte unbehaglich auf ihrem Stuhl hin und her.

»Aber das ist perfekt, Mason«, verkündete Cousine Felicity. »*Sie* ist perfekt. Es gibt keinen Mann in London, der ihr widerstehen könnte, und wer wäre daher besser dazu geeignet als sie, unseren Mädchen Grazie und Anmut beizubringen?«

Mason schüttelte heftig den Kopf. »Du willst doch nicht etwa vorschlagen, dass sie ... dass ich sie ...?«

»Was vorschlagen?«, unterbrach Riley mit dem deutlichen Gefühl, dass sie sich mit dem abweisenden Earl diesmal einigen würde

»Oh, Madame Fontaine«, stieß Cousine Felicity hervor, »Sie sind im Begriff, unserer Familie einen Dienst zu erweisen, von dem noch Generationen sprechen werden.«

2

»Riley, Liebes, warum hast du denn so lange gebraucht? Während du unterwegs warst, um unserem Mäzen um den Bart zu streichen, habe ich mir die Finger wund gearbeitet.« Agamemnon Bartholomew Morpheus Pettibone der Dritte hob seine weichen, weißen Hände, die noch nie eine Blase verunziert hatte – von einer Wunde ganz zu schweigen –, da er seit über sechzig Jahren jeder Art von schwerer Arbeit aus dem Weg ging. »Ah, was dir entgangen ist! Ich war sozusagen göttlich inspiriert!«

Riley holte tief Luft. Wann immer Aggie Worte wie »göttlich« und »inspiriert« gebrauchte, folgte eine Katastrophe auf dem Fuße.

»Er hat zu mir gesprochen! Ich schwöre dir, er hat mir die Hand geführt, während ich schrieb«, rief Aggie vom Frisiertisch herüber. »Was für Sätze er mir eingegeben hat! Es war, als hätte er da gestanden, wo du jetzt stehst, und mir diktiert. Ah, vom Geist des großen Barden persönlich angeleitet zu werden …« Die Erinnerung ließ ihn selig lächeln. »Und du warst zu diesem Narren unterwegs und hast alles verpasst.«

Bloß nicht noch mehr Eingebungen von Shakespeare! Riley zählte stumm bis zehn und ging weiter in die Wohnung über dem Queens Gate Theater, die sie sich teilten. Aus den verstreuten Szenenzeichnungen und Kostümen schloss Riley, dass Aggie offenbar mal wieder an einer so genannten »Charaktererneuerung« arbeitete.

Charakterchaos, wie Riley aus Erfahrung wusste.

Es sah auch nicht so aus, als sei die Truppe mit dem täglichen Einüben der Rollen fertig, obwohl Aggie ihr versichert hatte, dass er sich darum kümmern würde. Stattdessen hatte ihr Freund sich vor dem Spiegel niedergelassen und legte Make up für seine Rolle als schüchterner Holzfäller in dem Stück *Der neidische Mond* auf, das sie gerade vorbereiteten.

Aggie trug einen gestreiften seidenen Schlafrock, den er unter Vorgabe falscher Talente irgendwann einmal einer reichen Gräfin abgeluchst hatte, und versuchte gerade, sein graues Haar unter eine Perücke zu stopfen.

»Wo ist Nan?«, fragte Riley und sah sich suchend nach ihrem Mädchen, einer Emigrantin, um.

»*Petite* Nanette?« Aggie sprach mir übertriebenem französischen Akzent, während er sein Erscheinungsbild im Spiegel bewunderte. »Ich habe sie entlassen. So eine nutzlose Person. Keine Tiefe, kein *joie de vivre*. Keine Persönlichkeit. Ich fange an zu bezweifeln, ob sie überhaupt Französin ist.«

Riley stöhnte. »Aggie, sie ist ein Dienstmädchen, keine Schauspielerin.« Aggies Entlassung bedeutete wahrscheinlich, dass Nan in die billige Wohnung ihrer Mutter in St. Georges Fields geflohen war. Riley musste also die Liste der Dinge, die sie am Nachmittag zu erledigen hatte, um einen Gang nach Southwark erweitern, wo sie mit Sicherheit jede Menge Bestechungsgeld aufbieten musste, um das unwillige, aber gierige Mädchen dazu zu bewegen, zurück zur Arbeit zu kommen.

»Ohne sie sind wir besser dran!«, erklärte Aggie. »Dieses gefühllose Ding hat sich geweigert, mir Tee zu machen, ehe sie ging.«

»Nun, jetzt, wo du Nan gefeuert hast, musst du dir deinen Tee ohnehin selber machen«, erklärte Riley.

Aggie schnaufte und begann, seine Make up-Utensilien hin und her zu schieben. »Was hast du nur so lange bei unserem Mäzen gemacht, Freddie? Das ist ein Mensch mit Persönlichkeit, der weiß, wie man richtig auftritt. Ich habe ihm nicht nur einmal, sondern tausendmal gesagt, was für einen guten Schauspieler er abgeben würde.«

Riley setzte ihren Hut ab und legte ihn auf die Töpfe und Tiegel der Frisierkommode. »Wann hast du deinen lieben Freddie das letzte Mal gesehen?«

Aggie neigte den Kopf, während er nachdachte, und sah Riley dabei gerade in die Augen. Riley wusste, dass er versuchte, ihre Stimmung einzuschätzen, um herauszufinden, ob er mit einer Lüge davonkommen würde.

»Nun, das wird zwei Monate her sein – ehe er und seine entzückende Frau für eine Jagdgesellschaft nach Norden gereist sind.« Aggie lächelte und wandte sich wieder seinem Spiegelbild zu.

»Zwei Monate«, wiederholte Riley. »Bist du sicher?«

»Doch«, erklärte er, zunehmend eingenommen von seiner erfundenen Geschichte. »Die Lieben haben mich noch eingeladen, sie zu begleiten – oder angefleht, um es noch treffender zu sagen. Doch ich habe ihnen geduldig erklärt, dass ich hier meine Verpflichtungen habe. Warum? Nimmt er mir die Absage immer noch übel?«

Riley schüttelte den Kopf. »Er hat nichts davon gesagt.«

»Weil er ein Gentleman ist. Na, beim nächsten Mal.«

Aggie begann, seine schon geschminkten Gesichtszüge mit einer weiteren Farbe zu bearbeiten.

»Eines ist bei der Sache komisch«, erklärte Riley und beugte sich über seine Schulter. »Wie sich herausstellte, ist dein lieber Freddie tot. Mausetot, und das schon seit sieben Monaten.«

»Himmel!« Aggie schluckte ein paarmal, und sein Adamsapfel hüpfte auf und ab.

»Ja, Himmel«, gab Riley zurück. Es war Aggies Verantwortlichkeit, sich um ihren Investor zu kümmern und dafür zu sorgen, dass er mit ihren Plänen einverstanden war und sein Geld stetig nur zu einem Zweck ausgab – das Theater zu finanzieren.

»Sieben Monate, sagst du?«

»Sieben Monate.«

»Himmel. Ich weiß nicht, wie ich das verwechseln konnte.« Unter ihrem kalten Blick rückte er unbehaglich hin und her. »Jetzt, wo du es sagst, erinnere ich mich an irgendeinen Klatsch über den Earl of Ashlin ... er und seine Frau sollen auf See geblieben sein.« Er schnippte mit den Fingern. »Ja, jetzt erinnere ich mich. Ihr Boot ist gekentert, und sie sind ertrunken. Wie konnte ich das nur vergessen, es war ziemlich tragisch. Könnte ein gutes Stück werden.« Er schob ihren Hut beiseite und griff nach der gelben Farbe.

Riley sah ihn finster an. »Äußerst *tragisch* wäre wohl der passende Ausdruck für unsere Situation.«

Mit einer Handbewegung tat Aggie ihre Bemerkung ab. »Was spielt es für eine Rolle, ob wir es mit Freddie oder seinem Erben zu tun haben? Alle Ashlins sind leichtsinnige Frauenhelden. Und schlechte Geschäftsleute. Wahrscheinlich hat dir der neue Earl den Saum deines Kleides geküsst und dir noch mehr Gold angeboten.«

Den Saum ihres Kleides geküsst? Von wegen! Riley zog sich einen Stuhl heran. »Dieser Earl hat zwar den Titel geerbt, aber vom Erbe der Ashlins ist so gut wie nichts übrig geblieben. Und außerdem ist dieser Lord Ashlin kein bisschen leichtsinnig.«

Obwohl es ihm zuzutrauen wäre, dachte Riley. Sie konnte sich gut vorstellen, dass er für Aufsehen sorgen würde, wenn er bei ihrer nächsten Premiere modisch gekleidet und mit einer modernen Frisur in der Loge sitzen und die Menge aus seinen durchdringenden blauen Augen mustern würde.

Plötzlich bot ihr Stück über einen Hilfspfarrer ganz neue Aspekte. Der Geistliche mit Vergangenheit – er konnte Pirat gewesen sein, ehe er sein Gelübde ablegte. Ein Mann voller Reue, getrieben von den Sünden seiner Vergangenheit …

Vielleicht erklärte das die vergeistigte Art des Earl. Als Jugendlicher war er äußerst wild gewesen, und jetzt zahlte er für die Vergehen seiner missratenen Jugend.

Aber irgendwie bezweifelte Riley das.

Stattdessen merkte sie sich die Idee. Falls sie es schafften, das Theater am Leben zu erhalten, würden sie die Herbstsaison mit diesem Stück eröffnen und es dem Earl widmen.

»Ich entnehme deinem Schweigen, dass dir der Mann nicht zu Füßen fiel, dir die Schulden erlassen und die Loge neben der des Prinzen für die Premiere erbeten hat?«, fragte Aggie leichthin, als ob die Vorstellung, dass ein Mann nicht so reagieren könnte, für ihn unvorstellbar war.

An dieser Stelle gab Hamish ein Schnauben von sich, als fühlte auch er sich für seine Herrin beleidigt.

Aggie wandte sich langsam um und sah zwischen Hamish und Riley hin und her. »Willst du tatsächlich sagen, dass er *dir* gegenüber Härte gezeigt hat?«

»Ja. Er schien mich kaum wahrzunehmen.« Riley sprang auf und begann, in dem voll gestopften Raum auf und ab zu gehen.

Allein die Vorstellung störte sie. Sie war nicht so dumm zu glauben, dass sie ihren Erfolg ihren schauspielerischen Fähigkeiten verdankte. Nein, die Eintrittskarten verkauften sich so gut, weil es Gerüchte um ihre Vergangenheit gab – die die Männer Londons immer mehr dazu anspornten, die mysteriöse Madame Fontaine zu demaskieren.

Also fuhren sie fort, Abonnements zu ordern, ihre Aufführungen zu besuchen und auf jede erdenkliche Weise um ihre Aufmerksamkeit zu buhlen.

Riley hingegen fuhr fort, höflich alle Angebote abzulehnen, auch wenn das die arroganten Kerle nicht davon abhielt, überall mit ihren angeblichen Erfolgen bei ihr anzugeben. Die Nacht, die sie mit dem Prinzen und seinen Wachsoldaten verbracht haben sollte, war nur eines von vielen Gerüchten, die teilweise noch viel haarsträubender waren.

Riley fragte sich, ob auch nur einer von diesen Herren erkannte, dass sie längst tot wäre, wenn nur die Hälfte dieser Gerüchte der Wahrheit entspräche.

Aggie schien über irgendetwas angestrengt nachzudenken, und plötzlich verzog sich sein Mund zu einem vieldeutigen, sinnliches Lächeln. »Vielleicht hätte *ich* gehen sollen. Vielleicht ist eine Dame nicht das, was …«

Riley schüttelte den Kopf. »Nein, *deinen* Charme hätte er auch nicht zu schätzen gewusst.«

Dessen war sie sich ganz sicher.

Der Earl mochte nach außen hin vergeistigt und wie ein Bücherwurm wirken, aber sie hatte nicht den geringsten Zweifel daran, dass Lord Ashlin ein Mann war, der die Vorzüge der Damenwelt zu schätzen wusste.

Nur ihre nicht.

Sie wusste nicht, warum sie das so störte, denn sie hatte sich selber nie als große Schönheit betrachtet. Aber leidlich hübsch …?

Vermutlich war er genauso kurzsichtig wie seine Cousine, sagte sie sich. Ja, das war es. Er war kurzsichtig und zu beschäftigt, um sich eine neue Brille zu kaufen.

Aber selbst diese Erklärung konnte ihren verletzten Stolz nicht beruhigen.

»Was ist passiert?«, unterbrach Aggie ihre Gedanken.

Riley lief weiterhin auf und ab. »Heute Morgen hatten wir doch entschieden, dass ich ihm eine Rate zurückzahle, sozusagen als Zeichen unseres guten Willens, und um ihn zu beruhigen, bis wir Premiere haben. Aber der Mann wollte nichts davon hören. Er war viel mehr um seine Papiere und seine verwirrte Cousine besorgt.«

Die Erwähnung einer Cousine weckte Aggies Interesse. Er hob seine Hand und legte sie theatralisch auf sein Herz. »Darf ich vermuten, dass seine Cousine eine Dame ist?«

»Ja, Aggie, eine Dame. Aber fang bloß nicht an, dir etwas einzubilden.« Aggie war einer weiblichen Bekanntschaft noch nie aus dem Weg gegangen und hatte vor allem nie etwas gegen ihre bewundernde Aufmerksamkeit oder ihr Geld gehabt. Schon lange sprach er von einer vorteilhaften und bequemen Verbindung, die ihn im Alter absichern würde.

Diese Pläne, wusste Riley, würden ihm eines Tages noch große Schwierigkeiten mit irgendeinem empörten Verwandten oder einem wütenden Sohn einbringen. Sie nahm ihm die gelbe Farbe aus der Hand und reichte ihm eine andere. »Ich bezweifle, dass sie Geld hat, und schon gar nicht für dich.«

Aggie schien nicht überzeugt zu sein.

Riley drohte ihm mit dem Finger. »Wenn es je Geld gegeben hat, ist es jetzt sicher weg«, fuhr sie in der Hoffnung fort, den berechnenden Ausdruck in Aggies Augen zu löschen. »Sie ist eine dumme, törichte Frau. Als sie Hamish gesehen hat, dachte ich schon, sie bekäme einen Schlaganfall.«

Aggie lehnte sich in seinem Stuhl zurück. »Oh, lass mich raten. Sie wollte die Zunge deines Freundes sehen.«

»Natürlich wollte sie das.« Jeder wollte immerzu Hamish Zunge sehen – oder besser gesagt: das Fehlen der Zunge.

»Hat er sie ihr gezeigt?«

Riley hob die Brauen. »Was glaubst du wohl?«

»Oh, wie köstlich!« Aggie strahlte Hamish an. »Ist sie ohnmächtig geworden? Hat sie geschrien? Um einen zweiten Blick gebeten? Oh, Himmel, warum verpasse ich immer die besten Szenen.«

Riley, die langsam die Geduld verlor, stemmte die Hände in die Hüften.

»Weißt du, was du verpasst hast, Aggie? Dass unser neuer Mäzen keine Lust dazu hat, uns weiter zu unterstützen! Tatsächlich erwartet er sogar, dass wir das Darlehen zurückzahlen.«

Das ließ Aggies Theatralik in sich zusammenfallen.

»Das Darlehen zurückzahlen?« Aggie stand auf. »Wie gewöhnlich von dem Mann! Du machst doch sicher nur Spaß? Du willst mich ärgern! Unser Darlehen an Ashlin zurückzahlen! Das wäre ja ...«

»Alles Geld, das wir noch haben«, beendete Riley den Satz für ihn. »Wir müssten die Bühnenbilder und Texte verkaufen, die Juwelen und Kostüme beleihen und einen Käufer für die Möbel finden, um auch den Rest noch bezahlen zu können.«

Aggie sank auf seinen Stuhl zurück und schwieg zum ersten Mal, seit Riley ihn kannte.

Doch Schweigen und Agamemnon hatten noch nie zueinander gepasst, und so hatte er sich rasch wieder gesammelt. »Und du konntest ihn nicht davon abbringen?«

»Nun, mein Charme hat uns sozusagen einen Aufschub verschafft. Man könnte sagen, dass Lord Ashlin und ich zu einer Übereinkunft gekommen sind.«

Aggie zog ärgerlich die Brauen zusammen. »Was? Dieser üble Schuft! Wie kann er es wagen! Ich werde ihn dafür zur Rede stellen. Wie kann er dich dermaßen kompromittieren! Mein unschuldiges Mädchen ist niemand, dem man solche Angebote macht.« Aggie griff nach seinem Schwert, das noch von der *Hamlet*-Aufführung hier herumlag, und schwang es in hohem Bogen, sodass Riley und Hamish in die Ecken zurückwichen. »Ich werde diesen unverschämten Maulhelden dafür häuten, dass er so etwas vorschlägt!«

Riley schüttelte den Kopf. »Aggie! Leg das Schwert hin!«

Ohne etwas anderes zu hören als seine eigene Stimme,

fuhr Aggie fort, achtlos auf Möbel und Vorhänge einzuschlagen, um den unsichtbaren Feind zu schlagen, wobei er jeden Shakespeare-Fluch ausstieß, um Lord Ashlin zu verdammen.

»Aggie, das reicht jetzt!«, rief Riley. »Worüber regst du dich überhaupt so auf?«

»Na, über Lord Ashlin! Wie kann er unsere Schulden dazu benutzen, um dich zu zwingen, seine Geliebte zu werden!«

»Du alter Narr! Ich habe doch nie gesagt, dass ich seine Geliebte werden soll. Die Übereinkunft besagt, dass ich seinen Nichten beibringen soll, wie man sich anmutig bewegt, so wie ich auf der Bühne. Du weißt schon: damit sie den Männern gefallen und einen reichen Ehemann bekommen.«

Aggies offenem Mund nach zu schließen, war diese Eröffnung noch schockierender für ihn als die Annahme, sie müsse die Mätresse des Earls werden.

»Die Übereinkunft besagt waaaas?«, stieß er hervor.

»Du hast mich sehr gut verstanden. Ich soll seine Nichten erziehen.«

»Du lässt dich als *Gouvernante* anheuern?« Er würgte das Wort hervor, als hätte er Romeos Gifttrank genommen. »Das ist ja unglaublich! Du willst deine Talente außerhalb der Bühne anbieten? Einem von *denen*?«

»Du kannst jammern, soviel du willst, aber die Abmachung ist getroffen und nicht mehr rückgängig zu machen«, erklärte Riley mit fester Stimme.

Sofort stimmte Aggie eine neue Klage über die Geheimnisse der Bühnenkunst an, die nun in der Öffentlichkeit preisgegeben werden mussten.

Riley gefiel die Idee, die Nichten von Lord Ashlin zu

erziehen, ebenso wenig wie Aggie, aber was hatte sie schon für eine Wahl?

Die Vorstellung, mehr als vier Wochen in unmittelbarer Nähe von Lord Ashlin verbringen zu müssen, hatte etwas äußerst Beunruhigendes. So sehr sie auch versuchte, sich davon zu überzeugen, dass der Grund hierfür seine offensichtliche Missbilligung ihrer Person war, wusste sie, was der eigentliche der Grund war: Sie fand den Earl of Ashlin recht interessant.

Er dagegen fand sie – nun, das hatte er offen gesagt.

Er fand sie *leidlich hübsch*.

Verflixt! Als wenn es ihr darauf ankäme, was Leute wie Lord Ashlin von ihr hielten.

Riley schob die Finger unter ihre Perücke und presste sie gegen die Kopfhaut. Dieses turmhohe Ding verursachte ihr jedes Mal Kopfschmerzen, und Aggies Predigt machte die Sache noch schlimmer.

Riley sah ihn an. »Hilf mir mal bitte aus dem Ding.«

»Oh, natürlich, meine Liebe.« Aggie vergaß alle großen Reden, setzte sich neben sie und begann ganz vorsichtig, um nicht ihr eigenes Haar zu erwischen, die Haarnadeln herauszuziehen.

»Warum bloß will der Earl, dass du seinen Nichten die Schauspielkunst beibringst?«

»Nicht die Schauspielkunst. Er will, dass ich seine Nichten für den Heiratsmarkt vorbereite. Als Gegenleistung hat er mir versprochen, das Theater nicht zu schließen.«

Aggie, der jetzt alle Haarnadeln entfernt hatte, nahm Riley die Perücke vom Kopf und sah sie an, als wenn er sie nicht richtig verstanden hätte.

»Du sollst ihnen beibringen...?« Seine Schultern zuckten, und dann klammerte er sich an seine Stuhllehne und krümmte sich vor Lachen. »Oh, das ist köstlich!« Dann krümmte er sich wieder und fuhr fort zu lachen und zu kichern, bis ihm die Tränen über sein frisches Make up liefen. »Was hat dich nur dazu gebracht, einer so verrückten Idee zuzustimmen? Ich meine ... ausgerechnet du willst jungen Mädchen beibringen, wie man sich einen Ehemann angelt?«

»Ich weiß nicht, was daran so komisch sein soll. Ich habe unsere Gesellschaft vor dem Ruin gerettet. Außerdem bist du doch derjenige, der mir ständig vorliest, was der *Observer* über mich schreibt: »... eine bezaubernde und fesselnde Dame, die die Aufmerksamkeit der Zuschauer mit ihrer anmutigen Art in Atem hielt«. Riley zupfte an ihrem Spitzenbesatz.

Von allen Leuten, die ihr dankbar sein sollten, war gerade Aggie derjenige, der am meisten Grund hatte, sich zu freuen, dass sie sie alle vom Abgrund zurückgerissen hatte.

»Ja, Riley, Liebes, das haben sie geschrieben. Aber das gilt für die Bühne. Dein Privatleben ist eine andere Sache.«

»Nun, offenbar weiß ich, wie man Männer fesselt.«

»Ach, was für ein Unsinn!«, erklärte Aggie und kehrte zum Spiegel zurück. »Alles, was du weißt, hast du von *mir* gelernt. Du magst anziehend auf Männer wirken, aber du stößt sie auch sofort wieder zurück. Die ganze Idee ist Unsinn.«

Riley hätte ihm nur zu gerne Recht gegeben, aber den Gefallen würde sie ihm nicht tun. »Nun, wenn dir das nicht gefällt, musst du dir selber die Schuld geben. Du bist der, der immer davon gefaselt hat, dass ich eine Aphrodite sei – was immer das heißen soll. Und du hast auch verbreitet, dass ich von Kleopatra abstamme, meine Diener mich aus den Klauen eines Pascha gerettet und dann durch die halbe Wüste geschleppt hätten!« Sie nickte in Richtung Hashim. »Du hast die halbe Männerwelt von London mit meinen »östlichen Geheimnissen« ins Delirium versetzt und die weibliche Hälfte dazu gebracht, mich nicht mehr in der Öffentlichkeit sehen zu wollen.«

Aggie bemühte sich vergeblich um ein zerknirschtes Gesicht. »Dieses Gefasel, wie du es nennst, hat immerhin dafür gesorgt, dass wir seit *Antonius und Cleopatra* ein ausverkauftes Haus haben!«

»Das mag ja sein, aber die schwachsinnige Cousine des Earl hat darauf bestanden, dass diese Mädchen nach der Erziehung durch eine *leibhaftige Göttin* ...«, Riley brach ab und erschauerte. *Aphrodites Neid* – also wirklich! »verlobt sein werden, ehe man sie in die Gesellschaft einführt.«

»Und wann werden diese kleinen Engel ihren ersten Auftritt in der Gesellschaft haben?«

»In unserer Premieren-Nacht.«

Aggie machte ein Gesicht, als hätte er nicht nur Romeos Gift getrunken, sondern sich auch noch in Julias Dolch gestürzt. »Aber das ist doch schon in einem Monat, und wir haben gerade erst mit den Proben begonnen.«

Riley sah ihren besten Freund finster an. »Denkst du, das weiß ich nicht? Ich habe dir ja gleich gesagt, dass wir nicht so viel Geld von einer einzigen Person hätten leihen sollen.«

»Nun, wer hätte denn gedacht, dass ein gesunder junger Mann wie Freddie St. Clair so schnell den Löffel abgibt? Seine charmante Frau war das Gespräch von ganz London. Ach, ich weiß noch, wie sie …« Aggie unterbrach sich. »Aber ja! Diese Mädchen, das sind die Töchter von Freddie und Caroline, nicht wahr?«

»Ich nehme es an.«

»Aber verstehst du denn nicht, Riley? Diese Mädchen haben ganz sicher Charme und Anmut! Keine Angst. Ein bisschen Schliff, ein paar Übungen mit dem Fächer, und du hast sie vor dem Altar, ehe der neue Earl auch nur eine tote Katze schwingen kann.«

»Hoffen wir es.« Was Aggie sagte, klang vernünftig, aber Riley war sich da nicht so sicher. Sie hatte den finsteren Verdacht, dass der Earl of Ashlin nicht nur ihren Reizen gegenüber unempfänglich war, sondern sie auch geschäftlich geschlagen hatte.

Denn wenn sie ihren berühmten Eltern auch nur ein bisschen ähnlich waren, warum brauchten seine Nichten dann einen solchen Unterricht?

Der Mann sollte zum Teufel gehen! Das war ihr Ernst.

»Und wann sollst du deine Wohltätigkeitsarbeit aufnehmen?«, wollte Aggie wissen.

»Morgen.«

»Aber das geht nicht.« Aggie stand auf und stieß mit dem Kopf fast an die Decke. Er war ein großer Mann mit kräftiger Statur, der von seinem vornehmen Vater nur die adeligen Gesichtszüge geerbt hatte. Sein Vater hatte eine Opernsängerin als Mätresse gehabt, die ihm vier Kinder geboren hatte.

»Was ist mit den Proben?«, jammerte Aggie.

»Die musst du ohne mich schaffen. Ich hatte keine andere Wahl. Lord Ashlin hat darauf bestanden. Entweder dies oder die sofortige Rückzahlung des Darlehens.«

»Irgendetwas, Riley Eugenia Fontaine, verheimlichst du vor mir.« Aggie umkreiste sie. »Du hättest nie so einen Handel abgeschlossen, wenn du nicht noch ein anderes Motiv hättest.«

»Ich habe keinen blassen Schimmer, was du meinst«, erwiderte Riley, die nicht vorhatte, Aggie etwas von der seltsamen Faszination zu verraten, die der Earl auf sie ausübte. Riley erhob sich und ging zum Kleiderschrank hinüber.

Dort zog sie zwei Kleider hervor, die sie nach *Die verlorene Prinzessin* hatte umarbeiten lassen, und hielt sie Aggie hin, um das Thema zu wechseln. »Was zieht man denn bloß an, um junge Mädchen zu erziehen?«

Das Ablenkungsmanöver gelang, und Aggie vergaß seinen Verdacht. Er schüttelte den Kopf über den mitternachtsblauen Brokat, um dann zustimmend zu nicken, als er den rosa Chiffon in ihrer anderen Hand sah. Dann nahm er einen Hut vom Regal und hielt ihr anschließend eine lange Predigt über die angemessene Kleidung für eine Erzieherin und die Haltung, die sie an den Tag zu legen hatte.

Riley hörte nur mit halbem Ohr zu und zählte im Geiste die Dinge auf, die sie noch erledigen musste, ehe sie sich zu ihrem Vormittagstermin am Ashlin Square einzufinden hatte.

Ganz sicher musste sie mehr über Lord Ashlin erfahren. Etwas, das ihr nützlich sein könnte, wenn sie bei der Erziehung der Mädchen versagte.

»Aggie«, unterbrach sie seine Ausführungen über eine feste Hand bei der Erziehung von jungen Mädchen. »Weißt du irgendetwas über Freddies Bruder? Diesen neuen Earl?«

Er schüttelte den Kopf. »Nein, ich kann mich aber erkundigen, wenn du willst.«

Riley betrachtete den rosa Chiffon. »Möglichst bis heute Abend – und nichts Schriftliches, nur Klatsch. Morgen will ich besser vorbereitet sein als heute.«

»Du nimmst doch Hashim mit?«, fragte Aggie mit echter Sorge. »Ich bestehe darauf, ich will nicht, dass du alleine durch die Stadt läufst. Nicht nach dem, was beim letzten Mal passiert ist.«

Riley schüttelte den Kopf. »Ich glaube nicht, dass Hashim dabei sein muss. Es macht ihm großen Spaß, junge Mädchen zu erschrecken, und ich kann sie nie rechtzeitig warnen. Außerdem glaube ich, dass der Earl Hashims Gegenwart als störend empfand.« Sie dachte an die Magd, die bei ihrem Abschied in der Halle ohnmächtig geworden war. »Ich werde alleine gehen.«

Aggie sah zwischen Riley und Hashim hin und her. »Willst du damit sagen, dass der Mann nicht weiß, dass Hashim nicht ein normaler Diener ist, sondern dein Leibwächter? Du musst ihm sagen, dass du nie ohne Hashim irgendwo hingehst. Wenn du es nicht tust, werde ich es ihm sagen.«

Riley hob die Augen zur Decke. »Und wie willst du ihm die Notwendigkeit von Hashims ständiger Gegenwart erklären?«

»Ich hasse es zwar, darüber zu reden, aber ich meine, bei dem Thema sollte ich die Wahrheit sagen«, erklärte Aggie. »Ich werde dem Earl einfach sagen, dass jemand versucht, dich umzubringen.«

3

Um halb neun am nächsten Morgen sah Lord Ashlin gerade aus dem Fenster seines Arbeitszimmers auf den Ashley Square, als der Wagen mit Madame Fontaine und ihrem Diener Hashim eintraf. Er lächelte, als er sah, wie die Frau die Hand hob, um ihre Augen vor der grellen Morgensonne abzuschirmen.

Für eine Kreatur der Nacht muss dies eine wahrhaft gottlose Zeit sein, dachte er und überlegte, wann Schauspielerinnen wohl normalerweise aufstanden. Wahrscheinlich schliefen sie bis zum Nachmittag und kamen auch dann in ihren pompös ausgestatteten Wohnungen nur langsam in die Gänge.

Nicht, dass er je in der Wohnung einer Schauspielerin gewesen wäre, aber er konnte sich solche Domizile gut vorstellen, nachdem er Freddies jüngste Mätresse von der Bühne kennen gelernt hatte, deren Rechnungen für teure Möbel und anderes kostbares Zeug noch nicht bezahlt waren, die sein Bruder ihr geschenkt hatte.

Als der Earl zu Madame Fontaine hinuntersah und im Geiste die Kosten ihrer heutigen Aufmachung überschlug, wurde ihm klar, dass Schauspielerinnen nicht nur ihre Wohnungen teuer einrichteten, sondern auch Unmengen für ihre Kleider auszugeben schienen.

Obwohl ihr Kleid heute mit seinem dezenten Rosé weniger auffällig war als das von gestern, trug es wenig dazu bei, ihr ... wie hatte das im Club gestern ein junger Stutzer genannt?

Ach ja, erinnerte sich Mason, *ihr verheerender Charme*.

Und von dieser Frau – so glaubte Cousine Felicity – sollte er seine Nichten für die perfekte Einführung in die Gesellschaft vorbereiten lassen?

Wenn er zulassen wollte, dass sie zur schlimmsten Sorte von Sirenen heranwuchsen, hatte er die richtige Wahl getroffen.

Was hatte er sich dabei bloß gedacht?

Nun, korrigierte er sich, das stimmte nicht ganz, er wusste genau, was er sich gedacht hatte. Sein Blick folgte dem Sichheben und -senken ihrer üppigen Brüste, den verführerischen Kurven ihrer Hüften und dem wiegenden Schritt, als sie die Stufen hochging.

Er wollte gerne glauben, dass der Chiffonschal um ihre Schultern Zurückhaltung signalisieren sollte, aber der Stoff war so transparent, dass die geplante Verhüllung nicht funktionierte, um ihre ... wie hatte ein anderer das im Club genannt?

Ihre fesselnden Eigenheiten.

Mason holte tief Luft und versuchte, den Blick von ihr abzuwenden, aber er wurde immer wieder von den weißen Federn angezogen, die ihren Hut schmückten und sich bewegten, als ihre schlanke Gestalt die Treppe hochkam. Selbst ihre gepuderten Locken schienen eine verführerische Verheißung zu sein; sie kringelten sich so anmutig auf ihrem bloßen Hals, als ob sie nur darauf warteten, von einem leidenschaftlichen Liebhaber ganz gelöst zu werden.

Einen heißen, kurzen Moment stellte er sich vor, wie er mit ihr zusammen sein und ihr Seidenschicht um Seidenschicht ausziehen würde – der Raum von Mondlicht erhellt und in rotem Plüsch dekoriert, weit von Mayfair entfernt, weit von seinen Verantwortlichkeiten …

Himmel, was dachte er da? Erschrocken holte Mason tief Luft und trat rasch vom Fenster zurück. Solche Gedanken passten zu Freddie und seinesgleichen, zu denen übrigens auch sein Vater gehört hatte. Und die drei Generationen von Ashlins davor, die nur zu bereitwillig an dem Ruf gearbeitet hatten, dass die Ashlins Schulden über Schulden machten und sich in den Nächten mit schönen Opernsängerinnen vergnügten … und Schauspielerinnen.

Es war ein Wunder, dass es den Titel und den Besitz überhaupt noch gab.

Nein, gebot Mason sich streng, es war klug gewesen, Freddies Neckereien, dass Oxford-Professoren sich dem Zölibat verschreiben müssten, nicht ernst genommen zu haben. Sein strenger Lebensstil hatte ihn gelehrt, sich ganz auf seine Studien zu konzentrieren, und seine Disziplin würde ihm auch jetzt dabei helfen, dem Namen Ashlin wieder zu Ansehen zu verhelfen und den Familienbesitz zu retten.

Das hieß … sobald er Madame Fontaine und ihren unheiligen Einfluss wieder losgeworden war.

Mason sah wieder aus dem Fenster und legte sich seine Worte zurecht, als Belton ihre Ankunft meldete.

Mason verschränkte die Hände auf dem Rücken und lief um seinen Schreibtisch herum, als hätte er es mit einer Klasse Dreizehnjähriger zu tun, während er seine Ansprache übte. »Madame Fontaine, ich kann mir Ihren Namen und Ihren Ruf nicht im Zusammenhang mit meinen Nichten vorstellen.« Mit zunehmender Begeisterung fuhr er fort: »Da ist als Erstes und Wichtigstes die Art zu nennen, wie Sie sich kleiden. Ihre heutige Aufmachung ist ein hervorragendes Beispiel. Sie befindet sich an der Grenze zur Unzüchtigkeit.«

Mason fuhr sich mit der Hand durch die Haare. Himmel, er klang wie der schlimmste und gehemmteste Spießer.

Eher wie der alte Cheswick, der seit über vierzig Jahren Philosophie am St. Johns College unterrichtete. Er hatte alle jüngeren Lehrer darum gebeten, einen zurückhaltenden Lebensstil zu pflegen, um ihren Studenten ein lebendes Beispiel zu sein!

Noch während Mason versuchte, sich an einige der eindrucksvollsten Formulierungen des Mannes zu erinnern, fiel ihm ein, dass Cheswick vor kurzem in den vorzeitigen Ruhestand nach Bath versetzt worden war – aus Gründen, die ihm jetzt auch wieder in den Sinn kamen. Nach Jahren geradezu militanter Enthaltsamkeit war Cheswick in seiner Junggesellenwohnung überrascht worden, wie er betrunken in der Wanne saß, unzüchtige Lieder sang und sich von zwei französischen Schönheiten namens Monique und Marie waschen ließ.

Vielleicht war Cheswick doch nicht der Mann, an dem er sich jetzt gerade orientieren sollte.

Nun, sagte sich Mason, es war nichts dabei, ein zurückhaltender und respektierter Mann zu sein.

Nicht, wenn du damit zufrieden bist, züchtige Verse aufzusagen, während sie dich zur letzten Ruhe betten, dachte er ganz im Sinne von Freddies Spötteleien.

Mason schüttelte den Kopf, um diese ungebetenen Gedanken zu verscheuchen.

Vielleicht sollte er Cousine Felicitys Rat, eine Frau zu finden, doch ernst nehmen. Kein reiches, gekünsteltes Mädchen wie Miss Pindar, sondern ein ruhiges, bescheidenes Mädchen von guter Herkunft, das vorteilhafte Familienbeziehungen mit in die Ehe bringen würde. Sie würden heiraten, ein paar wohlerzogene Kinder haben und ein ruhiges Leben in Sanborn Abbey, dem Familiensitz der Ashlins, führen.

Wenn er erst einmal dort war, würde er dafür sorgen, dass seine Nichten nur akzeptable junge Männer kennen lernten, statt aufgedonnert nach London geschickt zu werden, wo sie reichen Männern als Beute geboten wurden.

Doch noch während er sich ein solches Leben ausmalte, hörte er wieder eine von Fredericks Spötteleien:

Eine Mätresse würde mehr Spaß machen, kleiner Bruder.

»Das ist lächerlich. Er würde dahinter kommen, ehe der Morgen vorüber ist, und dann wäre alles verloren.« Riley machte kehrt und eilte der entschwindenden Kutsche hinterher.

Hashim ergriff sie am Kleid, ehe sie die Straße erreicht hatte. Er schüttelte den Kopf und nickte in Richtung der imponierenden Haustür des Ashlin-Besitzes.

»Hast du mich nicht gehört? Ich sagte, dass das lächerlich ist – geradezu verrückt! Ich weiß nichts darüber, wie sich eine Lady benimmt.«

Hashim schüttelte den Kopf und legte eine Hand aufs Herz.

»Na gut, ich weiß ein bisschen darüber, wie eine Lady sich benimmt«, gab Riley zu, »aber nicht eine Lady, die in so einem Haus lebt und Bälle besucht oder was immer es ist, was sie in diesen großen Steinkästen abhalten. Das, was ich kenne, wird dem Earl sicher nicht gefallen.«

Hashim schüttelte den Kopf und lächelte belustigt.

»Hör auf«, schalt Riley. Ihr Freund und Diener kannte sie zu gut. Sie waren seit zehn Jahren zusammen, als sie ihn in Paris auf dem Sklavenmarkt gekauft hatte. Etwas an der aufrechten Haltung des Mannes und seiner vornehmen Ausstrahlung hatte ihre Aufmerksamkeit geweckt. Sie hatte gerade ihr Entree an der Pariser Bühne gehabt und genug Geld verdient, um ihn kaufen zu können und sofort zu befreien, sobald die Papiere unterzeichnet waren.

Doch der Riese hatte sich geweigert zu gehen. Zumindest solange nicht, bis er seine Schuld bei ihr bezahlt hatte.

Riley hatte die Schuld schon vor Jahren als abbezahlt betrachtet, aber Hashim schüttelte jedes Mal den Kopf, wenn sie das Thema ansprach.

Jetzt hustete er und deutete mit einem Nicken auf die Haustür.

Riley holte tief Luft und dachte an das, was Aggie am Abend hatte in Erfahrung bringen können. Laut Aggie war der Earl Dozent für antike Geschichte: langweilige Kriege, tote Könige, hoffnungslose Fälle. Riley zog eine Grimasse. »Kein Wunder, dass er sich wie ein alter Pfarrer statt wie ein Ashlin benimmt.«

Hashim hob die Brauen.

»Ich könnte mir vorstellen, dass er ganz interessant aussähe, wenn er nicht immer nur Schwarz trüge«, meinte Riley weiter. Neckend fuhr sie dann fort: »Wenn er alte Geschichte so mag, könnten wir ihm eine der römischen Togen anbieten, die noch von *Antonius und Kleopatra* übrig sind. Das würde ihn etwas modischer kleiden.«

Hashim schien an der Vorstellung nichts Witziges zu finden, während Riley über ihren eigenen Witz laut lachen musste.

Bis sie sich vorstellte, dass seine muskulösen Arme und Beine und die breite Brust darin sehr vorteilhaft zur Geltung kommen würden …

Riley errötete heftig, denn das würde durchaus nicht schlecht aussehen.

Was dachte sie da bloß? Sicher hatte sie durch das frühe Aufstehen Fieber, das war die einzige Erklärung.

Lord Ashlin, also wirklich!

Noch verwirrender war, dass Hashim, wie sie wusste, den Bücherwurm-Earl mochte. »Wie, glaubst du nur, soll er uns helfen können?«

Hashim zuckte die Achseln und legte die Hände wie zum Gebet zusammen.

»Vertrauen? Du hast Vertrauen zu ihm?« Riley schüttelte den Kopf. »Nach einem einzigen Treffen hast du plötzlich entschieden, dass er unser Retter ist. Ich werde dich nie begreifen. Oder magst du ihn nur, weil Aggie herausgefunden hat, dass er enthaltsam lebt? Dann könntet ihr beide einen Club gründen.«

Hashim hob die Brauen und deutete auf sie.

»Danke, dass du mich erinnerst, aber das soll ein Geheimnis sein. Was glaubst du wohl, wie viele Karten wir verkaufen würden, wenn jeder wüsste … nun, du weißt, was ich meine.« Sie sah an der Fassade des Hauses empor.

Riley konnte sich beim besten Willen nicht vorstellen,

wie ein vergeistigter Earl, der den Großteil seines Lebens wahrscheinlich hinter Bibliothekstüren verbracht hatte, herausfinden sollte, was dem besten – und teuersten – Detektiv aus der Bond Street nicht gelungen war: wer sie umbringen wollte.

Nicht dass sie ihm das vorschlagen wollte, aber es war eindeutig, dass die Vorfälle im Theater keine Unfälle gewesen waren, sondern gezielte Anschläge auf sie. Der Hebekran, der auf die Bühne gekracht war, als sie ihren Monolog geübt hatte, die Vorhänge, die Feuer gefangen hatten, als sie alleine im Haus gewesen war, und heute Morgen eine Nachricht.

Verlase Englund, du Hure, oder leite.

Sie hatte die Nachricht niemandem gezeigt – schon gar nicht Hashim, den die hässliche Nachricht nur wütend machen würde. Er betrachtete es als seine persönliche Aufgabe, für ihre Sicherheit zu sorgen, und wenn er diese neueste Drohung sah, würde er wahrscheinlich nicht mehr schlafen und darauf bestehen, sie vierundzwanzig Stunden am Tag zu bewachen.

Und doch – warum sollte jemand ihren Tod wünschen? Es machte alles keinen Sinn. Also hatte sie das schreckliche Gekritzel in ihr Täschchen gestopft und sich entschlossen, es zu vergessen.

Der Detektiv, den sie angeheuert hatte, war zu der Auffassung gekommen, dass es wahrscheinlich nur ein Streich oder eine Nachricht von einem rivalisierenden Theaterdirektor war, der sie vertreiben wollte.

Riley sagte sich, dass das wahrscheinlich die Lösung war, und verdrängte ihre Sorgen, um sich auf das zu konzentrieren, was vor ihr lag – ihren Mäzen davon zu überzeugen, dass er das Theater nicht schließen durfte. Sie liebte dieses Theater, und ihre Künstlertruppe ersetzte ihr die Familie, die sie nie gehabt hatte. Sie wollte verdammt sein, wenn sie es zuließ, dass ein unsichtbarer Feigling all das zerstörte.

Riley sah Hashim an, dessen Gesicht verriet, was sein Mund nicht mehr sagen konnte. *Sie werden es nie wissen, wenn Sie es nicht versuchen.*

Aber sie hatte Angst – mehr, als sie je vor einem großen Auftritt gehabt hatte. »Aber was ist, wenn ...«

Rileys Verzögerungstaktik fand ein jähes Ende, als die Haustür aufschwang und Cousine Felicity mit dem Feingefühl eines Fischweibs aus dem Haus auf die Straße gerannt kam.

»Oh, meine liebe, liebe Madame Fontaine und Mr Hashim!«, rief sie aus und musterte ungeniert Hashims geschlossenen Mund, als ob sie am liebsten gleich noch einen Blick hineingeworfen hätte. Doch dann entschied sie sich für einen wirren Redeschwall. »Oh, ich kann Ihnen gar nicht sagen, wie entzückt ich bin, Sie hier zu haben – und ich meine Sie beide –, hier in unserer bescheidenen Unterkunft.« Die Frau nahm sich kaum Zeit zum Atemholen, als sie Rileys Ellbogen ergriff und sie die Treppe hochführte.

»Meine beste Freundin und Vertraute, Lady Delander«, fuhr Felicity fort und betonte den Namen der Frau, als wolle sie Riley klarmachen, wie wichtig diese sei, »wird grün vor Neid werden, wenn sie hört, was für eine gesellschaftliche Revolution Mason unternommen hat, als er Sie angeheuert hat. Ich möchte mal vermuten, dass Sie sich kaum noch auf den Brettern bewegen werden, wie man im Theater so sagt. Sie werden nämlich vollkommen ausgebucht sein, und ich meine vollkommen, denn die vornehmsten jungen Damen werden Sie bitten ... oh, wie sagt man ...« Sie errötete, ehe sie Riley ins Ohr flüsterte: » ... ihnen Ihre östlichen Geheimnisse zu verraten.«

Östliche Geheimnisse? Himmel, das war noch schlimmer, als sie gedacht hatte.

Riley trat einen Schritt zurück, aber zwischen Felicitys Griff auf der einen Seite und Hashims auf der anderen gab es kein Entkommen.

Aggies ermunternde Worte kamen ihr in den Sinn. »*Tapfer, mein Kind, tapfer.*«

Riley sah sich in der großartigen Halle der Ashlins um, die mit schwarz-weißem Marmor gefliest und in dunklem Holz getäfelt war, und sagte sich, dass das auch nicht viel anders war als im Theater.

Nun ... wenn man vom Marmor absah. Außerdem roch das Haus der Ashlins nicht nach verschüttetem Rotwein und Esskastanien.

»Wenn ich Ihr kleines Geheimnis erst einmal Lady Delander verrate ...«

»Wir werden niemandem etwas von Madame Fontaine verraten, Cousine Felicity«, verkündete da Lord Ashlin von der Tür seines Arbeitszimmers her.

Sein plötzliches Auftauchen erschreckte Riley, nicht nur wegen seiner strengen Worte, sondern auch, weil seine dunkle Stimme wie Samt über ihre Haut glitt und sie erschauern ließ.

Zum Teufel, fluchte sie stumm. Er schaffte es, sie alleine durch seine Stimme aus der Fassung zu bringen. Riley konnte sich gut vorstellen, wie der Earl seinen Bariton einsetzte, um eine Frau dazu zu bringen, noch ganz andere Sachen zu tun, als ein Geheimnis zu wahren.

Ein Glück, dass er sie nur passabel fand, wie sein finsterer Blick einmal mehr bewies. Sie wollte nicht einmal darüber nachdenken, was zu tun sie alles für diesen Mann bereit wäre …

»Aber Mason …«

»Kein Wort, Cousine«, gebot er entschieden.

Riley konnte sich vorstellen, wie beim Klang dieser Stimme ein ganzer Hörsaal plötzlich still wurde.

Die Falten auf Cousine Felicitys Stirn deuteten an, dass sie nicht so leicht bereit war aufzugeben. »Oh, Mason, nicht einmal Lady Delander? Ich habe nichts, um sie zu übertrumpfen, seit ihre Nichte sich mit Lord Penford verlobt hat.« Sie wandte sich an Riley. »Man möchte meinen, die Dame hätte die Ehe selber arrangiert, wenn man sie reden hört. Und ich höre sie oft darüber reden, jedes Mal, wenn ich mit ihr zusammen esse.« Mit flehenden Augen wandte sie sich erneut an Mason. Er schüttelte den Kopf. »Madame Fontaine und ich haben ein paar Dinge zu besprechen, ehe das hier weitergeht.«

»Ach, Junge, du bist ein richtiger Spielverderber. Man möchte meinen, du wärest ein Findelkind und kein Ashlin, wenn man dich hört!« Sie eilte ein paar Stufen hoch. »Nun, aber wenigstens kann ich bei den Stunden der Mädchen dabeisitzen und ein oder zwei Dinge aufschnappen. Vielleicht hast du in dieser Saison ja vier Bräute am Ashlin Square.« Sie errötete und sah die Stufen hinunter. »Oh, wo war ich stehen geblieben?«

Riley, die sehr schnell erkannte, dass der Earl seit ihrem letzten Treffen seine Meinung geändert hatte und im Begriff stand, ihre Vereinbarung zu widerrufen, warf schnell ein: »Die Mädchen?«

Cousine Felicitys Mund verzog sich zu einem strahlenden Lächeln. »Natürlich! Die Mädchen! Ihre Schülerinnen warten unten.« Ohne noch einen Blick nach hinten zu werfen, strebte sie der Tür zu.

»Cousine Felicity!«, protestierte Mason, aber die Dame ignorierte ihn.

Er seufzte tief auf, was Riley für kein gutes Vorzeichen hielt, zumal Lord Ashlin ihr dann seinen kritischen Blick zuwandte. In der harten Linie um sein Kinn lag etwas Neues, das gestern noch nicht da gewesen war – eine Form von Missbilligung und Abweisung, die eher zu einem Offizier auf dem Kasernenhof als zu einem Gelehrten der Oxford-Universität gepasst hätte.

Offenbar hatte er herausgefunden, wer sie war, oder zumindest, wozu der Londoner Klatsch sie machte. Und jetzt wollte er sie entlassen und ihr Theater schließen, um sein Geld zu bekommen.

Was sollte sie dann machen? Was wurde aus Aggie und Hashim?

Riley strich sich die Röcke glatt und rückte ihren Hut zurecht, um den Earl nicht auf der Stelle anzugreifen. Allerdings hatte sie so etwas schon erwartet.

Nun, dachte Riley, sie wusste ein oder zwei Dinge, wenn es um eine Verhandlung mit einem Mann ging, und seine Lordschaft war ein Mann, trotz des Geredes um seine vorgebliche Enthaltsamkeit.

Ein enthaltsamer Ashlin? Was für ein Unsinn!

Riley neigte den Kopf und sah scheu zu ihm hoch. »Ist etwas nicht in Ordnung, Mylord?«, fragte sie in der süßesten Stimmlage, die ihr möglich war. »Ich wage zu sagen, dass Sie heute Morgen unwohl aussehen. Vielleicht brauchen Sie ein Stärkungsmittel und einen Aufenthalt auf dem Lande.«

Schinde Zeit, sagte sie zu sich selbst, *halte ihn davon ab, dich sofort wieder zu entlassen*. Denn eines wusste Riley ganz genau: Sie brauchte ihn.

Wahrscheinlich mehr als er sie.

Sie hatte schon zähere Gegner als diesen vergeistigten Lord geschlagen. Und sie hatte die ganze Nacht Zeit gehabt, sich alle möglichen Argumente zu überlegen.

Sie sollte bald entdecken, dass das auch für Lord Ashlin galt.

»Madame Fontaine, ich fürchte, ich habe einen großen Fehler begangen...«. Er sah über ihre Schulter, und als Riley sich umdrehte, sah sie, dass nicht nur der Diener sie mit offenem Mund ansah, sondern dass die ganze Dienerschaft sich in Nischen und Ecken versammelt hatte, um ihnen zuzusehen.

Riley vermochte nicht zu sagen, wer mehr Aufmerksamkeit erregte, sie oder ihr unheimlicher Diener. Hashim sah so finster wie möglich drein, ein Blick, den der Türke aufsetzte, wenn er junge Frauen erschrecken oder Rileys aufdringlichste Verehrer verscheuchen wollte.

Riley entschied sich dafür, ihre Zuschauer huldvoll anzulächeln, was den Earl noch mehr zu verärgern schien.

»Belton!«, rief er laut. »Bezahlen wir diese Leute, damit sie uns angaffen?«

Sobald der Butler durch die Tür trat, verschwanden die Bediensteten, um sich wieder an die Arbeit zu machen, die sie gerade liegen gelassen hatten.

Lord Ashlin nickte seinem Butler zu und richtete seinen kalten Blick dann wieder auf Riley. »Madame, wie ich gerade sagte, würde ich gerne kurz unter vier Augen mit Ihnen sprechen.« Diese Worte richtete er direkt an Hashim.

Riley wandte sich an ihren selbst ernannten Aufpasser. »Wenn du nichts dagegen einzuwenden hast?«

Hashim sah Lord Ashlin einmal von oben bis unten an und nickte dann seine Zustimmung, sie alleine mit ihm sprechen zu lassen. Als Riley dem Earl in sein Arbeitszimmer folgte, bezog Hashim seinen Posten vor der Tür, die Arme wie üblich verschränkt und eine Hand auf dem Griff seines Dolches.

Riley war verwirrt, als sie Lord Ashlin in sein Arbeitszimmer folgte. Er bewegte sich mit einer fließenden Anmut, die zu einem Athleten gepasst hätte und auf einen gut ausgebildeten Körper unter der Gelehrtenkleidung hindeutete. Ganz offenbar hatte der Mann mehr zu bieten als nur Hochschulbildung ...

Riley setzte sich auf den angebotenen Platz. Der Schreibtisch war jetzt leer, und Riley wollte etwas sagen, aber er kam ihr zuvor.

»Madame Fontaine«, begann er, »ich habe ein paar Erkundigungen zu Ihren Referenzen eingeholt, was die Vorbereitung meiner Nichten auf ihr Debut angeht ...«

»Und Sie haben entdeckt, dass ich überqualifiziert bin«, fiel ihm Riley ins Wort, die dieses erste Argument vorhergesehen hatte. Mit Sicherheit hatte er Dinge gehört, die er von der Universität her nicht kannte.

Zumindest nicht aus den Hörsälen.

Der Unterricht beginnt, dachte sie und rückte näher an den großen Schreibtisch zwischen ihnen.

»Nun, Ihre Qualifizierungen sind sicher ...« Er hielt inne, als suche er nach dem richtigen Wort.

Riley nutzte sein Unbehagen aus. »Ich denke, das Wort, das sie suchen, lautet perfekt. Sicher denken Sie, dass ich mit der Aufgabe unterfordert wäre, und ich stimme Ihnen da zu.« Sie hob die Hand, um seine Widerrede zu stoppen, und höflich gab er nach.

Zum Glück kannte Riley solche Hemmungen nicht und fuhr offen fort.

»Mylord, ich weiß, dass ich Ihnen großen Dank schulde, weil Ihre Familie so großzügig unsere letzte Aufführung finanziert hat. Deshalb will ich jetzt keine künstlerische Eitelkeit zeigen und Ihnen gerne bei Ihrer Aufgabe helfen.« Riley holte tief Luft und fuhr rasch fort, ehe er seine guten Manieren vergaß und sie doch unterbrach. »Himmel, als ich meinen Kollegen am Theater von Ihrer Großzügigkeit erzählt habe, hat mich die ganze Truppe gebeten – nein verlangt! –, dass die Premiere Ihnen als unserem Förderer gewidmet wird.«

Lord Ashlin sah alles andere als geehrt aus.

Riley knirschte mit den Zähnen und ließ die Wimpern flattern, wobei sie hoffte, dass die Nachdrücklichkeit ihrer Worte, die sie sorgfältig einstudiert hatte, über deren mangelnden Wahrheitsgehalt hinwegtäuschen würde.

»Ich entnehme Ihrem Gesichtsausdruck, dass Sie der Meinung sind, wir sollten die Premiere wie immer dem Prinzen widmen.« Gedankenvoll nickte sie. »Schließlich wird er da sein, neben Ihnen in der Ashlin-Loge, aber ich verspreche Ihnen: Wenn er sich aufregt, werde ich die Wogen schon wieder glätten.« Riley beugte sich vor, neigte den Kopf und spähte unter ihrer Hutkrempe großäugig zu dem Lord auf, wobei sie vertraulich hinzusetzte: »Der Prinz und ich stehen einander recht nahe.«

In dem Moment, als sie die kleine Notlüge aussprach, erkannte sie an seinem scharfen Blick, dass sie einen Fehler gemacht hatte.

Wenn sie vorher schon gedacht hatte, dass er streng wirkte, so war sein Gesicht jetzt völlig versteinert.

»Gerade diese Nähe zu Männern ist es, über die ich mit Ihnen sprechen wollte«, warf er ein, als sie gerade überlegte, wie sie den Schnitzer wieder gutmachen konnte.

»Meine Nichten«, fuhr er dann fort, »sind behütete, unschuldige Mädchen, und ich möchte, dass sie das auch bleiben – zumindest, bis sie verheiratet sind. Der Vorschlag, Sie als Lehrerin für gutes Auftreten zu benutzen, war von Felicity auf den ersten Blick sicher eine gute Idee ...«

»Und das ist es noch.« Riley hielt inne, als sie sah, dass Lord Ashlin spöttisch eine Braue hob.

Der Earl räusperte sich. »Mein Bruder und meine Schwägerin haben großen Wert darauf gelegt, dass Beatrice, Margaret und Louisa gut erzogen werden, damit sie eines Tages den ihnen zustehenden Platz in der Gesellschaft einnehmen können.« Er beugte sich vor. »Als ihr Vormund werde ich ihren Ruf nicht aufs Spiel setzen, indem ich ihnen erlaube, sich mit einer Frau *Ihres* Charakters gemein zu machen.«

Ihres Charakters?

Oh, dieser aufgeblasene, prüde ...

Riley gab ihre Taktik der Schmeichelei auf und versuchte etwas anderes. »Mylord, ich sehe, dass Sie sich alles wohlüberlegt haben, aber lassen Sie mich ehrlich sein. Die Saison beginnt in Kürze, und die Stadt wird voll sein von jungen Mädchen, die alle einen Ehemann suchen.«

»Und was hat das damit zu tun, dass ich Ihre Dienste zurückweise?«

»Nun, alles«, erklärte Riley. »Ihre Nichten mögen gebildet und schön sein« – hier lächelte sie, wohl wissend, dass er sie nie angeheuert hätte, wenn die Mädchen Schönheiten gewesen wären –, »aber sie brauchen etwas, was sie von der Masse unterscheidet und sie zu Originalen macht.«

»Welche Anleitung sie auch brauchen werden«, sagte der Earl ruhig, »ich bin mir sicher, dass meine Cousine Felicity dem durchaus gewachsen sein wird.«

»Reden Sie von der Cousine Felicity, die ich kennen gelernt habe, oder haben Sie noch eine?«, fragte Riley in der Hoffnung, die Stimmung etwas aufzulockern. Als der Lord weder amüsiert noch aufgeheitert aussah, ging sie wieder zur Aufrichtigkeitstaktik zurück. »Sagen Sie mir, hat Ihre Cousine Felicity je die Aufmerksamkeit eines Mannes geweckt und sie lange genug gehalten, um ihn zu einem Antrag zu bewegen?«

Sein Schweigen beantwortete ihre Frage.

»Nun, *ich* schon«, fuhr sie triumphierend fort. »So oft, dass ich irgendwann aufgehört habe zu zählen. Unter der Anleitung Ihrer Cousine können Ihre Nichten glücklich sein, wenn sie überhaupt zum Tanz aufgefordert werden.«

Zum ersten Mal sah es so aus, als dächte er über ihre Argumente nach.

Rasch fuhr Riley fort: »Angesichts Ihrer gegenwärtigen Finanzmisere werden die Mädchen einen großen Nachteil haben gegenüber den vielen Debütantinnen mit einer Mitgift – einer großen Mitgift, möchte ich hinzusetzen. Ich sehe, dass Sie das Beste für Ihre Nichten wollen, und ich bewundere das, aber eine Mitgift ist das Beste, wenn es um eine gute Partie geht. Ihre Nichten brauchen mehr als die gut gemeinten Ratschläge ihrer Tante, wenn ihre Zukunft gesichert sein soll.«

»Was Sie sagen, macht Sinn, Madame, aber ich habe bereits andere Pläne gemacht, um die Zukunft meiner Nichten zu sichern.«

Er klang zwar sehr sicher, aber Riley hätte schwören können, dass ein Hauch von Zweifel in seiner Stimme mitschwang. »Über Nacht, Mylord? Ich bin verblüfft«, erklärte sie und lehnte sich bequem zurück. »Erzählen Sie.«

Er erhob sich und legte die Hände auf den Rücken. Er tat ein paar Schritte und verkündete dann: »Ich habe vor zu heiraten.«

Jetzt war Riley an der Reihe, erstaunt die Brauen zu heben. Ein Teil von ihr mochte die Vorstellung gar nicht, dass Lord Ashlin heiraten wollte – sicher eine wohlerzogene Miss –, aber dann erkannte sie, dass er nur bluffte.

Er musste bluffen.

»So schnell?«, fragte sie. »Wer ist die Glückliche?«

Lord Ashlin sah sie finster an. »Ich ziehe vor, noch nichts zu sagen, bis das Aufgebot verkündet wird.«

Dann weißt du also noch keine, dachte Riley.

Lord Ashlin wandte sich um und tat noch ein paar Schritte. »Wenn ich erst verheiratet bin, werden wir uns alle auf meinen Landsitz zurückziehen.«

Um den hartnäckigsten Gläubigern zu entfliehen, hätte Riley gerne hinzugefügt.

»Von dort aus werde ich mich nach passenden Ehemännern für meine Nichten umsehen. Männer, die ihre freundliche und ruhige Art zu schätzen wissen.«

Riley musste sich auf die Zunge beißen, um nicht zu fragen, ob er nicht alte, kurzsichtige Narren meinte, die schon so lange nicht in der Stadt gewesen waren, dass sie anfingen, ihren Jagdhunden ähnlich zu sehen.

Mason fragte sich selbst, ob er glaubwürdig klang. Madame Fontaines amüsierter Gesichtsausdruck verriet ihm deutlich, dass sie seine Zukunftspläne wohl eher erheiternd fand.

Nun, vor fünfzehn Minuten hatten sie noch höchst vernünftig geklungen.

Aber wen wollte er täuschen – er brauchte Bargeld, keine Ehefrau.

Und was seine Nichten anging, so waren sie ... nun, er wollte gar nicht darüber nachdenken, wie viel Geld nötig war, um einen Mann auch nur darüber nachdenken zu lassen, ob er eines der Mädchen heiraten wollte – zumindest dann, wenn sie nicht vorher den Schliff erhielten, den Cousine Felicity sich von der Erziehung durch diese Frau versprach.

Die Situation war vertrackt, denn er brauchte sie und ihr Theater. Wenn das, was er letzte Nacht im Club gehört hatte, stimmte und sie immer vor vollen Häusern spielte, konnte Fredericks Investition vermutlich mehr als genug abwerfen, um die drückendsten Schulden zu tilgen.

Mason kam nicht umhin, die Ironie des Ganzen zu bemerken. Freddie und die beiden Generationen vor ihm hatten ihr Geld an Schauspielerinnen und ihresgleichen vergeudet, und nun hatte es den Anschein, als ob der Weg der Selbstzerstörung für die Ashlins auch der Weg der Rettung würde. Es war, als steckte man mit dem Feind unter einer Decke.

Das Letzte, woran er jetzt denken wollte, war, mit Madame Fontaine unter einer Decke zu liegen – störten ihn doch immer noch die Fantasien eines roten Plüsch-Apartments.

»Mylord, Ihre Pläne klingen vielversprechend«, begann Riley erneut und erhob sich, »deshalb möchte ich das neue Angebot, das meine Partner mich zu unterbreiten baten, gar nicht erst ansprechen.«

Ehe Mason sich zügeln konnte, fragte er: »Neues Angebot?«

»Ja«, erklärte sie zuversichtlich. »Meine Partner haben mich gebeten, Ihnen noch einen Vorschlag zu machen, für den Fall, dass Sie bereits neue Pläne hätten. Aber ich habe den Eindruck, dass Sie eine Lösung für Ihre Probleme gefunden haben. Deshalb will ich Sie jetzt nicht länger aufhalten.« Sie seufzte hübsch und sah ihn lächelnd an. Mit einem Lächeln, das einen Mann alles andere vergessen ließ. Alle Pläne. Allen Stolz. Sein Vorhaben, ein anderer Ashlin zu sein.

Aber es reichte doch nicht, um ihn vergessen zu lassen, dass er jedem Kaufmann in London Geld schuldete.

Mason holte tief Luft und nickte ihr zu, dass sie fortfahren solle.

»Sie wissen selbst, dass Ihnen ein Prozentsatz an unseren Einnahmen zusteht. Meine Partner und ich wären bereit, diesen Prozentsatz zu verdoppeln, damit Sie Ihre Schulden schneller begleichen können. Am Ende der Spielzeit werden Sie die Investition Ihres Bruders verdreifacht haben.«

Mason sagte erst nichts. Wie sich zeigte, sollte der Schock über ihr Angebot, der ihm die Sprache verschlug, sich zu seinem Vorteil auswirken. Denn rasch fuhr Riley fort, dieses Angebot, das er jetzt schon nicht ablehnen konnte, um zusätzliche günstigere Bedingungen zu erweitern.

»Ich weiß, dass Sie Zweifel an meiner Qualifikation haben, aber ich kann Ihnen versprechen, dass ich Ihren Nichten nur die untadeligsten Dinge beibringen werde«, setzte sie hastig hinzu. »Tatsächlich bin ich so zuversichtlich, die Chancen Ihrer Nichten auf dem Heiratsmarkt verbessern zu können, dass ich bereit wäre zu wetten, dass sie eine Woche nach der Premiere verlobt sein werden. Darauf wette ich meine fünf Prozent der Einnahmen aus den ersten drei Wochen.« Mit diesen Worten streckte sie ihm die Hand hin. »Also was ist, Mylord, sind wir im Geschäft?«

Ehe Mason einen Bund eingehen konnte, der sicher ein Bündnis mit dem Teufel gewesen wäre, kam seine älteste Nichte Beatrice ins Arbeitszimmer geplatzt. Mitten im Raum blieb sie wie angewurzelt stehen.

Dann sah sie zur Tür zurück und rief: »Tatsächlich, Louisa, es stimmt. Du musst deine Bemerkung zurücknehmen, dass Cousine Felicity eine senile alte Vogelscheuche ist. Onkel hat wirklich so einen Haymarket-Vogel im Arbeitszimmer.«

Mason starrte seine älteste Nichte an und sah, was Madame Fontaine jetzt sicher auch sah: ein ungelenkes, blondes Mädchen Anfang zwanzig.

Dann kam zu seinem Entsetzen auch seine mittlere Nichte Margaret mit der Wucht einer Hundemeute, aber mit nur halb so viel Anmut, hinterher.

Die neunzehnjährige Margaret hatte ihre Schwester nicht bemerkt und stieß gegen sie, was diese auf das Sofa schleuderte, wobei ein großes Stück Stoff aus dem abgetragenen Kleid gerissen wurde.

»Tod und Teufel!«, fluchte Bea mit der Stimme eines Hafenarbeiters. Sie hielt ihrer Schwester das ruinierte Kleid hin. »Mags, kannst du nicht *einmal* das Zimmer betreten, ohne dich wie ein besoffener Seemann zu benehmen?«

Mags brach prompt in tränenreiches Geheul aus, was ihr ohnehin rotes Gesicht in eine fleckige Landschaft verwandelte. »Ich habe dich gar nicht gesehen, Bea«, schluchzte das Mädchen, »es tut mir leid.«

»Nun, du bist mindestens so blind, wie du dumm bist«, fuhr ihre Schwester fort und fügte eine Kanonade von Flüchen hinzu, die einen Marinesoldaten noch zum Erröten gebracht hätten.

»Uh, hm«, erklang jetzt eine dritte Stimme.

Mason sah auf und entdeckte seine jüngste Nichte Louisa auf der Schwelle, wo sie ungeduldig mit dem Fuß scharrte, weil niemand Notiz von ihr nahm.

Mit siebzehn wartete Louisa darauf, ganz wie ihre Mutter einen großen Auftritt zu haben. Doch wo Caro schön und charmant gewesen war, sah Louisa einfach nur angewidert aus. Mit dem Schritt eines Feldmarschalls und ohne jede Grazie trampelte sie an der immer noch schimpfenden Bea vorbei, wobei sie um Madame Fontaine einen großen Bogen machte, als hätte die die Pest.

Dann wandte sie ihr hageres Gesicht Mason zu.

»Himmel, Onkel, was sucht denn diese billige Hure in unserem Haus?«, fragte sie und zeigte auf Madame Fontaine.

Eine Sekunde lang betrachtete Lord Mason seine

Nichten und stellte sich die Zukunft vor – mit diesen schlecht erzogenen drei Schwestern, die bis zum Lebensende in seinem Haus leben würden.

Ich liebe meine Nichten, ich liebe meine Nichten, sagte er innerlich wie ein Mantra auf, voller Hoffnung, sich selbst davon zu überzeugen. Aber um die Wahrheit zu sagen, waren sie die drei abstoßendsten und ungraziösesten jungen Frauen, die er je gesehen hatte.

In diesem verzweifelten Moment fiel sein Blick auf Madame Fontaine, und der Gegensatz wurde ihm nur zu deutlich.

Noch nie hatte der Teufel so sehr wie ein Engel ausgesehen. Ehe Riley ihre Hand wieder zurückziehen konnte, griff der Earl danach wie nach einem Rettungsring und besiegelte ihren Handel mit einem kräftigen Händedruck.

4

Riley betrachtete stumm die Hand des Earls, die ihre zur Besiegelung des unheiligen Bündnisses fest umfasste, und fragte sich, in was sie da geraten war.

Als sie aufsah, begegnete sie seinem scharfen, blauen Blick, der sie herausfordernd und auch – wie sie meinte – eine Spur verzweifelt durchbohrte.

Himmel, dachte Riley, er denkt wirklich, ich könnte diese abstoßenden Wildfänge an den Mann bringen! Wildfang war noch höflich, um die drei St.Clair-Schwestern zu beschreiben.

Der Earl war vielleicht davon überzeugt, dass sie ihn noch retten konnte – vielleicht auch nicht –, aber auf jeden Fall war sie eindeutig seine letzte Hoffnung. Oh, sie hatte das dumpfe Gefühl, dass ihr zukündtiges Leben sehr gut zu zwei Zeilen aus Macbeth passte:

Mischt ihr alle! Mischt am Schwalle!
Feuer, brenn und Kessel walle!

Dieses unglückliche Trio vor ihr schien wie die drei Hexen bei Shakespeare durchaus in der Lage zu sein, noch viel mehr Unheil zusammenzubrauen als einen Kessel voll Schabernack.

Die Mädchen waren durchaus recht hübsch, und mit

ein bisschen Bereitwilligkeit von ihrer Seite würde Riley ihre Manieren schon so zurechtstutzen können, dass sie wie drei Diamanten funkelten.

Nein, dieser Teil des Pakts machte ihr keine Angst.

Angst machten ihr der Earl of Ashlin und sein Blick hinter der Brille. Für einen Moment hatte sie hinter die Fassade des Oxford-Professors geschaut und einen Mann entdeckt, den sie beunruhigend attraktiv fand.

Als seine Finger ihre weiterhin umschlossen und so eine Verbindung zwischen ihnen herstellten, erkannte sie, dass sie einen Handel abgeschlossen hatte, der über bloße Benimmregeln weit hinausging.

Das war der teuflische Teil daran.

Irgendetwas verriet ihr, dass dieser Ashlin bei all seinem Bücherwissen und seinem gelehrten Auftreten auch seine Portion vom Familienerbe abbekommen hatte.

Er verfügte über einen Charme, dem selbst die berühmte Aphrodite nicht hätte widerstehen können.

Riley kämpfte darum, ihre Hand freizubekommen und sich diesem albernen Handel doch noch zu entziehen, während die Stärke seines Griffs sie mit zunehmender Wärme erfüllte.

Sie hatte noch nie einen Mann kennen gelernt, der ihr nicht auf der Stelle zu Füßen gelegen und seine unsterbliche Ergebenheit erklärt hatte; und vielleicht war es das, was sie an diesem Mann hier so verwirrte.

Es machte keinen Sinn. Wie konnte ein bebrillter, schlecht gekleideter Edelmann ohne Manieren so ihre Neugier wecken, wenn er ihr doch gleichzeitig durch einen einzigen Kommentar das Gefühl gegeben hatte, unbeholfen und nur wenig interessant zu sein.

Leidlich hübsch, also wirklich!

Nun, sie würde nicht zum Opfer eines närrischen und missgeleiteten Gefühls werden. Nicht sie, bei ihrer Vernunft ... sie hatte schon zu oft erlebt, dass sich Schauspielerinnen zu ihrem Schaden in den falschen Mann, einen Adligen, verliebt hatten.

Oh, sie waren durchaus freundlich – wenn es ihnen passte. Auch großzügig – wenn es ihnen passte. Aber wenn sie genug von ihrer Schauspielerin hatten, sahen sie nie zurück auf die gebrochenen Herzen, die sie hinterließen.

Nun, vor ihr saß ein Adeliger, der ihr nicht das Herz brechen und sie dann zurücklassen würde.

Riley holte tief Luft und entzog dem Earl mit einem Ruck ihre Hand, die sie anschließend am Rock abwischte, um den Zauber zu brechen.

Doch, sie würde es schaffen und ihr Versprechen halten. Das war auch gar nicht so schwer, sie durfte ihn nur nicht berühren.

Mason beobachtete, wie die Dame ihre Hand am Rock abwischte, und fragte sich, wie lange er sie wohl wie ein mondsüchtiges Kalb umklammert hatte.

Vielleicht sollte er sich schuldig fühlen, dass er nicht die Wahrheit über den Grad der Verwahrlosung seiner Nichten gesagt hatte.

Was er jetzt gar nicht brauchen konnte, war, dass sie aufstand und ging oder ihm seine Unehrlichkeit vorwarf. Also bemühte er sich, ermutigend zu klingen. »Ich denke, dass wir beide von diesem Abkommen profitieren werden, Madame. Meine Nichten brennen darauf zu heiraten.«

»Onkel!«, rief Beatrice aus. »Das stimmt doch gar

nicht.« Sie sah empört zu Cousine Felicity hinüber, die gerade leise in den Raum gehuscht kam.

Mason fragte sich, was der Aufruhr zu bedeuten hatte. Cousine Felicity hatte ihm versichert, dass die Mädchen sehr wohl heiraten wollten, und diese mussten doch selber gemerkt haben, wie schlecht Cousine Felicity dazu geeignet war, ihnen einen Ehemann zu verschaffen.

Außerdem wollte er doch nur helfen.

»Wenn du glaubst, Onkel, dass wir von irgendeiner röckeschwingenden Person Unterricht haben wollen, dann hast du dich aber gründlich geirrt«, verkündete Louisa. »Mutter wäre entsetzt, und ich bin mir sicher, Vater würde dich allein für die Tatsache zur Rede stellen, dass du so eine Person in unserem Haus empfängst. Von ihm ganz zu schweigen«, setzte sie dann hinzu und wies mit dem Daumen auf Hashim, der nach Cousine Felicity ins Zimmer getreten war. »Bringt da einen Heiden mit! Wirklich, es würde mich nicht wundern, wenn die Wachen uns alle mit durchgeschnittenen Kehlen und ausgeraubt vorfinden würden.«

Sie nickte ihren Schwestern zu, und alle drei hoben die Nasen in die Luft und marschierten in geschwisterlicher Einigkeit zur Tür. Ihr Abgang wäre eindrucksvoll gewesen, wenn Maggie nicht beim zweiten Schritt gestolpert und gegen Bea geprallt wäre, die ihre Schwester prompt übel beschimpfte.

Louisa ergriff ihre Schwestern am Arm und versuchte, sie aus dem Zimmer zu schleppen, ehe sie noch mehr Schaden für ihre Seite ausrichten konnten.

Nur mühsam bekämpfte Mason den Drang, sein hartes Los zu beklagen.

Er hegte keinerlei Zweifel daran, dass seine Nichten,

wenn er sie in ihrem jetzigen Zustand auf die Gesellschaft losließe, ein Kapitel zur Familiengeschichte beitragen würden, das auch nach zwanzig Generationen noch nicht vergessen sein würde.

Noch schlimmer war die steife Haltung, die Madame Fontaine angenommen hatte. Louisas beleidigende Bemerkungen hatten der Schauspielerin gar nicht gefallen, und wenn er ehrlich war, hatten sie auch ihm nicht gefallen.

Freddie und Caro waren nun schon seit sieben Monaten tot, und es war höchste Zeit, dass er zeigte, wer jetzt der Herr im Haus war und bestimmte, wen man hier willkommen hieß.

Madame Fontaine mochte all das sein, was die Mädchen und der Klatsch in der Stadt über sie behaupteten, aber sie war auch ein Gast in seinem Haus, und als solcher stand ihr die gebührende Höflichkeit zu, die jedem Gast zustand.

Louisa war noch dabei, ihren Onkel wüst zu beschimpfen. »Ich kann es nicht fassen, Onkel, dass du wirklich glaubst, wir würden diese ... diese Hu ...«

»Schluss!«, brüllte Mason und erschreckte seine Nichten damit so sehr, dass sie ihn schweigend anstarrten.

Selbst Cousine Felicity, die sonst nie ruhig dastand, erstarrte bei diesem unerwarteten Ausbruch.

»Aber ...«, begann Louisa erneut.

»Ich habe gesagt: Schluss!« Und es war sein Ernst. Wenn er vorhatte, den guten Ruf der Familie wieder herzustellen, musste er damit anfangen, dass er die Kontrolle über den Haushalt übernahm. Er warf einen Blick auf die Mädchen, die versuchten, Maggie wieder auf die Beine zu bringen, um dann vor seinem unerwarteten

Zorn zu fliehen. »Margaret, stell dich gerade hin und rühr dich nicht.«

»Wie kannst du es wagen«, kam Beatrice ihrer Schwester zu Hilfe. »Louisa hat jedes Recht, diese Frau eine …«

Mason sah seine älteste Nichte scharf an. »Beatrice, noch ein solches Wort, und ich sperre dich für den Rest deines Lebens in ein Kloster, wo es so still ist, dass das einzige Geräusch, das du hören wirst, dein Herzschlag ist.«

Bei dieser Drohung wich sogar Madame Fontaine einen Schritt zurück.

Der Einzige, den Masons Wutanfall nicht aus der Ruhe zu bringen schien, war Hashim. Er stand in einer Ecke und grinste wie ein Idiot. Als er spürte, dass Mason ihn ansah, erbleichte er nicht etwa, sondern nickte ihm zu, als wenn er es gutheiße, dass der Earl seiner Herrin endlich zu Hilfe gekommen war.

Mason hatte seine Hörsäle immer im Griff, da konnte ein Haushalt voller Frauen auch nicht viel schlimmer sein, sagte er sich. Er verschränkte die Hände hinter dem Rücken und stellte sich so hin, wie er Studenten im ersten Semester gegenübertrat, die sich etwas hatten zuschulden kommen lassen.

»Jetzt, wo ihr mir endlich zuhört, will ich euch eines sagen: Ich habe Madame Fontaine dafür gewinnen können, euch auf eure erste Saison in der Gesellschaft vorzubereiten. Ihr werdet nämlich alle drei dieses Jahr in die Gesellschaft eingeführt.«

Bea öffnete den Mund, um zu protestieren, wie er vermutete, doch er zog eine Braue hoch und sah sie drohend an.

Offenbar erzielte er damit die erwünschte Wirkung,

denn Bea schnappte nach Luft wie ein Fisch auf dem Trockenen und schloss den Mund dann wieder – entweder, weil sie erkannt hatte, dass ihre Worte sinnlos waren, oder aus Furcht, dass er seine Drohung mit dem Kloster wahr machen könnte.

»Wie geplant wird Madame Fontaine eure Erziehung ab heute in die Hand nehmen.«

»Heute?«, riefen alle drei wie aus einem Munde.

Mason sah Hashim an, dessen Grinsen er sich mit *Bleib hart!* übersetzte.

»Ja, heute. Und dem Benehmen nach zu schließen, dessen ich eben Zeuge geworden bin, ist das keinen Moment zu früh.«

Seine strenge Haltung stieß auf schmollende Gesichter, aber es gab keine Einwände mehr.

Mason holte tief Luft und hatte das erste Mal seit Freddies Tod das Gefühl, sein Schicksal wieder selber in die Hand genommen zu haben. Er tat ein paar zögernde Schritte und lief dann zielstrebiger um den Tisch herum.

»Onkel, darf ich etwas fragen?« Die Frage kam von Louisa, was ihn bei ihrer Dreistigkeit nicht überraschte, aber es waren ihr sanftes Lächeln und die freundliche Stimme, die ihn erstaunten.

»Ja?«

»Ich verstehe, dass du Madame Fontaine mit den besten Absichten engagiert hast«, begann sie und lächelte ihn an. »Aber was, wenn jemand erfährt, dass sie hier ist? Wenn jemand entdeckt, dass du eine ...«

»Gewöhnliche Schlampe?«, warf Beatrice mit einem ähnlich sanften Lächeln ein.

Louisa warf ihrer Schwester einen ärgerlichen Blick zu und setzte ihre Befragung dann höflich fort. »Sagen wir, eine Dame mit fraglicher Kompetenz für unsere Erziehung engagiert hast. Denk doch nur, wie uns das ausgelegt würde.« Sie erschauerte demonstrativ.

Wenn Mason nicht schon so lange mit seinen Nichten zusammengelebt hätte, hätte er sich von Louisas wohlgesetzten Worten sicher einlullen lassen, aber er kannte ihre Tricks einfach schon zu gut.

Außerdem war die Antwort auf ihre Frage ganz einfach.

»Niemand wird von Madame Fontaines Stellung in unserem Haus erfahren, weil wir niemandem ein Wort davon verraten werden.«

»Aber was ist mit den Dienern?«, wandte Bea ein.

»Belton wird ihnen klarmachen, dass sie ihre Stellung nur behalten können, wenn sie absolutes Stillschweigen bewahren.«

Nicht, dass sie viele Diener gehabt hätten. Die Einzigen, die geblieben waren, hatten dies aus Loyalität der Familie gegenüber getan. »Ein Wort, und ihr werdet nicht in die Gesellschaft eingeführt, erhaltet keine Balleinladungen, werdet nicht bei *Almacks* zugelassen.«

»*Almacks*«, wisperte Maggie andächtig. »Meinst du wirklich, dass wir eine Einladung bekommen?«

Mason lächelte seine Nichte voller Hoffnung an. Wenigstens eine von ihnen schien zu begreifen, welche Vorteile ihnen die Erziehung durch Madame Fontaine bringen konnte. »Ihr müsst den Patronessen beweisen, dass ihr es wert seid, eine Einladung zu bekommen. Cousine Felicity hat mir erzählt, dass das recht schwierig sein kann.«

»Nicht für uns«, schwor Louisa. Sie verschränkte die Arme vor der Brust. »Unserer Mutter standen doch auch alle Türen offen. Es gibt keinen Grund zu der Annahme …« Sie unterbrach sich und sah ihre Schwestern an. »dass nicht wenigstens eine von uns eine Einladung erhält.«

»Dafür gibt es keine Garantie«, sagte Mason, »wenn auch nur eine von euch der Familie Schande macht.« Er ließ die Bedeutung seiner Worte wirken.

Die Mädchen sahen einander an und machten sich offenbar Gedanken über ihre Nachteile. Ihr dreifacher Seufzer machte deutlich, dass ihnen nicht gefiel, was sie sahen.

»Habe ich euer Wort?«, fragte Mason.

Sie nickten, wenn auch widerstrebend, und sahen dann Cousine Felicity an.

Mason verstand ihre Sorge. »Das war deine Idee, Cousine. Was hast du dazu zu sagen? Kannst du dich soweit zurückhalten, dass du keiner deiner Bekanntschaften gegenüber etwas über den Aufenthalt von Madame Fontaine in unserem Hause verrätst?«

Cousine Felicity schürzte die Lippen. Ihr beunruhigter Blick verriet, dass er viel von ihr verlangte.

»Nicht einmal deiner Schneiderin«, setzte Mason hinzu.

»Aber Mason, doch wenigstens Lady …«, begann sie, und die Spitze an ihrem Häubchen erzitterte in aufgeregter Bewegung.

»Nein, Cousine, niemandem. Das muss ein Geheimnis bleiben.«

Die arme Frau sah drein, als hätte man verlangt, dass sie einen Ball bei Hofe in einem Kleid vom letzten Jahr besuchen sollte.

Da trat Madame Fontaine vor und legte ihr sanft eine

Hand auf den Arm. »Denken Sie an das Schicksal meines armen Dieners. Ich weiß es nicht genau, aber in Paris kursierte das Gerücht, dass man ihm die Zunge herausriss, weil er ein Geheimnis verraten haben soll.« Madame Fontaine seufzte. »Es ist nie klug, indiskret zu sein.«

Mason hätte fast gelacht, als Cousine Felicity schluckte und dann Hashim, der seine Herrin finster ansah, einen vorsichtigen Blick zuwarf.

Diese zuckte leicht die Achseln, als ob sie sagen wollte: *Tut mir leid, mein Freund.*

Hashims Gesicht wurde nicht milder, aber er stand etwas weniger angespannt da, als wollte er sagen: *Das besprechen wir später.*

»Nun, was sagst du, Cousine Felicity? Es sieht so aus, als hieltest du die Zukunft der Mädchen in der Hand«, meinte der Earl.

Cousine Felicity gab sich geschlagen. »Wenn du darauf bestehst, Mason. Du magst es vielleicht nicht glauben, aber viele meiner Freunde betrachten mich als die personifizierte Diskretion.«

An dieser Stelle gab Bea ein höchst undamenhaftes Schnauben von sich.

Alle sahen sie an.

»Was ist?«, fragte sie.

Mason schüttelte den Kopf. Madame Fontaine hatte wirkich viel zu tun.

Er verschränkte die Hände hinter dem Kopf und überlegte, warum seine Nichten so plötzlich nachgegeben hatten. Als hätte sie seine Gedanken gelesen, meldete sich Louisa prompt wieder zu Wort. »Das ist alles gut und schön, wenn wir nichts verraten, aber was ist mit *ihr*?« Sie deutete auf Madame Fontaine wie auf einen unkenntlichen Leichnam neben der Straße. »Und ihm?« Sie neigte den Kopf in Hashims Richtung. »Man kann nicht gerade sagen, dass sie am Ashlin Square nicht auffallen. Irgendjemand sieht sie bestimmt, vor allem, wenn sie so aufgedonnert sind.« Sie schwieg. »Falls du unsere Nachbarn noch nicht kennen gelernt hast, Onkel, lass dir sagen, dass darunter nicht einer ist, den man als die personifizierte Diskretion bezeichnen könnte.« Sie lächelte ihre Tante an, als hätte sie ihr ein Kompliment gemacht.

Mason gefiel Louisas Ton nicht, aber er musste ihr in der Sache Recht geben.

Madame Fontaine fiel auf, aber wenn sie sich vielleicht unauffälliger kleidete und ihre Frisur änderte, würde sie in der Menge untergehen.

Aber Hashim? Mason bezweifelte, dass es eine Möglichkeit gab, den hünenhaften Sarazenen zu tarnen.

Mason entschloss sich, zunächst das Zeitproblem anzugehen. »Was Ihre Arbeitszeit betrifft, Madame, würde ich Sie bitten, dass Sie morgen früh pünktlich um sieben Uhr eintreffen ...«

»Sieben!«, erklang es schockiert im Chor.

Mason stellte trocken fest, dass auch Madame Fontaine nicht gerade begeistert aussah.

»Ja, sieben. Irgendein kluger Mann aus den Kolonien hat mal gesagt, dass die frühen Vögel die besten Würmer bekommen. Wir haben keine Zeit zu verlieren, da die Saison in weniger als einem Monat beginnt.« Mason sah seine Nichten an, und als er nicht mehr Widerspruch bekam als einen gemurmelten Fluch von Seiten Beas, holte er tief Luft. »Dann möchte ich Sie bitten, Madame, dass Sie sich morgen früh so kleiden, wie man es von einer Gouvernante erwarten kann, die junge Schützlinge adeliger Herkunft zu unterrichten hat.«

Rileys Antwort darauf war eine gehobene Braue.

»Wie Sie wünschen, Mylord«, sagte sie schließlich kurz angebunden.

Gut, damit war das klar, dachte er. Er hatte ein für alle Mal Ordnung in den Haushalt gebracht. In ein paar Wochen würden die Mädchen in die Gesellschaft eingeführt werden, dort einen gut erzogenen Ehemann finden und dann ihr eigenes Leben führen, sodass auch er zu seinem eigenen Leben zurückkehren konnte.

Mason schüttelte den Kopf. Zu seinem Leben, ohne *sie*. Er schloss die Augen und sah einen Moment lang ihre vollen Brüste vor sich, die das Decolleté zu sprengen drohten, die sanft geschwungenen Hüften und die verführerischen Federn auf ihrem Hut, die einem Mann zuzuwinken schienen, dass er doch näher kommen solle.

Himmel, was hatte er nur getan, dass er sie eingeladen hatte, einen Monat lang täglich in sein Haus zu kommen?

Blieb nur zu hoffen, dass sie in bescheidenerem Aufzug nicht mehr eine so große Versuchung für sein Ashlin-Herz sein würde.

Ja, sagte er sich. *Unter all dem Tand ist sie vielleicht ganz unauffällig*.

Zumindest hoffte er das.

»Onkel, hörst du mich?« Beas Frage durchdrang seine Gedanken.

»Ja? Was ist?« Er richtete sich auf und versuchte, konzentriert auszusehen.

»Ich sagte, dass du deinen Schwarm in Sackleinen

kleiden könntest, aber was ist mit *ihm*? Einer wie er fällt am Ashlin-Square ungefähr so auf wie Schnee in der Höl ...«

»Ja, Beatrice, ich denke, wir haben dich alle verstanden.« Mason wandte sich an Madame Fontaine. »Meine Nichte hat Recht. Ihr Diener muss zu Hause bleiben.«

Hashim knurrte bei dieser Wendung des Gesprächs, was Cousine Felicity ein erschrockenes Quietschen entlockte.

Madame Fontaine legte ihrem Diener beruhigend die Hand auf den Oberarm. »Ich fürchte, darüber kann ich nicht entscheiden«, sagte sie höflich. »Hashim kommt und geht, wie er möchte. Und es gefällt ihm, mich zu begleiten, wenn ich ausgehe.«

Mason betrachtete sie einen Moment lang. Er hätte schwören können, dass ihre Stimme gebrochen geklungen hatte – dass sie nicht die ganze Wahrheit sagte. Aber vielleicht war es so, dass sie wie der Rest der verwöhnten Frauen in London daran gewöhnt war, ihren Kopf durchzusetzen. Nun, diesmal würde sie eine Ausnahme machen müssen.

Mason straffte die Schultern. »Dann wird Ihr Diener seine Meinung eben ändern müssen. Wenn er mit Ihnen geht, wird das nur unerwünschte Gerüchte schüren. Entweder er bleibt zu Hause, oder Sie bringen mir morgen den Rest des Darlehens.«

Riley warf Hashim über die Schulter einen Blick zu, als wolle sie sagen: *Lass, das klären wir später.*

Mason gefiel es nicht, dass sie seine Befehle so wenig ernst zu nehmen schien, aber er bewunderte es, wie sie mit ihrem einschüchternden Begleiter umging.

Madame Fontaine wandte sich um und neigte zustimmend den Kopf.

Auch Mason nickte. »Na bitte, dann ist ja alles klar.« Er wandte sich an seine Nichten. »Euer Unterricht wird sofort beginnen. Bringt Madame bitte in den Grünen Salon.« Er entließ sie mit einer Handbewegung, setzte sich wieder an seinen Schreibtisch und öffnete eine Schublade, um das von ihm so verhasste Abrechnungs-Buch hervorzuholen.

Als er wieder aufsah, bemerkte er, dass die Mädchen noch dastanden und ihn kritisch musterten.

»Wollen Sie denn nicht dabei sein?«, fragte Madame Fontaine. »Sie werden sich erinnern, Mylord, dass Sie angegeben haben, selber auf den Heiratsmarkt gehen zu wollen, sodass ein wenig Politur auch Ihre Chancen auf dem Gebiet erhöhen würde.«

»Onkel will heiraten?«, keuchte Louisa. Nach ein paar Sekunden verblüfften Schweigens brachen sie und ihre Schwestern in schallendes Gelächter aus.

Mason warf ihnen einen finsteren Blick zu, aber ohne Erfolg. Das Trio merkte es gar nicht in seiner Belustigung.

»Was ist so komisch?«, wollte er wissen.

»Oh, Onkel«, stieß Maggie kichernd hervor, »du bist doch zu alt, um eine Frau zu finden.«

Er runzelte die Stirn. »Ich denke nicht, dass man einunddreißig als alt ansieht.«

Das weckte erneut Lachstürme, und zu Masons Ärger stimmte auch Madame Fontaine in das Lachen der Mädchen ein.

Als sie merkte, dass er sie ansah, hob sie rasch die Hand an den Mund und tat so, als müsse sie husten.

»Das reicht!«, sagte sie dann so scharf, dass die Mädchen auf der Stelle verstummten. »Euer Onkel ist doch *recht* ansehnlich und auch noch nicht *so* alt. Es besteht kein Grund zu der Annahme, dass es nicht doch eine Frau in London gibt oder in der Nähe von London« – sie hielt inne, als ginge sie in Gedanken das Einzugsgebiet für mögliche Ehekandidatinnen durch –, »die so ein Angebot als eine ziemliche Ehre ansehen würde.«

Ihr herablassender Ton und das mitleidige Lächeln verletzten das bisschen Eitelkeit, das Mason noch besaß.

Wirklich, die Frau ließ ihn wie einen alten, lüsternen Greis klingen, dessen größte Hoffnung eine dreiäugige alte Jungfer war, deren letzte Saison Jahrzehnte, nicht Jahre her war.

Aber außer dem Lächeln sah er auch eine Spur von Herausforderung in ihren grünen Augen, eine vorsichtige Frage, ob er es wagen würde, dabei zu sein.

Ob er das Risiko eingehen wolle.

Verdammt, sie wollte testen, ob er den Mut dazu hatte!

Mason ermahnte sich, dass von nun an ein Ashlin nicht mehr nach solchen Ködern schnappen würde, verbeugte sich leicht und nickte. »Danke für Ihre freundliche Einschätzung meiner Chancen, Madam. Vielleicht werde ich mir später mal Ihren Unterricht anschauen. Aber jetzt schlage ich vor, dass Sie die wenige Zeit, die Ihnen noch bleibt, nutzen und sich in den Grünen Salon zurückziehen. Dort stehen außer dem Klavier meiner Mutter nur wenige Möbel, sodass man Bewegungsfreiheit hat. Cousine Felicity wird Ihnen helfen, wenn Sie noch etwas brauchen sollten.« Er verbeugte sich höflich und floh aus seinem Arbeitszimmer, ehe noch jemand Einwände erheben konnte.

Mason wusste aus seinen jahrelangen Geschichtsstudien, dass man nur durch einen strategisch guten Rückzug eine Dummheit wiedergutmachen konnte. Doch sein Rückzug dauerte nur kurz, denn in der Halle traf er auf Belton.

»Sir«, sagte Belton, und das eine Wort hallte wie eine Warnglocke durch die Halle, »Lady Delander kommt gerade die Treppe hoch. Was soll ich mit Ihren anderen *Gästen* machen?«

»Lady Delander?« Mason wand sich. Eine Anzeige auf der ersten Seite der Morgenzeitung würde die Geschichte von Madame Fontaines Anwesenheit in seinem Haus langsamer verbreiten als Lady Delander in ein paar Stunden.

»Oh, Himmel!«, rief Cousine Felicity aus und huschte an Masons Seite, »das habe ich ganz vergessen.«

»Was hast du vergessen?«, fragte Mason.

»Ich habe sie für heute Morgen eingeladen.«

»Cousine Felicity!«

»Nun, das war vor deinem schrecklichen Verbot, Mason. Wie konnte ich denn ahnen, dass du mir meinen Triumph entreißen würdest?« Cousine Felicity suchte nach ihrem Taschentuch.

Die Glocke an der Haustür klingelte.

»Soll ich sie abweisen, Sir?« Belton machte ein Gesicht, als sei es ein persönlicher Triumph für ihn, die Klatschbase Lady Delander wegzuschicken.

»Oh nein, das können Sie nicht machen!«, protestierte Cousine Felicity. »Josephine ist mit der Hälfte der Patronessen von *Almacks* befreundet. Wenn wir sie so beleidigen, werden wir nie eine Einladung erhalten.«

Wieder erklang die Glocke.

»Wir müssen sie einlassen«, flüsterte Cousine Felicity, »sonst wird sie ...«

Sie brauchte nicht weiterzureden, denn die fragliche Dame handelte bereits selbst.

Die Tür zum Haus der Ashlins ging langsam auf, aber Belton war schneller und schlug sie wieder zu und schob den Riegel vor.

»Das gibt's doch nicht!«, erklang der Protest Lady Delanders von draußen. »Felicity? Wo stecken denn alle?«, rief sie laut und klopfte dann mit etwas an die Tür, das nur ihr Gehstock sein konnte. »Das ist höchst unverschämt! Wo ist Belton?« Kurze Zeit herrschte Schweigen, als die Dame Luft holte, denn gleich darauf sprach sie weiter. »Das ist sicher der Ungläubige, den ich heute Morgen gesehen habe. Sicher ist er da drin und bringt sie alle um! Komm sofort heraus, sonst rufe ich die Wachen und lasse die Tür einschlagen!«

Mason sah sich um und entdeckte, dass sein schlimmster Albtraum wahr wurde – eine skandalumwitterte Schauspielerin befand sich mit ihrem heidnischen Krieger in seinem Haus, während die berüchtigste Klatschbase von ganz London auf der Schwelle wartete.

»Alle raus hier!«, befahl der Earl, als Lady Delander offenbar ihren Diener holte, um die Tür einschlagen zu lassen.

Beatrice ergriff Hashim am Arm und schubste ihn durch die Tür zum Dienstbotentrakt, um dann selber nach oben zu rennen, als wären Höllenhunde hinter ihr her.

Louisa ergriff Maggies Hand und schleppte ihre ungelenke Schwester die Treppe hoch.

Mason konnte ihnen keinen Vorwurf daraus machen – Lady Delander war der Typ Frau, der in antiken Schriftrollen als verlorene Seele der Unterwelt bezeichnet wurde.

Belton stemmte sich immer noch gegen die Tür, aber er verlor rasch an Boden.

Draußen feuerte Lady Delander ihren Diener an. »Beeil dich, Peter! Es geht um Leben und Tod!«

Mason hatte nur noch ein paar Sekunden Zeit, griff nach seinem anderen Gast und schubste ihn unhöflich, aber der Not gehorchend, in den nächsten Schrank.

Er warf die Tür zu und drehte sich zu Cousine Felicity um. »Kein Wort, Cousine, kein einziges Wort!« Er winkte Belton zu, die Tür freizugeben, als die Schranktür sich wieder öffnete.

»Ich werde nicht …«, begann Riley zu protestieren.

Mason hatte keine Wahl. Die Eingangstür ging gerade auf, er musste Madame auf der Stelle zum Schweigen bringen.

Als er später noch einmal über alles nachdachte und seine Möglichkeiten Revue passieren ließ, konnte er sich nur wundern, warum er gerade zu dieser Maßnahme gegriffen hatte.

Es war weder eine ehrenhafte noch eine respektable oder dezente Wahl gewesen, sondern es war das, was Freddie in seinen schlimmsten Zeiten getan hätte.

Aber es funktionierte – es brachte Madame Fontaine auf der Stelle zum Schweigen –, verursachte jedoch auch eine Menge neuer Probleme.

Denn als die Eingangstür aufsprang und Lady Delander hereingesegelt kam, riss Mason die protestierende Madame Fontaine in seine Arme und warf sich mit ihr in den Schrank. Und dann tat er das, wofür die Ashlins bekannt geworden waren:

Er küsste sie, um sie zum Schweigen zu bringen … und dabei entdeckte er, warum die Schauspielerinnen und Opernsängerinnen seinen Vorfahren so viel wert gewesen waren, dass sie sich hoch verschuldet hatten.

5

»Ich werde nicht ...« versuche Riley zu protestieren, als der Earl mit ihr in den Schrank sprang und sie fast grob in seine Arme nahm.

Dann lag sein Mund in einem unerwarteten Kuss auf ihrem.

Das war kein Bühnenkuss und auch kein hastig geraubter Schmatzer von einem aufdringlichen Bewunderer.

Seine Lippen hielten ihre wie mit einem Zauber gefangen.

Riley war auf der Stelle verloren. Der Lärm aus der Halle verblasste zu einem Rauschen im Hintergrund, bis sie nur noch die Wärme seines Körpers, den Duft seiner Haut und den Geschmack seiner Lippen wahrnahm.

Wie konnte es geschehen, dass dieser Bücherwurm, dieser strenge, puritanische Professor sich plötzlich in einen Frauenhelden der schlimmsten Sorte verwandelte, der genau wusste, wie man eine Frau halten und küssen musste, bis jeder Zentimeter ihrer Haut vor Sinnlichkeit prickelte?

Noch schlimmer war, dass Riley seinen Kuss mit einer Begierde erwiderte, von der sie gar nicht gewusst hatte, dass sie sie besaß.

So viel zu meinem Vorsatz, ihn nicht zu berühren,

dachte sie und stellte sich auf die Zehenspitzen, um ihm noch näher zu sein. Sie schlang ihm die Arme um den Hals und schmolz an seiner Brust. Ihre Lippen öffneten sich weiter, ihr Kuss vertiefte sich, bis der Schrei einer scharfen Stimme sie auseinander fahren ließ.

»Lady Felicity, was hat das zu bedeuten?«, ertönte wieder die schrille Stimme, die vermutlich zu Lady Delander gehörte.

»Pssst!«, wisperte Lord Ashlin ihr ins Ohr.

Als ob Riley etwas hätte sagen können! Sie war immer noch atemlos, und ihr Herz klopfte so laut, dass man es sicher noch auf dem Dachboden hören konnte.

»Ich verlange eine Antwort«, forderte Lady Delander. »Was hat das alles zu bedeuten?«

»Was hat was zu bedeuten?«, erwiderte Cousine Felicity.

»Die Tür! Belton hat mir die Tür vor der Nase zugeschlagen!«

Schade, dass sie es nicht dabei belassen haben, dachte Riley und wünschte sich, der Earl würde sie noch einmal küssen.

Oh, was dachte sie da nur? Das kam davon, wenn man sich mit dem Adel gemein machte. Es machte einen ... nun, auf keinen Fall edler! Sie sollte empört sein. Sie sollte wütend sein.

Und sie sollte bestimmt nicht den Wunsch verspüren, noch einmal so geküsst zu werden.

Cousine Felicity in der Halle draußen lachte. »Belton? Haben Sie Lady Delander die Tür vor der Nase zugeschlagen?«

»Nein, Mylady, ich nähme mir nie die Freiheit zu kritisieren, wen Sie oder Lord Ashlin als Gast empfangen.«

Beltons Sarkasmus war offensichtlich an Rileys Adresse gerichtet.

»Ich sage dir, er hat mich ausgesperrt«, beharrte Lady Delander. »Er hat mir die Tür vor der Nase zugeschlagen!« Diese Worte wurden von einem Keuchen und einem pfeifenden Schnauben begleitet.

»Grässliche Frau«, flüsterte Mason.

Riley konnte nur zustimmen. Sie hatte die werte Dame zwar noch nicht gesehen, konnte sie sich aber gut vorstellen, denn sie kannte ihresgleichen aus den Privatlogen, in denen sie tuschelten und mit dem Fächer auf den Sittenverfall rundum wiesen, ehe sie mit Behagen den neuesten Klatsch austauschten.

»Ach, die Tür«, sagte jetzt Cousine Felicity. »Ich fürchte, sie klemmt. Jedes Mal, wenn es regnet Das ist schrecklich lästig. Ich liege Lord Ashlin ständig damit in den Ohren, sie reparieren zu lassen, aber er will mir nicht zuhören.«

»Klemmt, wenn es regnet?«, fragte Lady Delander verblüfft. »Aber es regnet doch gar nicht.«

»Nein? Nun, deshalb wird sie wohl aufgegangen sein.« Auf ihre eigene wirre Art machte Cousine Felicity ihre Sache gut, denn sie schaffte es, ihren unwillkommenen Gast abzulenken. Allerdings nicht lange.

Lady Delander, erkannte Riley, war auf jeden Fall beharrlich.

»Ach, vergiss die Tür«, sagte sie jetzt zu Cousine Felicity. »Ich habe ganz bestimmt gesehen, wie ein Ungläubiger euer Haus betreten hat, und zwar in Begleitung einer Frau, deren Kleid bestimmt nicht respektabel genannt werden könnte.«

»Nicht respektabel?«, flüsterte Riley. »Na warte, ich

werde dieser Frau klarmachen, dass mein Kleid der neuesten Mo ...«

Ein weiterer Kuss schnitt ihr das Wort ab, so unerwartet und schockierend wie der Erste – und er schmolz ihr das Herz.

Masons Hände umschlossen ihre Taille und zogen sie noch enger an ihn.

Oh, wie können Sie es wagen, wollte sie ausrufen, wenn ihr Körper nicht eine so beschämende Reaktion gezeigt hätte. Ihre Finger gruben sich in seine Schultern, und sie drängte sich ihm entgegen, um ihn noch intensiver zu spüren.

Was, zum Teufel, machte sie da, dass sie sich an ihn drängte wie die schlimmste Sorte Frau, für die er sie ohnehin schon hielt?

Riley wich zurück, und ihre Blicke trafen sich kurz im schwachen Licht des Schrankes, das unter der Tür durchdrang.

In seinen Augen entdeckte sie einen Hunger, der sie erschreckte und gleichzeitig den Wunsch in ihr weckte, dieses Verlangen zu stillen.

Mason legte ihr einen Finger auf die Lippen. »Schsch.« Seine Berührung brannte auf ihrer Haut. »Sagen Sie kein Wort.«

Riley konnte nur nicken. Sie würde alles tun, um den Zauber zwischen ihnen nicht zu brechen.

»Ich sage es dir, ich habe den abschreckendsten Heiden in dieses Haus gehen sehen!«, erklärte Lady Delander.

»Ein Heide am Ashlin Square?«, wiederholte Cousine Felicity ungläubig. Sie senkte die Stimme, aber nicht so sehr, dass man sie nicht noch durch die Schranktür hätte hören können. »Josephine, hast du etwa wieder Sherry in deinen Tee getan?«

»Das habe ich ganz sicher nicht!«, entrüstete sich die Dame. »Ich weiß, was ich gesehen habe. Einen Heiden, der mit einem höchst bösartig aussehenden Schwert dieses Haus betreten hat. Es ist ein Wunder, dass deine Kehle noch nicht durchtrennt ist. Ich habe meinem Sohn gesagt, dass er sofort die Wachen holen soll.«

Mason stöhnte. »Nicht die Wachen.«

»Oh, Himmel! Das tut er doch nicht wirklich?«, fragte Cousine Felicity.

»Die Wachen holen? Nein, er hat sich geweigert. Er meinte, dass es wahrscheinlich mit den seltsamen Studien zu tun hat, die der Professor für die Universität macht, und dass ich mich nicht darum kümmern soll. Aber du kennst mich ja, Felicity. Ich kann nicht schweigend mit ansehen, wie meine Freunde in Gefahr geraten. Deshalb habe ich allen Mut zusammengenommen und bin selber gekommen, um nach dem Rechten zu sehen.«

»Das ist ja eine echte Lady Macbeth da draußen«, flüsterte Riley. »Bei allem muss sie mitmischen.« Sie veränderte die Stimme und ahmte Lady Delander nach: »*Heraus, verdammter Bösewicht*!«

Lord Ashlin sah sie erstaunt an, und dann zuckten seine Mundwinkel amüsiert.

Riley hätte vorher geschworen, dass dieser Mann gar nicht imstande war zu lächeln. Aber gerade sein Lächeln verlieh ihm einen unwiderstehlichen Charme.

»Josephine, wo wäre ich ohne eine gute Freundin wie dich?«, fragte Cousine Felicity draußen. »Jetzt, wo du es sagst, hatte Lord Ashlin in der Tat von einem seltsamen

Kerl Besuch, den er bei einer seiner Reisen im Ausland getroffen hat. Und dieser Mensch war tatsächlich höchst merkwürdig gekleidet.«

»Nun, du solltest ihn bitten, sich nicht mit solchen Leuten gemein zu machen. Das hier ist Ashlin Square, nicht der demokratische Mob von Oxford.«

»Wie Recht du hast. Ich versichere dir, ich werde ihm deine Meinung weitersagen, sobald er kommt. Aber komm doch solange mit hoch, dann können wir unseren Tee trinken«, schlug Cousine Felicity vor. »Ich habe die interessantesten Neuigkeiten über Miss Pindar und Mason für dich.«

»Du meinst ...«

Die Stimmen der Damen verklangen, als das Paar schwatzend die Treppe hochstieg. Sobald sich die Tür von Cousine Felicitys Salon geschlossen hatte, öffnete Belton die Schranktür.

Dort entdeckte er zu seinem Entsetzen, dass der Herr des Hauses die Schauspielerin in den Armen hielt und sie auf höchst unziemliche Weise küsste.

Er tat nun vierzig Jahre Dienst in diesem Haus, aber es war das erste Mal, dass ein Ashlin den Schrank dafür benutzte.

Mason merkte erst zu spät, dass die Schranktür offen war und sein momentaner Ausrutscher nicht nur von Belton, sondern auch noch von einer Magd und einem Diener begafft wurde.

Er ließ Madame Fontaine auf der Stelle los – wohl etwas zu plötzlich, denn die Dame taumelte und schwankte, als hätte sie zu tief in die Portweinkaraffe geblickt; und die verdammten Federn auf ihrem Hut tanzten und schaukelten wie Mitverschwörer hin und her.

Als Rileys Blick auf Belton und die Diener fiel, wurde sie vor Verlegenheit rot wie ein junges Mädchen.

Mason wusste, was sie jetzt empfand – und das, wo er den Vormittag gerade damit verbracht hatte, Belton zu erklären, dass er das Haus in Ordnung bringen und die gesellschaftliche Stellung der Familie retten wolle. Und jetzt das, dieser gewaltige Rückschritt in der Evolution der Ashlin-Familie.

»Ja, nun, hm, sieht so aus, als wäre alles in Ordnung …«, murmelte Mason und trat aus dem Schrank, als sei nichts Ungewöhnliches geschehen. Wenn er sich doch nur so fühlen könnte – aber stattdessen kochte sein Blut in einem ungeahnten Feuer – ein Anteil des unschicklichen Ashlin-Blutes. Mason glättete seine Jacke und tat noch ein paar Schritte in die Halle. »Ich sehe, dass Lady Delander ohne weiteren Zwischenfall nach oben verfrachtet werden konnte. Gute Arbeit, Belton. Wenn Sie sich um einen Wagen kümmern und Mr Hashim suchen könnten, werden wir unsere Gäste auf den Heimweg schicken, ohne dass sich noch mehr Zwischenfälle ereignen.«

So geht man mit solchen Situationen um, dachte Mason, während Belton nach einer Kutsche schickte und ihm die Dame überließ.

Zum ersten Mal wünschte sich Mason, er hätte Freddies Erfahrung in solchen Dingen. Sein Bruder hätte gewusst, wie man mit einer witzigen Bemerkung die Situation hätte entspannen können.

Während er überlegte, was er sagen sollte, und das dann immer wieder verwarf, drängte Riley sich an ihm vorbei.

Sie seufzte anmutig auf und begann, den Schaden an ihrem Kleid wieder gutzumachen.

»Machen Sie sich keine Mühe«, erklärte Mason, »Sie sehen recht passabel aus.«

Sie hob die Brauen? »Passabel finden Sie mich?« Damit wandte sie ihm den Rücken zu und stampfte mit dem Fuß auf den Boden.

Verflixt! Jetzt hatte er sie beleidigt. Und er wusste noch nicht einmal womit. »Ich wollte sagen, dass Sie so aussehen, als ob nichts passiert wäre. Das ist es ja auch nicht. Ganz im Gegenteil, nicht wahr?« Er lachte auf und hoffte, dass sie die Komik seiner Worte empfand, obwohl er selbst nicht wusste, wo sie stecken sollte.

Am liebsten hätte er sie in die Arme genommen und da weitergemacht, wo er aufgehört hatte.

»Oh, ja«, dachte er, *»das wäre die Lösung.«*

Riley warf einen Blick über ihre Schulter. »Ich möchte annehmen, dass bei Ihrer Herkunft Annäherungen an Frauen in einem Schrank an der Tagesordnung sind. Aber Sie sollten wissen, dass das für mich nicht gilt.«

»Für mich auch nicht«, beeilte er sich zu sagen und richtete sich gerade auf. »Dieses … Zwischenspiel … war eine Verirrung.«

»Jetzt bin ich also eine Verirrung?« Ihr Kinn hob sich. *Oh, zum Teufel*, dachte er. Das hatte er doch gar nicht gemeint.

Aber was hatte er gemeint?

Er konnte ihr keinesfalls die Wahrheit sagen – dass er noch nie so etwas erlebt hatte wie ihren Kuss. Dass das Gefühl, sie in den Armen zu halten, so war, als ob er Quecksilber halten könnte – lebendig und voller Feuer.

Dass er, wenn seine Lippen auf ihren lagen, nur noch die Verse von John Donne hören konnte.

Komm, leb mit mir, sei meine Liebe
und neue Freuden werden wir erkennen.

Wie konnte er ihr nur sagen, dass ihr Kuss all das in ihm geweckt hatte, dem er abgeschworen hatte? Dass der Geschmack ihrer Lippen seine Seele heimsuchen würde?

»Nun?«, fragte sie.

Er sah auf. »Was?«

Ihre Augen wurden groß, und sie senkte den Kopf, als wäre er an der Reihe, etwas zu sagen.

Mason zuckte die Achseln, denn er hatte keine Ahnung, was sie jetzt von ihm erwartete.

»Wollen Sie sich nicht entschuldigen?«, fragte sie schließlich.

Entschuldigen? Anscheinend war ein Ausdruck des Bedauerns in so einer Situation angemessen. Obwohl er nicht gerade sagen konnte, dass er den Kuss bedauerte.

Doch, das tat er, versuchte er sich zu überzeugen. Dieser Kuss hatte alles verdorben. Wenn in dieser Situation also eine Entschuldigung angebracht war, dann musste er Madame Fontaine um Verzeihung bitten. Mason lächelte sie an, froh, dass einer von ihnen auf diesem Gebiet Erfahrung hatte. Er hielt es zwar nicht für nötig, aber die Regeln der Gesellschaft hatten ihn schon öfter verblüfft.

Er legte die Hände auf den Rücken und wippte auf den Ballen. »Madame, ich bitte Sie höflichst dafür um Verzeihung, dass ich mich gerade so wenig unter Kontrolle hatte. Sie zu küssen war unentschuldbar und ungehörig von mir.«

Gut, dachte er, damit sollte die Sache geklärt sein.

Wieder errötete sie, aber diesmal nicht aus Scham. Die Dame sah eher so aus, als wolle sie jemanden umbringen.

»Also wirklich, Sie arroganter, stieseliger, kaltherziger …«

Mason war froh, dass in diesem Augenblick Belton und Hashim in die Halle kamen, denn er hatte das Gefühl, dass die echten Beschimpfungen erst noch kommen würden.

» … Ashlin«, beendete sie ihren Satz.

Anscheinend war das die schlimmste Beschimpfung, die ihr einfiel. Nun, wenn man den Ruf seiner Familie bedachte, war es wahrscheinlich auch das Schlimmste.

»Hashim«, verkündete Riley, »wir gehen.«

Sie hob ihre Röcke und stolzierte in einem Wirbel aus Seide und Tüll zur Tür.

»Nein, nicht die Vordertür«, sagte Mason.

Die beiden blieben abrupt stehen. Langsam drehte Riley sich zu ihm um und hob fragend eine Braue.

»Jemand könnte Sie sehen, Madame«, warf Belton hilfreich ein.

»Was natürlich eine Katastrophe für den Ruf dieses vornehmen Hauses wäre«, erwiderte sie kalt.

Mason zuckte zusammen.

»Hier entlang, Madame«, Belton deutete auf den Dienstboteneingang. »In der Seitenstraße wartet eine Kutsche.«

»Mylord.« Riley nickte Mason steif zu.

Er verbeugte sich. Als er wieder hochkam, bemerkte

er den verwunderten Blick, den Hashim ihm zuwarf, als frage er sich, was in der kurzen Zeit seit Lady Delanders Eintreffen vor sich gegangen sein mochte.

»Bis morgen«, rief Mason ihr nach, »um sieben.«

»Ja, Mylord«, erwiderte Riley. »Wir werden um sieben hier sein.«

Mason räusperte sich. »Wir?«

»Wir«, wiederholte Riley mit fester Stimme. »Hashim und ich.«

Mason schüttelte den Kopf. »Ich denke, wir waren uns einig, dass Mr Hashim Sie nicht begleitet.«

»Ich habe meine Meinung geändert«, erklärte Riley. »Hashims Dienste sind für die erste Unterrichtsstunde der Mädchen unerlässlich.«

Mason betrachtete den stummen Türken. Er hatte fast Angst, die Frage zu stellen. »Und was für Dienste sind das?«

Sie lächelte höflich. »Nun … wie sich junge Mädchen am besten gegen die unerwünschten und tölpelhaften Annäherungsversuche schützen können, denen sie in *Ihren* Kreisen zweifellos ausgesetzt sein werden.« Sie wandte sich an Belton. »Die Kutsche wartet. Gehen Sie voran.«

Mason hätte wetten können, dass Madame Fontaine selbst auf der Bühne keinen besseren Abgang inszeniert hätte.

Im modischen London war das Ashlin-Haus nicht das Einzige, das unerwünschten Besuch erhielt. Ein Klopfen an der Tür brachte den Marquis of Cariston dazu, unwillig die Stirn zu runzeln. »Was ist?«

»Mylord, diese Person ist wieder hier.«

»Ist jemand in der Nähe, Sanders?«

»Nein, Mylord.«

Seine Lordschaft faltete das Papier vor sich zusammen und schnippte seinem Diener zu. »Bringen Sie ihn herein. Und sorgen Sie dafür, dass ihn niemand sieht.«

Er erhob sich aus seinem Lieblingsstuhl, goss sich einen Drink ein und trank ihn mit einem Schluck aus. Es mussten schon besondere Nachrichten sein, wenn Leute wie Nutley dafür am helllichten Tag in sein Haus kamen. Und er konnte sich auch schon denken, um wen es ging.

Verdammt sollte sie sein, verdammt zur Hölle, dachte er und goss sich einen zweiten Brandy ein. Diese Frau würde noch sein Tod sein.

Seine Hand schloss sich fester um das Glas.

Nicht, wenn sie ...

Seine Mordgedanken verblassten, als sein Besucher das Zimmer betrat.

»Nutley«, begrüßte er ihn und deutete mit einem Nicken auf den Stuhl, der vor seinem Schreibtisch stand und bestens dazu geeignet war, jemanden von kräftiger Statur zu tragen.

Das äußere Erscheinungsbild des großen, attraktiven Besuchers, der jetzt näher kam, ließ kaum darauf schließen, dass er in den Slums von Seven Dials geboren und aufgewachsen war, denn er zeigte das Auftreten eines Adeligen, der zu Höherem geboren war.

Er war modisch gekleidet und sah mit seinen blauen Augen, den schwarzen Haaren und der aristokratischen Nase keineswegs nach einem Mann aus, der den Spitznamen »der Drücker« trug – so genannt, weil er dafür bekannt war, das Genick eines Mannes mit einer Hand brechen zu können.

Nutley war nicht dafür bestimmt gewesen, eines frühen Todes zu sterben – wie so viele seinesgleichen. Durch sein ausgesprochen gutes Aussehen, geschliffene Manieren sowie eine Ausdrucksweise, die er den Besuchern seiner Mutter abgelauscht hatte – die eine Prostituierte gewesen war –, ging er fast überall als Gentleman durch. Und er verdiente sein Geld damit, den Herren und Damen der feinen Gesellschaft unangenehme Aufgaben abzunehmen, die ein wahrer Gentleman nie selber erledigt hätte.

Und genau das, sagte sich seine Lordschaft, würde Leute wie Nutley immer von der wahren Oberklasse unterscheiden.

Nutley betrachtete den harten Stuhl, der ihm angeboten worden war, und wählte den bequemeren vor dem Feuer. Von dort aus sah er seinen Gastgeber herausfordernd an.

Lord Cariston kochte innerlich, aber dieser Adelige, Abkömmling einer aristokratischen Linie, die bis zu den Siegern in der Schlacht von Hastings zurückreichte, war ein zu großer Feigling, um Nutleys Zorn zu riskieren.

Stattdessen zog er es vor, sich einen weiteren Drink einzugießen, ohne seinem Gast etwas anzubieten.

Diese subtile Beleidigung musste vorerst genügen.

»Ich kann mich nicht erinnern, nach Ihnen geschickt zu haben, Nutley.«

»Verzeiht mir, Mylord, dass ich uneingeladen hier auftauche.« Nutley mochte ein Schurke sein, aber er war sehr höflich. »Ich habe nur etwas über sie erfahren, was Sie vielleicht interessieren würde.«

Lord Cariston bedeutete ihm fortzufahren.

»Sie hat sich einen Beschützer genommen.«

Die Worte drangen langsam in das Gehirn seiner Lordschaft vor, so wie der Brandy, den er getrunken hatte. Doch das Feuer, das sie in ihm weckten, hatte nichts mit Genuss zu tun, denn wenn sie bei einem Mitglied des *ton* Hilfe gesucht hatte, war es nur eine Frage der Zeit, bis sie ...

»Wen?«, flüsterte er, voller Angst, die Antwort zu hören.

Nutley lachte, was selten vorkam, den Lord aber tröstete, denn dann war nicht alles verloren. »Den Earl of Ashlin.«

Cariston lehnte sich in seinem Stuhl zurück und wünschte, er fände das auch so lustig wie Nutley.

»Was zum Teufel will sie denn mit dem?«

»Das versuche ich gerade herauszufinden.«

»Das reicht mir nicht!«, fauchte Cariston, der seine Angst vor Nutley vergaß.

Nutley sah auf. »Kein Grund, unfreundlich zu werden. Soweit ich weiß, ist dieser Ashlin ein Milchbubi.«

»Wenn Sie es von Anfang an richtig gemacht hätten, müssten wir dieses Gespräch jetzt nicht führen.«

Statt Ärger zu zeigen, zuckte Nutley nur die Achseln. »Sie sind der, der sie aus dem Verkehr ziehen will. Wenn wir es gleich so gemacht hätten, wie ich wollte, wäre sie gar nicht mehr da und könnte Ihnen folglich auch keine Probleme mehr machen.«

Das angeekelte Gesicht Nutleys erinnerte den Lord an seinen Vater, der oft ähnlich geschaut hatte, wenn er bezweifelt hatte, dass sein Sohn zu irgendeinem Vorhaben den nötigen Mut aufbringen würde.

Lord Cariston erhob sich, goss sich noch ein Glas ein und trank es aus. Das gab ihm endlich den Mut, um den abstoßenden, aber erforderlichen nächsten Schritt zu tun: ihre Beseitigung in Auftrag zu geben.

Er starrte auf die fast leere Karaffe.

Beseitigung. Das war ein Wort, das in seinen Ohren fast tröstlich klang.

»Nun, was soll ich tun?«, fragte Nutley.

»Sie loswerden. Aber es muss wie ein Unfall aussehen.«

Nutley erhob sich. »Unfälle sind meine Spezialität. Aber es würde mehr Spaß machen, vorher ein bisschen mit ihr zu spielen.«

»Nein!«, bellte der Lord. »Und suchen Sie jemanden, der den Job übernimmt. Ich will nicht, dass jemand Sie damit in Verbindung bringt – und damit mich. Es darf keine Verbindung zwischen mir und ihr geben.« Einen Moment verlieh ihm der Alkohol den Mut, der ihm sonst fehlte. »Wenn etwas schief geht, werde ich nicht zahlen.«

Nutley lachte, sprang auf und stellte sich dicht vor den Marquis. »Sie werden zahlen, Gouverneur. Sonst werden die feinen Leute in der Stadt einen zweiten tödlichen Unfall zu beklagen haben.« Nutley sah ihn aus schmalen Augen an, bis Cariston blinzelte. »Na also.« Nutley nahm sich ein Glas und füllte es. »Was ist nun mit ihrem Earl?«

»Machen Sie schnell und halten Sie ihn da raus.«

»Das dürfte nicht allzu schwer sein. Ich mache es gleich morgen früh.« Nutley lachte. »Aber ich weiß nicht, warum Sie sich Sorgen machen; der Mann ist wohl kaum von der Sorte, die uns Probleme bereiten könnte.«

Wenn von dem vorherigen Lord Ashlin die Rede gewesen wäre, hätte das Cariston so fröhlich gestimmt, dass er seinem Gast einen zweiten Drink genehmigt hätte. Aber so sah Cariston keinen Grund zum Feiern.

Mason St. Clair, der Earl of Ashlin, war kein Dummkopf. Und wenn einer das Rätsel um Riley Fontaine lösen konnte, dann der Mann, der offensichtlich beschlossen hatte, der erste Heilige der Ashlins zu werden.

6

»Hölle und Teufel, da kommt Del«, murrte Mason am nächsten Morgen, als er sah, wie Lord Delander zu dieser frühen Stunde auf seinem besten Pferd die Straße entlangritt, wobei er ein ebenso gutes Pferd für Mason am Zügel führte. Anders als seine Mutter war Del ein netter Bursche, der seinen Freunden bedingungslos die Treue hielt, der aber leider nicht – um Cousine Felicitys Worte zu gebrauchen – als personifizierte Diskretion bezeichnet werden konnte.

Del liebte eine gute Geschichte.

»Belton, ist diese Uhr aufgezogen?«, fragte der Earl, ging durch die Halle und blieb vor einer großen, verzierten Uhr stehen, die Caro auf der Hochzeitsreise in Italien aufgesammelt hatte. Auge in Auge mit den goldenen Zeigern konnte er nur hoffen, dass sie falsch ging. »Es kann nicht halb acht sein.«

Beltons buschige weiße Brauen hoben sich kaum merklich, ein Hinweis darauf, dass die Bemerkung des Earl an eine Beleidigung grenzte.

»Ja, sicher, ich nehme an, sie geht richtig«, schob Mason hastig hinterher, denn er wollte seinen Butler nicht verletzen.

»Es sieht so aus, Mylord«, erklärte Belton, »als käme Lord Delander früh.«

Mason schüttelte den Kopf über die Untertreibung.

Wenn Del so früh kam, bedeutete das, dass sein verwegener Freund die Nacht durchgemacht hatte und noch gar nicht im Bett gewesen war – zumindest nicht in seinem eigenen. Jetzt würde er eine Einladung zum Frühstück erwarten.

»Ich habe ihr ausdrücklich gesagt, wie wichtig Pünktlichkeit für die Diskretion ist, und jetzt …«, Mason unterbrach sich, als er einen Blick auf Beltons Gesicht warf, das allzu deutlich zeigte, dass der Butler die Partnerschaft des Earls mit dieser Dame für eine Dummheit hielt.

Beltons Verachtung für Kaufleute wurde nur noch von seinem Abscheu gegenüber Leuten vom Theater übertroffen.

Der Butler hätte es natürlich nie gewagt, seinem Herrn zu sagen, dass eine Person nicht standesgemäß war, aber er hatte eine Art an sich, die nie einen Zweifel darüber ließ, was er über jeden Einzelnen dachte.

»Nun, sie verspätet sich«, bemerkte Mason erneut.

»Sie ist *Schauspielerin*, Mylord.« Belton schüttelte den Kopf, als ob diese Aussage alles klarstellte.

»Genau«, stimmte Mason zu. »Unzuverlässig und flatterhaft. Aber das gilt nicht nur für Schauspielerinnen, Belton, sondern für alle Frauen. Ist es da ein Wunder, dass ich die akademische Karriere gewählt habe? Sobald ich meine Nichten los bin«, – er nickte in Richtung Treppe, von der schrilles Gekreische klang, weil sich die drei Grazien wie die Fischweiber um den Besitz einer Haube zankten – »und Freddies Schulden bezahlt sind, werde ich zu meinen Büchern und Studien und zu meinem friedlichen Leben zurückkehren, das ich in Oxford genieße.«

Er ging zurück in die Halle und blieb am Fenster stehen, um den Platz abzusuchen. Aber er sah nur eine Dienstmagd, die offenbar für ihre Herrin unterwegs war. Seine Verstimmung nahm zu.

Del stieg gerade vom Pferd und sah sich nach dem Burschen um, der ihm die Zügel abnahm.

Und jeden Moment würde Madame Fontaines Kutsche vorfahren, sodass seine Partnerschaft mit der berüchtigsten Frau Londons dank Del überall bekannt werden würde.

Gestern war ihm alles so einfach erschienen, als er ihr erklärt hatte, dass er sich eine Frau suchen und eine Vernunftehe eingehen würde. Doch als er letzte Nacht ausgegangen war, um seine Gräfin zu finden, hatte er sich angesichts all der reichen Witwen und Töchter aus gutem Hause gefragt, ob er bei einer von ihnen die Leidenschaft erleben würde, die er in Madame Fontaines Armen kennen gelernt hatte.

Wenn er sie doch nur nicht geküsst hätte! Das hatte alle seine Pläne durcheinander gebracht.

»Mylord«, sagte Belton, »Sie empfangen ihn besser sofort.«

Mason hatte keine andere Wahl, ging hinaus und versuchte, Del so schnell wie möglich vom Haus wegzulotsen.

Ehe er die Tür öffnete, wandte er sich an Belton. »Wenn Madame eintrifft, bringen Sie sie bitte hoch in den Grünen Salon und sorgen Sie dafür, dass die Mädchen sofort zu ihr gehen. Lass danach keinen Besucher ein – keinen –, bis ich zurück bin.« Mason nahm seinen Hut und die Reitgerte, während Belton nach oben verschwand und nach einer der Mägde rief. Mason verließ das Haus, sprang die Treppe hinunter und stieß mit der Magd zusammen, das er vom Fenster aus gesehen hatte.

Er konnte sie festhalten, ehe sie die Treppe hinunterstürzte, und sagte: »Verzeihen Sie, Miss.« Es war begreiflich, dass er sie übersehen hatte, dachte er, denn ihr mausgrauer Mantel unterschied sie kaum von den Pflastersteinen.

»Das macht nichts, Mylord«, murmelte sie und eilte an ihm vorbei. »Geschieht mir nur recht, wenn ich überrannt werde, denn ich bin entschieden zu spät dran.«

Mason nahm ihre Antwort kaum bewusst wahr, weil er bereits auf Del zulief, um ihm die Hand zu schütteln, aber dann drehte er sich ruckartig um.

Zu spät.

Mason starrte die Magd an, die plötzlich keineswegs so farblos war, wie er angenommen hatte.

Und auch keine Magd.

Es sah ganz so aus, als habe Madame Fontaine seine Bitte befolgt, sich weniger auffällig zu kleiden. Sie trug einen hässlichen, formlosen Mantel, wie ihn so viele Mägde zu schätzen schienen, aber auf ihrem Kopf saß auch heute ein herausfordernder Hut. Er war zwar nicht so monströs mit Federn und Bändern verziert wie der vorherige, aber mit seinen zwei Federn auch nicht so bescheiden, wie er auf den ersten Blick wirkte – und sicher nicht das, was man auf dem Kopf einer Erzieherin erwarten konnte.

Ob diese Frau je ohne Federn auf dem Kopf ausging, fragte sich Mason und beobachtete, wie die verdammten Dinger auf ihrem Kopf nickten.

Nicht genug, dass diese blöden Federn ihn auslachten, sondern jetzt bemerkte er auch noch das elegante grüne

Kleid, das sie unter dem Mantel trug. Es war so tief ausgeschnitten, dass es einen verlockenden Blick auf ihre sanften Kurven erlaubte, die er nur zu gut kannte.

Aber eigentlich war es ihr Gesicht, das er mit Bewunderung betrachtete. Ohne Make up und Puder wirkte es so frisch und unberührt wie eine Wiese im Morgentau.

Ihre Haut war fast durchscheinend zart und rosa überhaucht, und ihre Lippen ähnelten Rosenknospen. Auf ihrer Nase lag ein Hauch von Sommersprossen – wie Sterne an einem Sommerhimmel.

Madame Fontaine mit Sommersprossen? Das passte nicht in sein Weltbild.

Himmel, diese entzückende Elfe konnte doch nicht die überwältigende Dame sein, die ihn gestern so beeindruckt hatte. Nein, dieses Mädchen sah genauso aus wie die englische Miss, die er heiraten wollte.

»Mylord«, flüsterte sie, »ich sagte, dass es mir sehr Leid tut, dass ich so spät komme. Stimmt irgendetwas nicht? Mit meiner Haube oder dem Kleid?«

Nicht stimmen? Wohl kaum. Sie war eine Konkurrenz für die ersten Frühlingsblumen, einen frischen Sommermorgen, das ...

Als ob Riley seine Bewunderung spürte, hob sie scheu die Hand vor das Gesicht.

»Was oder besser gesagt wen hast du da vor mir versteckt, St. Clair?«, unterbrach sie Del und versuchte, Mason beiseite zu drängen.

Mason spreizte die Beine und blieb stehen. Während er angesichts dieser Frau stummer Poesie nachgehangen hatte, war sie wohl eher eine Helena, die sein Troja zerstören würde, als eine Aphrodite, die ihn zu liebeskranken Oden inspirieren sollte, denn er hatte Del darüber ganz vergessen.

»Sie müssen Saint vergeben, er hat abscheuliche Manieren«, sagte Del. »Kein Wunder, dass er dasteht wie ein Dorftrottel; eine entzückende Person wie Sie würde jeden Mann sprachlos machen.« Grinsend reichte er Mason die Zügel, trat um ihn herum und ergriff Rileys Hand. »Allister Balfour, Viscount Delander, zu Ihren Diensten, meine Liebe. Und Sie sind …?«

»Sehr erfreut«, erwiderte Riley, entzog ihm ihre Hand und wandte sich wieder an Mason.

Del lachte. »Das bin ich auch … äußerst.« Er wandte sich an Mason. »Du bist ein Geheimniskrämer, Saint. Das ist ja ein Engel in unserer Mitte. Kann ich davon ausgehen, dass du eine Braut gefunden hast?«

Mason sah nur die drohende Katastrophe und murmelte schnell: »Nein, die Dame ist nicht meine Braut.« Sobald er das gesagt hatte, bemerkte er seinen Fehler, denn Dels Augen funkelten vor Entzücken.

»Das ist sogar noch besser«, bemerkte Del und sah Riley bewundernd an. »Dann können Sie davon ausgehen, mein Engel, dass ich Sie umwerben werde, ohne Angst haben zu müssen, meinem Freund hier in die Quere zu kommen. Er hat seine Zeit in Oxford verschwendet. Einfach verschwendet, dabei war er der beste Fang von London. Ich erinnere mich noch, wie er bei Sanborn Abbey …«

»Del«, unterbrach ihn Mason, »das ist jetzt nicht der richtige Zeitpunkt.«

Del nickte. »Natürlich nicht. Warum sollte ich eine Lady mit deinen Eskapaden gewinnen wollen, wenn ich mir sicher bin, dass sie viel lieber meine hören würde.«

Wieder lachte er, und zu Masons Ärger stimmte Madame Fontaine, deren Humor schnell geweckt war, perlend mit ein.

So hatte sie in seiner Gegenwart noch nie gelächelt – nicht dass er ihr viel Gelegenheit dazu gegeben hätte –, aber dennoch musste sie Del ja nicht gleich so ansehen, als wäre jedes seiner Worte aus Gold.

Schlimmer noch – ihre gute Laune spornte Del weiter an. »Warten Sie«, begann er, »Ich vergesse nie ein hübsches Gesicht, und Ihres ist nicht nur hübsch, sondern mir auch sehr vertraut. Haben wir uns nicht schon einmal gesehen?«

Ehe Riley antworten konnte, warf Mason ein: »Das bezweifle ich, Del. Die Dame ist gerade erst vom Lande gekommen.«

Riley reagierte gelassen auf diese Lüge; statt zu protestieren, hob sie nur kurz eine Augenbraue.

»Vom Lande?« erwiderte Del, »nein, das glaube ich nicht. Ich habe Sie woanders schon gesehen. Hier in der Stadt, und es ist gar nicht lange her.« Wieder ergriff Del ihre Hand und sah ganz so aus, als ob er sie nicht eher loslassen würde, bis er eine Antwort bekommen hatte. »Waren Sie letzte Woche bei Lady Twyers Musikabend?«

Ehe Mason sich eine neue Erklärung ausdenken konnte, kam Cousine Felicity aus der Tür geeilt, drapiert in Seide und Musselin.

Masons ernste Drohnung, dass sie nie wieder in die Oper oder ins Theater gehen dürfe – zwei ihrer Lieblingsorte, wo man den besten Klatsch aufschnappte –, wenn sie auch nur andeutete, dass Madame Fontaine in ihrem Haus verkehrte, zeigte seine Wirkung. Sie sah geradezu vernichtet aus, als sie sah, wie Lord Delander sich gerade über Madame Fontaines Hand beugte.

»Ah, da bist du ja, ich habe mir solche Sorgen gemacht«, sagte Cousine Felicity. Sie ergriff Rileys freien Arm und zog sie aus der allzu herzlichen Nähe ihres neuen Verehrers.

»Ich wünsche Ihnen einen guten Morgen, Mylady«, erklärte Del und nickte Cousine Felicity zu. »Vielleicht können Sie mich darüber aufklären, wer Ihr reizender Besuch ist?«

»Sie ist ... sie ist ...« Cousine Felicity sah zwischen Lord Delander, Mason und Madame Fontaine hin und her, während sie hinter ihrer dicken Brille heftig zwinkerte.

Del legte den Kopf zur Seite und ahnte offenbar etwas. »Also was ist, kennt ihr beide dieses entzückende Geschöpf nun oder nicht?«

Cousine Felicity schluckte. »Natürlich kennen wir sie, Mylord.« Sie sah Mason wieder an.

Er kam ihr zu Hilfe. »Ich habe Lord Delander schon erklärt, dass sie gerade vom Lande eingetroffen ist.«

»Vom Lande?«, wiederholte Cousine Felicity. »Oh, ja.« Sie begann zu lächeln. »Ja, natürlich, Lord Delander, sie ist gerade erst vom Lande eingetroffen.«

»Ich glaube keinem von euch ein Wort, denn ich könnte schwören, dass ich sie schon einmal gesehen habe.« Der Viscount kratzte sich am Kopf und grinste dann. »Aber ja, jetzt weiß ich wieder, wo ich Sie gesehen habe, Sie betörende kleine Geheimnistuerin. Das können Sie nicht abstreiten, jetzt, wo ich es herausgefunden habe.« Er grinste den erschütterten Mason an. »Ich weiß wieder, wo ich Sie gesehen habe: In diesem hübschen Theater an der Brydge Street!«

Ohne auf den Ausdruck von Schock zu achten, der Lord Ashlins gut geschnittenes Gesicht verzerrte, lächelte Riley den Viscount strahlend an. Nachdem sich der Earl gestern ihr gegenüber unmöglich benommen hatte, wollte sie diesem aufgeblasenen Kerl ein oder zwei Dinge in puncto Benimm zeigen, die eine Dame von einem Herrn erwarten konnte. Seinen empörenden Kuss wollte sie dabei gar nicht erwähnen – sie hatte die ganze Nacht daran denken müssen. Aber sie hatte genug Grund, um auf ihn wütend zu sein.

Er hatte sie abscheulich über seine drei Nichten belogen. Er hatte sogar die Kühnheit gehabt zu behaupten, sie wären gut erzogen. Wilde Dachse hatten bessere Manieren. Und waren wahrscheinlich einfacher zu erziehen.

Dann hatte er auch noch darauf beharrt, dass sie schicklich gekleidet erschien, und das hatte sie getan – wenn auch ein bisschen spät. Aber dafür hatte sie ihre Gründe.

Sie hatte den Großteil der Nacht damit verbracht, aus den Vorhängen für eines der weniger beliebten Stücke einen Mantel zu nähen, um angemessen verhüllt zu sein.

Das Kleid darunter war eine andere Sache. Sie wollte verdammt sein, wenn er sie noch einmal für nur leidlich hübsch hielt.

Die Entscheidung, ihr neuestes Frühlingskleid anzuziehen, war offenbar falsch gewesen, denn er sah sie nur finster an. Er hatte doch darauf bestanden, dass sie sich anders kleidete, und das war der Grund für ihre Verspätung – sie hatte so lange gebraucht, um eine Mietdroschke zu bekommen, selbst mit Hashims Beistand. Wenn sie wie sonst gekleidet war, standen die Fahrer Schlange, um sie mitzunehmen, aber in der Kleidung einer Gesellschafterin für alte Jungfern schenkte ihr keiner auch nur einen zweiten Blick.

Und jetzt sollte sie sich auch noch wie ein Mädchen vom Lande benehmen? Oh, er sollte seine unschuldige Miss bekommen, eine, die sein Freund nicht so schnell wieder vergessen würde.

»Oh, Mylord«, antwortete sie Del mit einer kindlichen, atemlosen Stimme. »Ich kann mir nicht denken, wie das möglich sein könnte. Ich bin noch nie im Theater gewesen.«

Sie flatterte mit den Wimpern und ließ das Kinn sinken. Ein Blick durch die Wimpern zeigte ihr, dass ihre Vorführung den Mann überzeugt hatte.

Offenbar hatte er sie nicht in der selbstbewussten Rolle des jungen Mädchens in *Wayside Magd* gesehen.

Lord Delander schüttelte den Kopf. »Merkwürdig. Ich habe Sie schon mal gesehen, und ich habe ein gutes Personengedächtnis. Es war das Theater, da bin ich mir ganz sicher.«

Riley seufzte. »Ich wüsste nicht, wie das möglich sein sollte. Mein geschätzter Erzieher hat mir immer gesagt, dass man am Theater alle möglichen unziemlichen Leute trifft und dass es kein Platz für unschuldige Mädchen ist. Aus Respekt vor seiner Lebenserfahrung achte ich stets darauf, seine Ratschläge zu beherzigen.«

Natürlich pflegte Aggie seine Ausführungen mit einem glücklichen Seufzer abzuschließen und dem Zusatz: *Gott schütze sie alle*, aber das brauchte Lord Delander ja nicht zu erfahren.

»Ja, ja«, warf jetzt Cousine Felicity ein. »Wie soll sie im Theater gewesen sein, wenn sie doch gerade erst in die Stadt gekommen ist? Sie müssen sich irren, Lord Delander.« Die Dame stieß einen ungeduldigen Seufzer aus, um die Diskussion zu beenden, und ergriff Rileys Arm. »Komm, meine Liebe. Die Mädchen sind so froh, dass du endlich von deinem Spaziergang zurück bist.« Sie sah Lord Delander an. »Haben Sie so etwas schon mal gehört – die Morgenluft schnuppern, und das in London und ohne Begleitung!«

»Du liebe Güte, hätte ich das nicht tun dürfen?«, keuchte Riley.

»Das sind Landsitten«, erklärte Cousine Felicity, schüttelte den Kopf und murmelte Lord Delander zu: »Man muss es ihr nachsehen.«

Der Viscount beeilte sich, sie zu verteidigen. »Keine Sorge, meine liebe Dame, Ihr Ruf ist bei mir in guten Händen. Wann immer Sie den Wunsch verspüren, einen Spaziergang zu machen, werde ich gerne für eine Begleitung sorgen.«

Riley lächelte den Mann strahlend an. »Oh, Mylord, wie nett Sie sind, ein richtiger Gentleman. Mein Erzieher riet mir, mich von den Herrn in London fern zu halten, weil sie immer darauf aus seien, eine unschuldige Dame zu übervorteilen.« Sie lächelte den Earl an und hoffte, dass er ihre Worte auf sich bezog. »Wie erfrischend, jemanden kennen zu lernen, dem der wertvollste Besitz einer Dame – ihr Ruf – wirklich etwas bedeutet.«

Sie übertrieb die Szene, aber es gefiel ihr, dass Lord

Ashlin bei ihren Worten zu zittern begann wie ein Vulkan vor dem Ausbruch.

Jetzt versuchte Cousine Felicity wieder, Riley ins Haus zu führen, aber Lord Delander war nicht der Mann, der so schnell aufgab.

Er räusperte sich. »Ich irre mich nie, wenn es um ein schönes Gesicht geht. Und Ihres, Miss …« Er sah Lord Ashlin und dann Cousine Felicity an, damit sie ihm endlich den Namen verrieten, aber als beide dickköpfig schwiegen, fuhr er fort: »Nun, ich sage, dass mir Ihr Gesicht vertraut vorkommt.« Er musterte Riley genau, bis seine Augen aufleuchteten. »Das ist es! Jetzt weiß ich es!« Er ergriff ihr Kinn und hob es an. »Ja, ganz klar, Sie sehen genauso aus wie diese Schauspielerin.« Er gab sie frei und wandte sich an Lord Ashlin. »Wie zum Teufel heißt sie? Wenn du dich nicht in Oxford vergraben hättest, wüsstest du jetzt, worauf es wirklich ankommt. Oh, wie heißt sie noch?«

»Madame Fontaine?«, schlug Cousine Felicity vor und grinste Lord Ashlin an, als wäre sie gerade äußerst hilfreich gewesen.

Lord Delander klatschte sich aufs Knie und lächelte breit. »Genau! Madame Fontaine! Dein Gast hier ist ihr Ebenbild!«

Riley sah zu Lord Ashlin hinüber, der so grau aussah wie eine zwei Tage alte Leiche. Sie fühlte sich gedrängt, seine missliche Lage zu erleichtern, auch wenn ein kleiner, boshafter Teil in ihr es genoss, den Earl so in der Klemme zu sehen.

»Eine Schauspielerin? Sie denken, ich sähe wie eine Schauspielerin aus?« Sie riss die Augen wie in Empörung weit auf. Dann bemühte sie eine Kunst, die ein Kritiker ihre »gekonnte und treffsichere Art, Gefühle darzustellen« genannt hatte und ließ eine kleine Träne über ihre Wange rollen.

Mitten auf der Wange hielt die Träne inne.

Riley wandte sich an Mason und sagte von kleinen Schluchzern unterbrochen: »Ich bin so tief beschämt, dass ich ...« Ihre Unterlippe zitterte, als würde sie gleich in einen Tränenstrom ausbrechen. »Wenn Sie mich jetzt entlassen wollen, Lord Ashlin, habe ich Verständnis dafür. Ich wäre zutiefst beschämt, wenn auch andere Freunde von Ihnen zu demselben Schluss kämen. Denken Sie doch an die armen, unbefleckten Mädchen oben und was so eine Einschätzung, auch wenn sie auf einem Missverständnis beruht, für ihren Ruf anrichten könnte!«

Sie stützte sich auf Cousine Felicitys Arm und streckte die Hand nach dem Taschentuch aus, das diese ihr hinhielt. Riley überlegte, ob sie zu dick aufgetragen hatte, aber es gefiel ihr, dass sie den Earl jetzt so weit hatte, dass er kurz vor einem Anfall stand.

Das geschah ihm recht. Erst küsste er sie, und dann besaß er die Kühnheit, sie wie eine Dienstmagd zu entlassen, als hätte ihm das alles gar nichts bedeutet. Nun, ihr hatte es aber etwas bedeutet.

Auch wenn es das Letzte war, was sie gewollt hatte.

Cousine Felicity spielte die Rolle der Dame, die ihren Schützling vom Lande behüten musste, gut, denn sie funkelte Lord Delander wütend an und tätschelte Rileys Hand mit der Besorgtheit einer alten Tante. »Aber nicht doch, der Viscount wollte dich doch nicht herabsetzen.« Sie sah auf. »Sein Charakter ist über jeden Tadel erhaben.«

Riley warf der Dame einen warnenden Blick zu. Jetzt übertrieb auch sie ihre Rolle …

»Oh, bitte … ich wollte doch nicht …«, stammelte Lord Delander. »Oh, Himmel, so groß ist die Ähnlichkeit nun auch wieder nicht. Nur auf den ersten Blick. Außerdem habe ich es als Kompliment gemeint, wirklich. Bitte, weinen Sie nicht.«

Riley hörte auf, ihre Unterlippe beben zu lassen, und schenkte ihm ein tapferes Lächeln.

»Bitte nehmen Sie meine Bitte um Verzeihung an, Miss …«, sagte Lord Delander und führte ihre Hand an die Lippen.

»Ja, natürlich, Mylord«, erwiderte Riley gedämpft und wollte ihm mit einem geübten Ruck ihre Hand entziehen.

Doch der Versuch war bei einem so routinierten Frauenhelden wie Lord Delander zum Scheitern verurteilt. Er hielt ihre behandschuhte Hand mit der Entschlossenheit eines bezauberten Mannes fest. »Sie müssen mir einfach Ihren Namen sagen. Und ich möchte wissen, wo Sie wohnen, damit ich Sie besuchen kann«, beharrte er.

»Ich bin … ich bin …« Riley wusste nicht, was sie sagen sollte, als ihr Cousine Felicity mit der ihr eigenen ungeschickten Art zu Hilfe kam. Und dem Ganzen eine völlig neue Dimension verlieh.

»Nun, sie wohnt bei uns«, erklärte sie.

»Bei euch?« Der Viscount warf Lord Ashlin einen fragenden Blick zu.

»Oh, ja«, fuhr Cousine Felicity eifrig fort. »Sie wohnt bei uns. Wo sonst soll ein *Familienmitglied* wohnen?«

»Familienmitglied?« Lord Delander grinste. »Eine weitere Cousine, nehme ich an.«

Riley warf dem Earl einen Blick zu, der zu erschüttert schien, um sprechen zu können. Warum tat er nichts – zum Beispiel seine Cousine zum Schweigen bringen, ehe sie die Sache noch schlimmer machte?

»Ja, ja, unsere liebe Cousine ...« Die Dame zögerte.

»Cousine.. ?«, wiederholte Delander fragend.

»Riley«, vollendete Cousine Felicity, die erkannte, dass sie ihm etwas Wahres sagen musste, damit er ihr glaubte.

Lord Ashlin sah Madame Fontaine an. »Riley ... ?«

»Ja, Riley«, erwiderte sie und wusste jetzt, warum ihre Truppe immer einen Bogen um Oxford machen wollte. Diese Professoren waren einfach nicht in der Lage zu improvisieren.

Nun, außer vielleicht beim Küssen ...

»Ja«, sagte Lord Ashlin und beendete die Vorstellung, als müsste er ein Todesurteil ankündigen. »Miss Riley St. Clair.«

Lord Delander sah nicht überzeugt aus, war aber zu gut erzogen, um noch etwas zu sagen. »Sehr erfreut, Sie kennen zu lernen, *Cousine Riley*«, neckte er und ließ endlich ihre Hand los. »Und Ihr geschätzter Erzieher? Wohnt auch er in Ashlin House?«

»Er weilt noch auf dem Lande«, warf Cousine Felicity rasch ein. »Unsere arme Cousine hat keinen lebenden Verwandten mehr, der ihre Interessen vertreten könnte.«

Ihre *Interessen*?

Selbst Riley spürte, wie es ihr bei dieser Lüge die Sprache verschlug.

Cousine Felicity ließ es so klingen, als wäre sie eine Art Erbin – ein Schluss, zu dem offenbar auch Lord Delander gekommen war, denn er warf Lord Ashlin einen rasche Blick zu.

»Wie großzügig von dir, alter Knabe«, erklärte Lord Delander. »Was für ein Heiliger musst du sein, wenn du eine weitere *arme* Verwandte aufnimmst.«

Der Mann grinste Riley an, als hielte sie ihm einen spanischen Goldschatz hin, während Lord Ashlin zum Himmel aufsah. Wahrscheinlich betete er darum, vom Blitz erschlagen zu werden.

Was gar nicht so weit hergeholt war.

Riley ließ sich von Cousine Felicity ins Haus führen, nur zu froh, den beiden Männern zu entkommen, ehe die Dame mit dem Spatzenhirn weitere Familiengeschichten erfinden konnte.

Mason sah ihnen nach und überlegte krampfhaft, was er tun konnte, um die drohende Katastrophe abzuwenden. Seine sorgfältigen Pläne würden sich in Rauch auflösen, wenn er es nicht schaffen würde, seinen verwegenen Freund von der neuen »Cousine« wegzubringen.

Verdammt, warum musste sein Leben so kompliziert sein?

»Komm, Del«, sagte er, »was ist mit unserem Ausritt?«

»Ah, ja, unser Ausritt«, antwortete der Viscount. Sie stiegen auf und ritten los. »Sie ist also deine Cousine, ja?«

»Ja.« Mason fragte sich, ob er Cousine Felicity wohl als Verrückte wegsperren lassen könnte.

Del richtete sich gerade im Sattel auf. »Überlegst du, ob du um sie werben sollst?«

»Um wen?«

»Cousine Riley, natürlich.«

»Ganz bestimmt nicht!«, erklärte Mason fest. Himmel, was ihm jetzt noch fehlte, war das Gerücht, dass er seine Cousine heiraten würde. Und das, wo er auf der Suche nach einer echten Braut war.

Del zuckte die Achseln. »Kein Grund, sich so aufzuregen. Hier bin ich, krank vor Sorge um dich, und jetzt sehe ich, dass du eine Erbin unter deinem Dach wohnen hast. Da braucht man keinen Abschluss in Oxford, um zwei und zwei zusammenzuzählen.«

»Es gibt keine zwei. Meine Cousine vom Lande ist weder reich noch auf der Suche nach einem Ehemann«, erklärte Mason.

Lachend wandte Del sein Pferd in Richtung Park. »Es gibt keine einzige unverheiratete Frau in London, die nicht auf der Suche nach einem Ehemann ist.«

»Ich versichere dir, meine Cousine nicht.«

»Mich dünkt, du protestierst zu viel«, sagte Del mit einer wegwerfenden Handbewegung. »Ich verstehe schon, dass du mich ablenken willst, aber das funktioniert nicht. Jetzt hast du den Geist aus der Flasche gelassen. Und ich bin fest entschlossen, genau das herauszufinden, woran du mich hindern willst.«

Mason seufzte. »Del, du machst einen großen Fehler.«

»Wie das? Felicity hat ausdrücklich gesagt, dass das Mädchen *Interessen* hat. Wir wissen doch beide, was das bedeutet.«

»Cousine Felicity? Du setzt deine Zukunft auf eine Aussage von Cousine Felicity? Hat sie in all den Jahren, die du sie kennst, je gewusst, worüber sie spricht?«

»Nun, nicht genau«, gab Del zu. »Aber vergiss nicht, dass du mit jemandem sprichst, der *dich* dein ganzes Leben lang kennt, du Heiliger. Und ich muss davon ausgehen, dass deine Cousine geradezu skandalös reich ist, wenn du sie so beschützt.«

»Del – Riley ist nicht reich. Ganz im Gegenteil. Und ich warne dich …« Mason hätte wissen müssen, dass seine Versuche, Del abzuspeisen, dessen Neugier nur noch mehr anfachen würden.

»Du kannst mir drohen, soviel du willst; ich werde das Mädchen schon nicht ruinieren oder ihr etwas antun. Du wirst es vielleicht nicht glauben, aber in dem Moment, in dem ich deine Cousine zum ersten Mal gesehen habe, habe ich etwas ganz Besonderes empfunden.«

»Oh, das glaube ich gerne«, murmelte Mason. Er fühlte selber nur zu viel in der Nähe seiner neuen Cousine.

»Ihre Unschuld, ihre Schönheit, dieser Reichtum an guter Erziehung haben mich zutiefst beeindruckt.«

»Beeindruckt?« Mason gefiel das, was er da hörte, überhaupt nicht. Er wusste ganz genau, was ihm an Riley gefallen hatte.

»Ja«, sagte Del für Masons Geschmack ein bisschen zu begeistert. »In dem Moment, wo ich deine Cousine gesehen habe, wusste ich, dass es an der Zeit ist, ein Kinderzimmer einzurichten.«

»Ein waaaas?«

»Ein Kinderzimmer. Du hast mich sehr gut verstanden. Ich denke, dass diese Riley St. Clair eine erstklassige Herrin für Delander Hall abgeben wird. Genau die Art respektable Frau, die meine Mutter beeindrucken und meine Taschen füllen wird, wenn ich mich nicht irre.«

»Deine Mutter?« Mason wusste jetzt, wie der Tag noch schlimmer werden konnte. »Das ist nicht dein Ernst. Ich bezweifle doch sehr, dass deine Mutter Riley akzeptabel finden wird.«

»Meine Mutter wird deine Cousine außerordentlich finden.«

Wie Recht du hast, dachte Mason. »Ich denke, du solltest doch etwas sorgfältiger nachdenken, ehe du beschließt, deiner Mutter ihre zukünftige Schwiegertochter vorzustellen.«

»Bist du dumm? Riley ist perfekt. Seltsamer Name, aber was soll's.« Er schloss die Augen und lehnte sich im Sattel zurück. »Sie ist wie ein frischer Lufthauch. Wo hast du sie nur gefunden?«

»Ich habe sie nicht gefunden. Sie hat mich gefunden«, sagte Mason wahrheitsgemäß.

»Was habt ihr Ashlins nur immer für ein Glück. Aber diesmal nicht. Ich habe vor, dir deine kleine Erbin unter der Nase wegzustehlen.« Er wackelte anzüglich mit den Brauen und lachte dann schallend über seinen eigenen Witz.

Auch Mason lachte, aber aus einem anderen Grund. Er konnte sich gut vorstellen, wie die Herzoginwitwe reagieren würde, wenn ihr Sohn eine Schauspielerin heiratete.

Als sie um die Ecke bogen und den Eingang des Parks erreichten, entdeckte Mason Hashim, der geradewegs auf sie zukam.

Er hatte Riley gesagt, dass sie ihren fremdländischen Begleiter nicht mitbringen solle, und nun war er hier und lief für alle sichtbar den Ashlin Square entlang.

Als sie auf gleicher Höhe waren, gab Hashim kein Zeichen, dass er ihn erkannte.

»Guck dir den wilden Kerl an, Saint«, bemerkte Del, als sie ein Stück weiter waren. »Du solltest ihn vielleicht besser der Wache melden. Die können so einen doch nicht frei herumlaufen lassen, sodass er allen einen Schreck einjagt. Vielleicht ist das sogar derselbe, um den meine Mutter gestern so ein Theater gemacht hat. Seit diese Schauspielerin vor ein paar Jahren mit ihrem Sarazenen nach London gekommen ist, wollen alle Damen einen haben. Sie sind zu einer richtigen Plage geworden. Wenn meine Mutter aus dem Fenster sieht und ihn vorbeikommen sieht, wird sie einen Anfall bekommen. Sie wird darauf bestehen, dass ich wieder bei ihr einziehe.« Er erschauerte, als wäre dieses Schicksal schlimmer als der Tod.

Mason lächelte vor sich hin. Der Tod könnte für den Lord noch ein erstrebenswerter Zustand werden, wenn seine Mutter erst einmal erfuhr, dass ihr Sohn die Frau umwarb, die halb London Aphrodites Neid nannte.

7

Eine Stunde später kehrte Mason von seinem Ausritt zurück, fest entschlossen, Madame Fontaine – nein, Riley – über alles ins Bild zu setzen.

Es war ziemlich schwierig geworden, Del loszuwerden, der herumgelungert und auf eine Gelegenheit gehofft hatte, Riley noch einmal zu sehen. Während Mason die Treppe hocheilte, versuchte er, nur an die Fehler dieser Frau zu denken. Er wusste nicht, was ihn mehr ärgerte – ihr offenbarer Eigensinn, ihre überwältigende Erscheinung oder ihr Hang zum Flirten. Sie war unglaublich anziehend, und dem musste er sofort einen Riegel vorschieben.

Den Großteil des Ausritts hatte er – außer Dels Ausführungen zu lauschen, wie er seine Kinder nennen sollte – damit verbracht, seine eigene Zukunft mit derselben Dame zu planen.

Als Erstes durfte sie unter keinen Umständen mehr mit Lord Delander zusammentreffen. Sie musste ihm um jeden Preis aus dem Weg gehen.

Zweitens war da die Sache mit ihrem Diener. Er hatte ihr ausdrücklich gesagt, dass sie ihn zurücklassen sollte. Und doch war er heute Morgen über den Ashlin Square spaziert, als ob er dort zu Hause wäre.

»Belton!«, rief Mason, zog seine Handschuhe aus und steckte sie in seine Reitkappe.

Der Butler kam um die Ecke. »Ja, Mylord?«

Mason reichte ihm Mantel und Kappe. »Schicken Sie Madame Fontaine in mein Arbeitszimmer. Sofort!«

Er war schon drei Schritte gegangen, als er Beltons Antwort hörte. »Madame ist bereits gegangen.«

Mason fuhr herum. »Gegangen? Was meinen Sie mit gegangen?«

»Sie und der Ungläubige sind vor einer halben Stunde gegangen.«

»Warum?«

Belton warf einen wütenden Blick die Treppe hoch, wo er einen raschen Blick auf wehenden Musselin erhaschte, als das Trio schuldbewusst vor dem drohenden Sturm floh.

»Hat Madame Fontaine irgendetwas gesagt, ehe sie ging?«

Belton trat von einem Fuß auf den anderen. »Ich fürchte, es war französisch, Sir. Und auch in der Übersetzung nichts, was man wiederholen kann.«

Mason konnte es sich gut vorstellen. Er seufzte erschöpft und ging weiter in sein Arbeitszimmer, Belton auf den Fersen.

Auf dem Schreibtisch erwarteten ihn seine Korrespondenz und seine Abrechnungen, die schon lange überfällig waren. Sein Zeitplan kam völlig durcheinander.

»Soll ich Ihren Morgentee kommen lassen, Mylord?«

Wenigsten blieb ein Minimum an Routine erhalten. »Ja. Und schicken Sie nach meinen Nichten. Sie sollen in fünf Minuten in meinem Büro sein.«

»Ja, Mylord«, erwiderte Belton und blieb stehen.

»Gibt es noch etwas?«, fragte Mason.

Belton hob ein Täschchen hoch. »Das hat Madame Fontaine vergessen.«

Mason machte eine abwehrende Handbewegung. »Sie können es ihr morgen zurückgeben.«

»Falls sie kommt …«, murmelte Belton.

»Nun, ich denke doch. Madame Fontaine ist nicht der Typ, der sich von unseren drei Raubeinen vertreiben lässt.« Wenn Mason gedacht hatte, dass das Thema damit erledigt wäre, hatte er sich gewaltig geirrt. Belton blieb wie ein Wächter vor seinem Schreibtisch stehen.

Ein unerwünschter Wächter.

»Belton! Warum zögern Sie noch?« Mason hatte den Butler noch nie so außer Fassung gesehen. »Was ist los, Mann?«

Belton räusperte sich. »Als ich das Täschchen von Madame aufgehoben habe, fiel ein Zettel heraus.« Er griff in die Tasche und zog ein zerknittertes Blatt Papier heraus, das er auf Masons Schreibtisch legte.

»Belton, der Inhalt von Madame Fontaines Täschchen geht uns nichts an, und ich kann nicht glauben, dass Sie so weit sinken …« Er hatte sagen wollen: in ihren Sachen zu schnüffeln. Aber sein Blick war auf die Nachricht gefallen.

Verlase Englund, Hure, oder leite.

»Nun, wenigstens hat er Hure richtig geschrieben«, bemerkte der Earl.

Er ergriff den Zettel und betrachtete ihn genauer. Das hatte keine Frau geschrieben, dafür waren die Buchstaben zu schwerfällig. Aus irgendeinem Grund ging er davon aus, dass Rileys Schrift wie sie selber war, voller Leidenschaft und Schwung, nicht so ein ungebildetes Geschmiere.

Was zum Teufel ging da vor? Es machte keinen Sinn, es sei denn ... Er verwarf die Idee gleich wieder.

Warum sollte jemand Riley drohen?

Plötzlich lag die Nachricht kalt wie der Tod in seiner Hand, und er stopfte sie rasch zurück in das Täschchen.

Das war ein Fehler. Denn als er die braune Samttasche öffnete, fing er einen Hauch ihres Parfums auf. Sein Körper erkannte den Duft, erkannte ihn nur zu gut, und alle seine Instinkte wurden geweckt, sie zu beschützen.

Rasch verwarf er den Gedanken. Die Dame ging ihn wohl kaum etwas an, aber er wusste, was er zu tun hatte – ihr die Tasche zurückgeben und dem Geheimnis auf den Grund gehen. Schließlich hatte er eine Investition abzusichern.

Ja, eine Investition. Das gab ihm einen vollkommen respektablen Grund, nach Covent Garden zu eilen – in diese Fallgrube für den guten Ruf der Ashlins.

Nun, er war ein neuer Ashlin, der immun gegen die Verführungen war, die ihn dort erwarteten.

Selbst gegen die von Madame Fontaine, beschloss er.

Eine Stunde später verließen seine Nichten sein Arbeitszimmer. Er hatte ihren Unschuldsbeteuerungen gelauscht und kein Wort davon geglaubt. Deshalb hatte er sie mit der Warnung entlassen, dass sie jeden Morgen Mrs McConneghy in der Küche helfen müssten, wenn ihre nächste Unterrichtsstunde nicht besser verlief.

Auf dem Weg zu seiner Kutsche zuckte er zusammen, als er Cousine Felicity hinter sich in einer Wolke aus Musselin und Spitzen kommen hörte. »Oh, Mason, was für ein Schatz du bist, dass du mir eine Kutsche gerufen hast«, erklärte sie, überholte ihn und stieg ohne einen Blick zurück in den Wagen.

»Cousine, diese Kutsche ist für mich, ich muss ein paar Geschäfte erledigen«, erklärte Mason und sah sie an.

»Du kannst mich unterwegs absetzen, denn ich muss ein paar Dinge einkaufen«, erklärte sie und klopfte auf den Sitz neben sich.

»Cousine, ich habe dir gesagt, dass wir keine unnötigen Ausgaben mehr tätigen dürfen.«

Sie schüttelte den Kopf. »Mein lieber Junge, keine meiner Anschaffungen sind unnötig. Außerdem fährst du doch zu Riley, um ihr ihre Tasche zurückzubringen, oder?«

Mason warf ihr einen scharfen Blick zu. Gab es in seinem Haus denn überhaupt keine Geheimnisse mehr?

»Ja«, gab er unwillig zu.

»Dann kannst du mich unterwegs absetzen«, sagte seine Cousine und setzte sich bequem zurecht.

Mason wusste, dass es wenig Hoffnung gab, ihr zu entkommen, und so stieg er ein und gab dem Kutscher Anweisungen. Mit einem Ruck zogen die Pferde an.

»Grässliche Sache«, bemerkte Cousine Felicity leichthin. »Ich hoffe, Mason, dass du herausfindest, was der Unsinn mit dem ‘verlase Englund‘ soll.«

Mason fuhr herum. »Du hast es gelesen?«

»Nun, natürlich. Ich war doch dabei, als Belton ihre Tasche durch ...« Sie hielt inne, um den Butler nicht bloßzustellen. Stattdessen erklärte sie: »Wir mussten wissen, wem die Tasche gehört, deshalb hielt Belton es für das Beste, die Tasche zu öffnen.«

Das war die schwächste Ausrede, die Mason je gehört hatte. Cousine Felicity tat so, als wären vergessene Handtaschen im Ashlin-House an der Tagesordnung.

»Warum sollte jemand wollen, dass unsere liebe Riley das Land verlässt?«

»Ich habe keinen blassen Schimmer, Cousine. Ich nehme an, dass es bloß ein Scherz ist, wie er am Theater üblich ist.« Er hoffte, dass es so war, aber etwas sagte ihm, dass mehr dahinter steckte. »So, wo soll ich dich rauslassen?«

Sie lächelte. »Oh, wenn es dir nichts ausmacht, begleite ich dich zum Theater.«

»Es macht mir etwas aus«, erklärte Mason energisch. »Wenn das eine echte Drohung gegen Madame Fontaine ist, will ich nicht, dass du darin verwickelt wirst.«

Cousine Felicity straffte die Schultern. »Ich kann sehr gut auf mich selbst aufpassen. Sieh doch, wie ich Lord Delander heute Morgen getäuscht habe – ich habe ihn mit meiner Geschichte über Riley ganz wunderbar abgelenkt.«

»Das stimmt zwar«, sagte Mason, »aber du hast die Dinge noch komplizierter gemacht, weil du angedeutet hast, dass sie reich ist.«

»Ist sie das?« Hoffnung keimte in ihrem Blick.

Mason schüttelte den Kopf. »Nein, Cousine, das ist sie nicht.«

»Was für ein Jammer, denn wenn sie es wäre, hättest du sie heiraten können.«

Mason verschluckte sich.

Cousine Felicity klopfte ihm auf den Rücken. »Sie ist

ein entzückendes Mädchen und würde eine wunderbare Braut abgeben.«

Mason wusste, wie sehr seine Cousine die Dinge immer durcheinander brachte, deshalb drückte er sich jetzt betont klar aus. »Cousine Felicity, ich kann Riley nicht heiraten.«

»Warum denn nicht?«

»Nun, erstens ist sie eine Schauspielerin«, begann Mason, immer noch so erschüttert vom Vorschlag seiner Cousine, dass ihm nicht gleich ein anderer Grund einfiel, der dagegen sprach.

Cousine Felicity seufzte, als wäre die ganze Welt verrückt geworden.

Sie fuhren weiter und gelangten jetzt in die überfüllten Straßen nahe Queens Gate.

Mason sah aus dem Fenster, um sich zu sammeln, als er plötzlich Riley die Straße entlanggehen sah.

Oder besser diese verdammten Federn, die sich über der Menge bewegten wie ein tanzender Harem und ihre bevorstehende Ankunft ankündigten.

Die Dame unter den Federn bewegte sich mit einem Anmut und einer Grazie, als würde sie einen Ballsaal betreten. Wenn Passanten sie ansprachen oder grüßten, neigte sie mit einem wahrhaft königlichen Nicken den Kopf, das wohl manchen glauben ließ, sie stamme tatsächlich von den Töchtern des Pharaos ab.

Mason war so in ihren Anblick versunken, dass er die zwei Männer nicht kommen sah und es zu spät war für eine Warnung.

Sie näherten sich ihr von zwei Seiten, und ein unheilvolles Glimmen in ihren Augen verriet ihre böse Absicht.

Hilflos musste Mason mit ansehen, wie einer der Männer ihr eine Hand über den Mund legte und der andere ihre Arme festhielt, ehe sie sie innerhalb von Sekunden in eine dunkle Seitengasse schleppten.

Als sich die schmutzige Hand auf Rileys Mund legte, schnappte sie nach Luft, und ihre Augen begannen von dem Schweißgeruch ihrer Angreifer zu tränen. Ehe sie reagieren konnte, hielt ein zweiter Angreifer ihre Arme fest; und dann wurde sie in eine schmale Seitenstraße gezerrt, ehe jemand auf sie aufmerksam werden konnte.

»Du bist aber eine Hübsche, was?«, flüsterte ihr ein Mann ins Ohr. »Nun, wenn wir mit dir fertig sind, wirst du nicht mehr so hübsch sein.«

Zu Rileys Entsetzen zog er ein langes Messer heraus, das selbst im Dunkel der Gasse aufblitzte. »Oh, das ist gar nicht das Schlimmste, meine Schöne«, erklärte er ihr. »Ich habe noch ein Messer, das ich ebenfalls benutzen werde.«

»Ich hab gesagt: kein Spielchen«, murrte sein Kumpan. »Also pass gut auf, was du tust, Clyde.«

»Bei dem mageren Lohn werde ich mein Spielchen treiben. Es hört sie sowieso keiner, wenn wir mit ihr fertig sind.« Clydes fauler Atem strich über Rileys Gesicht. »Ich habe nämlich nicht vor, sie lebend zurückzulassen.«

Riley trat ums sich und kämpfte wie wild, als sie sie weiter und weiter die Gasse hinunterschleppten. Je mehr sie sich wehrte, desto härter gingen sie mit ihr um.

Sie hätte auf die Warnung hören sollen. Hätte Hashim mitkommen lassen sollen, statt sich ohne ihn davonzuschleichen. Sie hätte ... aber nun sah es so aus, als wenn ihr unbekannter Feind sie doch noch tot sehen würde.

Aber wer? Und warum?

»Wenn du glaubst, dass ein bisschen Spaß erlaubt ist, lass es uns machen, ehe du sie zerschneidest«, sagte der zweite Mann jetzt und lockerte seinen Gürtel, um seine Hose aufzuschnüren.

Sofort riss Riley eine Hand los. Getreu Hashims Anweisungen ballte sie sie zur Faust und schlug mit aller Kraft nach dem, der Clyde genannt wurde, während ihr Fuß auf den Stiefel des anderen niedersauste.

Als die beiden vor Schmerz aufheulten, floh Riley in Richtung der Straße.

Aber Clyde war zu schnell für sie. »Du kleine Hexe!«, fluchte er, ergriff sie am Arm und schleuderte sie gegen eine Wand, sodass ihr Kopf dagegen prallte und sie benommen zu Boden sank. »Jetzt bist du tot.«

Riley schloss die Augen. Bedauern erfüllte sie ... und der Gedanke an Lord Ashlin.

Wenn sie doch nur mehr hätte tun können, als ihn nur zu küssen. Wenn sie doch hätte herausfinden können, was für ein Mann hinter dem unscheinbaren Äußeren lauerte und ob die paar Momente in seinen Armen wirklich nur eine Verirrung gewesen waren.

Nun würde sie es niemals erfahren. Doch als sie sich für Clydes Todesstoß wappnete, hörte sie plötzlich jemanden kommen. Riley fuhr sich über die Augen, aber sie sah noch immer Sterne.

»Was zum ...«, rief Clyde, als ein silberner Blitz erschien, der sie wie ein Engel aus ihrer Not rettete.

Hashim! Er war auf die Suche nach ihr gegangen, er

hatte den Lärm gehört und sie noch gerade rechtzeitig gefunden!

Clydes markerschütternder Schrei durchbrach die Ruhe.

»Lass mich!«, jammerte der zweite Mann und versuchte zu fliehen. »Wir wollten ihr nichts tun.«

»Lügner!«, stieß Riley hervor.

»Sie ist die Lügnerin«, keuchte Clyde. »Erst hat sie uns für ein bisschen Spaß hierher gelockt, und dann wollte sie uns ausrauben.«

»Ich neige dazu, der *Dame* zu glauben«, erklärte eine weiche Männerstimme.

Rileys Kopf fuhr herum. Wieder sprach ihr Retter. Es war also nicht Hashim, aber wer dann?

»Sind Sie in Ordnung, Riley?«, fragte der Mann. »Können Sie aufstehen?«

Diese Stimme – sicher träumte sie?

Lord Ashlin? In Covent Garden?

Riley schüttelte ihren schmerzenden Kopf und versuchte, wieder klar sehen zu können. Alles, was sie sah, war eine Gestalt in Schwarz, die mit einem Degen in der Hand die zwei Schurken bedrohte.

Es war wie eine Szene aus einem ihrer Theaterstücke.

Dritter Akt, zweite Szene. Geoffroi rettet Aveline vor den Piraten.

»Oh, Himmel«, murmelte sie. Sie war tot, und das war die Hölle – sie war mit Lord Ashlin in ihrem eigenen Stück gefangen. Als Riley spürte, wie sie das Bewusstsein verlor, kämpfte sie darum, wach zu bleiben.

Selbst sie musste zugeben, dass das Stück schlecht war.

Plötzlich wurde sie von starken Armen aufgehoben

und an eine männliche Brust gedrückt. Ihr Retter, ihr Geoffroi.

»Sie sind jetzt in Sicherheit«, erklärte eine tiefe, beruhigende Stimme, die viel zu sanft klang, um die Lord Ashlins zu sein. »Ihre Angreifer sind weit weg.«

Riley versuchte, ihre Augen offen zu halten, aber ihre Lider waren zu schwer, und ihr Kopf schmerzte, also hob sie nur den Kopf und legte ihre Lippen auf seine.

Sobald sie zusammentrafen, machte ihr Herz einen seltsamen kleinen Purzelbaum. Seine Berührung war sanft, erstaunt und hungrig.

Sehr hungrig.

Der Kuss vertiefte sich, und Riley antwortete mit all der Erleichterung, die sie empfand. Sie lebte, und wie sie lebte! Und dieser Kuss zeigte ihr, wie viel ihr dieses Leben bedeutete.

»Geoffroi, mein liebster Geoffroi«, murmelte Madame Fontaine in seinen Armen.

Mason war nur froh, dass sie ihn nicht um einen weiteren Kuss bat, denn er wurde hart geprüft. Rileys Lippen hingen mit einer Zärtlichkeit und einem Vertrauen an seinen, wie er es noch nie erlebt hatte.

Sie brachte ihn dazu, jedes Mal dort da sein zu wollen, wo sie gerettet werden musste.

Es war eine Sache, eine Frau zu küssen, aber eine ganz andere, wenn diese Frau ihn mit dem Namen eines anderen Mannes anredete.

Mason taumelte weiter, ihre schlaffe Gestalt in den Armen. Sie hatte die Augen geschlossen und war sehr blass. Sie blutete nicht, das hatte er sofort gesehen, aber sie war deutlich geschwächt.

»Geoffroi«, murmelte sie.

Mason sah auf seine schöne Last hinunter. Wer zum Teufel war dieser Geoffroi?

Ein Liebhaber? Wahrscheinlich ein Emigrant, der ihr seinen Schutz angeboten hatte.

Na großartig, dachte er. Er riskierte sein Leben, um sie zu retten, und ihr Liebhaber erhielt den Lohn dafür.

Mason verdrängte die nagende Eifersucht, die plötzlich wie aus dem Nichts erschien. Was ging es ihn an, wenn Madame Fontaine einen Liebhaber hatte? Oder eine ganze Legion davon, wie der Klatsch behauptete. Er war ihr schließlich nicht zur Hilfe geeilt, um ihre Gunst zu erringen; vielmehr war er nur zufällig an der Ecke gewesen, als sie jemanden brauchte.

Jemanden – nicht gerade ihn.

Er nahm an, dass es jeder hätte sein können, aber es war nun einmal er gewesen.

Was zum Teufel sollte er jetzt, wo er sie gerettet hatte, mit ihr machen? Zu seiner Rechten entdeckte Mason eine Seitentür, die ins Theater führte. Er stieß sie auf und trug Riley durch einen kurzen Flur, der sich in den Theatergraben öffnete.

Über ihm wurde die Probe auf der Bühne abgebrochen, und die Schauspieler sahen mit offenem Mund zu, wie ein Fremder ihre Chefin hereintrug.

Für einen Moment war es totenstill im Saal, dann trat ein älterer Mann in schwarzen Hosen und einer Art Tunika vor. »Oh ihr Götter des Unheils!«, rief er mit schallendem Bariton aus. »Was habt ihr meinem lieben Mädchen angetan?«

Auf dieses Stichwort hin drängten auch die anderen Schauspieler vor.

Mason wich nicht von der Stelle, erleichtert, Hashim in der Gruppe zu sehen. Das war wenigstens ein bekanntes Gesicht.

Allerdings kein sehr freundliches, denn Hashims wütend verzerrte Miene spiegelte die Stimmung der Menge wider.

»Lass sie runter, Schurke, Verbrecher, finsterer Geselle!«, raunzte der ältere Mann weiter. »Dann werden wir mit Ihnen verfahren, wie wir es mit jedem Pesthauch tun würden, der unserer Riley etwas tut, unserer gesegneten Muse, unserer tugendreichen Königin.«

Mason schüttelte den Kopf. »Das ist ein Missverständnis. Sie wurde angegriffen. Ich habe sie gerettet«, erklärte er. Er nickte in Richtung Tür. »Da waren zwei Männer. Sie haben sie von der Straße weggezerrt. Ich konnte sie vertreiben und habe Riley hergebracht.«

»Was für eine Verdrehung der Tatsachen!«, rief der Mann aus, der der Sprecher der Gruppe zu sein schien.

Noch mehr verstörte es Mason zu sehen, wie Hashim sein Krummschwert zog. Die Truppe wich beiseite und machte dem Sarazenen den Weg frei.

Hashim trat vor, bis er hoch aufragend vor Mason stand. Er warf einen Blick auf die besinnungslose Riley und sah dann Mason mit durchdringendem Blick an.

»Sie hat einen Schlag auf den Kopf erhalten, scheint ansonsten aber unverletzt zu sein«, sagte Mason schnell. »Ich hielt es für das Beste, sie hierher zu bringen, statt die Verbrecher zu verfolgen und sie alleine zu lassen.«

Hashim nickte und rannte dann hinaus, um die Angreifer zu verfolgen.

»Wenn du uns Böses tust, soll die Rache da nicht unser sein?«, zitierte der andere Mann und sah Hashim nach. Dann wandte er sich wieder an Mason. »Sie da! Worauf warten Sie noch? Bringen Sie sie zu uns herauf!« Er wandte sich an einen Mann im Piratenkostüm und einen anderen in weißen Hosen. »Daniel, Roderick, bringt das Sofa herüber.« Dann drehte er sich wieder zu Mason um. »Nun? Worauf warten Sie noch?« Der Mann seufzte. »Wenn unser Freund aus dem fernen Orient davon überzeugt wäre, dass Sie etwas mit der Sache zu tun haben, würden wir jetzt nicht reden, sondern Ihre Überreste vom Boden abkratzen. Und jetzt bringen Sie sie her.«

Erleichtert gehorchte Mason, trug Riley eine kleine Treppe hoch und legte sie auf ein Sofa, das die zwei Männer inzwischen herbeigeschafft hatten.

Sanft legte er sie nieder, kniete sich vor das Sofa und strich Riley die Haare aus dem Gesicht. Sie war so blass und gleichzeitig so wunderschön. Ihre Lippen zitterten, und er erinnerte sich daran, wie es sich angefühlt hatte, als diese Lippen sich auf seine gepresst hatten.

Wer konnte ihr nur etwas antun wollen?

Die Truppe drängte sich um sie, und der ältere Mann ergriff ihre Hand und tätschelte sie voller Gefühl. »Riley, liebe Riley, sprich mit mir. Sag uns, wer dir das angetan hat.«

Rileys Lider öffneten sich, und sie wandte sich Mason zu. »Geoffroi, Geoffroi, du bist mir zu Hilfe geeilt«, murmelte sie, ehe sie die Augen wieder schloss.

»Hussah!«, rief der Mann neben Mason aus. »Das ist meine Riley! Selbst im größten Schmerz erinnert sie sich an ihren Text. Du da, Hortense, hol diese verflixte

Nanette und sag ihr, sie soll eine Schüssel mit kaltem Wasser mitbringen sowie ein Tuch für ihre Herrin.«

Mason dachte noch über das nach, was der Mann zuerst gesagt hatte. »Ihren Text?«, fragte er. »Dieser Geoffroi ist eine Figur aus einem Stück?«

»Ja, sicher. Unsere neue Produktion. Wer sonst sollte er sein?« Er schnaubte ungeduldig.

»Dann ist dieser Geoffroi nicht ihr ... ein ...«

Die Augen des Mannes weiteten sich vor Überraschung. »Meinen Sie etwa ... ihr Liebhaber?«

Mason nickte, und die gesamte Truppe brach in Lachen aus. Er wusste nicht, was er so Witziges gesagt hatte, aber er hatte den dunklen Verdacht, dass sie über ihn lachten.

»Oh, Sie sind köstlich«, sagte der Schauspieler und wischte sich die Augen. »Geoffroi ist der Held in unserem neuen Stück. Und das Mädchen, das sie gerade hereingetragen haben, ist die Chefin des Covent Garden Theaters. Vielleicht haben Sie schon unter ihrem Bühnennamen von ihr gehört: Madame Fontaine.« Er hielt inne und musterte Mason genauer, wobei er seine Herablassung angesichts der langweiligen Krawatte und der einfachen Kleidung Masons nicht verhehlte. »Ah ja, ich sehe, dass Sie das wissen. Jetzt haben Sie eine gute Geschichte, mit der sie Ihre ländlichen Nachbarn unterhalten können.« Er ergriff Mason am Arm und zog ihn mit sich auf die Beine. »Ich möchte Ihnen danken, dass Sie unserer Riley zu Hilfe gekommen sind. Wenn Sie einmal wieder in der Stadt sind, kommen Sie doch ins Theater, dann haben wir sicher eine Karte für Sie. Fragen Sie einfach nur nach mir, Mr Pettibone.«

»Aber ... aber ...«, wandte Mason ein, während er von

Riley weggezogen wurde, »ich will hier bleiben und sehen, dass es ihr gut geht.«

Der Mann warf einen Blick über die Schulter. »Keine Sorge. Sehen Sie, sie öffnet schon die Augen. Völlig gesund, unsere Riley. Und nun fort mit Ihnen, Mr … Mr …«

»St. Clair«, stellte Mason sich vor, während er immer näher zur Tür geschoben wurde.

»Ah, ein St. Clair, wie unser adeliger Förderer, der Earl of Ashlin. Sind Sie mit ihm verwandt?«

»Oh, Aggie, du Affe!«, meldete sich die Dame des Hauses zu Wort.

Mason drehte sich um und sah, wie sie sich auf einen Ellenbogen stützte und mit der anderen Hand den Kopf hielt.

Sie seufzte laut. »Der Mann, den du gerade so unhöflich loszuwerden versuchst, *ist* der Earl of Ashlin.«

8

Ehe Riley weiterreden konnte, flog die Tür zum Theaterraum auf, und Cousine Felicity kam zu aller Überraschung herein.

»Mord! Da geschieht ein Mord!«, schrie die Dame und schwenkte ihr Taschentuch in alle Richtungen.

»Cousine«, rief Lord Ashlin und nahm die ältere Dame in seine Arme. »Es ist alles gut. Es ist kein Mord geschehen. Ich konnte Riley zu Hilfe kommen.«

»Kein Mord?« Cousine Felicity blinzelte ein paarmal.

»Kein Mord«, bekräftigte Mason.

»Ach, verflixt«, bemerkte die Dame, »wo es doch so eine gute Geschichte gewesen wäre.« Sie sah Nanette mit Wasser und einem Tuch kommen und rief ihr zu: »Ach Mädchen, sei so nett und bring die Sachen zu mir herüber, mein Kopf ist ganz wirr.«

Nanette sah ihre Herrin an, und Riley erlaubte ihr mit einem Nicken, Cousine Felicity zu helfen. Diese war inzwischen auf einen Sessel gesunken und fächelte sich mit einer Theatralik Luft zu, die selbst Aggie alle Ehre gemacht hätte.

Riley erhob sich unsicher und lächelte ihre Kollegen an. Was sie jetzt am wenigsten brauchte, waren Zuhörer bei der Diskussion, die ihr jetzt mit Lord Ashlin und seiner ganz und gar nicht diskreten Cousine bevorstand. Also winkte sie sie weg und erklärte: »Für heute habt ihr genug geprobt. Morgen um elf sehe ich alle wieder hier.«

Die Schauspieler und Hilfen zogen sich zurück, unterhielten sich murmelnd über die Ereignisse und warfen Lord Ashlin und seiner Cousine neugierige Blicke zu.

»Cousine, das Wasser war für Riley gedacht«, erklärte Mason seiner Verwandten, als sie sich das nasse Tuch auf die Stirn drückte.

Cousine Felicity sah auf. »Sie sieht doch völlig gesund aus! Nicht mal ein Kratzer. Das hast du gut gemacht, Mason. So aus der Kutsche zu springen und diesen gefährlich aussehenden …«

»Es ist schon gut«, unterbrach Mason sie, »jetzt ist alles wieder gut.«

»Es klingt, als hätten Sie einen bösen Schock erlitten, meine liebe Dame«, erklärte Aggie und eilte so schnell von Rileys Seite, dass diese fast zu Boden gesunken wäre. Innerhalb von Sekunden war Aggie an Felicitys Seite. »Lassen Sie mich Ihnen Trost und Hilfe sein«, bat er, nahm ihr die Kompresse ab, tauchte sie in die Schüssel und wrang sie aus. Dann legte er sie ihr vorsichtig wieder auf die Stirn und schenkte ihr dabei sein schönstes Lächeln. »Wenn ich die Kühnheit besitzen darf, mich vorzustellen: Ich bin Agamemnon Bartholomew Morpheus Pettibone der Dritte, Meister der höheren dramatischen Künste – zu Ihren Diensten.« Er beugte sich vor, ergriff ihre Hand und zog sie an die Lippen. »Ich wäre entzückt, wenn Sie, liebe Dame, mich Aggie nennen würden.«

Cousine Felicity kicherte und gurrte: »Oh, Mr Pettibone, das kann ich nicht, das wäre ungehörig!«

Riley trat an den Bühnenrand und betrachtete ihren

alten Freund amüsiert. Wenn Aggie Cousine Felicity für eine dumme alte Dame hielt, der er ihr Nadelgeld abluchsen konnte, stand ihm eine schwere Enttäuschung bevor.

Es war besser, ihm Einhalt zu gebieten, ehe die Sache außer Kontrolle geriet. Sie ging zur Treppe, und Lord Ashlin trat herbei, um ihr seinen Arm zu reichen.

»Sie sind noch schwach, Madame«, erklärte er und half ihr von der Bühne.

Als Riley ihre Hand auf seinen Arm legte, staunte sie einmal mehr über die Muskeln, die sie unter der Wolle seiner Jacke spürte. Wie kam ein Professor zu Armen, die eine Dame in sichere Gefilde tragen konnten?

»Sie waren es doch!«, rief sie aus und wünschte, ihre Stimme würde nicht so erstaunt klingen. Wahrscheinlich beleidigte es einen Mann, wenn man ihn für schwach hielt.

»Ich habe nur sehr wenig getan«, wehrte Mason ab, »es war ein Zufall. Ihre Angreifer ließen sich leicht in die Flucht schlagen – zum Glück für mich.«

Riley versuchte, sich an die Geschehnisse zu erinnern und den Mann vor ihr mit den verschwommenen Bildern in ihrem Kopf in Einklang zu bringen. Er hatte einen Degen gehabt, oder war das nur in ihrer Fantasie gewesen?

Lord Ashlin mit gezogenem Degen?

Unvorstellbar.

Vielleicht hatte sie eine Klinge gesehen, weil sie ihn für Geoffroi gehalten und als den Helden des Stücks geküsst …

Oh, Himmel, sie hatte ihn geküsst!

»Oh, nein«, murmelte sie und legte die Finger an ihre

Lippen, während ihre Wangen rot wurden. »Ich habe nicht wirklich … oder?«

Er sah auf sie hinunter. »Mich geküsst? Doch, das haben Sie.«

Warum klang seine Stimme nur so unbeteiligt? War ihr Kuss ihm etwa lästig gewesen?

Riley richtete sich auf und beschloss, ihre Beziehung wieder in die richtigen Bahnen zu lenken – zu ihrem eigenen Besten.

»Mylord, ich danke Ihnen, dass Sie mir zu Hilfe gekommen sind.« Da sie abseits von den anderen standen, setzte sie rasch hinzu: »Normalerweise küsse ich keine Männer. Das ist auf meine Verwirrung zurückzuführen. Ich meine, ich dachte, Sie wären …« Riley schloss den Mund, ehe sie sich noch mehr verhaspeln konnte.

Himmel, da versuchte sie, die Sache herunterzuspielen, und machte es dabei nur schlimmer. Warum ließ dieser Mann sie nur so unbeholfen sein?

»Eine Verirrung?«, schlug er vor.

»Ja, genau. Ich kann Ihnen versichern, dass es nicht wieder vorkommen wird.«

Er nickte. »Das wäre sicher das Beste.«

Riley, die sich immer noch über die Rettung klar zu werden bemühte, fragte: »Was haben Sie in der Allee gesucht?«

»Ich wollte zu Ihnen.«

Riley wich einen Schritt zurück. »Warum?«

»Um mit Ihnen über Lord Delander zu sprechen.«

»Über wen?«

»Der Mann, den sie heute Morgen vor meinem Haus getroffen haben.«

»Oh, der.« Den jungen Viscount hatte sie ganz vergessen.

»Ja, der.« Lord Ashlin trat unruhig von einem Fuß auf den anderen. »Sie haben ihn anscheinend schwer beeindruckt.«

Aggie schien gelauscht zu haben, denn jetzt warf er ein: »Meine Riley hat ihn beeindruckt? Natürlich. Sie ist eine Sensation, wo immer sie hingeht.«

Das schien Lord Ashlin nicht zu freuen. »Genau das ist unser Problem. Lord Delander hat Sie nämlich wiedererkannt.«

»Aber Mason, aus dem Dilemma habe ich dir doch herausgeholfen!«, warf jetzt Cousine Felicity ein. Sie wandte sich an Aggie. »Ich habe es hervorragend gemacht.«

»Davon bin ich überzeugt«, erklärte ihr neuer Bewunderer.

Lord Ashlins Kommentar beschränkte sich auf das Anheben einer Braue, was mehr sagte als alle Worte.

»Nun, Cousine Felicity war sicher nicht allzu geschickt bei ihrem Versuch, uns zu helfen«, meinte Riley, »aber immerhin hat sie Lord Delander davon abgehalten, weiter nachzubohren.«

»Im Gegenteil«, erklärte Lord Ashlin, »er will Sie heiraten.«

»Ich bezweifle doch sehr, dass Lord Delander mich zu seiner Frau machen will«, wehrte Riley ab. »Der Mann hat mich doch gerade erst kennen gelernt.«

Lord Ashlin schüttelte den Kopf. »Sie kennen Del nicht. Er ist zu dem Entschluss gekommen, dass sie eine perfekte Frau abgeben würden. Besonders bei der großen Mitgift, die Cousine Felicity Ihnen so großzügig angedichtet hat.«

Das, musste Riley zugeben, war ein Problem, aber sie versicherte Mason: »Ich habe schon oft Anträge bekommen. Ich werde ihn ablehnen, und damit ist die Sache erledigt.«

»Ja, das wäre eine einfache Lösung, wenn Del der Mann wäre, der ein Nein als Antwort akzeptiert.« Lord Ashlin verschränkte die Hände auf dem Rücken. Riley hatte den Verdacht, dass er seine Studenten gehörig einschüchtern konnte. Er fuhr in seiner Lektion fort: »Ich kenne Del schon mein ganzes Leben lang. Wenn er sich etwas in den Kopf gesetzt hat, lässt er nicht locker, bis er sein Ziel erreicht hat. Einmal hat er ein Pferd bei Tattersalls gesehen, und er gab nicht ...«

»Lord Ashlin«, unterbrach ihn Riley, »ich bin weder ein Pferd noch ein Spielzeug, das man sich nimmt. Wenn dieser Lord Delander so gut mit Ihnen befreundet ist, sollten Sie überlegen, ob Sie ihm nicht die Wahrheit sagen und die Sache damit über die Bühne ist.«

Hier mischte sich Cousine Felicity ein. »Oh, nein! Das würde nie klappen. Lord Delander ist nicht gerade für Diskretion bekannt.«

Riley verdrehte die Augen. Wenn schon Cousine Felicity einen Mann indiskret nannte, musste die Situation wohl wirklich so dramatisch sein, wie Lord Ashlin behauptete. »Dann werde ich ihm eben aus dem Weg gehen«, meinte sie.

»Ich bezweifle, dass Sie das schaffen werden. Zumal er vorhat, seine Mutter auf einen Besuch vorbeizuschicken.«

»Lady Delander?« Riley erschauerte. Sie hatte kein Verlangen danach, den Drachen kennen zu lernen, der gestern Ashlin House gestürmt hatte.

»Wenn Del Sie als zukünftige Frau in Betracht zieht«, setzte Lord Ashlin seinen Gedankengang fort, »wird das alte Mädchen Sie auf Herz und Nieren prüfen, und sie wird dabei nicht nach Ihren Tugenden suchen. Besonders, wenn Sie sieht, dass Sie zu ungewöhnlicher Stunde kommen und gehen.«

»Und dann wird die Katze aus dem Sack sein«, kommentierte Aggie.

Eine weile standen sie schweigend da und überlegten, was sie tun sollten.

Riley kam zu einer erschreckenden Schlussfolgerung. »Sie wollen unser Übereinkommen abblasen. Oh, Sie unehrenhafter ...«

Mason hob die Hand und brachte Riley zum Schweigen, ehe ihr noch weitere Beleidigungen einfallen konnten.

»Ja, genau zu dem Schluss bin ich zuerst gekommen«, gab er zu. »Das heißt, ehe ich das hier entdeckt habe.« Er griff in die Tasche und zog ein Stück Papier heraus. »Können Sie das erklären?«

Riley warf einen Blick auf den Zettel und knüllte ihn dann zusammen. Wie zum Teufel hatte er das in die Finger ... dann fiel es ihr ein. »Mein Täschchen!«

»Sie haben es bei uns vergessen.«

»Aber wie haben Sie das gefunden?«, fragte sie und hielt den Papierball hoch. »Der Zettel war in der Tasche und damit Privatsache.«

»Es ist nicht so, wie Sie denken«, verteidigte sich Mason. »Als Belton Ihre Tasche fand, fiel der Zettel heraus ...«

Fiel raus, na sicher! dachte Riley.

»... und als er sah, worum es ging, hat er ihn mir gezeigt.«

»Welcher Zettel, Riley?«, fragte Aggie und trat vor. »Wovon spricht er?«

Riley ballte die Faust um den verhängnisvollen Zettel, denn sie wollte ihn ihrem Partner nicht zeigen; und sie wollte sich auch der hässlichen Wahrheit nicht stellen, die ihr heute in der kleinen Gasse klar geworden war.

Jemand wollte ihren Tod.

»Nichts, Aggie«, erklärte sie. »Nur ein Dialog, den ich mir für ein künftiges Stück notiert habe.«

Der Earl sah genauso skeptisch aus wie Aggie. Offenbar fanden beide ihre Erklärung schwach.

»Gib es mir«, verlangte Aggie und streckte die Hand aus.

Riley umklammerte den Zettel fester. Sie wollte keinen der Männer in die Sache verwickeln.

»Oh, ich kann Ihnen sagen, was da steht, Mr Pettibone«, platzte Cousine Felicity heraus.

Riley sah Lord Ashlin anklagend an. Hatte er denn dem gesamten Ashlin-Clan den Inhalt ihrer Tasche gezeigt?

Er zuckte die Schultern. »Sie hat den Zettel erwischt, ehe ich nach Hause kam.«

Sehr zu Rileys Kummer zitierte Cousine Felicity die Nachricht in dem Moment, als Hashim zurückkam. Sein wütendes Gesicht verriet zweierlei: dass er die Angreifer nicht eingeholt hatte und dass Rileys Schweigen über die Drohung unverzeihlich war.

Lord Ashlin sah sie an. »Wie lange geht das schon so?«, fragte er wütend.

»Das geht Sie gar nichts an«, erwiderte Riley.

»Jetzt tut es das.« Lord Ashlin räusperte sich ungeduldig.

Aggie trat vor. »Ich denke, du solltest es ihm sagen.«

Sie schüttelte den Kopf.

Lord Ashlin wandte sich an Hashim. »Dann werde ich es von ihm erfahren.«

»Mylord, er kann nicht sprechen«, erklärte Riley, zum ersten Mal erleichtert über Hashims Verstümmelung.

»Das stimmt, aber *ich* kann es.« Und Lord Ashlin begann in einer Sprache zu reden, die sie noch nie gehört hatte. Aber Hashim offenbar, denn seine Augen leuchteten auf, als er das hörte, was offenbar seine Muttersprache war, und durch Nicken und Fingerzeichen hatte der Lord bald die ganze Geschichte erfahren.

»Was hat er gesagt, Mason?«, fragte Cousine Felicity, als die beiden ihre seltsame Unterhaltung mit einer gegenseitigen Verbeugung beendet hatten.

»Er sagt, dass die Dame in großer Gefahr ist und dass jeder Tag, den sie hier bleibt, ihr Leben weiter gefährdet.« Er wandte sich an Riley. »Stimmt das so?«

Sie nickte und sah wütend zu Hashim hinüber, der neben dem Earl stand und sie ignorierte.

Dieser Verräter!

Cousine Felicity zog ihr Taschentuch hervor und wrang es zwischen den Fingern. »Dann gibt es nur eine Lösung.«

»Und welche, Cousine?«, fragte Mason.

Riley wusste jetzt schon, dass ihr die Antwort gar nicht gefallen würde.

»Das Mädchen muss in Ashlin House wohnen, wo wir ein Auge auf sie haben können.«

Riley warf dem Earl einen Blick zu und erwartete, in seinen Augen denselben Widerwillen zu sehen, den sie selbst bei diesem Vorschlag empfand.

Aber der Mann wirkte höchst angetan.

»Zum ersten Mal, Cousine, sind wir uns einig.«

⋆ ⋆ ⋆

Riley wirbelte noch immer der Kopf, so schnell war ihr Umzug nach Ashlin House über die Bühne gegangen. Sobald der Earl zu seinem Entschluss gekommen war, gab es kein Zögern mehr.

Und von Aggie und Hashim hatte sie auch keine Unterstützung erhalten. Beide hatten sich auf die Seite des Earls gestellt und behauptet, dass sie in seinem Haus sicher sei.

Riley wollte den Schutz des Earls nicht, und ganz bestimmt wollte sie mit diesem rätselhaften Mann nicht unter einem Dach leben. Er fand sie leidlich hübsch, wo sie ihn … nun, sie wusste nicht, was sie von ihm halten sollte.

Verwirrend war er, auf jeden Fall. Als er sie geküsst hatte …

Sie schüttelte den Kopf. Das Letzte, was sie jetzt brauchte, waren Gedanken, die um Lord Ashlins Kuss kreisten.

Aber es galt vielmehr, einige Dinge zu regeln, beispielsweise ihre Teilnahme an den Proben. Oder die Achtung der Mädchen zu erringen, die sie alles andere als willkommen geheißen hatten.

Riley verließ ihr Zimmer und begab sich nach unten, um Lord Ashlin zu suchen. Als sie die Halle erreichte, erstarrte sie beim Anblick des Mannes, den Belton gerade hinausbegleitete.

Sobald sich die Tür geschlossen hatte, fragte sie den Butler: »Was hat *der* denn hier gewollt?«

Der Mann sah sie wie üblich mit schmerzlicher Miene an, als ob es nun wirklich unter seiner Würde sei, mit ihr zu reden. »Sie kennen diese Person?«

»Ja«, erwiderte sie. »Was hat er hier gewollt?«

»Wie kommt es, dass es mich nicht überrascht, dass Sie mit ihm bekannt sind?«, murmelte Belton zu sich selbst und wandte sich ab.

»Na gut«, murmelte Riley, und ihre Wut über das impertinente Verhalten des Mannes wuchs. »Dann frage ich eben *Mason*.« Das ließ den Butler innehalten. Langsam drehte er sich um und sah sie an.

Riley zwinkerte dem störrischen Schotten zu und schlüpfte an ihm vorbei in Richtung Arbeitszimmer. »Ich bin mir sicher, dass *Mason* es mir schon sagen wird.«

Sie warf einen Blick über die Schulter und sah, wie dem Butler bei dem vertraulichen Gebrauch des Vornamens seiner Lordschaft der Unterkiefer herabfiel. Sie hatte kein Recht dazu, aber das würde den Butler dazu bringen, sich den Rest des Tages seine Gedanken zu machen.

Riley eilte durch die Halle und öffnete die Tür zum Arbeitszimmer, ohne vorher anzuklopfen. Lord Ashlin war mit Hashim am Schreibtisch und ging ein paar Papiere durch.

»Was hat mein Detektiv hier zu suchen gehabt?«, fragte sie.

»Hashim hat ihn hergebracht, aber wenn ich Sie wäre, würde ich mir keine Gedanken mehr über ihn machen«, antwortete Lord Ashlin. »Ich habe ihn gerade seiner Pflichten enthoben.«

Rileys ohnehin üble Stimmung steigerte sich zur Wut. »Sie haben *was*?«

»Der Mann ist unfähig. Ich habe ihn entlassen.« Lord Ashlin wandte sich wieder seinen Papieren zu, während Riley da stand und mit einem Fuß auf den Boden stampfte. »Wollten Sie noch etwas?«

Sie ignorierte ihn und wandte sich an Hashim. »Du hast das zugelassen? Du hast ihn das hinter meinem Rücken tun lassen? Wie konntest du nur?«

Das Paar achtete nicht auf sie.

»Haben Sie alles, was Sie brauchen?«, fragte ihn Lord Ashlin.

Hashim nickte, verbeugte sich leicht vor dem Lord und ging, als wäre Riley gar nicht da.

»Was haben Sie mit ihm gemacht?«, fragte sie. »Sie haben ihn gegen mich aufgehetzt.«

»Kaum«, erwiderte er und legte seine Papiere weg. »Mr Hashim macht sich große Sorgen um Ihr Wohlergehen, genau wie ich. Wir haben uns entschlossen zusammenzuarbeiten, um die Sache zu einem raschen Ende zu bringen.«

Ein stummer Sarazene und ein Oxford-Professor! Und sie dachten, sie würden schaffen, was einem professionellen Detektiv nicht gelungen war.

Riley schloss die Augen und zählte schweigend bis zehn. »Das hier geht sie gar nichts an«, protestierte sie, obwohl sie wusste, dass ihre Worte auf taube Ohren stießen.

»Das sehe ich anders. Solange Sie unter meinem Dach wohnen, stehen Sie unter meinem Schutz und sind meine Angelegenheit.« Er straffte die Schultern und verschränkte die Hände hinter dem Rücken, sodass er haargenau wie ein Professor aussah, nicht wie ein Beschützer.

Unter seinem Schutz. Wusste er denn überhaupt, was das bedeutete? Gut, er hatte sie einmal gerettet, aber selbst er hatte zugegeben, dass das eher Zufall als Können gewesen war.

Was, wenn der nächste Mann, den ihr unbekannter Feind schickte, nicht so feige war wie Clyde und sein Partner?

Riley sah den Earl an. Der stählerne Blick in seinen Augen verriet ihr, dass er für keines ihrer Argumente zugänglich sein würde.

Sie versuchte es anders. »Sie können sich das nicht leisten.«

»Tatsächlich habe ich dadurch, dass ich diesen Stümper gefeuert habe, eine Menge Geld gespart.« Er lächelte sie herausfordernd an. »Wenn Sie nämlich das Geld sparen, das sie ihm zahlen müssten, können Sie mich auch schneller bezahlen.«

Riley verschränkte die Arme vor der Brust.

Verdammter Kerl. Wie konnte er Witzchen daraus machen, wenn vielleicht sein eigenes Leben in Gefahr war? Um Hashim machte sie sich nicht allzu viel Sorgen, denn sie hatte mehr als einmal erlebt, wie gut er sich verteidigen konnte – aber Lord Ashlin?

Was für Erfahrungen hatte er auf dem Gebiet?

»Sie können entweder dort stehen bleiben und sich ärgern«, erklärte er ihr, »oder Sie können uns helfen. Hashim ist ein wertvoller Helfer, aber ich glaube, dass Sie den Schlüssel dazu haben, warum Sie jemand töten will.«

Riley sah ihn ungläubig an. »Wollen Sie damit andeuten, ich wüsste, wer mich töten will?«

»Ja. Auch wenn es Ihnen noch nicht bewusst ist.«

So etwas hatte sie noch nie gehört.

Lord Ashlin setzte sich wieder an seinen Tisch. Er zog einige Blatt Papier und seine Feder hervor und fragte: »Wer, glauben Sie, will Ihnen etwas antun?«

»Wenn ich das wüsste, hätte ich der Polizei Meldung gemacht und alles schon vor einem Jahr hinter mir gehabt, da fing es nämlich an.«

Lord Ashlin schrieb sich etwas auf.

Riley beugte sich über den Schreibtisch. »Was schreiben Sie da?«

»Dass das alles vor einem Jahr angefangen hat. Manchmal ist etwas ganz Offensichtliches der Clou für das Ganze.«

Riley schüttelte den Kopf. »Sonst noch was, Lord Detektiv?«

Lord Ashlin nahm die Brille ab und polierte die Gläser. »Ja. Setzen Sie sich, das kann jetzt eine Weile dauern.«

Sie stöhnte, sah aber keinen Ausweg. Wenn er ein Auge auf sie haben sollte, musste sie mit ihm zusammenarbeiten. »Schießen Sie los.«

Eine Stunde verging damit, dass er sie zu jeder Einzelheit befragte, die passiert war – zu ihrer Truppe und zu Konkurrenzunternehmen. »Gibt es am Queens Gate jemanden, der Sie hassen könnte?«, fragte er.

Riley schüttelte den Kopf. »Nein.«

»Hat jemand die Theatertruppe verlassen, der jetzt eine Abneigung gegen Sie hegen könnte?«

»Nein«, sagte sie. »Die Einzige, die gegangen ist, ist

Miss Gilden. Sie hat ein paar Nebenrollen gehabt und gelegentlich etwas gesungen, aber sie ist wohl kaum der Kopf, der hinter so etwas steckt.«

Lord Ashlin schrieb sich dennoch den Namen auf. »Warum nicht?«

»Sie ist nicht allzu klug. Eher ein Spatzenhirn.«

»Vielleicht ist das nur eine Verstellung.«

Riley lachte bei der Vorstellung. »Lord Hobsons jüngster Sohn hat um sie angehalten.«

»Oh, ich verstehe«, sagte Lord Ashlin.

»Nein, das tun Sie nicht«, erklärte Riley. »Sie hat ihn und seine Dreißigtausend im Jahr abgewiesen und seinen Kammerdiener geheiratet.«

Lord Ashlin strich ihren Namen aus der Liste. »Ist jemand erst kürzlich dazugekommen?«

Riley kratzte sich am Kinn. »Daniel – er spielt Nebenrollen. Ich bezweifle, dass er etwas damit zu tun hat, denn er kam erst vor ein paar Monaten und war davor ein paar Jahre bei einer reisenden Truppe. Der einzige andere Neue ist Mr Northard. Er war im vergangenen Jahr ein paarmal da und hat nach Arbeit gesucht, aber wir brauchten ihn nicht. Jetzt haben wir ihm mit unserem neuen Stück eine Chance gegeben. Er ist recht gut, wenn auch etwas steif.«

»Wissen Sie noch mehr über den Mann?«

Riley schüttelte den Kopf. »Nein, aber er soll den Geoffroi spielen, die Hauptrolle, also dürfte er kaum etwas gewinnen, wenn das Theater dicht machte.«

Lord Ashlin lehnte sich zurück und fuhr sich mit der Hand durch die Haare, während er seine Notizen noch einmal durchlas.

Auch Riley lehnte sich zurück. Sie wusste gar nicht

mehr, warum sie überhaupt heruntergekommen war – wenn Lord Ashlin denjenigen fand, der sie bedrohte, brauchte er den Kerl nur auf diesen Stuhl zu binden und ihn zu befragen.

Nach wenigen Minuten würde der Mann darum bitten, nach Botany Bay deportiert zu werden.

Wirklich, so erschöpft war sie sonst nur nach der Kostümprobe.

Probe.

Das hatte sie ihn fragen wollen. Riley räusperte sich. »Wenn wir die Premiere schaffen wollen, muss ich an den Proben teilnehmen.«

»Was?« Er sah auf.

»Proben. Ich muss zum Theater gehen und üben, damit wir rechtzeitig die Premiere abhalten können.«

»Natürlich werden Sie das nicht tun«, erklärte der Earl. »Sie wären dort schutzlos, und ich habe nicht die Zeit, jeden Tag nach Covent Garden zu fahren.« Er hob die Hand, ehe sie ihn unterbrechen konnte. »Und Hashim auch nicht. Er hat ein paar Dinge für mich zu erledigen.«

Riley versuchte sich zu beherrschen. Sie war es nicht gewohnt, dass jemand anderes über ihr Leben bestimmte, und es gefiel ihr kein bisschen. »Sie werden Ihre Investition nie zurückbekommen, wenn wir nicht üben können, denn dann können wir auch nicht spielen.«

»Hmmmm.« Er überlegte, dann nickte er. »Üben Sie hier.«

»Hier?« Riley fragte sich, ob er wusste, was er da vorschlug.

»Ja, hier. Der Ballsaal dürfte groß genug sein.«

Riley lächelte. Das würde ihm recht geschehen. Sie

konnte nicht anders, als sich Beltons Reaktion vorzustellen, wenn die ganze Truppe auf seiner Schwelle stand. Allein deshalb entschloss sie sich, nicht zu widersprechen, und erhob sich.

»Oh, einen Moment noch«, sagte Lord Ashlin, strich ein, zwei Sachen aus seiner Liste und sah dann auf.

Mit Verwunderung registrierte Riley, dass er verlegen aussah. »Ja?« Was konnte er noch wollen?

»Was ist mit einem früheren … einem ehemaligen …« Lord Ashlins Frage verklang, während er nach den richtigen Worten suchte.

»Einem früheren was?«, fragte Riley, erschöpft von den vielen Fragen.

Der Earl rückte unruhig auf seinem Stuhl hin und her. »Sie wissen schon, was ich meine.«

»Nein, ich weiß es nicht …«, begann Riley, aber dann begriff sie. *»Ein ehemaliger Liebhaber.«*

»Ja«, sagte der Earl, als er ihre roten Wangen sah. »Ein ehemaliger …«

Wie konnte sie ihm etwas über einen so intimen Bereich ihres Lebens erzählen? Außerdem würde er ihr ohnehin nicht glauben.

»Das ist wichtig«, beharrte er. »Jemand, den Sie verlassen haben. Vielleicht wegen eines anderen? Mr Pettibone sagte, im Moment gäbe es niemanden, aber vielleicht in der Vergangenheit? Vielleicht hat ein ehemaliger, eh, … Galan das Gefühl, sich rächen zu müssen.«

Himmel, er schien sie für ein rechtes Flittchen zu halten. Aber sie hatte auch nichts getan, um diesem Eindruck zu widersprechen. »Nein, es gibt keine.«

»Jemand aus Paris vielleicht?«

Riley schüttelte den Kopf. »Nein, da gibt es niemanden.«

Mason nahm die Brille ab und betrachtete sie. »Riley, wenn Sie vor Del die Schüchterne spielen, ist das eine Sache, aber ich weiß, wer Sie sind. Ich weiß über Ihre Vergangenheit Bescheid. Ich will Ihnen doch nur helfen. Es ist ganz klar, dass Sie einige Dinge bedauern, aber mir müssen Sie die Wahrheit sagen und sich nicht hinter völlig unangebrachter Scham verstecken.«

»Es gibt nichts, dessen ich mich schämen müsste«, erklärte Riley steif.

»Natürlich nicht«, sagte er. »Sie können nichts für Ihre Vergangenheit.«

Rileys Ärger wuchs. »Sie aufgeblasener, arroganter …«

»Sie brauchen sich gar nicht so aufzuregen«, unterbrach er sie. »Ich mag all die Jahre in Oxford verbracht haben, aber glauben Sie mir: Nichts, was Sie hier enthüllen, könnte mich noch schockieren. Dafür haben die Vergehen meines Vaters und meines Bruders schon gesorgt.«

Riley hob erschöpft die Hände und stöhnte. »Aber das versuche ich Ihnen die ganze Zeit zu sagen: Es gibt nichts zu enthüllen.«

»Riley, als Sie das erste Mal hier waren, habe ich Erkundigungen über Sie einholen lassen. Die Wettbücher bei Whites sind voll von Ihren Eskapaden. Jeder junge Stutzer in London weiß eine Geschichte über Sie zu erzählen.« Er griff nach seinem Stift. »Sagen Sie mir einfach nur die Namen.«

Riley schüttelte nur schweigend den Kopf.

»Das hilft uns nicht weiter!«, rief Mason. »Sagen Sie mir einfach ihre Namen.«

»Also gut!«, sagte Riley. »Sie wollen Namen? Hier sind sie. Prinny? Ist der gut? Die Herzöge von Kent, Cumberland, Sussex und …« Sie schnippte mit den Fingern. »Himmel, ich vergesse immer, wie der mit den Sommersprossen heißt. Ach ja, Cambridge. So, nach dieser Einführung in die gute Gesellschaft hatte ich, glaube ich, ein Techtelmechtel mit der gesamten berittenen Wache – nur die Männer, nicht die Pferde.« Sie lächelte ihn an, kratzte sich am Kinn und überlegte, wen sie noch auf ihre erfundene Liste setzen sollte. »Aah, und dann war da noch die Woche, die ich mit Lord …«

»Das reicht!«, rief Lord Ashlin und warf seinen Stift beiseite. »Ich versuche, einen ernsten Überblick über Ihre Vergangenheit zu erstellen, und Sie machen sich über mich lustig!«

»Aber die Wahrheit wollen Sie ja nicht hören«, gab Riley zurück. »Als ich Ihnen gesagt habe, dass es keine Namen zu nennen gibt, haben Sie mir nicht geglaubt. Wissen Sie, Lord Ashlin, ich hatte nämlich noch nie einen Liebhaber!«

Er schüttelte den Kopf. »Das kann nicht sein. Ich habe gehört …«

»Sie haben Klatsch und Vermutungen gehört«, fiel sie ihm ins Wort. »Glauben Sie auch alles, was man über Ihren Bruder erzählt? Wenn ja, kann er nie geschlafen haben.«

»Die Geschichten um Frederick wurden reichlich übertrieben«, gestand Mason zu.

»Dann, Lord Ashlin, haben Sie die Wahl zwischen zwei Dingen«, erklärte Riley. »Entweder Sie glauben, dass ich mit jedem Mann in London geschlafen habe oder dass ich nie einen Liebhaber hatte. Was wählen Sie?«

Mason hatte nicht die Wahrheit gesagt, als er erklärt hatte, ihn könne nichts mehr schockieren.

Madame Fontaine hatte noch nie einen Liebhaber gehabt? Unglaublich!

Er versuchte immer noch, ihre unglaubliche Aussage zu verstehen, als er ein paar Stunden später von seinen Nachforschungen nach Hause zurückkam und schon an der Tür von einem grimmig dreinblickenden Belton empfangen wurde.

»Mylord«, sagte der Butler in seiner düstersten Stimmlage. »Er ist ins Haus gelangt.«

Mason stöhnte, denn er wusste sofort, wen Belton meinte. Del!

Verdammt sollte seine Hartnäckigkeit sein. Er war am frühen Nachmittag schon einmal mit Blumen in der Hand erschienen, um Riley zu sprechen, aber Mason hatte sich rundheraus geweigert, ihn einzulassen.

Jetzt sah es so aus, als habe der Lord einen anderen Weg gefunden, um ins Haus zu kommen.

»Wo ist er?«

»Im Grünen Salon«, sagte Belton. »Miss Felicity hat Tee bestellt. Soll ich ihn wirklich servieren?«

»Ist Madame dort drin?«

Belton hob als Antwort nur eine Braue.

Natürlich war sie das. »Tragen Sie den Tee hinein«, entschied Mason. »Vielleicht wird unser mageres Angebot Del verscheuchen, wenn unsere Drohungen schon nicht wirken.«

»Wie Sie wünschen, Mylord.«

Mason ging zum Salon, in Gedanken immer noch bei Rileys Geständnis, dass es keine Liebhaber gab.

Wie konnte das stimmen? Er hatte die Gerüchte bei

Whites und an einem halben Dutzend anderer Orte gehört. Er sagte sich, dass sie log und etwas verbarg, aber ihr Erröten und Stammeln bewiesen ihm, dass die Dame die Wahrheit sagte.

Oder eine verdammt gute Schauspielerin war.

Dann wieder dachte er an all den Klatsch, den er über Freddie gehört hatte – von dem der Großteil Blödsinn war. Wenn das bei Freddie zutraf, warum sollte es dann nicht auch auf die Frau zutreffen, die man Aphrodites Neid nannte?

Was kümmerte es ihn überhaupt, ob sie nun Liebhaber gehabt hatte oder nicht? Das ging ihn nichts an. Seine einzige Sorge sollte sein, wie er Del aus dem Haus und von Riley fort bekam. Und dann musste er herausfinden, wer versuchte, sie umzubringen. Und Ehemänner für seine Nichten finden. Und eine Frau für sich. Und dann musste er sich um seine Finanzen sorgen.

Mason seufzte frustriert auf.

Wann hatte sein Leben eigentlich diese Wendung genommen?

Oh, das wusste er: in dem Moment, als er Madame Fontaine hereingelassen hatte. Die Frau hatte etwas Magisches an sich und brachte nur Probleme.

Aber, kleiner Bruder, hörte er Freddie sagen, *wann hast du das Letztemal so viel Spaß gehabt?*

Im Salon saß Cousine Felicity an einem kleinen Tischchen und schenkte den Tee ein, den Belton gerade gebracht hatte. Louisa saß im Hintergrund in einem Sessel und blätterte durch ein Modemagazin. Bea stand am

Fenster und beobachtete die Straße, und Maggie hatte sich auf dem Sofa neben Del niedergelassen.

Riley hatte sich einen harten, hochlehnigen Stuhl weit entfernt vom Viscount ausgesucht. Sie sah aus, als säße sie vor Gericht statt beim Teetrinken.

Riley warf Mason nur einen kurzen Blick zu, als ob sie sich immer noch so über ihn ärgerte wie vor ein paar Stunden, als sie aus seinem Büro gestürmt war.

Mason wusste nicht, warum sie so verbiestert war – er hatte ihr doch nur helfen wollen!

»Mason!«, rief Cousine Felicity aus. »Wie schön, dass du dich zu uns gesellst. Ich habe gerade allen von einem ärgerlichen Artikel in der Zeitung erzählt. Der Erbe des Herzogs von Walford wird vermisst, und sie schlagen vor, dass der Fluss durchsucht wird. Ich war gerade bei der spannendsten Stelle, als Lord Delander eintraf. Er bestand darauf, dass wir in der Unterrichtspause Tee trinken und ein paar Kuchen essen, die er mitgebracht hat.«

Del grinste die Mädchen an, obwohl keines von ihnen sein ansteckendes Lächeln erwiderte. »Unterricht? Weibliche Künste, wie man uns arme, arglose Männer in die Falle lockt, eh, Bea? Vielleicht können Mason und ich euch helfen – außerdem können wir selber Hilfe brauchen, wenn wir eine Braut finden wollen.« Del grinste Riley mit all seinem verwegenen Charme an, aber sie sah an ihm vorbei, sodass seine Mühe umsonst war. »Kommen Sie«, wandte er sich an Riley, »welchen Unterricht würden Sie Ihrem Cousin empfehlen?«

Riley wich aus. »Das kommt darauf an, was für eine Braut er sucht.«

Mason rutschte auf seinem Stuhl hin und her, als sich alle Augen auf ihn richteten.

»Oh ja, Onkel«, bat Maggie mit dem ersten Funken Interesse, seit er das Zimmer betreten hatte. »Nach was für einer Frau suchst du?«

»Reich muss sie sein«, schlug Del vor.

Louisa nickte zustimmend.

»Hübsch«, setzte Del hinzu, erhob sich und erwärmte sich für das Thema. »Und nicht zu jung, denke ich. Ich würde sagen, ich kann mir euren Onkel nicht mit einem kichernden Mädchen vorstellen, das gerade erst das Schulzimmer verlassen hat.« Er ging im Zimmer auf und ab. »Sie darf auch nicht eine von den dummen Dingern sein, die man überall findet. So eine würde ihn zu Tode langweilen.« Del kratzte sich am Kinn. »Aber wie soll man so eine Frau finden?«

»Das klingt wie diese blaustrümpfige Dahlia Pindar«, bemerkte Beatrice.

»Genau!«, rief Del aus. »Das ist die perfekte Erbin für euren Onkel. Reich und respektabel.«

»Und ein richtiges Kamel. Ich glaube, sie würde sich sogar in einem Schrank verlaufen.«

Mason hätte wissen müssen, dass Riley auf Rache sann, denn in dem Moment wandte sie sich an ihn und fragte: »Und warum haben Sie diesen Ausbund an Tugend nicht längst im Sturm genommen und zu Ihrer Braut gemacht, *Cousin*?«

Mason zuckte die Achseln, während alle auf seine Antwort warteten. »Es ist etwas komplizierter, als es aussieht.«

Zu seinem Unbehagen griff Del diesen Satz auf. »Dann sollten Sie, Miss St. Clair«, wandte er sich an Riley, »Ihren Unterricht auf Ihren Cousin ausdehnen, denn es sieht so aus, als brauche er ein bisschen Nachhilfe, wenn er je die Hoffnung haben will, die entzückende Miss Pindar als Braut zu gewinnen. Wir können ihm beide helfen.«

»Was für ein fantasievoller Plan, Lord Delander«, erwiderte Riley. »Ich wusste gar nicht, dass Sie so romantisch sind.«

»Ich bin, was immer Sie wünschen, meine liebe Dame.«

Mason stöhnte bei dieser dick aufgetragenen Schmeichelei.

»Siehst du«, schalt Del und wies anklagend mit dem Finger auf ihn, »du hast keine Ahnung, wie man mit einer Dame umgeht.«

»Und was ist mit Ihnen, Lord Delander?«, fragte Maggie. »Wie soll Ihre Frau sein?«

Del hielt inne. »Nur eines.« Er machte eine dramatische Pause. »Sie muss in der Lage sein, meine Mutter am Piquet-Tisch zu schlagen.« Er wandte sich an Riley. »Sie spielen natürlich Piquet?«

Riley schüttelte den Kopf.

»Verflixt, aber es ist leicht zu lernen. Sie werden es in null Komma nichts können, wenn wir erst ...«

»Del«, unterbrach ihn Mason. »Wie bist du hier hereingekommen?«

»Was? Ich soll meinen Geheimeingang verraten, damit du ihn zuschütten lässt? Und Schüsseln mit kochendem Öl an den Dachfenstern aufstellst?« Sein Freund deutete auf einen großen Riss in seiner Hose und die Kratzer an den üblicherweise makellosen Stiefeln. »Aber wenn du es unbedingt wissen willst: Ich habe meine Kleidung ruiniert, indem ich es mit der Gartenmauer aufgenommen habe.«

Mason lächelte. »Sieht so aus, als hätte die Mauer gewonnen.«

Del lachte. »Stimmt. Es ist aber auch tückisch, die Mauer in einen solchen Zustand geraten zu lassen, dass sie bei der geringsten Belastung zusammenbricht.«

»Dafür siehst du aber noch gut aus«, meinte Mason und nahm seinen Tee von Cousine Felicity entgegen.

»Das heilt alles«, sagte der Viscount fröhlich. »Ich hatte Glück, dass dein Garten in ähnlich grandiosem Zustand ist. Diese Dornenmonster, die früher sicher mal Rosen waren, haben meinen Sturz aufgefangen.« Wie zum Beweis zog er einen langen Dorn aus seinem Jackenärmel.

»Lord Delander, sind Sie auch sicher, dass Sie sich nicht verletzt haben?«

Diese besorgte Frage kam zu jedermanns Überraschung von Bea, die ihren Platz am Fenster aufgegeben hatte und jetzt neben Del stand. Als sie erkannte, dass alle sie ansahen, runzelte sie die Stirn. »Nun, diese Mauer ist beschämend. Lord Delander kann von Glück sagen, dass er sich nichts gebrochen hat.«

»Hussah!«, brüllte Lord Delander, »ich habe Bea auf meine Seite ziehen können.«

Bei dieser leidenschaftlichen Erklärung errötete Beatrice heftig.

Lord Ashlin warf seiner ältesten Nichte einen zweiten Blick zu.

Bea und Erröten? Was zum Teufel hatte das zu bedeuten?

»Und welche Seite soll das sein?«, wollte Louisa aus ihrer einsamen Ecke wissen und warf Bea einen fragenden Blick zu. In ihrer Frage schwang ein Unterton mit, den Mason nicht zu deuten wusste, und er machte sich im Geist eine Notiz, später nachzufragen.

Del warf Louisa über die Schulter einen Blick zu. »Ich dachte, euer Onkel hätte euch inzwischen alle über meine Absichten informiert.«

»Welche Absichten?«, fragte Maggie, die ihm den Kuchenteller anbot und dabei die Hälfte verschüttete.

Del lächelte das Mädchen an und wischte sich die Krümel von der Hose. »Meine Absichten in Bezug auf eure Cousine, natürlich.«

Riley verdrehte die Augen.

»Auf wen?«, fragte Louisa, »Cousine Felicity?«

Del lachte, und Cousine Felicity fiel unsicher mit ein. »Louisa, du bist mir eine.« Er wandte sich an Riley. »Meine Mutter hat immer gesagt, dass Louisa noch ein schlimmes Ende nehmen wird – passen Sie also gut auf sie auf.«

»Wie geht es Ihrer Mutter, Mylord?«, fragte Louisa, um das Gespräch auf ein anderes Thema zu lenken.

»Wunderbar«, erklärte Del. »Der alte Drachen ist heute in Höchstform.« Er grinste Riley an. »Zumal ich ihr erzählt habe, dass ich die Absicht habe, eure Cousine Riley zu heiraten.«

Bea spritze den Tee, an dem sie genippt hatte, durchs Zimmer. »*Sie* heiraten?«

Maggie sprang vom Sofa auf und klopfte ihrer Schwester auf den Rücken. Dazwischen warf sie Riley wütende Blicke zu.

»Sobald sie einwilligt«, fuhr Del fort.

Riley sah ihn an und lächelte. »Mylord, Ihr Antrag ist sehr schmeichelhaft, aber ich kann Sie nicht heiraten.«

»Sie können *nicht*?«, fragten die Schwestern im Chor.

»Natürlich nicht«, erwiderte Riley. »Meine erste Verpflichtung sind Sie drei. Das Angebot des Viscount ist großzügig und freundlich, aber überoptimistisch – ich würde nie einen Mann heiraten, den ich kaum kenne.«

»Dann werde ich das eben ändern müssen«, erklärte Del. »Heute Abend sollen Sie meine Mutter und mich zu Mrs Evans Musikabend begleiten. Es verspricht, eine fürchterlich langweilige Angelegenheit zu werden, zumal Ihr Cousin auch da sein wird; aber ich werde genügend Zeit haben, Ihnen alles über meine Mutter zu erzählen.«

»Na, *das* klingt wirklich langweilig«, murrte Louisa.

Mason ignorierte seine Nichte und erklärte seinem Freund: »Es tut mir leid, Del, aber die Zeit meiner Cousine ist leider damit in Anspruch genommen, meine Nichten auf ihre Einführung in die Gesellschaft vorzubereiten.«

Del lachte. »Ihr drei? In die Gesellschaft eingeführt? Dass ich nicht lache!« Er prustete los, war aber offensichtlich der Einzige im Raum, der der Situation Komik abgewinnen konnte.

Riley sah den Viscount kühl an. »Erklären Sie uns doch bitte, was daran so lustig sein soll.«

»Nun, ich erinnere mich noch gut, wie Bea die Herzogin von Harleton ein Flitt ...«. Seine Stimme erstarb, als er sich unbewegten Gesichtern und eisigem Schweigen gegenübersah. Er versuchte es erneut. »Oder als Maggie im Park vor das preisgekrönte Jagdpferd von Lord Jeremy stolperte und es zum Durchgehen brachte, sodass Lord Jeremy auf den A ...«

Erneut verklang sein Witz, als er auf taube Ohren fiel. »Oh, verflixt«, sagte er schließlich und wandte sich wieder an Beatrice. »Komm schon, Bea. Du warst witziger, ehe du dich entschieden hast, erwachsen zu werden. Weißt du noch, wie wir immer gemeinsam gelacht haben? Als dein Onkel und ich dir auf Sanborn Abbey das Reiten beigebracht haben, als ihr Ferien hattet? Du warst nur ein Stück Stoff, aber jedes Mal, wenn du heruntergefallen bist, hast du diesen Ausdruck benutzt, den du von einem Stallknecht aufgeschnappt hattest, und dann ...«

»Oh, du, du ... großer Idiot«, stammelte sie und stürmte mit hochroten Wangen aus dem Zimmer.

»Was habe ich denn gesagt?«, fragte Del Maggie.

Auch sie erhob sich. »Bea hat Recht, du bist wirklich ein Idiot.« Sie ging ihrer Schwester nach und trat Del dabei heftig auf den Fuß.

Der Viscount heulte vor Schmerz auf, aber Maggie warf ihm nicht einmal einen entschuldigenden Blick zu.

Zum ersten Mal bezweifelte Mason, dass die Unbeholfenheit seiner Nichte auf einen Unfall zurückzuführen war.

Mit einem resignierten Seufzer erhob sich jetzt auch Louisa. »Grüßen Sie Ihre Mutter«, sagte sie über die Schulter, als sie an dem verwirrten Viscount vorbeischwebte.

»Du liebe Güte«, bemerkte Cousine Felicity und sah bestürzt den entschwindenden Mädchen nach.

Mason sah, dass Riley die Einzige war, die ihre Ruhe nicht verloren hatte.

Sie sah in die Richtung, in die Beatrice verschwunden war, und auf ihrem Gesicht lag ein berechnendes Lächeln.

9

Riley hatte durch das Fenster der Bibliothek beobachtet, wie Mason und Cousine Felicity die Treppe hinuntergingen und auf eine wartende Kutsche zuliefen.

In dem eleganten Gefährt erkannte sie eine junge Dame, und sagte sich, dass dies wohl die berühmte Miss Pindar sein musste.

Ach, verflixt, wenn sie doch nur …

Riley hielt inne, ehe sie sich das Unmögliche wünschte. Stattdessen wandte sie sich wieder ihren Papieren zu, an denen sie gerade arbeitete. Nur, weil sie nicht ins Theater konnte, durfte sie ihre Pflichten nicht vernachlässigen.

Doch in der anheimelnden Wärme der Bibliothek fielen ihr immer wieder die Augen zu.

Was würde ein Nickerchen schon schaden?, dachte sie und rollte sich auf dem dicken Teppich vor dem Kamin zusammen, wo sie bald einschlief und zu träumen begann.

Sie hatte sich in den Straßen von Covent Garden verlaufen. Sie rannte und rannte, bis sie kaum noch Luft bekam, und rief nach Lord Ashlin, rief um Hilfe …

Schritte erklangen aus den Schatten, und sie wusste, dass sie weiterlaufen musste – einen Vorsprung halten musste …

Als sie um eine dunkle Ecke bog, packte Clyde sie und

zog sie an sich. »*Jetzt bist du tot«, flüsterte er ihr ins Ohr.*

Riley fuhr hoch, ihr Atem ging keuchend, und sie blinzelte angesichts der ungewohnten Umgebung. Wo war sie? Dann fiel es ihr wieder ein.

Aber es war nicht alles ein Traum gewesen. Clyde war nur zu echt, und er lauerte noch immer irgendwo da draußen in der Dunkelheit.

Riley schlang die Arme um ihren Leib und zitterte. Die Kerzen waren heruntergebrannt; rasch stand sie auf und zündete noch einige an, um die Dämonen zu vertreiben.

Noch während sie die Letzte entzündete, hörte sie, wie die alte Holztreppe von Ashlin House unter den Schritten eines Unbekannten knarrte, der sich langsam hochschlich.

Riley öffnete den Mund, um zu schreien, schloss ihn aber sofort wieder. Sie suchte den Raum nach einem Versteck ab, aber es gab nur wenige Nischen, in denen sie sich hätte verbergen können. Doch eines gab ihr etwas Trost – ein schwerer Schürhaken, der am Kamin lehnte.

So langsam sie konnte, schlich sich Riley zu der neu gefundenen Waffe hinüber, denn sie wusste, dass ihr nur diese Chance blieb.

Und die durfte sie nicht verspielen.

Mason kehrte kurz nach eins von Mrs Evans Musikabend zurück. Das Haus war dunkel, nur in der Bibliothek brannte noch Licht.

Riley.

Sie arbeitete hart für ihre Zukunft, und er hatte die Nacht damit verbracht, hart für seine ...

Er schloss die Tür auf und trat ein. Belton hatte er Anweisungen gegeben, nicht auf ihn zu warten. Der Mann hatte für sein Alter schon genug Pflichten, da musste er nicht auch noch die halbe Nacht wach bleiben. Erleichtert sah Mason, dass der Butler seinen Anordnungen offenbar gefolgt war, denn er war nirgendwo zu sehen.

Jetzt würde auch er selbst, Mason, zur Ruhe gehen – er war erschöpft und müde von der Musik und den Gesprächen im Ballsaal der Evans.

Einen bahnbrechenden Erfolg hatte irgendjemand den Abend genannt – eine ermüdende Langeweile wäre wohl treffender gewesen.

Eine junge Dame nach der anderen war nach vorne gekommen, um die Anwesenden mit ihrem musikalischen Können zu erfreuen – soweit es vorhanden war. Miss Pindar war für ihre Darbietung am Klavier sehr gelobt worden und zu einer Zugabe aufgefordert worden.

Dabei hatte das Mädchen die ganze Zeit über Mason angestrahlt, als wollte es sagen: *Ich würde eine perfekte Herzogin abgeben.*

Und sie hatte Recht, aber sie war nicht das ...

Mason unterbrach sich. Er war es Generationen von Ashlins und seinen Nichten schuldig, die Ehre des Familiennamens wiederherzustellen.

Freddie lachte sich jetzt wahrscheinlich über den moralischen Zwiespalt seines Bruders kaputt.

Mason stieg die Treppe zu seinem Zimmer hoch und blieb in der ersten Etage stehen, wo ein Streifen Licht unter der Bibliothekstür durchschimmerte.

Es lockte ihn, ihm zu folgen.

Mach schon, kleiner Bruder, hörte er Freddies Stimme förmlich. *Sie wartet auf dich*.

So groß die Versuchung auch war, Mason riss sich zusammen und bog um die nächste Ecke, als die Tür aufflog und das Licht von drinnen ihn blendete.

»Oh, Himmel!«, rief Riley, »*Sie* sind es.«

Seine Augen gewöhnten sich langsam an das Licht, und er erkannte sie und dachte über ihre Gestalt nach. Als Silhouette vor dem Licht sah sie aus wie eine antike Kriegsgöttin in wallendem Gewand und mit einer Waffe in der Hand. Ihr Atem ging keuchend, und ihre Brüste hoben und senkten sich in dem tiefen Ausschnitt ihres Kleides. Ihr blondes Haar schimmerte im Licht und fiel ihr in einem losen Zopf fast bis zur Taille. Unter dem Saum des Kleides sahen ihre bloßen Zehen hervor.

Noch nie hatte Boadicea so wild oder so schön ausgesehen. Und noch nie hatte sie, wie Mason sicher wusste, einen Schürhaken in der Hand gehalten.

»Wissen Sie, wie man damit umgeht?«, fragte er.

Riley sah zu ihrer improvisierten Waffe auf. »Wenn ich die Gelegenheit zum ersten Schlag erhalte, nutze ich sie.«

Trotz dieser Warnung trat er näher. »Erinnern Sie mich, dass ich mich von jetzt an anmelde«, neckte er sie und drückte das Eisen zu Boden. Er war so nahe, dass er ihr Zittern fast spüren konnte.

Er war schuld daran – er hatte ihr mit seiner späten Heimkehr Angst gemacht. Er sagte sich, dass es seine Pflicht als Gentleman war, ihr seinen Schutz anzubieten. Aber als er jetzt so nahe vor ihr stand, wollte er sie nur in seine Arme reißen und ihr versprechen, dass sie nie wieder Angst zu haben bräuchte.

Ein Versprechen, das er mit einem leidenschaftlichen Kuss besiegeln würde.

»Verzeihen sie«, sagte sie und wandte sich hastig ab, als könne sie seine Gedanken lesen. »Ich habe jemanden gehört und … nun, ich habe Sie nicht so früh zurück erwartet und dachte …«

»Es tut mir so leid, dass ich Sie erschreckt habe. Wo ist Hashim?« Mason war nur ausgegangen, weil Hashim ihm versprochen hatte, an Rileys Seite zu bleiben und auf sie aufzupassen.

Wie aufs Stichwort trat der Mann aus dem Schatten der Wand.

Mason nickte ihm zu und bewunderte seine Haltung. »Gehen Sie zu Bett,Sir«, sagte er auf Persisch. »Ich werde die Dame gut bewachen.«

Hashim verbeugte sich und ging zur Treppe.

Riley sah ihm nach. »Was haben Sie zu ihm gesagt?«

»Das, Madame«, sagte Mason, »bleibt zwischen Hashim und mir.«

»Hmmh.« Riley schnaubte unwillig durch die Nase und ging zurück in die Bibliothek, den Schürhaken noch immer in der Hand.

Mason konnte nicht anders – er musste ihr folgen, hypnotisiert vom verführerischen Schwung ihrer Hüften. Er sagte sich, dass er Hashim versprochen hatte, auf sie aufzupassen. Und dazu gehörte wohl kaum, dass er sie mit den Augen verschlang.

Und auch nicht das, woran er zunehmend dachte.

Wusste diese Frau überhaupt, wie sie auf ihn wirkte?

Riley stellte den Schürhaken wieder neben den Kamin und ließ sich dann im Schneidersitz auf dem Boden nieder, wo sie offenbar gearbeitet hatte. Bücher, Rechnungen und Zettel lagen im Halbkreis um sie herum.

Und ein Paar Strümpfe mit roten Strumpfgürteln.

»Wie können Sie in dieser Unordnung arbeiten?«, fragte Mason und ließ den Blick auf ihrer abgelegten Unterwäsche ruhen. Warum überraschte es ihn nicht, dass die Dame rote Strumpfhalter aus Seide trug?

»Sehr gut, danke«, fauchte Riley und versteckte ihre Unaussprechlichen rasch unter ein paar Papieren. »Wenn Sie es unbedingt wissen wollen – ich arbeite am liebsten in Korsett und Unterrock, habe mich aber aus Gründen der Schicklichkeit entschlossen, nur die Strümpfe abzulegen. Es wird nicht wieder vorkommen.«

Das hoffte Mason auch. Er konnte sich den Anblick, den sie geboten hätte, nur zu gut vorstellen.

Die Vorstellung, wie sie wohl in roten Strumpfhaltern aussah, war schon schlimm genug.

Nach ein paar Momenten holte Riley tief Luft und seufzte. »Es tut mir leid, Mylord, ich bin heute Nacht ganz durcheinander.«

Aus gutem Grund – sie hatte einen höllischen Tag hinter sich und war durch ihn eben noch einmal erschreckt worden.

»Nein, *mir* tut es Leid, wenn ich Ihnen Angst gemacht habe«, erwiderte er.

Riley zuckte nur die Achseln, als wolle sie nicht länger darüber reden. Vorerst. Außerdem war sie wahrscheinlich immer noch wegen seiner Befragung verärgert.

Der Befragung, in der sie behauptet hatte, noch nie einen Liebhaber gehabt zu haben.

Wie war das möglich? Jede Bewegung dieser Frau war ein sinnliches Versprechen. Ihre verdammte Vorliebe für Federn, ihr volles Haar, die durchscheinende Haut.

Und diese grünen Augen … jedes Mal, wenn er hineinsah, fand er sich in einem Zustand zwischen Poesie und altem Ashlin.

Sein Blick wanderte zurück zu dem Stück Seide, das unter den Papieren hervorsah.

Rotseidene Strumpfhalter? Und da sagte sie, dass sie noch nie einen Liebhaber gehabt hätte?

»Eh … hm«, räusperte sie sich und sah unverhohlen zur Tür.

Er entschied sich, den Hinweis nicht zu beachten.

Stattdessen zog er sein Jackett aus und ließ sich neben ihr auf dem Boden nieder, die Füße zum Feuer hin ausgestreckt, wo die Kohlen wohltuend in der Hitze glommen. »Was ist das alles?«

»Buchhaltung, Terminpläne, Notizen, Bestellungen für all das, was wir brauchen, um die Kostüme und Bühnenbilder fertig zu machen.« Ihr Ton klang kurzangebunden und trug eindeutig die Nachricht: *Geh*.

Aber er wollte nicht – wollte nicht gehen. Nach der gepflegten Langeweile bei Mrs Evans lockte ihn Rileys ruhige Unordnung wie eine Zauberflöte.

»Ich habe noch einiges zu tun«, bemerkte sie mit einem Blick zu Tür.

Er fuhr fort, ihre Hinweise zu missachten. »Und Sie wollen alles auf einmal tun?«

Jetzt endlich lächelte sie. »Sie verflixter Mensch«, sagte sie. »Ich versuche, wütend auf Sie zu sein, aber Sie lassen mich nicht.« Spielerisch drückte sie seinen Arm.

Nach einem Abend, an dem er sich unausgesetzt in

den berechnenden Händen von Miss Pindar befunden hatte, erstaunte ihn ihre unschuldige Berührung.

Gleichzeitig entzündete gerade diese Berührung seine Vorstellungskraft, die ohnehin schon durch die Gedanken an die rote Seide glomm: Wie wäre es, sie jetzt in die Arme zu nehmen ... das Kleid beiseite zu schieben, die Hand nach oben wandern zu lassen, bis sie die leuchtende Seide berührte, warm noch von ihrer Haut und sinnenverwirrend ...

»Ich nehme an, jetzt ist es an mir, mich zu entschuldigen«, sagte Riley.

»Wofür denn nur?«, fragte Mason, der sich fragte, ob er sich nicht für seine Gedanken entschuldigen müsste.

Vielleicht war es doch keine so gute Idee gewesen, bei ihr zu bleiben.

»Für mein Benehmen vorhin, als Sie mir sagten, Sie hätten meinen Detektiv entlassen. Ich war undankbar und habe mich unmöglich verhalten.«

»Sie sind nie unmöglich«, sagte Mason und wünschte, sie wäre hässlich und unscheinbar wie die jungen Mädchen, die heute Abend an seiner Seite gesessen hatten.

Und er wünschte, sie sähe nicht so aus, als käme sie gerade aus dem Bett. »Ich denke, Sie sehen leidlich hübsch aus«, witzelte er.

Sie schnaubte bei diesem Kompliment. »Ich sehe, dass Sie Ihren Charme ausprobieren. Und ich dachte, Sie brauchten Unterricht. Hat Ihr verborgenes Talent Ihnen heute Abend gute Dienste geleistet? Sind Sie verlobt?«, erwiderte sie die Neckerei.

Mason erschauerte. »Wohl kaum.«

Riley wandte den Blick ab, sodass er ihre Gedanken

nicht lesen konnte. Schließlich fragte sie: »War Miss Pindar dort?«

»Ich erinnere mich nicht«, log er. Aus irgendeinem Grund gefiel es ihm nicht, seine Absichten im Hinblick auf Miss Pindar mit Riley zu diskutieren.

Sie lächelte. »Ihre Cousine setzt große Hoffnungen darauf, dass Sie die Gunst der jungen Dame gewinnen. Cousine Felicity meint, die junge Dame habe schwere Taschen.«

»Ja, das stimmt«, gab Mason zu. Was er nicht sagte, war, dass die Dame zu sehr klammerte und hochnäsig war und außerdem, wie Bea gesagt hatte, ein echtes Kamel.

Riley sah ihre Papiere durch. »War sie in der Kutsche, die Sie abgeholt hat?«

Mason warf ihr einen Blick zu. Hatte sie etwa beobachtet, wie er gegangen war?

»Nein, das war die Tochter von Lord Chilton.«

Riley zog die Nase kraus. »Lord Chilton? Den Namen höre ich immer wieder. Wer ist das?«

»Der Galan von Cousine Felicity.«

Rileys Mund blieb offen stehen. »Cousine Felicity hat einen Verehrer?«

»Ja«, sagte Mason. »Lord Chilton und sie sehen einander seit bald zwanzig Jahren.«

»Zwanzig Jahre? Oh, Sie machen Spaß«, sagte Riley und wedelte mit der Hand durch die Luft, diesmal ohne ihn zu berühren.

Mason schüttelte den Kopf. »Ich scherze nie, was Cousine Felicitys Heiratschancen angeht. Freddie hat sie gnadenlos mit ihrer Situation aufgezogen. Jeden Monat hat er angeboten, Chilton zu fordern, wenn der alte

Junge sie nicht sofort heiraten würde. Wenn man sie auf ihn anspricht, hat sie tausend Entschuldigungen, warum er noch nicht um sie angehalten hat.« Er schwieg. »Ich glaube, sie findet die ganze Geschichte beschämend.«

»Und warum hat er nicht um sie angehalten?«

Mason zuckte die Achseln. »Er ist ein typischer Chilton. Die scheuen davor zurück, irgendwelche Entscheidungen zu treffen. Es heißt, dass er zwanzig Jahre brauchte, um seiner ersten Frau einen Antrag zu machen; und jetzt witzeln alle, dass Felicity dann ja nicht mehr allzu weit vom Altar entfernt sei.«

»Ach, die Arme«, sagte Riley. »Wie demütigend. Es muss doch einen Weg geben, Lord Chilton zu einem Antrag zu bewegen.«

»Wenn Sie das schaffen könnten, hätten Sie Ihre Schulden mehr als beglichen. Ich glaube, Lord Chilton hält sich zurück, damit er ihre Schneiderrechnungen nicht bezahlen muss.«

Jetzt lachte Riley. »Sie liebt ihre Kleider.«

»Ja, das tut sie«, stimmte der Earl zu. »Ich habe die Rechnungen als Beweis.«

Jetzt lachten sie beide.

»Ich sehe, dass Sie auch ein paar andere Gewohnheiten geändert haben«, sagte Riley dann und betrachtete wohlwollend seinen Abendanzug. »Sie haben ein wenig von Ihrer Strenge verloren.«

Mason wusste nicht, ob es ihm gefiel, wie sie ihn beschrieb. »Das ist einer von Freddies Anzügen, die ich habe umarbeiten lassen«, erklärte er und zupfte am Ärmel. »Mein Bruder hat Schränke voller Kleidung hinterlassen, die noch ungetragen ist. Ich habe nicht eingesehen, dass ich mir etwas Neues machen lassen soll. Zum

Entsetzen seines Schneiders habe ich mir seine Sachen einfach ändern lassen, damit sie mir passen.«

»Das ist bei uns im Theater an der Tagesordnung. Ich glaube, dieses Kleid hier habe ich in neun verschiedenen Stücken getragen. Der Stoff wird allmählich dünn vom vielen Nähen.« Riley zuckte die Achseln. »Ich weiß, dass es nicht modisch ist, aber es fällt mir schwer, etwas wegzuwerfen. Außerdem haben wir nie genug Geld, um neue Kostüme zu kaufen.«

Mason lachte. »Dann können wir ja zusammen unmodern sein.« Er hob eines der Papiere auf. »Was ist das?«

Riley nahm es ihm aus der Hand, und ganz kurz berührten sich ihre Finger.

Doch das reichte. Reichte, um ihn ihr in die Augen sehen und sich wünschen zu lassen, dass so viele Dinge in seinem Leben anders wären.

Er wünschte sich, dass er einfach seiner Leidenschaft folgen könnte, wie seine Ahnen es getan hatten. Zum ersten Mal verstand er, warum sie ihre Leidenschaft über ihren Verstand hatten regieren lassen.

Und einen Moment lang hätte er schwören können, dasselbe Feuer in Rileys Augen gesehen zu haben – bis sie ihm das Papier entriss und fauchte: »Nichts Wichtiges, Mylord.«

»Mason«, korrigierte er angesichts ihrer plötzlichen Verstimmung. Er konnte sich nicht erinnern, wann ihm zuletzt jemand so über den Mund gefahren war. Es gab nur noch wenige Menschen, die ihm offen ihre Meinung sagten – erst recht, seit er den Titel geerbt hatte. »Es würde mir gefallen, wenn Sie mich Mason nennen würden.«

Riley sah auf. »Was?«

»Ich meine, wenn Sie mich schon so anblaffen, können Sie auch meinen Vornamen benutzen«, sagte er.

»Es tut mir leid, wenn ich ein wenig ungeduldig war«, entschuldigte sich Riley. »Aggie sagt, ich hätte ein Künstlertemperament.«

»Das ist noch eine höfliche Umschreibung«, erwiderte Mason.

»Es ist wohl kaum Temperament.«

»Nein, das ist es wohl kaum«, stimmte er ihr zu.

Riley warf ihm einen Blick zu. »Oh, Sie necken mich, Mylord.« Das Papier verschwand in dem Haufen unter den anderen Zetteln.

»Mason«, verbesserte er.

»Wie?«

»Nennen Sie mich Mason.«

Sie schüttelte den Kopf. »Ich glaube, das kann ich nicht.«

Mason setzte sich auf. »Warum denn das?«

»Na, sehen Sie sich doch an«, erwiderte Riley, als wäre das Antwort genug.

»Und was stimmt mit mir nicht?«

»Nichts«, sagte sie.

Er spürte, dass diese Antwort irgendwie über ihr eigentliches Gesprächsthema hinausging. Und es war seltsam, dass ihm die Idee gefiel.

Sie seufzte. »Sie sind ein Earl. Es wäre kaum schicklich, wenn ich Sie beim Vornamen nennen würde.«

»Aber wir sind doch jetzt verwandt«, sagte der Earl.

»Nur nach Cousine Felicitys Einschätzung«, erwiderte Riley. »Und das ist ja wohl kaum eine Empfehlung.«

»Und wenn ich es mir wünsche?«, fragte er.

»Wünschen oder befehlen?«

Er war froh, das Zwinkern wieder in ihren Augen zu sehen. »Wenn es sein muss, befehle ich es. Aber lieber wäre mir, Sie täten es freiwillig.«

»Jetzt klingen Sie wie Geoffroi, der Held in unserem Stück«, sagte Riley und stand auf. Dann trat sie einen Schritt zurück und vollführte einen Hofknicks. »Wenn Mylord es befehlen, muss ich, die bescheidene Tochter eines Holzfällers, gehorchen.«

Mason nickte. »Sind Sie das?«

»Was?«

»Die Tochter eines Holzfällers.«

Riley lachte, doch ohne echte Belustigung. »Nein, das ist nur meine Rolle in dem Stück. Als Sie von Befehl sprachen, hat mich das an das Stück erinnert, und ich habe eine Antwort aus dem dritten Akt gegeben.« Sie zuckte die Achseln. »Recht albern, nehme ich an.«

Er schüttelte den Kopf. »Aber überhaupt nicht.«

Ihre Blicke trafen sich, und wieder spürte Mason die Anziehungskraft zwischen ihnen.

Sie wandte als Erste den Blick ab. »Ich wollte Ihnen außerdem danken.«

»Wofür?«, fragte er.

»Dafür dass Sie mir das Leben gerettet haben. Wenn Sie nicht gewesen wären, wäre ich gestorben.« Sie biss sich auf die Lippe – eine scheue, süße Geste.

Mason erhob sich. »Wie würde sich die Heldin in Ihrem Stück bei ihrem Retter bedanken?«, fragte er, selbst überrascht von dem neckenden Ton in seiner Stimme. Mit jeder Minute, die verging, klang er mehr wie Freddie.

Rileys Augen funkelten. »Die Heldin wäre überwältigt von Liebe und Ehrfurcht.«

»Und was würde sie sagen?«

»Gar nichts«, erwiderte Riley und trat näher. »Sie würde einfach zu ihm gehen, und dann würde sie ...«

Er sah auf sie hinunter. Sie stand fast in Reichweite, und er wusste, dass er das nicht tun sollte, aber es war ein magischer Moment und der Ruf der Sirene unwiderstehlich. »Was würde sie?«

Riley errötete. »Sie würde ihn küssen.«

Wieder gewann die ungezügelte Ashlin-Natur die Oberhand. Plötzlich riss er sie in seine Arme und zog sie eng an sich. Riley wehrte sich nicht und protestierte auch nicht, sondern sah einfach nur mit diesen geheimnisvollen grünen Augen zu ihm auf – so unschuldig und doch so voller Feuer.

Mason senkte den Kopf und küsste sie, und wieder stand er wie beim ersten Mal in Flammen.

Eine Zeit lang küssten sie sich in der Stille der Bibliothek, und nur das Prasseln des Feuers war zu hören – außer gelegentlichen Seufzern, wenn ihre Lippen sich voneinander lösten.

Masons Finger fanden das Band in ihrem Haar und lösten es sanft, sodass der Zopf aufging. Riley schüttelte den Kopf, und goldene Locken ergossen sich über ihre Schultern. Aus verschleierten Augen sah sie ihn an.

Seine Sirene, seine Boadicea, seine Aphrodite. Sie weckte in ihm das verrückte Verlangen der Ashlins.

»Ich dachte, ihr Professoren wäret enthaltsam«, neckte sie.

Mason beugte sich zurück und lächelte. »Das war ich auch, bis ich dich getroffen habe.«

»Ach, hör auf«, wehrte sie ab. »Denkst du, das würde ich glauben?«

Mason ließ sie los und straffte die Schultern. »Ja, denn es ist die Wahrheit. Ich nehme meinen Eid sehr ernst – selbst nachdem ich den Titel geerbt habe, denn anfangs dachte ich noch, dass ich nach Oxford zurückgehen würde.«

»Aber das ist Monate her. Willst du damit sagen, dass du nicht … ich meine, hast du in all der Zeit nie … du hast nicht …«

»Keine Geliebte gehabt?«, beendete er den Satz für sie. Mason lachte. »Selbst wenn ich mir eine leisten könnte, würde ich das nicht tun. Sex war für mich nie das, was mein Vater und mein Bruder darunter verstanden haben. Ich bin immer davon ausgegangen, dass Sex nur dann wirklich schön ist, wenn zwei Menschen einander lieben und ihr Leben lang zu dieser Ergebenheit stehen.« Er zuckte die Achseln. »Recht altmodisch und naiv, nehme ich an.«

Riley schüttelte den Kopf. »Gar nicht.« Scheu sah sie ihn an. »Aber warum küssen Sie mich dann? Wollen Sie üben?«

Mason fragte sich dasselbe. Was zum Teufel tat er da?

»Ich weiß«, wehrte sie ab, ehe er eine schlechte Ausrede fand, »es ist eine Verirrung.«

»Das ist es nicht«, widersprach Mason und fragte sich, wie er ihr erklären könne, was er empfand. Das alles war einfach unmöglich.

Riley wich zurück und strebte zur Tür.

Rasch ergriff er ihren Arm. »Geh nicht, Riley. Noch nicht.« Er hörte sie leise seufzen.

»Es tut mir leid, Mylord, Sie müssen mich für eine Abenteurerin halten. Aber das bin ich nicht. Es *war* eine

Verirrung, und ich verspreche Ihnen, dass es nicht wieder vorkommen wird.«

Als er ihr nachsah, wurde ihm bewusst, dass sie sich irrte.

Er hielt sie nicht für leichtfertig, und es war auch keine Verirrung.

Es war, vermutete er, erst der Anfang.

Während Mason ihr nachsah, knisterte unter seinem Fuß ein Stück Pergament. Er sah nach unten und entdeckte, dass sie ihre Papiere zurückgelassen hatte. Er sammelte die Blätter ein und wollte sie auf den Tisch legen, als sein Blick an einer Zeile hängen blieb.

Mylord Ashlin, Ihre Güte wird meiner Familie immer im Gedächtnis bleiben. Es war ein Satz aus der Rolle einer Aveline.

Offenbar handelte es sich um jenes Stück, das mit dem Geld seines Bruders finanziert wurde und mit dessen Einnahmen Riley ihre Schulden zurückzahlen wollte.

Wenn man ein Stück finanzierte, gab das dem Sponsor offenbar das Privileg, dass einer der Charaktere nach ihm benannt wurde.

Kein Wunder, dass Freddie Riley so viel Geld geliehen hatte. Die Idee, als Theaterheld unsterblich zu werden, war eine zu große Versuchung für seinen eitlen und oberflächlichen Bruder gewesen, als dass er sie sich hätte entgehen lassen.

Plötzlich fiel Mason auf, dass er noch nie nach dem Inhalt des Stückes gefragt hatte – etwas recht Wichtiges, vermutete er, da doch die Zukunft seiner Familie davon abhing.

Er bezweifelte, dass Riley ihn diese Nacht noch einmal sehen wollte. Deshalb sammelte er die losen Blätter zusammenhangslos ein und setzte sich in den Lehnstuhl am Kamin, um den Text zu lesen.

Nichts davon machte auf den ersten Blick Sinn, denn es gab Seitenbezüge und Anspielungen auf andere Teile des Stücks. Offenbar war der Text bisher nur Makulatur.

Das hatte sie ihm nicht erzählt.

Soweit er es beurteilen konnte, wurde die Heldin, die »arme, verlorene Aveline« zu einer Ehe mit dem »verachtenswerten und ältlichen Lord Tamworth« gezwungen, während sie sich zur gleichen Zeit nach ihrer verlorenen Liebe, dem »geliebten und treuen Geoffroi« sehnte.

»Romantisches Geschwätz«, murmelte der Earl, nachdem er die ersten Seiten überflogen hatte.

Doch als er weiterlas, sah er sich widerwillig von Avelines Abenteuern gefesselt. So sehr, dass er, als er zur letzten Seite mit einer Liebeserklärung Avelines an ihren Geliebten kam, an jedem Wort hing. Vor allem, als es so aussah, als wolle sie nach all den Intrigen des Stücks die Wahrheit gestehen.

Ich bin nicht die Tochter eine Holzfällers, in Wirklichkeit bin ich …

Mason blätterte um, um die Antwort zu finden, aber dann merkte er, dass das die letzte Seite war. Rasch überflog sein Blick den Boden, ob dort noch etwas lag. Als er gerade aufgeben wollte, sah er etwas Weißes unter dem Sekretär hervorschauen, der an der gegenüberliegenden Wand stand.

Mason sprang auf, kniete sich hin und angelte sich das letzte Teil des Puzzles.

Gierig zog er es zu sich heran, aber zu seiner Enttäuschung war es nur das Deckblatt.

Dennoch überraschte ihn der Titel.

Der neidische Mond – Eine Dramatische Komödie, präsentiert von der Truppe des Queens Gate Theaters … von R. Fontaine.

Riley? Riley hatte das Stück geschrieben?

Mason richtete sich langsam auf und hielt das Blatt ins Licht, um zu sehen, ob er sich verlesen hatte.

Doch auch auf den zweiten und dritten Blick blieb ihr Name der der Autorin.

Mason schüttelte den Kopf.

Diese Frau, die er nur für eine weitere verwöhnte Dame der Londoner Gesellschaft gehalten hatte, diese angebliche Geliebte von König und Vaterland, wohnte nicht nur im Dachgeschoss ihres heruntergekommenen Theaters, änderte Kleider, bis sie Lumpen waren, und führte ihre Truppe durch Stunden harter Arbeit . Sie schaffte es auch, ihre eigenen Stücke zu schreiben.

Mason sah auf das Blatt voller Notizen und Verbesserungen hinab und dachte, wie wenig er von der Frau wusste, die er eingeladen hatte, unter seinem Dach zu wohnen.

Noch mehr verwunderte ihn, wie sehr er sich wünschte, sie kennen zu lernen.

☆ ☆ ☆

In den frühen Morgenstunden kam Del in den Salon seiner Mutter geschlendert, wo sie an einem kleinen Tisch seinem Onkel, dem Herzog von Everton, gegenübersaß und Piquet spielte.

»Hallo, Mutter«, sagte er, beugte sich vor und gab ihr einen flüchtigen Kuss auf die Wange. »Gewinnst du?«

»Natürlich!«, fauchte sie und wies auf einen Haufen Münzen neben sich.

Del wusste, dass seine Mutter mogelte, aber er wagte es nie, das Thema anzusprechen. Außerdem war sie immer dann am glücklichsten, wenn sie einen ahnungslosen Gegner in ihrem Lieblingsspiel schlagen konnte.

»Euer Gnaden«, sagte Del und verneigte sich vor seinem Respekt einflößenden Verwandten.

»Delander«, sagte sein Onkel und legte seine Karten hin. »Deine Mutter sagte mir gerade, dass du heiraten willst. Wird auch Zeit.«

Del grinste. »Und einen wahren Engel: schön wie die Rose am Morgen und unschuldig wie eine ...« Ihm fiel nichts ein, was unschuldig genug war, und so schloss er: »Nun, du weißt, was ich meine.«

»Das ist ja alles schön und gut, Allister«, sagte seine Mutter scharf und offenbar unglücklich, dass das Spiel nicht weiterging, wo sie doch gute Karten hatte, »aber dein Onkel und ich haben einige Mühe, das Mädchen einzuordnen. Du sagst, sie sei eine Verwandte Lord Ashlins?«

»Ja, Miss Riley St. Clair. Sie ist gerade vom Lande gekommen.«

»Wo da?«, wollte sein Onkel wissen.

Del zuckte die Achseln. »Ich bin nie auf die Idee gekommen zu fragen.«

Das gefiel der Herzoginwitwe gar nicht. »Ich verstehe ihre Verbindung zu den Ashlins nicht. Du, George?«, wandte sie sich an ihren Bruder.

Der Herzog schüttelte den Kopf. »Nie von ihr gehört,

und ich dachte, ich kenne alle St. Clairs, auch wenn sie ein seltsamer Haufen sind – wie passt da Lady Felicity hinein?«

»Dieses Spatzenhirn?«, sagte die Herzoginwitwe. »Sie ist nicht mehr eine St. Clair, als Biggers meine Zwillingsschwester ist.« Sie nickte in Richtung ihrer schlummernden Gesellschafterin am Feuer. »Sie ist eine Dalrymple und mütterlicherseits mit ihnen verwandt. Sehr entfernt. Aber wir reden nicht über sie, sondern über diese Riley. Es stört mich, dass die Verwandtschaft unklar ist. Höre, Allister, ich werde einer Ehe nicht zustimmen, solange wir nicht Klarheit haben.«

»Warum kümmerst du dich dann nicht selbst darum, Mutter?«, schlug Del vor und nahm sich ein Törtchen. »Warum besuchst du die Dame nicht? Morgen? Ich verspreche dir, du wirst genauso entzückt sein wie ich – und es wird dir völlig egal sein, ob sie in den Stammbaum der St. Clairs passt. Sie ist ein Vorbild an Tugend.«

»Pfff!«, machte die Dame. »Das wird sich erst zeigen.«

»Ich denke, ich komme mit dir, Josephine«, sagte der Herzog. »Es ist lange her, seit ich ein Vorbild getroffen habe.«

10

Mason stand am nächsten Morgen zur selben Zeit auf wie immer und ging seinen täglichen Pflichten mit derselben Routine nach, die sein Leben immer schon bestimmt hatte.

Er tauchte die Hände in die Waschschüssel und netzte sich das Gesicht mit dem eisigen Wasser.

Ordnung ... Regeln ... Disziplin, sagte er sich, während er nach Rasiermesser und Pinsel griff, *sind die Eckpfeiler im Leben eines ehrenhaften und zivilisierten Gentleman.*

Schauspielerinnen küssen nicht.

Bei Tageslicht kamen ihm die Ereignisse der Nacht wie ein Ausrutscher vor. Deshalb wollte er einige Prinzipien sofort wieder einführen. Als Erstes würde er Riley klarmachen, dass sie beide als Erwachsene in der Lage sein mussten, eine vernünftige Beziehung zu haben.

Wie schwer konnte das schon sein?

Nachdem Mason sich rasiert hatte, zog er sich an und ging nach unten, um zu frühstücken, wie er es immer um neun Uhr tat. Als er die Treppe hinunterging, fiel ihm eine Zeile aus Rileys Text ein, die wie ein Freddizismus in seinem Bewusstsein tanzte.

»Denn das Leben, Aveline, ist ein ständiges Entzücken, eine unendliche Überraschung, wenn du nur klug genug bist, die Chancen zu ergreifen, die es bietet.«

Die Zeilen hatten einen verlockenden Klang. Nun, vielleicht sollte er wirklich ein paar Chancen ergreifen – das heißt, sobald er seine Familie und sein Leben geordnet hatte.

Später erkannte Mason, dass man sein Leben nicht dadurch *ordnen* kann, indem man sich seinen Verlockungen hingibt.

Als er unten ankam, stieg ihm der Duft von frisch gekochtem Kaffee verlockend in die Nase – einem Getränk, das so außerhalb ihrer engen finanziellen Möglichkeiten lag, dass er abrupt innehielt.

»Cousine Felicity«, murmelte er leise. Das war ihre Art, sich dafür an ihm zu rächen, dass er den französischen Koch entlassen und stattdessen Mrs McConneghy angeheuert hatte. Die kräftige Schottin mochte nicht wissen, wie man Austern glasierte, aber sie verstand etwas davon, ein mageres Budget so zu strecken, dass man einen Haushalt davon satt bekam – ein Budget, das keinen Kaffee vorsah.

»Mylord«, sagte Belton und kam aus dem Dienstbotentrakt. »Ich muss mit Ihnen eine Sache von großer …«

»Jetzt nicht«, unterbrach ihn Mason.

»Aber Mylord, ich muss über gewisse Personen mit Ihnen sprechen«, erklärte der Butler und folgte Mason in Richtung Frühstücksraum.

Hier war der Duft von Kaffee und Speisen noch stärker. Mason sog den verbotenen Duft tief ein. »Rieche ich da Eier *und* Schinken?«

Belton seufzte. »Ja, Mylord.«

Aus dem Frühstückssalon drang ein Lärm, als würde ein Fest stattfinden. Über dem Stimmgewirr erhob sich

Cousine Felicitys Stimme, die fröhlich den Klatsch aus dem Pfarrbezirk erzählte.

»Gestatten Sie, Mylord.« Der Butler öffnete ihm die Tür.

Ist das nicht genau das, was du dir gewünscht hast, kleiner Bruder? hörte er Freddies Stimme. *Die Gelegenheit, etwas Neues auszuprobieren.*

Nicht, wenn es uns arm macht, dachte Mason.

Beltons weiße Brauen hoben sich. »Bitte, Sir?«

»Nichts, Belton.« Mason biss die Zähne zusammen und betrat den Frühstückssalon, als die Uhr auf dem Kaminsims gerade neun schlug.

Alle im Zimmer außer ihm brachen in schallendes Gelächter aus. Cousine Felicity streckte am Tisch niemand anderem als Rileys Partner Aggie die Hand hin und sagte: »Ich habe es Ihnen doch gesagt, Mr Pettibone: Um punkt neun wird seine Lordschaft eintreten, also habe ich unsere Wette gewonnen. Lord Ashlin ist der berechenbarste Mann in ganz London.«

Berechenbar? Mason schwieg entrüstet. Sie stellte ihn ja hin wie einen verschrobenen Gelehrten. Hatte nicht Riley gestern Abend Ähnliches über seine Kleidung gesagt?

»Ich bin doch wohl kaum berechenbar, Cousine«, wehrte er ab.

Es gefiel ihm auch nicht, dass diese Feststellung erneut von weiblichem Gelächter kommentiert wurde, und zwar von dem seiner Nichten, die sonst um diese Zeit noch im Bett lagen.

»Onkel Mason«, erklärte Beatrice lachend, »wie lässt du denn Belton dastehen.«

Ihre Schwestern kicherten laut.

»Er steht jeden Morgen um viertel nach acht auf«, erzählte Louisa Mr Pettibone. »Nicht um acht oder halb neun, sondern immer um viertel nach acht.«

Beatrice nickte. »Frühstück und die Morgenzeitung um neun.«

Jetzt machte auch Maggie mit. »Die Post um zehn.«

»Haushaltsbericht von Belton um halb elf.«

»Besprechung mit Mrs McConneghy am Mittag.«

»Dann verlässt er um viertel nach eins das Haus«, sagte Maggie.

»Um den Gläubigern auszuweichen, die ab zwei kommen«, flüsterte Bea.

»Was du dann tust, bis du um vier zurückkommst, ist uns ein Rätsel.«

Bea nickte. »Um halb fünf trinken wir in Mutters Salon Tee, und du erzählst uns, wie schlecht es um die Finanzen steht und dass wir kein Geld mehr für unnötige Extras ausgeben dürfen.«

Louisa lehnte sich über den Tisch und flüsterte Mr Pettibone laut zu: »Können Sie unserem Onkel erklären, dass es gar keine unnötigen Extras gibt?«

Himmel, wenn sie seine Gewohnheiten so abspulten, klang er schlimmer als berechenbar. Dann wirkte er wie einer jener verknöcherten Dozenten am Merton College, über die sich die Studenten immer lustig machten.

Nun, so war er bestimmt nicht. Gut, er teilte sich den Tag gut ein, aber sicher nicht nach dem strengen Schema, das die Mädchen beschrieben hatten. Es war eher ein geordneter Ablauf von Ereignissen – eine Art, seinem Tagesgeschäft nachzugehen, um das Chaos, in das sie ihn gestürzt hatten, in Grenzen zu halten.

Cousine Felicity wandte sich an Mr Pettibone. »Er ist ganz anders als sein Bruder. Freddie war ein Hansdampf in allen Gassen und so impulsiv.«

»Dann denke ich, dass sie ihm ähnlich sind, meine liebe Dame«, erklärte Mr Pettibone in einer Mischung aus irischem Charme und etwas anderem, das Mason nicht genau beschreiben konnte. »Denn Sie sind die am wenigsten berechenbare und die charmanteste Frau von ganz London.«

Schockiert betrachtete Mason Cousine Felicity, deren Wangen sich röteten.

Was war bloß in die Frauen in seinem Haus gefahren? Erst Bea, jetzt Cousine Felicity.

Wieder küsste der alternde Charmeur ihr die Hand. »Ich schwöre, Ihr junges Gesicht erinnert mich an meine arme, längst vergangene Rosalinde. Es bricht mir das Herz.« Mit einem dramatischen Seufzer gab er ihre Hand frei und hielt ihren anbetenden Blick einen Moment länger fest als schicklich.

Mason räusperte sich. Zeitplan oder nicht – was immer für ein Unsinn da zwischen Cousine Felicity und diesem Mr Pettibone vorging, musste im Keim erstickt werden. Er nahm sich vor, später mit Riley darüber zu sprechen, vielleicht zwischen den Treffen mit Belton und der Köchin.

»Cousine, ich wollte gerade sagen ...«

»Oh, Mason, warum frühstückst du nicht?« Cousine Felicity deutete auf die Platten auf der Anrichte. »Dein Frühstück wird kalt, und ich weiß doch, dass es bei dir heiß sein muss.«

Mason holte tief Luft. Musste seine Cousine ihn wie einen alten Mann klingen lassen? Er konnte sich gut vorstellen, was Riley im Geiste ergänzen würde. Nur gut, dass sie nicht im Zimmer war.

»Ich werde keinen einzigen Bissen davon essen«, erklärte er, weil er nicht eintreten und an dem ganzen Schauspiel teilhaben wollte. »Und ich verlange eine Erklärung, was das zu bedeuten hat.«

»Es ist doch nur ein Frühstück«, erwiderte seine Cousine. »Es ist schon so lange her, dass wir ein ordentliches Frühstück hatten. Und darum ist es kein Wunder, dass du es jetzt nicht erkennst. Setz dich und trink einen Kaffee mit uns. Du kannst dir gar nicht vorstellen, wie wunderbar das schmeckt nach all diesen Wochen des *Haushaltens*.«

Sie sprach das Wort aus, als wäre es so bitter wie der Kakao, den sie gerade schlürfte.

Kakao und Kaffee? Waren sie denn alle verrückt geworden?

Er musste sich an die Bücher setzen, um das wieder auszugleichen, und den Rest des Tages müsste er dann sehen, wie er seinen Terminpla …

Mason stoppte seine selbstbeschuldigenden Gedanken.

Cousine Felicity fuhr fort, ihren Toast zu buttern. »Mason ist in Haushaltsdingen sehr streng«, erzählte sie Mr Pettibone.

Diese Antwort hätte auch von Freddie kommen können.

Und doch musste er zugeben, dass der Duft nach Kaffee, den sie sich nicht leisten konnten, wie auch die Platte mit den Mandelröllchen äußerst appetitanregend waren.

Wieder holte Mason tief Luft und erinnerte sich an

seine guten Vorsätze – so ging es, wenn man sich die Versuchungen ins Haus holte.

Dazu gehörten auch Schauspielerinnen.

Cousine Felicity tat einen tiefen Atemzug. »Himmlisch«, seufzte sie. »Ich weiß gar nicht mehr, wann wir das letzte Mal so ein Frühstück hatten!« Sie griff nach einem der Mandelröllchen.

Als ihre Finger schon die unerlaubte Köstlichkeit berührten, sagte Mason: »Keinen Bissen, Cousine! Das geht alles zurück: der Kaffee, das Gebäck, alles. Ich habe gesagt, dass wir sparen müssen, und das werden wir auch, ob es dir gefällt oder nicht.«

»Aber Mason …«, protestierte Cousine Felicity und nahm sich gegen seinen Befehl ein Mandelröllchen, »ich habe doch gar nichts davon gekauft.«

»Wer ist dann für diese Extravaganz verantwortlich?«, wollte Mason wissen.

»Lassen Sie mich raten«, sagte jemand hinter ihm.

Mason drehte sich um und stand Riley gegenüber, die mit Hashim hereingekommen war. Sie nickte ihm leicht zu und trat vor, als wäre sie die Dame des Hauses.

Hashim folgte ihr und stellte sich hinter ihren Stuhl.

Mason musste sich nicht lange fragen, wie viel sie von dem Gespräch seiner Cousine und Nichten über seine Gewohnheiten gehört haben mochte, denn sie wies auf einen Stuhl, damit er sich setzte, und sagte: »Bitte, Lord Ashlin, frühstücken Sie doch. Ich möchte auf keinen Fall der Grund dafür sein, dass Ihr Tagesplan durcheinander kommt.«

Heute sah sie ganz anders aus als gestern in dem zerknitterten Kleid und ohne Strümpfe. Anstelle der Kriegsgöttin war eine Dame getreten, deren Haar einfach frisiert war und deren Musselinkleid eher zu einem Mädchen vom Lande gepasst hätte. Nur der sarazenische Leibwärter, der ihr folgte, wollte nicht so ganz ins Bild passen.

Nachdem Hashim ihr den Kaffee eingegossen hatte, wandte Riley sich an ihren Partner. »Aggie, was um Himmels Willen suchst du hier? Ich habe dir doch eine Nachricht geschickt, dass die Proben erst um elf beginnen.«

»So lange warten, um zu sehen, wie du dich eingelebt hast? Nein, danke! Außerdem hatte ich eine Offenbarung, als ich um Mitternacht den zweiten Akt gelesen habe, deshalb bin ich sofort gekommen – wenn ich auf dem Weg hierher auch ein bisschen abgelenkt wurde.«

Riley stöhnte. »Wie viel hast du verloren?«

Mason warf ihr aus den Augenwinkeln einen Blick zu.

»Wie viel, Aggie?«, forderte Riley.

»Du verletzt mich, Liebes«, erklärte der Mann. »Ich habe gewonnen – recht viel sogar. Und da es sich nicht gehört, mit leeren Händen zu erscheinen, wenn man doch gerade flüssig ist, wollte ich unseren geschätzten Patron für seine Freundlichkeit, seinen Schutz auf dich auszuweiten, belohnen. Ein bescheidener Dank«, fuhr er fort und wies mit einer großartigen Geste zu dem überladenen Tisch, »aber ehrlich erkämpft durch das Umdrehen einer Karte.« Er warf Mason einen Blick zu, der immer noch in der Tür stand. »Spielen Sie, Mylord?«

»Nein«, erklärte Mason.

Aggie schüttelte den Kopf. »Sind Sie sicher, dass Sie ein Ashlin sind?«

»Aggie!«, rief Riley.

Mr Pettibone wandte sein ungläubiges Gesicht wieder Riley zu. »Können wir sicher sein?«

Riley stöhnte. »Ja, ich bin mir ganz sicher.«

Er sah sie bestürzt an. »Ich frage nur, weil der Mann eine Abneigung gegen Karten erkennen ließ, und das ist ein herber Verlust, Mylord, denn Sie sehen mir ganz nach einem würdigen Gegner aus.«

»Ich ziehe es vor, ein Vermögen, das ich nicht besitze, nicht zu verspielen«, erklärte ihm Mason, ehe er sich widerstrebend an den Tisch setzte. Er nickte Aggie zu. »Danke, dass Sie Ihren Gewinn mit meiner Familie teilen.«

Aggie erhob sich und verbeugte sich elegant. »Immer zu Ihren Diensten, Mylord.« Er reichte ihm die Platte mit den Mandelröllchen. »Wie konnte ich nur Ihre Abstammung bezweifeln, Sir? Denn jetzt sehe ich den kühnen Schwung der Ashlin-Brauen und die scharfe Intelligenz. Ich hätte Sie überall als Freddies Bruder erkannt, ob nun auf den Basaren Bagdads oder in den fernen Tiefen jenes dunklen Kontinents Afrika. Ich hätte Sie immer als einen Ashlin erkannt.«

Mason wusste, dass der Mann zu dick auftrug, aber ehe er etwas erwidern konnte, sagte Cousine Felicity: »Mr Pettibone ...«

»Agamemnon, meine liebe Miss Felicity, bitte nennen Sie mich doch Agamemnon.«

»Agamemnon«, kicherte sie, »sind Sie je in diesen Ländern gewesen?«

Er lehnte sich zurück. »In welchen Ländern?«

»Bagdad oder Afrika?« Cousine Felicity sah ihn mit aufgeregt glänzenden Augen an.

»Bagdad und Afrika«, seufzte er. »Was für wundervolle Orte! Aufregung und Gefahr warten hinter jeder Ecke!«

Riley verschluckte sich an ihrem Kakao und hustete in ihre Serviette, sodass alle sie ansahen.

»Dann waren Sie dort?«, bohrte Cousine Felicity beharrlich weiter.

»Da gewesen? Nun, eigentlich nicht«, erwiderte er. »Aber die Geschichten, die ich Ihnen erzählen kann, die Geschichten, die ich gehört habe, würden Sie glauben lassen, ich wäre selber dort gewesen.«

Die Dame seufzte vor Entzücken. »Und ich bin noch nicht einmal in Kent gewesen.«

»Nein!«, rief Aggie aus. »Und ich hätte schwören können, dass Sie mit Ihrem kontinentalen Schick schon die Höfe von Louis, Karl oder Katharina geziert hätten.«

»Oh, Agamemnon«, seufzte Cousine Felicity, »meinen Sie das wirklich?«

»Sie wären ein Riesenerfolg. Die Höfe Europas ...«, begann er und sah aus, als würde er jetzt die längste Geschichte erzählen, die der Frühstückssalon der Ashlins je gehört hatte.

Und Mason wusste, dass Freddie schon lange Geschichten erzählt hatte.

»Aggie«, unterbrach ihn Riley, »du hast etwas über den zweiten Akt gesagt?«

Wirkungsvoll unterbrochen, hielt Aggie im Erzählen inne und wandte sich diesem neuen Thema zu, das ihm am Herzen lag. »Ah, ja. Der zweite Akt. Ich wurde auf einer Woge der Inspiration davongetragen.«

»Der zweite Akt?«, unterbrach Mason, der sich langsam wie ein Fremder an seinem Tisch zu fühlen begann. »Was haben Sie geändert?«

»Diese schreckliche Szene mit dem Holzfäller und Geoffroi. Die Eingebung kam mir bei einem Spiel Piquet…«

Riley zuckte zusammen. »Du hast Piquet gespielt?«

Mason entging die Anklage in ihrer Stimme nicht, und Mason überlegte, ob das wahre Problem des Queens Gate Theaters nicht eher in der Spielleidenschaft des Partners lag, als in den seltsamen Unfällen, die geschehen waren.

Es machte zumindest Sinn und verdiente eine genauere Untersuchung.

»Riley, es ist unverzeihlich, wie du deine Brauen einsetzt. Noch ehe das Jahr um ist, wirst du so faltig sein wie Hortense, wenn du so weiter machst.« Aggie wandte sich wieder an Cousine Felicity. »Wo war ich stehen geblieben?«

Mason bezweifelte, dass Mr Pettibone Rileys Mimik in diesem Augenblick besser gefallen hätte.

»Die gekrönten Häupter Europas«, half ihm die Dame auf die Sprünge.

»Nein, ich glaube, Sie sagten etwas über den zweiten Akt«, unterbrach Mason. »Sie hatten nach einem Piquetspiel eine plötzliche Eingebung.«

»Ah, ja, meine hervorragende Runde Piquet. Ich spielte mit denkbar schlechten Gegnern. Vor allem einer … Lord Childs? Nein, so hieß er nicht.« Mr Pettibone kratzte sich am Kinn. »Lord Chelden? Ein ermüdender alter Narr. Ein Wunder, dass ich mich überhaupt an einen Teil seines Namens erinnere. Nicht, dass er irgendwie wichtig wäre, außer dass seine Geldbörse diese schmackhaften Kleinigkeiten hier finanziert hat. Besser er finanziert unser Frühstück, als dass das Geld in seiner Tasche

Schimmel ansetzt.« Er hob seine Tasse in spöttischem Gruß für seinen unbekannten Wohltäter. »Wie gesagt, dieser Chipper redete vor sich hin, und da wurde mir plötzlich klar, dass in den zweiten Akt ein bisschen Komödie hineingehört. Denn es ist wirklich reichlich anstrengend, den ermüdenden Ergüssen dieses Geoffroi zuzuhören, der endlos über seine verlorene Aveline lamentiert.«

Riley hatte ihr Frühstück beendet und faltete ordentlich ihre Serviette zusammen. »Aggie, ich glaube, jetzt ist nicht der richtige Zeitpunkt, um Änderungen im Stück zu besprechen. Außerdem finde ich den zweiten Akt gut, so wie er ist.«

»Aber Riley, Liebe«, protestierte der Mann mit vollem Mund. »Ich sage dir, der zweite Akt braucht ein komisches Element.«

Sie schüttelte den Kopf.

Mason dachte an das Stück, das er gelesen hatte, und warf seine Meinung in die Waagschale. »Ich glaube, Mr Pettibone hat Recht. Die Szene mit Geoffroi hat Überlänge. Haben Sie schon eine konkrete Idee?«, fragte er und wandte sich an Aggie.

Riley warf ihm einen sengenden Blick zu. »Woher wollen Sie das wissen? Sie haben das Stück doch gar nicht gelesen.«

Endlich hatte Mason einmal die Oberhand. »Da irren Sie sich. Nachdem Sie mich letzte Nacht in der Bibliothek alleine gelassen haben, habe ich Ihre Kopie entdeckt und das Stück gelesen.«

Aller Augen richteten sich auf das Paar, und Mason erkannte, dass er vielleicht nicht allen von ihrem Treffen in der Bibliothek hätte erzählen sollen. »Wir haben

Inhalt und Umfang des Unterrichts besprochen, den Madame Fontaine erteilen soll, wenn ihr es unbedingt wissen wollt.«

Beatrice schnaubte.

»Das ist gar nichts Außergewöhnliches«, kam Cousine Felicity ihm zu Hilfe. »Aber ich wünschte, du hättest den Ball nicht so früh verlassen, Mason. Miss Pindar war recht aufgeregt wegen deines Verschwindens. Sie war drauf und dran, die Wachen rufen zu lassen, weil sie dachte, es wäre dir etwas passiert.« Sie wandte sich an Riley. »Ich fürchte, das Mädchen ist bis über beide Ohren in ihn verliebt.«

In die Idee verliebt, eine Herzogin zu sein und ihre Kaufmannsabstammung hinter sich lassen zu können, dachte Mason.

»Du musst mehr Rücksicht auf Miss Pindar nehmen«, schalt Cousine Felicity.

»Miss Pindar?«, fragte da Del von der Tür her. »Du hast ja keine Zeit vergeudet.«

Ohne auf eine Aufforderung zu warten, trat Del ins Zimmer und machte es sich auf dem Platz neben Bea gemütlich, der dem von Riley gegenüberlag. Er reichte ihr ein Sträußchen Veilchen. »Wenn Ihr Cousin sich um Miss Pindar kümmert, sind Sie also ohne männlichen Schutz, schönste Blume meines Herzens.«

Riley nahm die Blumen mit einem Nicken entgegen, sagte aber nichts.

Mason war nicht überrascht, seinen Freund schon so früh morgens zu sehen – aber er musste ihn wieder loswerden, ehe sich noch jemand verplapperte. »Schön, dich zu sehen, Del, aber musst du heute Morgen nicht noch zu Tattersalls?«

Del schüttelte den Kopf. »Ich habe meinen Verwalter hingeschickt.« Er wandte sich an Bea. »Ein schönes, feuriges Tier. Die Art, die dir gefallen würde. Wenn du willst, nehme ich dich nächste Woche auf einen Ritt durch den Park mit.«

»Vielleicht sollten wir jetzt sofort hinreiten und einen Blick auf das Tier werfen«, schlug Mason in der Hoffnung vor, Del damit aus dem Haus zu bekommen. »Falls das Tier nicht das ist, was es gestern zu sein schien.«

Masons Anstrengungen stießen bei Cousine Felicity auf taube Ohren. »Aber Mason«, rief sie, »du reitest doch donnerstags nie aus; außerdem hast du noch gar nichts gefrühstückt. Und das, nachdem Mr Pettibone sich die Mühe gemacht hat, gestern Piquet zu spielen, um dieses Frühstück ausrichten zu können. Du solltest zumindest etwas Dankbarkeit zeigen.« Dann wandte sie sich an Del. »Oh, wo sind nur meine Manieren, Lord Delander. Bitte bedienen Sie sich doch an dem Frühstück, das unser guter Freund Mr Pettibone uns beschert hat.«

Del nahm gerne den Teller entgegen, den Cousine Felicity für ihn mit Leckereien vollhäufte. »Piquet, Mr. Pettibone? Ich spiele auch ganz gerne mal eine Runde. Vielleicht können wir später mal auf ein Spiel zusammenkommen.«

»Nein!«, rief Riley und erschreckte damit fast alle am Tisch. Sie holte tief Luft und lächelte Lord Delander an. »Ich meine, nicht heute, Mylord. Mr Pettibone hat dringende Dinge zu erledigen, die keinen Aufschub dulden.«

»Dann ein andermal«, gab Del nach. Er betrachtete Mr Pettibone voller Neugier. »Sie kommen mir bekannt vor, Sir. Haben wir einander schon getroffen?«

»Nun, da Sie fragen«, begann Mr Pettibone, »ich verkehre in verschiedenen Kreisen, doch in letzter Zeit ...«

»... war er auf dem Lande«, fiel Riley ein.

»Auf dem Lande?« Mr Pettibone schüttelte entschlossen den Kopf. »Riley, das ist höchst unfreundlich von dir. Ich habe nicht mehr auf dem Land gespielt, seit ich ein Anfänger ...«

»...Anfänger auf Ihrer großen Europatour waren«, beendete Mason den Satz für ihn.

»Ah, ja, meine Europareise. Alle großen Häuser haben mich willkommen geheißen.« Mr Pettibone lehnte sich zurück und kreuzte die Hände vor der Brust. »Ich erinnere mich noch an Wien, als ich die Hauptrolle ...«

»In einer Geschichte gespielt hast, die man besser nicht vor jungen Zuhörern erwähnt«, warnte Riley ihn und neigte ihren Kopf in Dels Richtung. »Hast du nicht gerade erwähnt, dass du dringende Geschäfte zu erledigen hast?«

Mr Pettibone runzelte die Stirn, begriff aber den Wink und erhob sich. »Ja, das stimmt wohl. Nun, wie heißt es so schön in der Stadt? Geschäfte soll man nicht warten lassen, nicht wahr?«

»Nie«, stimmte Del zu. »Dringende Geschäfte, ja? Das muss es sein. Wir haben uns bei Whites beim Portwein über Investitionen unterhalten, nicht wahr?«

»Das bezweifle ich«, warf Riley ein, ehe ihr Partner den Mund aufmachen konnte. »Lord Delander, Mr Pettibone ist gerade erst vom Land eingetroffen. Er ist ... er ist ...«

Sie sah Mason Hilfe suchend an, aber dem fiel auch kein passender Beruf für den Schauspieler ein.

Zum Glück aber Bea. »Mr Pettibone ist Rileys Vormund.«

Vormund? Mason sah seine Nichte an. Er wusste nicht, ob er ihr zu ihrer guten Idee gratulieren oder sich vor Lachen krümmen sollte.

»Ja, mein Vormund«, griff Riley auf. »Und als mein Vormund kümmerst du dich besser um meine Angelegenheiten, damit alles nach Plan läuft.«

Mr Pettibone lächelte sie an. »Du bist ein herrschsüchtiges Mädchen.« Er sah Mason an. »Ihr zwei würdet ein gutes Paar Soldaten abgeben.«

Nach diesen Worten führte eine errötende Riley Aggie aus dem Raum. »Aggie, ich habe dir doch gesagt, dass du nicht vor elf kommen sollst«, fuhr sie ihn an, sobald sie in der Halle waren.

»Ich sollte warten? Auf den Besuch bei meinem lieben Mädchen?« Aggie schnaubte. »Ich habe mir Sorgen um dich gemacht. Ohne deinen Sarazenen war es so still in der Wohnung; er schnarcht sonst immer so laut in der Ecke.«

»Aggie! Du hast mir versprochen, dich woanders einzuquartieren!«, schalt Riley. Leiser setzte sie hinzu: »Du weißt, dass es zu gefährlich für dich ist, wenn du im Theater bleibst. Vor allem alleine.«

»Gefahr«, höhnte er und schwang einen unsichtbaren Dolch gegen einen gleichermaßen unsichtbaren Feind. »Gegen Gefahren bin ich immun.«

»Das bist du nicht, also nimm bitte das Zimmer im Pen und Pig, wie wir besprochen haben.«

»Wenn du darauf bestehst.« Er schabte mit dem Fuß über den Teppich wie ein kleiner Junge, den man beim Plätzchenstehlen erwischt hat.

»Ich bestehe darauf«, erklärte Riley.

Die Tür zum Frühstückszimmer ging auf, und Cousine Felicity kam in der Haltung einer Herzogin heraus. »Mr Pettibone, Sie kommen doch später noch einmal vorbei, um nach Ihrem Mündel zu sehen, nicht wahr?« Sie nickte ihm zu und lächelte, als ob sie besonders stolz darauf sei, ihn auch bei dieser neuen Lüge zu unterstützen. Dann beugte sie sich vor und flüsterte: »Wenn Ihre Probe vorbei ist, bleibt genug Zeit, um den Tee mit uns zu nehmen. Wollen wir sagen – halb vier?« Sie streckte ihm die Hand hin.

Aggie trat eilfertig vor. »Ich wäre geehrt – oooh«, keuchte er, als Riley ihm ihren Ellbogen in den Bauch rammte und zwischen ihn und sein argloses Opfer trat.

»Ich fürchte, Cousine Felicity«, erklärte Riley, »dass Aggie nicht zum Tee bleiben kann, denn er hat Pflichten im Theater, die ihn für den Rest des Nachmittags beschäftigen werden.« Sie lächelte die ältere Dame an. »Würden Sie die Mädchen schon für den Unterricht hinaufbringen? Sie können so gut mit ihnen umgehen. Wenn Sie dabei sind, werden sie sich nicht wieder so benehmen wie gestern.«

»Oh, aber natürlich«, stimmte Cousine Felicity zu. Dann lehnte sie sich vor. »Bis zu unserem nächsten Treffen, Agamemnon.« Sie kicherte und winkte ihm mit ihrem Taschentuch zu, ehe sie sich zurückzog, um die Mädchen zu holen.

Riley schwieg für einen Moment. »Was soll dieser gewaltige Flirt mit der Cousine des Earls? Wie ich bereits sagte: Die Frau besitzt keinen Pfennig. Sie ist genauso arm wie der Rest der ganzen Bande. Von ihr wirst du weder einen seidenen Morgenrock noch einen besonderen Tabak erhalten.«

Aggie klopfte sich gegen die Nase. »Die hier irrt sich nie. Wenn sie Geld riecht, ist irgendwo ein Vermögen versteckt. Wenn es nicht so sein sollte, will ich kein direkter Nachkomme von ...«

»Königen und Königinnen sein«, vollendete Riley seinen Lieblingssatz. »Ja, ich weiß, aber das bist du auch nicht, und sie hat nichts.«

Aggie schüttelte den Kopf. »Ich habe mich noch nie geirrt – nicht, wenn es um Geld geht. Ich bin genau der Richtige, um der guten Dame zu helfen, ihre verlorenen Reichtümer wieder zu finden und sie sinnvoll auszugeben.«

»Du meinst: es aus ihr herauszulocken.«

»Locken? Riley, du verletzt mich. Ich fürchte, mein Herz ist gebrochen.«

»Du hast doch gar keins, du alter Betrüger. Der einzige Grund, warum du Frauen wie Felicity magst, ist der, dass du sie leichter um ihr Geld bringen kannst als andere.«

»Nicht immer«, erklärte er und klopfte sich auf die Hemdbrust, die immer ein Kartenspiel enthielt.

»A propos ... nichts mehr mit Piquet«, warnte ihn Riley. »Das wird noch einmal dein Untergang sein.«

Er grinste, was kaum die reuige Reaktion war, auf die sie gehofft hatte. »Im Spiel erschossen, wahrscheinlich«, schlug er vor. »Pistolen im Morgengrauen. Ich habe mich schon immer mal duellieren wollen.«

»Ja, das glaube ich gerne, aber Gentlemen benutzen dafür echte Pistolen, die tödliche Schüsse abgeben.«

Er runzelte die Stirn. »Wie vulgär. Jemand könnte verletzt werden.«

Riley schüttelte den Kopf. »Deshalb will ich ja nicht, dass du nochmal Karten spielst, du alter Betrüger.«

»Ach, bist du heute Morgen streng! Ich sehe, dass die seltene Luft von Ashlin House deine Stimmung nicht verbessert hat.« Er ergriff ihr Kinn und drehte ihr Gesicht so, dass er sie betrachten konnte. »Etwas an dir ist anders. Gib mir eine Minute, und ich weiß, was es ist.«

Riley erbleichte. Wenn man ihr die Nacht in der Bibliothek so ansah, dann nur aus einem Grund – sie hatte jeden Moment in ihr Gedächtnis eingegraben.

Stunden hatte sie wach gelegen, hatte die Szene im Geist nachgespielt und auf Masons Schritte gelauscht. Sie hatte daran gedacht, wie er sie angesehen hatte, wie er gesprochen hatte, wie seine Lippen sich auf ihren angefühlt hatten. Heute Morgen hatte sie ein halbes Dutzend mal zu ihm hinübergeblickt, um zu sehen, ob die Nacht mehr als eine Verirrung für ihn gewesen war, aber er war wieder wie immer und tat so, als sei nichts passiert.

Oh, dieser verflixte Mann! Wenn er das wollte, sollte ihr das Recht sein.

Den Earl zu küssen! Also wirklich. Was hatte sie sich dabei nur gedacht? Zu ihrer Erleichterung erschien Belton, ehe Aggie die Einzelheiten aus ihr herausfragen konnte.

»Belton!« Sie eilte auf den Butler zu, dessen Gesicht wie versteinert war und der so aussah, als ob er sie am liebsten auf die Straße setzen würde. »Können Sie Mr Pettibone bitte zum Ballsaal führen? Wir wollen später dort proben.«

Belton musterte Aggie, der davon ziemlich unbeeindruckt zu sein schien und mit einem höchst gewinnenden Lächeln fragte: »Beißt er?«

»Nur, wenn man ihn ärgert«, erwiderte Riley.

»Könnte Spaß machen.« Aggie zwinkerte Belton zu. »Machen Sie sich keine Mühe, Button, ich finde den Ballsaal schon selbst.«

Belton schluckte und keuchte, als bekäme er gleich einen Schlaganfall. »Der Mann ist ...«

»Unverbesserlich.« Riley klopfte dem empörten Butler auf den Rücken. »Kommen Sie, Belton, irgendwann liebt jeder Aggie. Selbst Sie.«

»Das wird sich zeigen, Madame, das wird sich zeigen«, würgte er hervor.

Riley, die zumindest ein Problem los war, machte sich auf den Weg zurück in den Frühstückssalon, als ihr das nächste, Lord Delander, entgegenkam und fast mit ihr zusammenstieß.

Er sah sich in der Halle um und blickte dann aus dem Fenster. »Oh, schade! Ich hatte gehofft, Ihren Vormund noch anzutreffen.«

Mason folgte dem Viscount dicht auf den Fersen. Er stand hinter Del, schüttelte heftig den Kopf und formte das Wort »Nein«.

Das brauchte er Riley gar nicht zu sagen.

Sie ergriff Lord Delander am Arm und hielt ihn dadurch fest. »Er war ohnehin schon spät dran für seine Verabredung, Mylord, deshalb ist er so schnell gegangen. Sie wollen ihn doch sicher nicht länger aufhalten?«

»Nein, das wäre sicher nicht höflich«, erwiderte der Mann und sah noch immer auf die Straße hinaus. »Vielleicht können Sie mir sagen, wo er wohnt, sodass ich ihn dort aufsuchen kann?«

Riley schüttelte den Kopf. »Das hat er mir leider nicht gesagt. Vielleicht nächstes Mal, wenn er in der Stadt ist. Ich werde Ihre Grüße an ihn weiterleiten.«

»Ich habe mehr als Grüße für ihn. Ich wollte mit ihm über meine Absicht sprechen.«

»Welche Absicht?«, fragte Riley und hoffte, dass ihr Tonfall nichts ahnend und ruhig klang.

»Ich will um Ihre Hand anhalten.« Del grinste sie an. »Ich finde es wundervoll, dass Sie so scheu und zurückhaltend sind. Aber ich bin mir sicher, dass Ihr Vormund nach einem Gespräch mit mir keine Zeit verlieren wird, Sie zu überzeugen, dass ich der beste Mann für Sie bin.« Er warf einen bedeutungsvollen Blick auf Mason. »Mr Pettibone scheint mir ein vernünftiger Mann zu sein. Hat auch guten Geschmack. Und so ein Auftreten! Wenn Sie ihn das nächste Mal sehen, können Sie ihn dann auch nach seinem Schneider fragen?«

»Das wird sich sicher machen lassen«, sagte Riley und fragte sich, was Lord Delander wohl von Jane Gunn, ihrer einarmigen Näherin, halten würde.

»Wunderbar!« Del sah sie an. »Mason hat etwas gemurmelt, dass Sie heute Unterricht haben, aber ich bestehe darauf, dass Sie hinterher eine Ausfahrt im Park mit mir machen.«

»Ich sehe nicht, wie das möglich sein sollte«, lehnte Riley ab. »Ich habe keine Zeit.«

Das schien Lord Delander nicht zu stören. »Vielleicht kann ich beim Unterricht helfen, zum Beispiel den Bewunderer für die Mädchen spielen, damit sie ihre Künste üben können.«

»Das wäre sehr nett von Ihnen, Lord Delander«, sagte

da Beatrice mit einer so weichen, weiblichen Stimme, dass alle sie überrascht ansahen.

»Sehen Sie, *eine* Stimme spricht schon für mich«, argumentierte Lord Delander und sah die errötende Beatrice an, als erkenne er sie nicht wieder.

Selbst Riley war verblüfft, aber sie erholte sich schnell wieder.

Dann stimmte es also: Beatrice war in Lord Delander verliebt. Wenn sie jetzt noch die Gefühle des jungen Mannes in diese Richtung lenken könnte …

»Sie sind immer noch hier, Lord Delander?«, erklang da Cousine Felicitys Stimme, als sie ihn hörte. »Fort mit Ihnen, damit wir unser Tagewerk beginnen können.« Sie winkte den Mädchen zu, die ihr wie ein Trupp Gefangener auf dem Weg nach Newgate folgten. Im Vorübergehen zwängte Beatrice sich absichtlich zwischen Riley und Lord Delander hindurch, wodurch Riley zu ihrer Verlegenheit gegen Mason taumelte. Er legte ihr die Hand auf die Schulter, um sie zu stützen, und seine Berührung brannte sich durch den Stoff in ihre Haut.

Ihr Rücken schmiegte sich an seine Brust, und sie verschmolzen so miteinander wie letzte Nacht, nur diesmal vor aller Augen.

Mein Kopf ist wahrscheinlich rot wie eine Tomate, dachte Riley, denn ihr ganzer Körper schien in Flammen zu stehen.

Kaum waren die Mädchen vorbei, trat sie beiseite. »Verzeihung«, murmelte sie.

»Keine Ursache«, erwiderte er genauso schnell.

Riley wagte einen Blick über die Schulter, um zu sehen, ob die Berührung ihn genauso aufgewühlt hatte wie sie, aber er stand stoisch da, und sein Gesicht verriet nichts, außer einem Funken Ungeduld hinter den Brillengläsern. Von dem verwegenen Mann, der sie in die Arme gerissen und bis zur Besinnungslosigkeit geküsst hatte, war nichts zu sehen.

Riley knirschte mit den Zähnen. Was war mit ihr los, wenn schon die bloße Berührung dieses Mannes ihre Knie zittern ließ?

»Oh, nein«, erklärte Lord Delander, als Mason ihn zur Tür begleitete, »ich werde nicht aufgeben und Sie aus diesem Gefängnis befreien.«

Als Belton die Tür hinter dem hartnäckigen Viscount schloss, ging Riley zur Treppe, um den Mädchen zu folgen.

»Madame«, rief Mason, »einen Moment bitte noch.«

Madame. Riley zuckte zusammen. Wie förmlich das klang...

Sie wappnete sich für eine neue Lektion über die Dinge, die nicht ihre Schuld waren, und trat auf ihn zu.

Während ihres Gesprächs wurden Riley und Mason von Cousine Felicity und Aggie von der Galerie aus beobachtet. »Sie würden ein reizendes Paar abgeben«, überlegte Cousine Felicity.

»Sie klingen jetzt schon wie ein altes Ehepaar«, sagte Aggie und schüttelte sich. »Ich fürchte, Ihr Cousin und mein Mädchen sind einander ähnlicher, als sie je zugeben würden.«

»Ich hoffe nur, sie merken es, ehe es zu spät ist.«

11

»Oh, Mason«, jammerte Cousine Felicity, als sie in sein Arbeitszimmer gestürzt kam. »Ich hatte nichts damit zu tun! Gar nichts!«

Mason vergaß die Summe der langen Zahlenkolonne, die er gerade addiert hatte, als hätte Cousine Felicitys Hysterie sie aus seinem Kopf vertrieben.

Er vergrub das Gesicht in den Händen und schüttelte den Kopf. Wie sollte er jemals die Kontrolle über sein Leben wiedererlangen?

»Oh, Mason«, jammerte sie. »Das ist eine Katastrophe!«

Er seufzte. Was war es diesmal?

Cousine Felicity eilte mit gezücktem Taschentuch an seine Seite. »Was sollte ich denn machen?«, flüsterte sie. Sie sah zur Tür, und ihre Finger zupften nervös an dem Stoff. »*Sie* ist gekommen. Belton durfte sie nicht wegschicken – vor allem, wo *er* doch dabei war, und was sollte ich nun mit *ihnen* machen?«

Mason hatte Angst zu fragen. »Wer ist gekommen, Cousine?«

»Lord Ashlin«, rief eine ungeduldige Stimme aus der Halle. »Wo sind Ihre Manieren? Man lässt eine Dame meines Alters nicht wie einen Kaufmann in der Halle stehen.«

Beim Klang dieser schrillen Stimme drehte sich Masons

Magen um, und er verstand plötzlich, dass Cousine Felicity sich aufführte, als wären die Franzosen gelandet. Wenn die Franzosen es je wagen würden, den Kanal zu überqueren und in England einzufallen, würden sie zumindest einen Feind finden, der unüberwindlich war.

Lady Delander.

»Was hat dieser schreckliche Lärm zu bedeuten?«, beklagte sich Lady Delander und sah zur Decke hoch.

»Tanzstunden«, erklärte Mason und griff damit zu der erstbesten Erklärung für die Theaterprobe, die im Ballsaal über ihnen stattfand. »Die Mädchen üben für ihre Einführung in die Gesellschaft.«

»Was tragen Sie an Ihren Füßen?«, fragte Lady Delander und runzelte die Stirn. »Holzschuhe?«

Mason lachte kurz, hörte aber auf, als niemand mit einstimmte, und fragte sich, wie dieser Tag noch schlimmer werden konnte.

Er hatte nicht nur Lady Delander nebst Sohn zu Gast, sondern auch ihren Bruder, den Herzog von Everton – während das ganze Haus vom Piratenkampf im dritten Akt erschüttert wurde.

Mason versuchte alles, um seine Besucher in Cousine Felicitys Salon zu lotsen, der auf der anderen Seite des Hauses lag und so weit weg vom Ballsaal wie der Keller, aber Lady Delander bestand darauf, zum besten Zimmer des Hauses gebracht zu werden.

»Es ist nämlich so«, erklärte sie, während sie zum Grünen Salon voranging, »dass ich Ihre Mutter immer um diesen Raum beneidet habe. Er hat einen so herrlichen Blick auf Ihren Garten.«

Als alle im Salon versammelt waren, bestellte Cousine Felicity Erfrischungen, während Mason Belton fortschickte, damit er Cousine Riley über den Besuch »in Kenntnis setzte«.

Der Tumult über ihnen steigerte sich zu einem wahren Theaterdonner.

Die Herzoginwitwe zuckte zusammen. »Gute Güte! Was für ein heidnischer Tanz ist das?«

Mason warf Cousine Felicity einen Blick zu. »Vielleicht ist das Klavier verstimmt«, meinte sie.

»Sie lassen das Instrument besser reparieren, Mylord«, erklärte Lady Delander streng. »Sonst sind die Mädchen taub, ehe die Woche vorbei ist. Ich wünsche, dass das Instrument auf der Stelle verstummt.«

Wie zur Antwort brach oben aller Lärm plötzlich ab.

Mason atmete erleichtert auf. Belton hatte Riley offenbar über die Katastrophe informiert, die über sie hereingebrochen war.

»Es war eine ganze Parade seltsamer Leute vor dem Haus heute Morgen«, begann Lady Delander.

»Wir lassen ein paar Arbeiten im Haus verrichten«, erwiderte Mason.

»Sehr seltsame Arbeiter«, schnaubte die Dame. »Es sah aus wie ein Zirkus.«

»Außerdem haben wir ein paar Lehrer für die Mädchen angeheuert«, erklärte Cousine Felicity, als Lady Delander weiterhin misstrauisch dreinsah. »Die Mode dieser französischen Tanzmeister …« Cousine Felicity verdrehte die Augen.

»Hmmm«, machte Lady Delander und sah sie beide lange an, ehe sie fortfuhr: »Wo ist Ihre Cousine, Lord

Ashlin? Ich hätte es als junges Mädchen nie gewagt, Besucher so lange warten zu lassen.«

Mason zwang sich zu einem Lächeln. »Ich kann mir nicht vorstellen, was sie aufhält.«

»Du sagtest doch, sie würde mich erwarten.« Diesmal sprach die Dame ihren Sohn an, dessen liebeskranker Blick auf die Tür geheftet blieb. »Ich bin es nicht gewohnt, auf jemanden warten zu müssen.«

»Aber Josephine«, mahnte der Herzog. »Lass das arme Mädchen in Ruhe. Sie ist sicher nervös, weil sie dich treffen soll.«

Lady Delander richtete sich gerade auf. »Nervös meinetwegen? Lächerlich! Wovor sollte das Mädchen denn Angst haben?«

»Lebendig gegessen zu werden«, murmelte Mason vor sich hin.

»Mutter«, erklärte Del, »Riley will sicher einen guten Eindruck machen. Immerhin bist du ihre künftige Schwiegermutter!«

»Nun, das werden wir sehen!«, schnappte die alte Dame. »Lord Ashlin, mein Bruder und ich haben gestern versucht, die Verwandtschaft herzustellen, aber es ist uns nicht gelungen. Wie sind Sie mit der jungen Dame verwandt?«

»Nun ... sie ist ... wir sind ... es ist kompliziert«, brachte Mason heraus. Er überflog im Geiste seinen Stammbaum, um einen Zweig zu finden, an dem er Riley festmachen konnte und den die Herzoginwitwe nicht kannte. »Erinnern Sie sich an den jüngsten Bruder meines Großvaters?«

»Henry?«, fragte sie. »Dieser Vagabund. Ist mit der Tochter von Lord Middlewood durchgebrannt. Eine beklagenswerte Verbindung. Aber Sie wollen doch nicht sagen, dass Riley über diese Linie mit Ihnen verwandt ist – Ihr Großonkel und seine Frau hatten nur Töchter, und die haben nie geheiratet. Sie haben ihr Aussehen und ihr Temperament von den Middlewoods geerbt.« Die Dame nickte, als wäre damit genug über diese unglückliche Verbindung gesagt.

»Sagte ich jüngster Bruder?«, korrigierte Mason und fluchte im Stillen über das Gedächtnis der Herzoginwitwe. »Ich meinte den zweitjüngsten Bruder.«

»Wen, John?« Die Dame lächelte. »*Das* war ein Mann. Ich habe ihn einmal auf einem Ball seines Regiments gesehen. Major oder Colonel? Weißt du es noch, George?«

»Kaum«, sagte der Herzog. »Er war in Übersee. Glaub nicht, dass er zurückgekommen ist.«

Mason seufzte erleichtert. »Ja, das stimmt. Er kam nie zurück. Riley stammt von Major St. Claires Linie ab.«

Die Augen der Herzoginwitwe wurden schmal – wie die eines Frettchens, wenn es eine Ratte riecht. »Ach so. Nur seltsam, dass bisher niemand von ihr gehört hat.«

Zu Masons Angst begann Cousine Felicity, die Geschichte auszuschmücken. »Major St. Clair ist recht tragisch ums Leben gekommen.«

Lady Delander wandte ihren skeptischen Blick Cousine Felicity zu.

»Ja, recht tragisch«, fuhr diese fort. Dann warf sie sich zu Masons Schreck in eine weit hergeholte Geschichte über ihren Cousin, kombiniert mit Schlangenbiss, verlorenen Babys und heroischen Taten, die nicht einmal Shakespeare eingefallen wären.

»Jetzt kann ich nicht weiter«, endete Cousine Felicity schließlich mit tränennassen Augen.

Mason hoffte, das das stimmte.

Es stimmte nicht.

»Wenn ich daran denke, was dann geschah, bricht es mir das Herz.« Cousine Felicity rang die Hände und sah himmelwärts. Offenbar hatte sie bei den Proben zugesehen. »Oh, die Tragik des Ganzen.«

»Was ist passiert?«, schnappte Lady Delander.

»Der Fluch der St. Clairs!«, erklärte Cousine Felicity. »Derselbe, der Meinen Freddie und Caro dahingerafft hat; er schickte auch das Fieber, das Rileys ihrer Eltern beraubte, als sie noch ein Baby war.«

»Der St. Clair-Fluch, so so«, sagte die Dame höhnisch. »Ich habe noch nie so einen Unsinn gehört.«

Mason musste ihr zustimmen – obwohl er in diesem Augenblick nichts dagegen gehabt hätte, von einem solchen Fluch ereilt zu werden. Denn dann wäre es ihm zumindest erspart geblieben, Cousine Felicitys Theatralik noch länger ertragen zu müssen.

Doch die Schau hatte erst begonnen. Cousine Felicity besaß die Kühnheit, auf Lady Delanders Hohn beleidigt zu reagieren. »Kannst du etwa den Tod von Freddie und Caro erklären?«, fragte sie. »Oder den vorzeitigen Tod von Rileys Eltern und Großeltern?«

Das konnte Lady Delander natürlich nicht.

»Wenn ich an das arme, mutterlose Mädchen denke...« Cousine Felicitys Unterlippe zitterte. »Von blutrünstigen Eingeborenen aufgezogen zu werden und nicht zu wissen, dass sie Familie hat – es ist zum Heulen.«

Mason war tatsächlich zum Heulen zumute. Er hoffte nur, die anderen im Raum würden nicht merken, dass Felicitys blutrünstige Eingeborene aus Südindien stammten.

Cousine Felicity merkte es nicht, denn sie schnüffelte und schluchzte, als würde auch der Rest der Familie von dem erfundenen Fluch bedroht.

»Nicht doch«, tröstete Mason und tätschelte ihr die Hand. »Unsere Cousine ist jetzt in Sicherheit. Du brauchst dich also nicht mehr so aufzuregen.«

Bitte nicht, bat er stumm.

»Sie ist ein Segen für unsere Familie«, fuhr Cousine Felicity fort und schnäuzte sich übertrieben.

Del beeilte sich, Cousine Felicitys Überzeugung zu untermauern. »Ein wahrer Engel«, begann er. »Vom ersten Moment an wusste ich ...«

»Oh, genug, Allister«, fauchte seine Mutter. »Du redest über das Mädchen, auf das ich warte, als ob sie über die Themse gehen könnte vor lauter Tugenden. Obwohl ihr die der Pünktlichkeit zu fehlen scheint.« Die Stimme der Dame hob sich vor Ungeduld und Ärger.

Mason wollte gerade etwas Begütigendes sagen, als die Tür aufging und Riley hereinkam.

Aber es war nicht einfach nur Riley, sondern Riley aus dem Osten, die verlorene Tochter der St. Clairs. Fast meinte man, die Schlangenbeschwörer aus Delhi auf ihren Flöten spielen zu hören.

Auch wenn sie in dem einfachen gelben Musselinkleid ganz wie eine Engländerin aussah, hatte sie um die Schultern einen indischen Schal gelegt. Ihr herrliches Haar, das letzte Nacht durch Masons Finger geglitten war, war jetzt größtenteils durch einen weißen Turban verdeckt, von dem ein kleiner Rubin baumelte.

Unter dem Saum ihres Kleides sahen orientalische

Slipper hervor, die wahrscheinlich noch nie jemand in Gegenwart der Herzogin zu tragen gewagt hatte.

»Cousin«, knickste Riley sanft vor Mason und grüßte dann ihre Gäste mit einer orientalischen Verneigung. »Ich bitte um Verzeihung, dass ich Sie warten ließ. Ich war nicht gut genug gekleidet, um vor einer so illustren Gästeschar erscheinen zu können, und musste mich erst umkleiden.« Sie errötete hübsch und senkte den Blick.

»Das macht nichts«, sagte Mason und fragte sich, wie sie genauso aussehen konnte, wie Cousine Felicity es erzählt hatte.

Unglaubhaft erzählt hatte.

Er warf Cousine Felicity einen Blick zu und sah, wie diese Riley schnell zuzwinkerte.

Mason schüttelte innerlich den Kopf über die Komplizinnen.

Sie hatten das alles zusammen ausgeheckt.

Dann wandte Riley sich an Belton und streckte die Hand aus.

Der Mann seufzte und zauberte einen kleinen Blumenstrauß hervor.

Riley ergriff ihn, als wäre er aus Gold und nicht ein bescheidener Strauß aus Rosen und Wicken.

»Ein Grund für meine Verspätung ist der, dass ich versucht habe, das hier zusammenzustellen«, erklärte sie und gab Lady Delander die Blumen. »Cousine Felicity hat mir anvertraut, dass Sie und Lord Ashlins Mutter die Liebe zu Blumen geteilt haben.« Ihre Hand zeigte auf das Fenster, vor dem die Wildnis lag, die einst der Garten der Ashlins gewesen war. »Ich dachte, eine Erinnerung an die Blumen, die sie gezüchtet hat, könnte Sie erfreuen. Ich glaube, die Sorte ist recht selten.«

Als sie die Blumen übergab, sah Mason, dass ihre Hand bandagiert war.

Auch die Herzogin hatte es bemerkt. »Was ist mit Ihrer Hand?«

»Nichts«, erklärte Riley und verbarg sie auf dem Rücken.

»Was haben Sie gemacht?« Die Herzogin ergriff den Arm und starrte auf die Bandagen.

Riley seufzte. »Ich fürchte, ich bin an englische Gärten nicht gewöhnt. Ein Dorn hat mich erwischt, als ich die Blumen pflückte.«

»Böse Stelle da draußen«, bestätigte Del und rieb sich die Schulter, die er sich am Vortag verletzt hatte.

Die Herzogin sah auf den Strauß hinunter. »Also wirklich«, erklärte sie und sah Riley an.

Mason und alle anderen sahen die furchteinflößende Matrone an und warteten auf ihr Urteil.

»Also, ich war noch nie so gerührt.« Sie schniefte, und dann liefen dem Drachen zu Masons Erstaunen ein paar Tränen über die Wangen.

Mason hätte es nie geglaubt, wenn er nicht selber Zeuge gewesen wäre. Riley hatte eine weitere Eroberung gemacht! Langsam glaubte er, dass es niemanden in London gab, dessen Herz sie nicht erobern konnte.

Solange es nicht seins war.

Cousine Felicity zog ein frisches Taschentuch hervor und reichte es der Dame. »Unsere Riley ist so ein liebes, rücksichtsvolles Mädchen. Und so tapfer.«

Lady Delander nickte stumm, als könne sie ihrer Stimme nicht trauen.

»Mutter, ist alles in Ordnung?«, fragte Del.

»Natürlich«, fauchte sie ihn an, drückte ihm die dornigen Blumen in die Hand und wandte sich an Riley, wobei ihre Züge sofort wieder sanft wurden. »Blumen, du hast mir Blumen gepflückt, du liebes Kind.« Lady Delander warf Del einen Blick zu und runzelte die Stirn. »Nicht einmal mein eigener Sohn hat das bisher gemacht.«

»Es tut mir nur leid, dass ich nicht fertig geworden bin«, sagte Riley voller Bedauern und verzog ihr Gesicht vor Trauer. »Da draußen sind so viele schöne Blumen, aber nach meinem Missgeschick hatte ich zu viel Angst, um weiterzumachen.«

»Ich wäre nur zu gerne bereit…«, begann Del und erhob sich, um Rileys Hand zu ergreifen.

»Oh, halt den Mund, Allister!«, befahl Lady Delander und schlug seine Hand beiseite. »Geh weg und setz dich da drüben hin, neben Lord Ashlin«, sagte sie, als wäre er sechs Jahre alt und nicht sechsundzwanzig. »Und du«, wandte sie sich dann an Riley, »setzt dich neben mich.«

Mason sah zu und fragte sich, ob er träume, als die grimmigste Matrone Englands, die wie keine andere auf Etikette achtete, die berüchtigste Frau Londons neben sich zog und sie behandelte, als entstamme sie dem Königshaus.

»Lassen Sie mich auf Ihre Einführung zu sprechen kommen, meine Liebe«, sagte sie, »und auf die Einladungen zu den wichtigsten Ereignissen. Lord Ashlin, was haben Sie sich nur dabei gedacht, dass Sie Ihre Cousine gestern nicht mit zu Mrs Evans Musikabend gebracht haben?«

»Nun, ich … ich dachte nicht, dass…«, begann Mason.

Die Herzogin drohte ihm mit dem Finger. »Oh, sparen Sie sich die Ausreden. Ich weiß genau, was Sie letzte Nacht im Sinn hatten und warum Sie alleine dort waren.« Sie wandte sich an Riley. »Männer! Wenn Sie erst einmal so alt sind wie ich, kennen Sie alle Tricks.« Die alte Dame schnaubte. »Sehen Sie sich Lord Ashlin an. Da sitzt er und tut ganz unschuldig, dabei hat er den ganzen Abend damit verbracht, Miss Pindar den Hof zu machen.«

Miss Pindar? Riley warf Mason einen Blick zu und versuchte, das flaue Gefühl in ihrem Magen zu ignorieren.

Was ging es sie an, dass er den Abend damit verbracht hatte, sich eine Frau zu suchen? Er hatte doch ganz klar gesagt, dass er heiraten wolle.

Warum aber hatte er sie dann angelogen und ihr etwas anderes gesagt? Nicht, dass es wirklich eine Rolle für sie spielte.

Doch das tat es, sehr zu ihrem Ärger.

»Tändeln Sie lieber nicht zu viel, Lord Ashlin«, belehrte ihn Lady Delander. »Bei Miss Pindars Reichtum wäre es kein Wunder, wenn jemand Sie Ihnen vor der Nase wegschnappte, um mit ihr nach Gretna Green durchzubrennen. Erklären Sie sich ihr lieber sofort.«

Mason murmelte etwas Höfliches, aber es war nicht die Ablehnung, auf die Riley gehofft hatte. Wenn er diesem neugierigen alten Drachen doch nur sagen würde, dass er keineswegs die Absicht hegte, die unglaublich reiche und wahrscheinlich auch noch hübsche Miss Pindar zu heiraten.

»Allerdings muss ich zugeben«, fuhr Lady Delander fort, als hielte sie eine Rede im Oberhaus, »dass ich an sich keine Ehe mit dem Kaufmannsstand unterstütze –

es ist unpassend. Doch in Miss Pindars Fall würde ich eine Ausnahme machen.«

Riley fragte sich, welche Tugenden die schätzenswerte Miss Pindar wohl besaß, dass selbst Lady Delander ihre hohen Ansprüche herunterschraubte.

»Außerdem«, erklärte diese gerade, »denke ich, dass Sie beide ein hübsches Paar abgeben würden. Fast so hübsch wie Allister und Ihre reizende Cousine.«

Zunächst ärgerte sich Riley zu sehr über die Gedanken der Dame, um genau hinzuhören, aber dann verstand sie. Hatte die Dame gerade auf sie und Delander als zukünftiges Paar angespielt?

Himmel! Cousine Felicitys und ihr Plan hatte viel besser funktioniert als sie angenommen hatten. Sie hatten gehofft, dass die Geschichte des Waisenmädchens, das von Hindus aufgezogen wurde, zwar das Interesse der Herzogin wecken, Riley aber gleichzeitig als Braut für ihren Sohn unmöglich machen würde.

Offenbar hatten sie es mit dem Blumenstrauß übertrieben.

Aggie sagte immer, dass sie dazu neigte, im zweiten Akt zu übertreiben.

Jetzt musste sie sich nicht nur die Wertschätzung der Dame erhalten, sondern auch noch einer Ehe entkommen, die sie gar nicht wollte.

Ehe sie auch nur eine Idee hatte, wie sie das anstellen sollte, begann die Herzogin bereits, Rileys bevorstehende Saison zu planen.

»Natürlich müssen Sie jeden kennen lernen. Ich werde morgen mit den Patronessen sprechen, und Sie müssen mich dienstags und donnerstags bei meinen Besuchen begleiten, damit ich Sie in den richtigen Häusern vorstellen kann. Nehmen Sie keine Einladungen an, die ich nicht gutgeheißen habe.«

Hier schüttelte Riley den Kopf. »Ich fürchte, ich kann Ihre Freundlichkeit nicht annehmen.«

»Warum denn nicht?«, fauchte die Dame und fiel für einen Moment in ihr widerborstiges Selbst zurück.

»Weil ich nicht meinetwegen hier in London bin, sondern um meine Cousinen auf ihre Einführung in die Gesellschaft vorzubereiten. Ich fürchte, mir bleibt nur wenig Zeit für meine eigenen Vergnügungen.«

Riley hoffte, dass Mason verstand, dass sie das für ihn gesagt hatte.

Miss Pindar – also wirklich! Wenn er unbedingt jemanden küssen wollte, dann sollte er dieses unvergleichliche, reiche und ergebene Mädchen zur Frau nehmen.

»Unsinn, Mädchen«, erklärte Leda Delander. »Ich will es so haben.«

Riley lächelte und schüttelte den Kopf. »Ich bin so erzogen worden, dass man sein Glück teilt, ehe man versucht, selber glücklich zu werden. Lord Ashlin hat mir in aufgewühlten Zeiten einen sicheren Hafen angeboten.«

»Blödsinn.« Lady Delander starrte Riley einen Moment lang an und schnaubte dann. Als Riley erneut den Kopf schüttelte, wurden die Falten im strengen Gesicht der Dame noch ausgeprägter. »Nun, Sie sind ein dickköpfiges Mädchen; dann müssen wir wohl zusehen, dass Lord Ashlins Nichten schnellst-möglich eingeführt werden.« Die Dame wandte sich an ihren Bruder. »George, lass deinen Sekretär eine Einladung für Lord Ashlin und seine Damen zu dem Maskenfest schicken.«

Riley holte rasch Luft. Der Everton Maskenball? Sie

hätte nie zu hoffen gewagt, dass die Mädchen dorthin eingeladen würden. Riley wusste aus der Zeitung, dass dieses Ereignis als Eröffnung der Saison betrachtet wurde.

Die Einladungen wurden nur an wenige ausgewählte Personen verschickt, und eine junge Dame, die dort erschien, konnte sicher sein, in den folgenden Wochen zu allen wichtigen Veranstaltungen eingeladen zu werden.

»Wir nehmen Ihre freundliche Einladung gerne an«, sagte Riley schnell.

»Ganz und gar nicht, Cousine«, erklärte Mason. »Ich fürchte, wir müssen ablehnen.«

»Ablehnen! Sind Sie wahnsinnig?«, rief die Herzogin.

Ausnahmsweise war Riley da mit ihr einer Meinung.

»Mason, eine Einladung zu den Evertons lehnt man nicht ab«, sagte Cousine Felicity, lächelte den Herzog an und stieß Mason ihr Knie gegen das Bein.

»Genau«, fiel Riley ein. »Wenn der Herzog so freundlich ist, uns so kurzfristig noch eine Einladung zukommen zu lassen, wäre es höchst unhöflich, sie abzulehnen.«

Mason schüttelte den Kopf. »Ich fürchte, wir müssen es trotzdem tun.«

Sie kannte bereits diesen entschlossenen Zug um seinen Mund. Genauso hatte er ausgesehen, als sie dagegen protestiert hatte, dass sie das Theater hatte verlassen müssen. Doch diesmal sah Riley keinen vernünftigen Grund für Masons Ablehnung. Der Everton-Ball würde den Erfolg der Mädchen garantieren.

Doch dann begriff sie. Er wollte *sie* dort nicht sehen.

Er wollte nicht verantwortlich dafür sein, dass sich die berüchtigte Aphrodite unter die gute Gesellschaft mischte oder gar Seite an Seite mit seiner kostbaren Miss Pindar zu stehen kam.

Ihre Eifersucht gewann die Oberhand. »Wird Miss Pindar denn nicht dort sein, Euer Gnaden?«, fragte sie.

Lord Delanders Onkel nickte. »Ja, Miss Pindar und ihre Mutter stehen auf der Gästeliste und werden ganz sicher kommen.«

Riley lächelte so lieblich, wie sie konnte. Wenn Miss Pindar dort sein würde, wollte auch sie nicht fehlen.

Wenn Mason diese Frau wirklich heiraten wollte, würde Riley sie sich genau ansehen – um zu sehen, wer in der Gesellschaft als perfekte junge Dame galt. Riley sagte sich, dass dies nur Forschungen waren, um etwas für ihre Funktion als Erzieherin dazuzulernen. Ja, reine Forschung.

Ohne auf Masons finsteren Blick zu achten, lächelte sie den Herzog an, und einen Moment lang ruhte sein Blick länger auf ihr, als ihr lieb war.

Fragen, Verwirrung und dann Schock standen in seinem Blick, als er sie betrachtete.

Doch ehe Riley sich darüber klar werden konnte, ob der Herzog sie erkannt hatte, lenkte eine andere Frage der Herzogin sie ab.

»Wie viele von ihnen gibt es?«, fragte sie Riley.

»Wie viele was?«

»Na, Schwestern. Wie viele Töchter haben Freddie und Caro?«

»Drei«, erwiderte Riley.

»Hmmpf«, schnaubte die Dame und wandte Mason ihren wütenden Blick zu, als ob das seine Schuld wäre. »Kein Wunder, dass Caro und Ihr leichtfertiger Bruder sie auf Sanborn Abbey versteckt hielten. Es würde jeden

Mann zum Bettler machen, drei Mädchen auf einmal in die Gesellschaft einzuführen – und das angesichts Ihrer Finanzsituation.« Sie schüttelte den Kopf. »Kein Wunder, dass Sie hinter Miss Pindar her sind.«

»Ich mache Miss Pindar wohl kaum den Hof«, wandte Mason ein, auch wenn sein Protest in Rileys Ohren nur halbherzig klang.

»Das sagen *Sie*«, sagte Lady Delander.

Wieder musste Riley gegen ihren Willen zugeben, dass sie mit Lady Delander übereinstimmte.

12

»Sie können die Einladung des Herzogs nicht ablehnen«, sagte Riley und folgte Mason, der auf sein Arbeitszimmer zusteuerte. Lady Delander und ihre Familie waren gegangen, sodass sie offen reden konnte. »Bedenken Sie doch, was das für die Mädchen bedeutet!«

Er drehte sich so schnell um, dass sie gegen seine Brust prallte – gegen diese muskulöse Ashlin-Brust, auf die Riley kein Anrecht hatte, seit Lady Delander alles über seine Werbung um Miss Pindar verraten hatte.

Dennoch konnte sie nicht anders, als ihm die Hände auf die Brust zu drücken, um ihr Gleichgewicht wiederzuerlangen. Ihre Finger erkannten den Weg, den sie gestern Nacht genommen hatten, und die Erinnerung daran machte ihr klar, wie schön es gewesen war.

Riley sah auf und entdeckte in Masons Augen einen Funken desselben Feuers, das sie letzte Nacht gesehen hatte.

»Wie können Sie nur ablehnen?«, wiederholte sie und war sich nicht sicher, ob sie noch dieselbe Frage stellte.

»Ich muss«, gab er zurück, klang aber nicht überzeugt. Dann sah er auf sie hinunter, und einen Augenblick lang dachte sie, er würde sie …

Himmel, konnte sie denn nur noch ans Küssen denken, wenn sie in seiner Nähe war?

Riley stellte sich gerade hin und ließ die Hände sinken. Verflixt, aber dieser Mann war einfach zu verwirrend.

»Ich lehne die Einladung des Herzogs wegen der Mädchen ab«, erklärte Mason und blickte über ihre Schulter zur Treppe.

Riley folgte seinem Blick und erhaschte noch ein Flattern von Musselin.

»Kommen Sie hier herein«, sagte Mason, ergriff sie am Arm und zog sie mit sich in sein Arbeitszimmer. »Sehen Sie denn nicht, dass sie nicht hingehen können?«

Riley riss sich los. »Nicht, wenn Sie eigentlich sagen wollen, dass *ich* nicht hingehen kann. Wenn meine Anwesenheit Sie so stört, kann ich dem Herzog ja absagen, und Sie gehen mit den Mädchen hin.«

Mason fuhr sich durchs Haar. »*Sie* sollten mich stören? Wie kommen Sie denn auf diese Idee? Ich kann mir gut vorstellen, dass Sie den ganzen Haufen aufwühlen würden.«

Riley sah ihn erschrocken und misstrauisch an. Sollte das gerade ein Kompliment sein?

Mason setzte seine Brille ab und polierte die Gläser. Als er sie jetzt ansah, sah sie den Verführer, nicht den Gelehrten, und sie fragte sich, wen von beiden sie vorzog.

Beide, erkannte sie gleich darauf. Beide reizten sie, beide stellten sie vor ein Rätsel.

»Ich könnte mir vorstellen«, fuhr Mason fort, »dass Sie jeden Mann zwischen vierzehn und vierundneunzig für sich gewinnen könnten, wenn Sie die Gesellschaft genauso an der Nase herumführen wie heute Lady Delander.«

Riley musste zugeben, dass sie sein Lob genoss. Hatte

sie nicht schon viele Komplimente von vielen Männern bekommen? Dennoch schwoll ihr das Herz, weil Mason sie für so reizvoll hielt; aber noch wichtiger wäre ihr die Antwort auf eine einzige Frage gewesen: Würde auch sein Herz zu denen gehören, die sie gewann?

Sie verdrängte ihre albernen Sehnsüchte und brachte die Unterhaltung zurück auf das aktuelle Thema. »Überlegen Sie zumindest, ob Sie nicht mit den Mädchen hingehen«, drängte sie.

Mason schüttelte sich. »Wie kann ich darauf vertrauen, dass sie sich benehmen? Himmel, sie sind kleine Wilde. Oder können Sie garantieren, dass Ihr Unterricht etwas bewirkt?«

Unterricht?, wollte sie fragen. Was für Unterricht? Die Lektionen bestanden daraus, dass sie sich zwei Stunden lang von den drei Schwestern beleidigen ließ, weil sie sich zum Beispiel weigerte, den Kerzenleuchter zurückzuwerfen. Und doch bedeutete der Everton-Maskenball ihren gesellschaftlichen Erfolg – und würde sie von Mason loseisen, wenn er das nur einsehen wollte.

»Und wenn sie sich benehmen?«, fragte sie zurück.

»Würden Sie Ihren Ruf dafür riskieren, dass Sie Bea einen Abend zutrauen, ohne dass sie etwas oder jemanden verflucht?«

Riley lachte. »Ich habe keinen Ruf, um den ich mir Sorgen machen müsste.«

»Dann betrachten Sie sich als glücklich.« Mason warf ihr einen Blick zu, als hätte er ein verwirrendes Problem zu lösen. »Ein Ruf kann ein großes Hindernis sein.«

Sie wunderte sich über dieses seltsame Bekenntnis, während er an seinen Schreibtisch trat. Ein Berg Papiere bedeckte die Arbeitsfläche. Riley hörte ihn leise aufseufzen, als er den Beweis seiner finanziellen Nöte beäugte.

»Also werden Sie annehmen?«, fragte Riley.

Er schüttelte den Kopf. »Ich kann nicht. Erzählen sie den Mädchen nichts von der Einladung des Herzogs. Ich kann mir die Anarchie in diesem Haus gut vorstellen, wenn sie herausfinden, dass ich ihnen den perfekten Eintritt in die Gesellschaft verweigert habe.«

⋆ ⋆ ⋆

Auf dem Fußboden ihres Salons über dem Arbeitszimmer strengten die Mädchen sich an, ihr Ohr näher an den Spalt in den Bodenbrettern zu legen. Sie hatten schon eine Stunde in dem Zimmer neben dem Salon verbracht, weil sie unbedingt hatten hören wollen, wie Lady Delander Hackfleisch aus Madame Fontaine machte.

Sehr zu ihrem Verdruss war die Dame jedoch entzückt gewesen.

Wie sollten sie ihre ungewollte Gouvernante nur loswerden, wenn sie immer nur Eroberungen machte? Ihren Onkel eingeschlossen.

»Was sagt er?«, wollte Louisa wissen.

Bea bedeutete ihr zu schweigen. »Sei still«, wisperte sie. »Ich kann kein Wort hören, wenn du immer dazwischenquatschst.«

»Dann lass mich lauschen«, verlangte Louisa. Sie sank zu Boden und näherte ihr Ohr ebenfalls der Öffnung. »Klingt wie ein Haufen Unsinn.«

»Schsch«, zischte Maggie. »Er entscheidet, ob wir gehen dürfen oder nicht.«

Alle drei Mädchen hielten den Atem an.

Als sie das Urteil ihres Onkels hörten, hoben sie die Köpfe und sahen einander an.

Dann äußerte Bea etwas, was die Meinung ihres Onkels nur untermauert hätte.

Riley entschied, dass es angeraten war, die Mädchen ernsthaft zu unterrichten. Wenn sie Masons Kontrolle entkommen wollte, musste sie dafür sorgen, dass die Mädchen die Everton-Maskerade im Sturm nahmen – sie wusste nur nicht, wie sie das griesgrämige Trio für sich gewinnen konnte.

Riley hätte es einfacher gefunden, ein paar Dachse zu dressieren.

Mason war ausgegangen, und Riley rüstete sich zum Kampf. Doch statt der üblichen abweisenden und aggressiven Schülerinnen, die sie erwartet hatte, hörten die drei ihr atemlos zu, als sie über den richtigen Gebrauch des Fächers sprach und darüber, wie man seinen Auftritt gestaltet.

Als Riley nichts mehr einfiel, las sie aus dem kleinen Büchlein vor, das Aggie in ihr Täschchen gesteckt hatte, ehe sie aus dem Theater ausgezogen war.

»Eine Lady benimmt sich in Gesellschaft«, las sie laut vor, »stets zurückhaltend und ruhig. Alle, die sie sehen, sollen keinen Zweifel daran haben, dass sie eine Ausgeburt an Reinheit ist.« Riley hielt inne und betrachtete das Titelblatt, um zu sehen, wer so ein Gesülze verfasst hatte.

Eine anmutige Erläuterung, hieß das Buch. Von einer ungenannten »Dame voll Anmut mit tadellosem Charakter«.

»Teufel nochmal, was soll denn das heißen?«, bellte Bea.

Zum ersten Mal empfand Riley den Ausbruch des Mädchens als eine willkommene Abwechslung von der unnatürlichen Ruhe, die den ganzen Nachmittag geherrscht hatte.

»Das heißt, dass du dich genauso gut gleich darauf einrichten kannst, dein Leben als alte Jungfer in einem kleinen Cottage voller Katzen zu beenden«, erklärte Louisa aus ihrer Ecke. Dann fuhr sie fort, ein Modemagazin durchzublättern.

»Ich weiß, was es bedeutet«, meldete sich Maggie zu Wort.

Bea schnaubte. »Du gerade.«

»Ja, Maggie, was bedeutet es?«, fragte Riley und hoffte, dass Maggies unübliche Beteiligung ein Zeichen dafür war, dass ihr wenigstens eine der Schwestern zuhörte.

»Das bedeutet, dass Bea keine Chance hat, jemals Lady Delander zu werden.« Maggie und Louisa brachen in Gelächter aus.

Beatrice verließ ihren Posten am Fenster und ging wie ein Matrose in einer Hafenkneipe auf ihre Schwester los.

Mit offenem Mund betrachtete Riley das unglaubliche Schauspiel.

»Das nimmst du sofort zurück, du ungeschicktes Stück…«, schimpfte Bea und nahm Maggie in den Schwitzkasten, um sie zu Boden zu drücken.

»Lady Delander, Lady Delander«, skandierte Maggie ohne Reue und wehrte sich wie eine Wildkatze.

Riley schloss die Augen und zählte stumm bis zehn. Plötzlich erschien ihr ein Leben als Puppenspielerin vor gaffenden Hirtenmädchen gar nicht mehr so abstoßend.

»Tu etwas«, wies Riley Louisa an.

Das Mädchen legte seine Zeitschrift beiseite und seufzte. Ohne sich die Mühe zu machen aufzustehen, warf sie ihren Schwestern einen Blick zu. »Bea, du solltest sicherstellen, dass in deinem Cottage Platz für zwei ist.« Als das nichts bewirkte, außer den Kampf noch erbitterter toben zu lassen, zuckte Louisa die Achseln.

Riley knirschte mit den Zähnen. Dann stellte sie sich neben die Mädchen und stampfte mit dem Fuß auf. »Hört auf!«, rief sie. »Sofort.«

»Erst, wenn sie das zurücknimmt«, rief Bea und schüttelte ihre Schwester.

»Hör lieber auf die nächste Lady Delander«, reizte Maggie sie und stieß Bea den Ellbogen in den Magen.

Riley sah sich um, und ihr Blick blieb an der großen Blumenvase hängen, in der der Rosenstrauß steckte, den Lord Delander gestern für sie mitgebracht hatte. Sie ergriff die Vase und leerte sie über den Kampfhähnen aus.

Spuckend und schimpfend fuhren die Mädchen auseinander.

Bea sah Riley giftig an. »Oh, Sie ...«

Riley hielt die Vase hoch. »Führen Sie mich nicht in Versuchung, Lady Beatrice. Ich würde das hier nur zu gerne auf Ihrem verwöhnten Köpfchen zerschlagen.«

»So dürfen Sie nicht mit ihr reden«, kam Maggie ihrer Schwester zu Hilfe. »Wie können Sie es wagen? Sie sind nicht einmal eine Dame!«

Die Ironie dieser Aussage machte Riley sprachlos. Dann musste sie lachen, bis ihr die Luft wegblieb.

Jetzt gesellte sich sogar Louisa zu ihren Schwestern,

um die ungewollte Lehrerin anzusehen. »Ich glaube, sie ist verrückt geworden.«

Endlich konnte Riley wieder sprechen. »Verrückt? Es ist ein Wunder, dass man mich nicht längst weggekarrt hat, nachdem ich drei Nachmittage mit euch verbracht habe. Seht euch nur an!« Sie deutete auf einen großen Spiegel über dem Kamin. »Seht genau hin und sagt mir, ob ihr hier eine Lady erkennt.« Sie stand auf und stellte sich hinter sie. »Und zählt Cousine Felicity nicht mit.«

Die Mädchen sahen sie finster an.

»Genau was ich sage. Wie alt bist du, Bea? Zwanzig, schätze ich. Und wie alt sind andere Mädchen, wenn sie in die Gesellschaft eingeführt werden?«

Bea runzelte wütend die Stirn. »Sechzehn«, murmelte sie schließlich.

»Ja, sechzehn.« Riley reichte Maggie und ihr je eine Serviette vom Teewagen. »Und wie habt ihr die letzten vier Jahre verbracht, um euch von ihnen zu unterscheiden? Sehr wirkungslos, wie dieses vulgäre Gezänk beweist. Ich persönlich bezweifle, dass euch das Fluchen und Haarereißen eine Einladung zu Almacks verschaffen wird.« Sie musterte das Trio mit erhobenen Augenbrauen.

»Was werdet ihr tun, wenn euer Onkel heiratet?«, fuhr sie fort, als sie erkannte, dass sie ihr endlich zuhörten. »Er sucht eine Frau. Was meint ihr wohl, wie glücklich die neue Herrin des Hauses sein wird, wenn sie euch drei immer zankend um die Füße hat?«

»Aber das ist *unser* Zuhause«, protestierte Maggie.

»Aber nicht mehr lange«, prophezeite ihr Riley.

»Sie hat Recht.« Cousine Felicity erhob sich und trat hinzu. »Es gibt keine Garantie, dass die nächste Lady

Ashlin euch hier behalten wird.« Sie zog ihr Taschentuch und tupfte sich die Augen. »Wenn eure Großmutter mich damals nicht aufgenommen hätte, hätte ich nicht gewusst, wohin ich gehen soll.«

»Aber Onkel würde uns nie …«, begann Louisa.

»Das kannst du nicht wissen«, unterbrach Cousine Felicity sie. »Es ist vielleicht gar nicht seine Entscheidung. Wenn ein Mann heiratet, wird sein Haus die Domäne seiner Frau. Und bedenkt: Euer Onkel wird nicht aus Liebe heiraten, wie eure Eltern es getan haben. Er muss Geld heiraten, und das kann jede Art von Frau in unsere Mitte bringen.«

Maggie schluckte. »Oh, nein. Dahlia und ihre Mutter.«

Bea sank aufs Sofa. »Dann sind wir geliefert.«

»Nicht unbedingt«, sagte Riley. »Während euer Onkel auf Brautschau ist, könnt ihr euch einen Ehemann suchen. Ihr seid hier nicht gefangen – nur, wenn ihr es zulasst.«

Louisa schüttelte den Kopf. »Wir haben keine Chance. Onkel lässt uns ja nicht einmal zum Ball des Herzogs gehen.«

»Louisa!«, warnte Bea.

»Ihr wisst von dem Maskenball?«, fragte Riley und umkreiste das Trio.

Maggie scharrte mit den Füßen. »Wir haben im Vorübergehen so etwas aufgeschnappt.«

Bea boxte ihre Plaudertasche von Schwester auf den Arm.

Riley seufzte, entschied aber, das Thema Lauschen jetzt nicht weiter zu verfolgen.

»Madame hat Recht«, sagte Louisa. »Seht uns doch an. Wir haben nichts mehr, das uns passt, außer unserer

Trauerkleidung; und Schwarz steht keiner von uns besonders gut.«

Bea nickte. »Eine Saison ist teuer, deshalb sind wir nie in die Gesellschaft eingeführt worden.« Ihre Schwestern drehten sich um und sahen sie an. Sie zuckte die Achseln. »Ich habe einmal gehört, wie Mutter und Vater darüber gesprochen haben. Sie mussten zwischen ihren Vorhaben und unserer Saison wählen. Also haben sie uns nach Sanborn Abbey geschickt.«

Riley warf Cousine Felicity einen Blick zu, den sie mit einem stummen Nicken beantwortete.

»Dann ist es sinnlos, sich überhaupt die Mühe zu machen«, erklärte Maggie, und die Bitterkeit in ihrer Stimme rührte Rileys Herz.

»Das glaube ich nicht«, tröstete sie. »Seht mich an. Ich habe bestimmt schon hundert Anträge bekommen, und darunter waren viele attraktive und angenehme Männer. Ich bin kaum die perfekte Braut, also gibt es Hoffnung für jede Frau, die sich für einen Mann interessant machen kann.«

»Das ist ja alles gut und schön, aber wir können kaum in diesem hier aus dem Haus gehen.« Bea hielt ihren wasserbefleckten Rock ins Licht. Der Saum endete weit über ihren Knöcheln, und der Stoff sah aus, als wäre er schon oft geflickt worden. »Das hier war mein bestes Kleid. Ohne Kleider habe ich keine Chance, Del zu . . .« Bea schloss rasch den Mund. »Jemanden zu angeln«, fuhr sie dann hastig fort.

Riley lächelte und nahm sie bei der Hand. Wenn Beatrice nicht fluchte und schimpfte, hatte sie eine nette Stimme und ein hübsches Lächeln. Vielleicht gab es für sie doch noch Hoffnung.

Bea seufzte laut. »Oh, machen Sie nur, lachen Sie über mich, wie Louisa und Maggie es tun. Ich nehme an, das habe ich verdient. Cousine Felicity sagt immer, dass wir ernten, was wir säen. Nun, ich ernte Hohn.« Sie drehte Riley den Rücken zu.

»Bea, ich habe keineswegs vor, dich auszulachen.« Die Wahrscheinlichkeit, dass der Earl das Mädchen mit der allzu frechen Zunge in einem Ballsaal entdecken würde, war gering, aber es war immerhin eine Chance.

Bea fuhr herum. »Warum sind Sie nicht mit ihm im Park spazieren gefahren?«

»Weil ich nicht wollte«, antwortete Riley.

Beas Augen wurden schmal. »Warum nicht? Sie mögen ihn, nicht wahr? Ist es so – dass sie die schwer zu Erobernde spielen, wie Sie uns gestern erzählt haben? Unerreichbar und distanziert sein, damit die Männer sich mehr anstrengen, um unsere Aufmerksamkeit zu wecken?«

Riley wusste nicht, was sie mehr verblüffte, Beas Heftigkeit oder die Tatsache, dass sie bei all ihren Störmanövern offenbar sehr gut zugehört hatte. »Du wirst es nicht glauben, aber Lord Delander wird mich nicht heiraten, denn ich werde seinen Antrag nicht annehmen.«

Bea neigte den Kopf. »Werden Sie nicht?«

»Nein«, erwiderte Riley. »Ich liebe ihn nicht.«

Das Mädchen dachte ein Weilchen nach, und sein Gesicht verriet sehr deutlich, dass es sich nicht vorstellen konnte, dass jemand nicht in den jungen Lord verliebt war. Dann fragte sie: »Wenn Sie den Lord gar nicht lieben, glauben Sie, dass er jemand anderen lieben könnte?«

Riley lächelte und ließ ihre Worte dann möglichst überzeugend klingen. »Doch, ich denke, Lord Delanders Herz könnte in die richtige Richtung gelenkt werden – mit etwas Nachhilfe.«

Mit viel Arbeit und einem Wunder, dachte sie.

Beatrice dachte offenbar dasselbe. »Sie haben gut reden, Sie sind Schauspielerin. Sie können jede sein, die sie wollen, und einfach eine Rolle spielen. Ich bin einfach nur ich und könnte mich nie so verstellen.«

Du kannst jede sein, die du willst, jede Rolle spielen..

Riley sank in ihren Stuhl, Beas Worte im Sinn. Sie merkte, dass sie das Mädchen anstarrte und wahrscheinlich höchst töricht aussah.

Jede Rolle spielen ...

Sie hatte versucht, den Mädchen beizubringen, worüber sie selber nichts wusste, dabei sollte sie sie viel eher lehren, wovon sie eine Menge verstand – Schauspielerei.

Riley sprang auf. »Beatrice, du bist ein Genie.« Sie zog das Mädchen vom Sofa und ging mit ihr in die Zimmermitte.

»Sie mag ja ein Genie sein, aber in solchen Kleidern können wir trotzdem nicht ausgehen«, maulte Louisa und zupfte an ihrem eigenen schwarzen Rock. »Wir sehen aus wie Krähen!«

»Überlasst die Kleiderfrage mir«, sagte Riley und wiederholte damit etwas, was Mason letzte Nacht gesagt hatte, während sie schon wieder eine Idee hatte.

Louisa murmelte etwas vor sich hin, was Riley nicht verstand, aber offenbar Bea, denn sie schlug ihre Schwester auf den Arm.

»Au«, rief Louisa und rieb sich die Stelle, »wofür war das denn?«

»Oh, nur damit du deine Zunge im Zaum hältst.«

Diesmal, bemerkte Riley, fehlte ein Fluch.

»Ich denke, es ist an der Zeit, dass wir in unserem Unterricht eine andere Richtung einschlagen.« Als aller Augen auf sie gerichtet waren, fuhr Riley fort: »Ich glaube, ich sollte euch meine östlichen Geheimnisse verraten.«

Riley, Cousine Felicity und die St. Clair-Schwestern verbrachten den Rest des Nachmittags damit, ihre neuen Rollen auszuarbeiten – Rollen, die die gute Gesellschaft im Sturm erobern sollten.

Als es fast halb vier war, ging Cousine Felicity nach unten, um sich um den Tee zu kümmern, während Riley und die Mädchen den »Unterricht« beendeten.

»Macht euch keine Sorgen um euren Onkel oder eure Kostüme«, sagte Riley ihnen, »überlasst das alles mir.«

Als die Uhr halb vier schlug, gingen sie die Treppe hinunter. Auf der untersten Stufe blieb Beatrice abrupt stehen, und Riley merkte auch schnell warum. Stimmen aus der Halle drangen zu ihnen hoch.

»Liebste Felicity«, sagte eine vertraute Stimme, die vor Charme nur so troff, »ich habe den Tag in ängstlicher Vorfreude verbracht, zu Ihrer entzückenden Erscheinung zurückzueilen. Was für ein Segen, Sie bei so guter Gesundheit anzutreffen!«

Aggie! Sie hätte wissen müssen, dass der alte Playboy nicht wegbleiben würde. Nicht, wenn er den Verdacht hatte, dass hier leichtes Geld zu holen war.

»Mr Pettibone ist wieder da«, rief Beatrice und eilte auf den Salon zu.

»Ob er wieder beim Piquet gewonnen hat?«, dachte Maggie laut. »Zitronentörtchen zum Tee wären herrlich.«

Er hat den Nachmittag hoffentlich nicht beim Kartenspiel verbracht, dachte Riley.

»Agamemnon«, hörten sie Cousine Felicity kichernd zwitschern, »Sie geben mir das Gefühl, als wäre ich wieder ein Schulmädchen.«

»Was nicht allzu lange her sein dürfte, wie mir ein Blick in Ihr makelloses Gesicht verrät«, gab er zurück.

Riley biss die Zähne zusammen. Sie fragte sich, was Cousine Felicity von ihrem Verehrer halten mochte, wenn sie ihn im Stück genau dasselbe sagen hörte.

Entschlossen, diesem fruchtlosen Flirt ein für alle Mal ein Ende zu bereiten, folgte Riley den Mädchen in den Salon, wo Aggie wie ein Prinz auf dem Sofa thronte, Cousine Felicity fast auf seinem Schoß. Ihre Augen hingen an seinen Lippen, während er einen weiteren Satz aus seiner Rolle gurrte, der mit Augen und Sternen zu tun hatte.

Riley nahm sich vor, diese Szene aus dem dritten Akt sofort zu streichen. Nie wieder würde sie das ansehen können, ohne den Albtraum von Aggie mit Cousine Felicity vor Augen zu haben.

»Aggie!«, rief Riley. »Was machst du denn hier?«

»Ich bin zum Tee gekommen, mein liebes Mädchen«, erwiderte er. »Erinnerst du dich nicht? Unsere freundliche Gastgeberin hier hat mich eingeladen.«

Riley holte tief Luft. »Und ich erinnere mich, dich um dein Ausbleiben gebeten zu haben.«

Aggie wandte sich an Cousine Felicity. »Vergeben Sie meinem Mündel. Als Findelkind hat sie die sanfte Führung einer Mutter entbehren müssen, und sie hatte nur mich, um den Weg in die Gesellschaft zu finden.«

Maggies Augen wurden groß. »Riley, Sie waren ein Findelkind?«

Riley zuckte zusammen.

»Wer war ein Findelkind?«, fragte da Mason hinter ihr.

Riley wagte es nicht, sich umzudrehen. Seine Worte liebkosten sie, als würde er ihre Haut berühren. Was war nur mit ihr los, dass sie selbst schon beim Klang seiner Stimme errötete?

»Riley«, erklärte Louisa ihm. Dann ergriff sie Rileys Hand und zog sie neben sich aufs Sofa. »Wo wurden Sie gefunden? Sie könnten königlicher Abstammung sein, ohne es zu wissen.« Mit neuem Respekt sah das Mädchen Riley aus großen Augen an.

»Louisa«, mahnte Mason, »das reicht. Uns hat nur zu interessieren, dass Riley eine entfernte Verwandte ist, die ihre Eltern schon sehr früh verloren hat.«

»Tatsächlich ist Louisa der Wahrheit recht nahe«, verriet Aggie, ohne auf Rileys Verlegenheit zu achten. »Riley ist nämlich die Tochter von ...«

»Aggie!« Riley sprang auf. »Jetzt reicht es!« Aber noch während sie sprach, merkte sie, dass sie die Sache nur schlimmer machte.

Jetzt sah jeder im Raum sie neugierig an. Alle wollten das Ende von Aggies Satz hören.

Und das war das Letzte, was *sie* wollte.

Lord Ashlin wandte sich um und sah sie an. Aber die erwartete Enttäuschung oder Verachtung auf seinem Gesicht blieben aus. Stattdessen lächelte er sie ermutigend an. »Wenn wir nur alle den Sünden der Väter entkommen könnten.«

»Genau!«, pflichtete Aggie ihm bei. »Ich habe ihr

immer wieder gesagt, dass sie nichts dafür kann, dass ihre Mutter sie verkauft hat.«

»Sie hat Sie verkauft?« Maggies Lippen zitterten. »Oh, Riley, wie traurig.«

Cousine Felicity sah es offenbar auch so, denn sie tupfte sich bereits die Tränen ab. »Die Geschichte klingt wie eines Ihrer Stücke«, stieß sie schluchzend hervor. »Die verlorene Erbin wird von einem Prinzen entdeckt und im Triumph heimgebracht.«

Aggie schnippste mit den Fingern. »Das habe ich ihr wieder und wieder gesagt«, stimmte er zu. »Sie will es nicht wahrhaben, aber jedes ihrer Stücke erzählt ihre eigene traurige Geschichte.«

»Sie schreiben Ihre Stücke selbst?«, staunte Beatrice.

»Ja«, gab Riley froh über den Themenwechsel zu. »Ich schreibe jedes Jahr eines für das Frühjahr und eines für die Herbstsaison.«

»Oh, Riley«, sagte Louisa. »Wenn nun Ihre Mutter eines Ihrer Stücke sähe und ihren Irrtum erkennen würde? Ich kann es vor mir sehen – sie würde hinter die Bühne kommen, die Augen voller Tränen, und Sie anflehen, ihr ihren schrecklichen Fehler zu vergeben.«

Riley hatte es nie zugegeben, aber sie hatte immer gehofft, dass eines Tages die Frau, die sie zur Welt gebracht hatte, ihr Stück sehen, ihren Irrtum einsehen und auf sie zugehen würde, um sich bei ihr zu entschuldigen und all die verlorenen Jahre wiedergutzumachen.

Das war die letzte Fantasie aus Kindertagen gewesen – eine einsame Zeit voller Selbstzweifel und Armut … und Träume.

Mason zupfte an seinem Kinn. »Wissen Sie, wer Ihre Eltern sind?«

Riley schüttelte den Kopf. »Ich weiß nur, dass meine Mutter eine englische Dame war, aber ihren Namen habe ich nie erfahren. Für mich war sie einfach Mama.«

Die Erinnerungen an damals holten sie ein.

Mama übte ihre Rolle. Klein-Riley spielte mit dem Stoff der Kostüme. Blumen von Bewunderern in ihrer kleinen Wohnung. Düfte.

Es waren glückliche Zeiten damals, aber sie wurden von späteren Erinnerungen überlagert.

An die schöne Frau, die sich an einem kalten Morgen von ihr verabschiedete, ehe sie in eine Kutsche stieg und Riley für immer zurückließ.

»Sonst wissen Sie nichts?«, fragte er. »Wo sie herkam oder irgendetwas, das auf Ihre Identität hinweisen könnte?«

Riley wandte den Blick ab. »Nein. Ich war erst fünf, als sie ging.«

Mason stand auf. »Das ist doch schon etwas: Ihr Alter. In welchem Jahr wurden Sie geboren?«

»Was hat das damit zu tun?«, wollte Riley wissen.

»Nun, um sie zu finden, Ihre Familie. Sind Sie denn kein bisschen neugierig?«

»Nein!«, log Riley. »Warum sollte ich das wissen wollen? Sie wollten mich ja nicht haben.«

»Sag es ihm«, drängte Aggie. »Du hast die letzten sieben Jahre bis auf eine Anzeige in der *Times* alles versucht, um sie zu finden. Lass ihn dir helfen.«

»Nein«, wiederholte Riley. Was spielte es schon für eine Rolle, ob sie vielleicht die illegitime Tochter des Königs persönlich war – Tatsache blieb, dass sie unehelich geboren war und nie gut genug sein würde, um … als Ehefrau in Betracht zu kommen.

»Aber was …«, begann Beatrice.

»Hört auf«, unterbrach sie Mason. »Wenn Riley ihre Familie nicht finden will, ist das ihre Entscheidung, die wir zu akzeptieren haben.«

»Aber …«, wandte Louisa ein, und ihr Onkel warf ihr einen raschen Blick zu. Louisa schloss den Mund wieder und seufzte.

Im Raum herrschte unbehagliches Schweigen.

Na bitte, meine traurige Geschichte hatte allen die Stimmung verdorben, dachte Riley. *Daran ist nur Aggie schuld.*

Doch diese Klatschbase war gar nicht reuig. »Sagten Sie nicht etwas von Tee?«, wandte er sich fröhlich an Cousine Felicity.

»Oh, wie konnte ich das nur vergessen.« Sie erhob sich, um das Tablett zu holen, das Belton auf einem Tischchen abgestellt hatte, aber Aggie hob die Hand, um sie aufzuhalten.

»Meine schöne Felicity, ich kann nicht zulassen, dass Sie sich zu so einer Aufgabe erniedrigen. Bitte, erlauben Sie mir …«

Riley nahm sich ein Beispiel an Beatrice und schnaubte. Das war ein Novum. Sie hatte nie erlebt, dass Aggie auch nur einen Finger rührte, es sei denn, um jemandes Brieftasche zu öffnen oder eine Karte zu auszuspielen.

Ihr Partner seufzte dramatisch. »Sie müssen meinem Mündel verzeihen. Sie war immer schon stur.«

»Ich bin nicht dein Mündel«, teilte Riley ihm mit, während er den Tee holte.

Aggie schüttelte den Kopf. »Solcherart sind die Qualen derer, die großmütigen Geistes sind.«

Draußen schellte die Türglocke, und Riley warf Mason einen erschrockenen Blick zu. »Lord Delander?«, flüsterte sie.

Mason schüttelte den Kopf. »Nein. Heute Nachmittag ist eine Pferdeauktion, und er hat sich zwei Hengste in den Kopf gesetzt. Ich kann mir nicht vorstellen, wer das sein könnte.«

Während Riley sich die schlimmste Variante vorstellte – Lady Delander mit einem weiteren Überraschungsbesuch –, lüftete Bea das Geheimnis.

»Cousine Felicity«, flüsterte sie, »hast du vergessen, welcher Tag heute ist?«

»Was kümmert es mich, welcher Tag heute ist«, erwiderte diese und schwenkte ihr Taschentuch, während sie Aggie bewundernd ansah.

»Aber Cousine, heute ist Donnerstag«, sagte Maggie und deutete auf die Uhr. »Und es ist halb fünf.«

Riley sah, wie Masons Augen rund wurden und sich gleich darauf ein selbstgefälliges Lächeln auf seinem Gesicht ausbreitete. »Oh, das dürfte interessant werden«, murmelte er.

Riley beugte sich vor. »Was wird interessant werden?«

»Es ist Donnerstag«, wiederholte er, als sollte Riley wissen, welche Bedeutung dieser Tag hatte.

»Na und?«, fragte Riley.

Mason beugte sich vor und flüsterte: »Jeden Donnerstag kommt Lord Chilton zum Tee.«

Riley lächelte. Vielleicht gab es doch noch Gerechtigkeit auf dieser Welt.

Die Ankunft Lord Chiltons gab Aggie vielleicht die Gelegenheit, seinen größten Wunsch zu erfüllen. Noch ehe der Tag um war, würde ihr Partner vielleicht einen

Termin für das Duell haben, an dem er immer schon hatte teilnehmen wollen.

Riley überlegte, ob sie sich als Sekundant anbieten sollte, um zu sehen, dass die Tat auch richtig vollbracht würde.

Sekundant für Chilton, versteht sich.

☆ ☆ ☆

Mason hatte geglaubt, dass sein gewohnter Nachmittagstee die Ordnung im Haus wieder herstellen würde; aber eigentlich hätte er inzwischen wissen müssen, dass in Rileys Gegenwart alles möglich war, nur keine Routine.

Selbst in dieser gewohnten Umgebung berührte sie sein Herz und verlieh dem Salon mit ihrem Lächeln und ihren geheimnisvollen grünen Augen Glanz.

Es war nicht nur ihre Schönheit, die ihn verwirrte – es war ihre ganze Erscheinung. Mason konnte das Unbehagen bei der Vorstellung, dass die fünfjährige Riley wie ein Stück Vieh verkauft worden war, nicht abschütteln; und gleichzeitig war er voller Bewunderung dafür, dass sie sich über ihr Unglück erhoben hatte und jetzt als eine Dame voller Anmut und Klugheit vor ihm saß.

Das waren Lektionen, erkannte er, die sie alle von ihr lernen konnten.

Wie hatte er sie nur jemals für ungeeignet als Gesellschafterin für seine Nichten halten können?

Selbst ihr seltsamer Partner Mr Pettibone sorgte für eine Leichtigkeit, die ihnen allen, wie Mason jetzt erst erkannte, viel zu lange gefehlt hatte. Es würde interessant sein zu sehen, ob auch Lord Chilton Aggies Anwesenheit als Bereicherung empfinden würde.

»Sie haben ja schon ohne mich angefangen, Lady Felicity«, bemerkte Lord Chilton und errötete vor Ärger. Er stolzierte herein und setzte sich neben Cousine Felicity, wie er es seit Jahren jeden Donnerstag getan hatte.

Trotz der Abneigung des Barons gegen die Ehe war er ansonsten ein freundlicher und angenehmer Mann. Und, was das wichtigste war, Mason wusste, dass seine Cousine ihn sehr, sehr gern hatte.

Heute allerdings sah der sonst so ruhige Mann aus, als würde er vor Aktivität gleich platzen.

»Was ist denn nur passiert, Mylord?«, fragte Cousine Felicity. Nach all den Jahren behielt das Paar eine Förmlichkeit bei, die schon an Steifheit grenzte.

»Ich wurde ausgeraubt!«, verkündete Lord Chilton.

»Ausgeraubt? Himmel!«, rief Cousine Felicity. »Sind Sie verletzt?«

»War es ein Straßenräuber?«, fragte Louisa.

»Oder ein angeheuerter Schurke?« Beatrice grinste bei dieser Vorstellung.

Lord Chilton hob die Hände. »Nein, nein, nein«, wehrte er ab. »Mir geht es gut. Aber mein Gegner war ein großer Schurke, sage ich Ihnen. Ich habe den ganzen Tag damit verbracht, diesen Schuft aufzuspüren und alles wieder in Ordnung zu bringen.«

»Was ist passiert?«, fragte Mason und hoffte, dass Chilton endlich mit der Sprache herausrücken würde.

»Ich wurde um ein Vermögen betrogen, sage ich Ihnen«, wiederholte der Baron. »Es ist letzte Nacht beim Piquet-Spiel passiert. Ich wurde von einem alternden Clown betrogen, der sich als Gentleman verkleidet hatte.«

Mason hörte Riley husten, und als er sie ansah, wirkte sie, als mache sie sich auf eine Katastrophe gefasst.

In diesem günstigen Moment entschied sich Mr Pettibone, sich vom Teetablett abzuwenden und zu verkünden: »Piquet? Hat da jemand etwas von Piquet gesagt?«

Sofort veränderte sich Lord Chiltons Gesichtsfarbe von einem durchaus gesunden Rosa in das Tiefrot, das einem Schlaganfall vorausgeht. Er sprang auf und wandte sich zu Aggie um. »*Sie*! Was suchen *Sie* denn hier?«

»Ich trinke mit der entzückenden Felicity Tee.« Aggie setzte das Tablett vor der Dame ab und setzte sich dahin, wo eben noch Lord Chilton gesessen hatte.

Der Baron hustete und schnaufte ein paar Sekunden, ehe er seine Stimme wieder fand. »Was soll ... soll ... das bedeuten? Jemand soll die Wache rufen. Bow Street. Ruft die Wache!« Er zeigte auf Mr Pettibone und erklärte: »Dieser Mann ist ein Verbrecher.«

»Ein Verbrecher? Wie können Sie es wagen, so etwas zu behaupten«, fauchte Cousine Felicity ihren Langzeitverehrer an. »Mr Pettibone ist ein gerne gesehener Gast in unserem Haus. Setzt Euch, Mylord, ehe ich die Wache rufe, damit sie *Sie* abführt!«

Lord Chilton wandte sich an Mason. »Ich bitte Sie als Gentleman, dass Sie diese abscheuliche Pestilenz aus Ihrem Haushalt entfernen.«

Mason sah Riley an. Sie hatte ihr Gesicht in den Händen vergraben, als wünsche sie sich Meilen weit weg.

Und er hatte auf ein bisschen Leichtigkeit in ihrem Alltag gehofft. Und was war das? Ehe ihm eine höfliche Antwort einfiel, ergriff Cousine Felicity die Verteidigung ihres neu gefundenen Galans.

»Lord Chilton, wenn Sie nicht zivilisiert reden können, muss ich *Sie* bitten zu gehen.« Sie hielt inne und fuhr dann fort: »Mr Pettibone ist Gast in unserem Haus und, wichtiger noch, er ist *mein* Gast. Wenn Ihnen die Gesellschaft hier nicht gefällt, schlage ich vor, dass Sie gehen.« Damit verschränkte Cousine Felicity die Arme vor der Brust und hob ihre kleine Nase hoch zur Decke.

»Ich soll gehen und Sie in den Fängen dieses Tunichtgut zurücklassen? Das kommt gar nicht infrage, Mylady!«, entrüstete sich Lord Chilton

»Ein Tunichtgut?« Jetzt trat Mr Pettibone zum Kampf an. »Wen nennen Sie einen Tunichtgut? Sie sollten wissen, dass ich ein direkter Nachkomme von ...«

Ehe Mason aufstehen konnte, griff Riley ein. »Aggie«, sagte sie und trat zwischen die beiden Kampfhähne. »Jetzt ist weder die Zeit noch der Ort, um deinen Stammbaum zu erörtern, so edel er auch sein mag.« Dann wandte sie sich mit den Händen auf den Hüften an Cousine Felicitys Verehrer. »Ich möchte Sie beide daran erinnern, dass hier junge Damen anwesend sind, die ich möglichst nicht Zeuge einer Szene werden lassen möchte, die ihre unschuldigen Gemüter in Aufruhr versetzen könnte.«

Mr Pettibone seufzte auf und glättete dann sein Jacket. »Wie Recht du hast, meine Liebe.« Er wandte sich an Cousine Felicity. »Ehe ich Ihre Verbindung zu diesem ... diesem ... Mann in Gefahr bringe, verabschiede ich mich lieber von Ihnen.« Aggie verbeugte sich vor ihr und den Mädchen und zelebrierte einen Abgang, der vierzig Jahre Bühnen-Routine spüren ließ.

In diesem Moment erlitt Bea einen Hustenanfall. Sie winkte Cousine Felicity beiseite, würgte ein »Verzeihung« heraus und rannte aus dem Salon.

Kaum hatte sich die Tür hinter ihr geschlossen, eilte

Bea ihrem scheidenden Gast nach. »Mr Pettibone«, flüsterte sie. »Mr Pettibone.«

Ihr Gegenüber wandte sich an der Tür um. Als er sie sah, verbeugte er sich formvollendet. »Lady Beatrice.«

Sie eilte an seine Seite. »Oh, Mr Pettibone! Stimmt es … sind Sie wirklich ein so großer Betrüger beim Piquetspielen?«

»Mein liebes Mädchen, wer hat Ihnen nur solche Lügen erzählt, solche Falschheiten und Unwahrheiten?«

Bea biss sich auf die Lippen. Vielleicht war sie zu weit gegangen. »Es ist nur so, dass Lord Chilton nie ein Kartenspiel verliert, und wenn Sie ihn geschlagen haben, heißt das, dass Sie …«

Mr Pettibones Augen wurden hart, und Bea dachte, dass sie ganz bestimmt zu weit gegangen war, aber dann erschien ein Zwinkern in den Augen des Mannes.

»Lady Beatrice, Sie sind eine Frau klarer Worte. Lassen Sie uns ehrlich miteinander sein.« Er senkte die Stimme. »Versprechen Sie mir, dass Sie Riley kein Wort verraten werden?«

Bea nickte.

»Gutes Mädchen. Riley hat ein Herz aus Gold, aber beim Kartenspiel ist sie sehr streng.« Er beugte sich näher heran. »Wenn Sie unbedingt die Wahrheit hören müssen: Ich habe jeden Farthing, den ich letzte Nacht gewonnen habe, Lord Chilton durch Betrug abgeluchst.«

Bea wusste, dass sie schockiert sein sollte, aber die Worte waren wie Balsam für ihr Herz. »Oh, Mr Pettibone, das sind wunderbare Neuigkeiten.«

Aggie lachte und kratzte sich am Kopf. »Nun, so würden wohl die wenigsten meine Untaten beschreiben, aber ich bin froh, dass es Sie glücklich macht. Und jetzt sagen Sie mir, warum Sie das wissen wollten?«

Bea holte tief Luft und stieß dann hastig ihre ganze Geschichte hervor, die sie mit einer atemlosen Frage beendete:

»Oh, Mr Pettibone, können Sie mir beibringen, wie man beim Piquet betrügt?«

Der Mann grinste breit. »Bei so einem edlen Zweck fühle ich mich geehrt.«

13

Die Herzoginwitwe Countess of Marlowe saß in ihrem Frühstückszimmer, wie sie es seit über vierzig Jahren tat, und nahm Tee und Toast zu sich. Die einzige Veränderung dieser Routine war – zur Erweiterung des Speisenplans – die Hinzufügung einiger Konserven gewesen.

Draußen in der Halle erklang die Glocke und kündigte einen Besucher an.

Die Countess rümpfte die Nase über diesen Verstoß gegen die Etikette, denn jetzt war kaum die Zeit für Besuche. Doch trotz ihrer Vorliebe für Regeln und Ordnung war sie froh um den Besucher, der eine willkommene Abwechslung versprach.

Ihr Mädchen trat ein. »Maam, ein Gentleman möchte Sie sprechen. Er ist äußerst beharrlich.« Das Mädchen trat einen Schritt zurück, als erwarte es einen Wutausbruch.

Die Countess spürte einen Anflug von schlechtem Gewissen. War sie wirklich so ein Drachen, dass sie alle in den Stiefeln erzittern ließ? Die Vorstellung gefiel ihr, verärgerte sie aber auch. »Lassen Sie mich nicht raten müssen, Regina. Wer ist es um diese Zeit?«

»Der Herzog von Everton.«

Die Countess schüttelte den Kopf, nicht sicher, ob sie das Mädchen richtig verstanden hatte. »Wer?«

»Der Herzog von Everton, Mylady.« Das Mädchen trat unruhig von einem Fuß auf den anderen.

Warum sollte Everton nach all diesen Jahren zu Besuch kommen? »Nun, dann steh nicht herum, sondern schick ihn rein!«, fauchte die Countess.

Regina trat rasch den Rückzug an und führte den Herzog kurz darauf herein.

Die Countess erhob sich und machte einen förmlichen Knicks, als er eintrat. »Euer Gnaden«, begrüßte sie ihn, »es ist mir eine Ehre.«

»Mylady, Sie sehen so wohl aus wie stets«, erwiderte er.

»Sie waren schon immer ein höflicher Lügner.« Die Countess deutete auf einen Stuhl am Frühstückstisch und nickte Regina zu, ein weiteres Gedeck aufzulegen. Sobald der Herzog saß und eine Tasse Tee vor sich hatte, bedeutete sie dem Mädchen zu gehen und wartete, bis es die Tür hinter sich geschlossen hatte.

»Ich war nie jemand, der Zeit und viele Worte vergeudet, Mylady, deshalb will ich auch gleich zur Sache kommen. Warum ist Elise nach Frankreich gegangen?«

Elise.

Seit Jahren hatte niemand mehr den Namen ihrer Tochter erwähnt. Die meisten hatten vergessen, dass es sie überhaupt gegeben hatte – was der Countess die meiste Zeit auch sehr recht war.

»Madam, ich will Sie nicht betrüben, aber ich möchte die Antwort haben, auf die ich seit sechsundzwanzig Jahren warte.«

Die Countess nahm einen kleinen Schluck Tee und versuchte, Everton auszuweichen. Doch der Mann war ein Herzog und es nicht gewohnt, dass man ihm nicht antwortete.

»Sie wissen, warum Elise nach Frankreich gegangen ist. Sie wollte dort eine Cousine meines Mannes besuchen. Und ich sah nichts Falsches darin, sie wegzulassen, ehe sie Ihre Hand akzeptierte.« Sie sah ihm nicht in die Augen, sondern begann konzentriert, einen Klumpen Zucker in ihre Tasse zu rühren.

»Das, Madame, ist eine Lüge.« Der Herzog stand auf und fing an, im Zimmer auf und ab zu gehen. Mit dem Rücken zu ihr sagte er schmerzlich bewegt: »Ich habe Elise geliebt. Ich weiß, dass es bei ihr anders war, aber dennoch habe ich sie geliebt. Während Sie Ihr Bestes getan haben, damit die Gesellschaft sie vergisst, habe ich sie nie vergessen können. Weder ihr Lächeln noch ihren Gang, noch die grünen Augen. Ich habe sie damals geliebt, und ich liebe sie noch heute. Sie schulden mir die Wahrheit.«

Der Countess lief ein kalter Schauer über den Rücken. Er wusste es. Irgendwoher wusste er es.

Der Herzog wandte sich um, und das Herz der Countess begann wild zu schlagen.

Er beugte sich über den Tisch und sah sie an. »Darum frage ich Sie noch ein letztes Mal: Warum ist Elise nach Frankreich gegangen?«

Die Lady schloss den Mund und schüttelte den Kopf. Sie konnte die Schmach ihrer Tochter einfach nicht verraten. Sie hatte es damals nicht gekonnt und würde es auch heute nicht tun.

Der Herzog nickte. »Das dachte ich mir.« Er tat ein paar Schritte und blieb vor der Gartentür stehen, von wo aus er ein paar frühe Rosen betrachtete. »Nun, wenn Sie sich weigern zu sprechen, lassen Sie uns über etwas anderes reden. Werden Sie zu meinem Maskenball kommen?«

Die Countess schüttelte den Kopf. »Sie wissen, dass ich nicht mehr ausgehe.«

»Ich hatte gehofft, dass Sie dieses Jahr eine Ausnahme machen würden. Da ist eine junge Frau, die Sie kennen lernen sollten.«

Ein unbehagliches Schweigen breitete sich zwischen ihnen aus, bis die Countess schließlich fragte: »Was interessieren mich die jungen Dinger, die sich heute als Dame ausgeben? Das ist *ein* Grund, warum ich nicht mehr viel ausgehe. Ich kann ihre gezierten, albernen Manieren nicht ausstehen.«

»Ich denke, in diesem Fall sollten Sie eine Ausnahme machen.« Er wandte sich um und sah sie scharf an.

»Und warum?«, fauchte die Dame, mehr als schicklich aus der Ruhe gebracht.

»Weil sie Elises Tochter ist.«

Mit jeder Minute nahm der Lärm im Haus zu.

Mason sah von seinem Schreibtisch auf. Was zum Teufel stellte diese Frau jetzt wieder an? Eine Woche war sie erst in seinem Haus, aber jeden Tag brachte sie neues Chaos zustande.

Aber die Mädchen ... mit ihnen hatte sie ein Wunder vollbracht. Beatrice hatte er in den vergangenen drei Tagen nur zweimal fluchen gehört, und – was noch verwunderlicher war – beide Male hatte sie sich dafür entschuldigt. Maggie hatte in vierundzwanzig Stunden nicht ein einziges Teil zerbrochen, und Louisa hatte Cousine Felicity ihre Hilfe beim Flicken angeboten.

Louisa und Nähen?

Langsam dachte er, Riley habe einen Pakt mit dem Teufel geschlossen und ihm neue Nichten besorgt.

Und doch erklärte das nicht das ständige Getrampel über seinem Kopf. Hier versuchte er, seine Familie vor dem Ruin zu retten, und dann kam sie und machte ihm jede Konzentration unmöglich. Nicht dass Konzentration etwas geändert hätte. Seine Gläubiger bedrängten ihn so, dass er sich nicht länger weigern konnte. Selbst die erhofften Einnahmen aus dem Theaterstück würden nicht reichen.

Dazu kam, dass seine Nachforschungen wegen der Anschläge auf Riley bislang nichts ergeben hatten. Wenn er ihren Todfeind stellen wollte, musste er andere Quellen finden.

Er brauchte Bargeld.

Miss Pindar blieb die einzige Möglichkeit. Es brauchte nur eine Sondererlaubnis und einen schnellen Gang zum Pfarrer, und schon hätte er genug Geld, um den Mädchen den Eintritt in die Gesellschaft zu finanzieren und Sanborn Abbey und seine Ländereien zu restaurieren.

Es muss noch einen anderen Weg geben, dachte er und sah erneut Freddies Investitionen durch.

Über ihm erreichte der Lärm einen neuen Rekord-Pegel.

»Belton! Was ist das für ein infernalischer Lärm da oben?«

Mason wartete auf eine Antwort. Und wartete und wartete ... Er stand auf und ging in die Halle. Zu seinem großen Schock und Staunen war der sonst immer anwesende Butler nicht auf seinem Posten.

Tatsächlich war niemand zu sehen. Das gesamte Erdgeschoss war leer, während es oben so klang, als bewirteten sie im Ballsaal die halbe Londoner Gesellschaft.

Proben, hah! Es hörte sich eher so an, als ob sie da oben irgendeine Orgie feierten.

Genug war genug.

Mason nahm zwei Stufen auf einmal. Als er die offenen Türen des Ballsaals erreichte, wandelte sich seine Wut in stummes Staunen.

Der Ballsaal war in einen Wald aus Seidenbäumen verwandelt worden. In der Mitte des Fantasiewaldes stand Louisa in einem einfachen weißen Kleid, und ihr blondes Haar fiel ihr offen bis zur Taille.

»Wenn meine Träume nur wahr werden könnten«, sagte sie, »dann würde ich meinen Geoffroi wiedersehen.«

Ein junger Mann in Holzfällerkostüm trat aus dem Wald und fiel auf die Knie. »Das ist nur Einbildung, sicher der Trick einer Fee. Denn dort sehe ich meine wahre Liebe Aveline. Komm zu mir, wenn du wirklich bist.«

»Ich bin und werde für immer deine Aveline sein«, sagte Louisa und eilte in die ausgebreiteten Arme des jungen Mannes.

Einen Moment herrschte Schweigen, dann erklang tosender Applaus.

Das Klatschen und Pfeifen weckte Mason aus seiner Verzückung, und erst jetzt sah er, dass die gesamte Truppe des Queens Gate um die Bühne herum saß und mit seinen Bediensteten zusammen die Aufführung ansah.

»Hervorragend! Sehr gut, Louisa!«, lobte Riley und trat vor, ein Textbuch in den Händen. Sie machte sich ein paar Notizen und sah sich dann um. »Jetzt gehen wir nochmal über die Piratenszene, schlage ich vor. Zweiter Akt.«

Es gab Stöhnen und Maulen, aber Riley schien es gar nicht zu hören, während sie ihre Bühnenanweisungen gab.

Mason trat ein und fand sich ausgerechnet neben Belton wieder.

»Uh, Mylord«, stammelte Belton. »Ich wollte dieser Dekadenz gerade Einhalt gebieten. Eine schockierende Zurschaustellung. Kaum angemessen, dass die Mädchen da zusehen, geschweige denn mitspielen sollten. Soll ich das Ganze beenden?«

Mason hätte fast gelacht, denn Belton klang in etwa so überzeugend wie Cousine Felicity, wenn sie beladen mit Päckchen nach Hause kam und behauptete, gar nicht bei ihrer Schneiderin gewesen zu sein. Doch Belton hatte Recht, was Louisas Mitspielen anging.

Mason hätte die ganze Charade zum Stillstand gebracht, wenn ihn nicht *ein* Umstand daran gehindert hätte: Auf Louisas Gesicht lag ein Lächeln, wie er es seit Jahren nicht mehr gesehen hatte. Nicht das katzenhafte Verziehen der Lippen, an das er gewöhnt war, sondern ein echtes Lächeln. Er erinnerte sich aus der Zeit daran, als sie ein kleines Mädchen gewesen war und in seine Arme gerannt war, um sich umarmen zu lassen und die Süßigkeit entgegenzunehmen, die er ihr immer aus Oxford mitgebracht hatte.

Jetzt stand sie im Mittelpunkt der Aufmerksamkeit, badete aber nicht darin, sondern genoss fröhlich ihren Erfolg in einer Rolle, die eigentlich Rileys war, wie Mason wusste.

»Soll ich hier drüben anfangen, Riley?«, fragte sie jetzt

und stellte sich zwischen zwei Schauspieler, von denen einer eine Augenklappe trug, um wie ein Pirat auszusehen.

Riley nickte. »Ja, wunderbar. Und jetzt genauso, wie du es geübt hast.«

Louisa begann mit einem Ernst und einem Talent, das Mason überraschte.

»Sie ist recht gut«, murmelte er.

»Eine beeindruckende Vorstellung, Mylord«, stimmte Belton ihm zu. »Äußerst überzeugend.«

Doch es war nicht Louisas Spiel, das Masons Bewunderung auf sich zog, sondern es war die Direktorin. Immer wieder glitt ihr Blick zu den Schauspielern auf der Bühne und wanderte dann zurück zu dem Text in ihren Händen.

Gekleidet in ein einfaches Morgengewand, war Riley kaum noch die in Seide gehüllte Verführerin, die ihn vor so vielen Tagen in seinem Arbeitszimmer aufgesucht hatte. Ihr Haar war zu einem einfachen Knoten zurückgesteckt, aus dem sich nur hie und da eine Strähne löste; sie trug unauffällige Schuhe und glich insgesamt eher einer Farmersfrau als einer gefeierten Bühnenschauspielerin.

Mason bewunderte, wie sie mit jeder Zeile mitging, als ob sie mit den Schauspielern atmete.

Nichts entging ihrem scharfen Blick – ob es ein falscher Text, Avelines Kleid oder eine Betonung war. Sie wachte über ihr Stück wie eine Mutter über die ersten Schritte ihres Kindes.

Ihr Lächeln, als alles glatt gegangen war, griff Mason ans Herz. Ehe es ihm bewusst wurde, war eine Stunde vergangen, in der er ihr bei der Arbeit zugesehen hatte.

Und sie arbeitete hart, das musste er zugeben.

Als Riley auf die Bühne trat, um die Rolle der Aveline zu übernehmen und zu zeigen, wie sie sich die Rolle vorstellte, verschlug ihm ihre mühelose Verwandlung den Atem. Es war fast magisch, wie sie mit dem Hintergrund verschmolz und stattdessen Aveline lebendig wurde.

Disziplin und Intelligenz waren dafür verantwortlich, das war Mason bald klar.

Das war keine faule, verwöhnte Gesellschaftsdame, die sich ihre Liebhaber auswählte wie das neueste Schmuckstück von Rundell and Bridge. Das hier war eine hart arbeitende Frau, die alles daransetzte, für sich und ihre Truppe den Lebensunterhalt zu verdienen.

Riley arbeitete hart, um ihre Berufung zu einem Erfolg zu machen.

Es beschämte Mason, dass er über sein Leben nicht dasselbe sagen konnte. Er war so versunken in seine Überlegungen, dass er gar nicht merkte, wie Riley zu ihm herüber kam.

»Louisa ist sehr gut«, bemerkte sie. »Ihr St. Clairs habt eindeutig ein Talent fürs Dramatische.«

»Was?« Mason war ganz in Gedanken gewesen.

»Louisa.« Riley nickte in Richtung Bühne, wo Louisa gerade Avelines Monolog aufsagte. »Sie ist ein Naturtalent. Ich hoffe, es stört Sie nicht, dass ich sie mitspielen lasse. Normalerweise springt Ginny für mich ein, wenn ich zusehen will, aber sie ist heute krank und konnte nicht mitmachen.«

Mason betrachtete seine Nichte. »Nein, es stört mich nicht.«

Riley grinste. »Wenn sie nicht die Tochter eines Earl wäre, würde ich sie auf der Stelle als Aveline anheuern.«

»Aber das ist doch *Ihre* Rolle«, wandte Mason ein.

»Ja«, gab Riley zu, »aber sehen Sie sie sich doch an. Sie ist Aveline, vor allem, wenn Roderick den Geoffroi spielt. Zusammen haben sie etwas ganz Besonderes, als ob sie wirklich Liebende wären.«

Mason sah auf die Bühne und erkannte, dass Riley Recht hatte. Es war nicht nur Louisa, sondern auch Roderick. Wenn die beiden ihren Text aufsagten, klang er, als wäre alles echt und nicht gespielt.

Zu echt vielleicht?

»Oh, meine liebste Aveline«, sagte Roderick und zog Louisa in die Arme. »Ich schwöre dir, von jetzt an soll uns nichts mehr trennen.«

Louisa klammerte sich mit mehr Begeisterung als nötig an Roderick, ihr Körper verschmolz mit seinem, und Leidenschaft glomm in ihrem Blick. »Ich gebe meine Ehre auf, meine Familie, alles! Nur dich nicht, oh mein Geliebter.«

Rodericks Griff wurde fester, und er zog Aveline noch enger an sich. Es wurde still im Saal, als wären alle im Bann des ungleichen Liebespaares. »Ein Kuss, meine süße Aveline, ein Kuss, um unser Schicksal zu besiegeln.«

Als der junge Schauspieler den Kopf neigte, erkannte Mason, dass er tatsächlich vorhatte, Louisa zu küssen – und dass Louisa es auch wollte.

»Einen Moment!«, rief Mason und spürte zum ersten Mal die Qualen eines Vaters, der seine Tochter heranwachsen sieht. Er sprang vor und trennte die beiden. »Das reicht für heute. Du warst sehr gut, Louisa, aber ich fürchte, Cousine Felicity braucht auf der Stelle deine Hilfe.«

»Aber Onkel ...«, protestierte Louisa, ohne den Blick von ihrem Geoffroi abzuwenden.

»Keine Widerrede! Du warst Riley eine große Hilfe, aber jetzt braucht Cousine Felicity dich.«

»Nein, Mason, das stimmt nicht«, meldete Cousine Felicity sich zu Wort.

Mason stöhnte auf. Wie hatte er sie übersehen können? Nun, leicht genug, denn sie hatte in einer Ecke dicht neben Mr Pettibone gesessen.

Plötzlich erkannte Mason, dass er schon eher an den Proben hätte teilnehmen sollen, denn anscheinend war das ganze Haus in fragwürdige Liebesaffären verwickelt.

Wenn er das mondsüchtige Lächeln Cousine Felicitys betrachtete, war sie genauso verliebt wie Louisa.

Himmel, was würde noch kommen?

»Ich fühle mich hier sehr wohl, Onkel«, erklärte Louisa und trat näher an Roderick heran, der genauso wütend dreinsah wie der frustrierte Geoffroi im Stück.

»Oh, ich mich auch«, stimmte Cousine Felicity zu.

»Nein, das tut ihr nicht«, widersprach Mason. »Hast du nicht eine Handarbeit, die du beenden musst, Cousine Felicity?«

»Ich würde es ja tun, aber ich habe kein Garn mehr.« Sie drehte sich zu ihrer neuen Liebe um und erklärte: »Es ist so schwer, die richtige Schattierung Azurblau zu finden.«

Mr Pettibone trat vor und ergiff Cousine Felicitys Hand, um sie an die Lippen zu ziehen. »Sehen Sie einfach nur in den Spiegel, da finden Sie das schönste Blau, das Sie sich nur vorstellen können, Mylady.«

Mason erschauerte bei diesem Anfall von Galanterie, ehe er Cousine Felicity am Ellbogen ergriff und ihrem Verehrer den Rest entwand. »Vielleicht kannst du Louisa mitnehmen und versuchen, die richtige Farbe heute zu finden«, schlug er vor.

»Einkaufen?«, fragte die Dame entzückt. »Oh, Mason, wie nett von dir. Mr Pettibone kann uns helfen, Louisa.«

»Oh, nein, das kann er nicht«, wandte Riley zu Masons Erleichterung energisch ein. »Aggie hat heute Nachmittag viel zu viel zu tun.«

»Aber Riley ...«, begann Mr Pettibone.

»Nein, Aggie«, erklärte Riley und schob sich zwischen ihn und Cousine Felicity. »Du hast heute noch eine Kostümprobe mit Jane und musst zum Theater, um die Programme entgegenzunehmen.«

Mr Pettibone sah entschieden verdrießlich aus, drehte sich aber zu Cousine Felicity um und legte die Hand auf seine Brust. »Wir dürfen uns nicht als getrennt betrachten, meine Liebe, denn in unseren Herzen sind wir auf ewig zusammen. Unsere Liebe ist so sicher, dass niemand sie uns zu nehmen vermag.«

Mason hörte Riley etwas davon sagen, dass sie diese Zeilen wohl auch streichen müsse.

»Ich sehe nicht ein, warum ich gehen soll«, beklagte sich Louisa. »Riley, sagen Sie meinem Onkel, dass Sie mich hier brauchen.«

Riley warf Mason einen fragenden Blick zu, aber der schüttelte den Kopf. »Wir sind mit den Szenen, in denen ich dich gebraucht habe, fertig«, erklärte Riley. »Du kannst also ruhig Cousine Felicity begleiten.«

Louisa sah finster drein und warf Mason noch einen herzerweichenden Blick zu, doch der blieb hart und deutete auf die Tür.

Das Letzte, was er brauchen konnte, war eine St. Clair,

die mit einem Schauspieler durchbrannte und Schande über die ganze Familie brachte.

Seine zunehmende Bewunderung für die Chefin des Queens Gate Theaters war schon Skandal genug.

Der Ober bei Whites lehnte sich über den Spieltisch und sagte ruhig: »Mylord Cariston, da ist jemand, der Sie sprechen möchte.«

»Was will er?«, knurrte der Mann.

»Vielleicht den Rest von Ihrem Geld, Cariston«, witzelte Colonel Pollard. Seine dicken Finger legten sich auf den Haufen Schuldscheine vor ihm – alle die des Marquis.

»Wenn es einen Rest gibt«, warf ein junger Schnösel ein, der das Spiel von Anfang an mitverfolgt hatte und ebenfalls einige Schuldscheine des Marquis sein Eigen nennen konnte.

Alle außer Cariston lachten.

Der Ober trat unruhig hin und her. »Mylord, er sagte, sie hätten ihn hier wegen *gewisser Angelegenheiten* treffen wollen.«

»Ach ja.« Cariston erhob sich vom Spieltisch, und seine Mitspieler klagten über seinen Aufbruch.

»Geschäfte, Cariston?«, bellte Pollard. »Soll ich meinen Diener mitschicken, damit er die hier einlöst, oder haben Sie morgen früh auch noch was übrig?«

Lord Cariston war wütend über die Beleidigung, wagte es aber nicht, den Mann zur Rede zu stellen. Pollard konnte ihm genauso leicht eine Kugel zwischen die Augen schießen, wie er ihn im Kartenspiel besiegte. Der Mann hatte einfach immer Glück, während Cariston in letzter Zeit glücklos war – doch das konnte sich ändern.

Bald schon, dachte er, als er dem Ober durch die Halle in die Küche folgte.

Gleich würde Nutley ihm melden, dass sie endlich aus seinem Leben verschwunden war, und dann würde er weiterhin das Einkommen beziehen, das er brauchte, um seinen aufwendigen Lebensstil zu finanzieren.

Cariston trat auf die Straße, wo der von ihm angeheuerte Mörder auf ihn wartete.

Nutley war wie üblich als Gentleman gekleidet und sah gelangweilt und verärgert aus, weil er so lange hinter den Mülltonnen hatte warten müssen.

Als ob er ein Recht darauf hätte, sich unsere Treffpunkte auszusuchen, dachte Cariston. Er sah sich nach allen Seiten um und fragte dann: »Wie geht es der Dame, Nutley? Schlummert sie schon auf dem Boden der Themse?«

»Nein«, knurrte der Mann. »Diese Hexe hat mehr Leben als eine Katze.«

»Soll das heißen, dass sie noch lebt?«

»Wie ich sagte: Sie ist nicht tot.«

Cariston sah seinem Komplizen in die Augen. »Warum nicht?«

»Ich hatte alles geplant, da kam er dazwischen.«

»Ashlin.« Cariston ballte die Fäuste. Wie er den Mann hasste! Schon seit sie zusammen auf der Schule gewesen waren.

»Ja, dieser Bücherwurm. Wer konnte auch ahnen, dass er einen Degen dabei haben würde?«

»Sie Idiot!«, fauchte Cariston. »Ich habe Ihnen doch gesagt, dass Sie den Mann nicht unterschätzen sollen.«

Er ging ein paar Schritte auf und ab. »Warum sind Sie nicht zurückgegangen und haben die Sache zu Ende gebracht?«

»Das wollte ich ja, aber sie ist bei ihm eingezogen. Kennen Sie das Ashlin-Anwesen? Der reinste Steinwall!« Er schüttelte den Kopf. »Es wird jetzt etwas teurer werden, die Sache zu Ende zu bringen.«

Lord Cariston fuhr herum. »Sie werden es zu dem Preis tun, den wir vereinbart haben, und Sie werden es sofort tun. Ich will sie tot haben.«

»Das ist wohl kaum der Ton, in dem man mit mir spricht, Mylord«, tadelte Nutley, zog ein Messer und drückte Cariston die Klinge an den Hals.

»Ich könnte Ihnen leicht den Hals durchschneiden, und niemanden würde es kümmern«, sagte Nutley. Er ritzte den Hals seines Auftraggebers an.

Cariston heulte vor Schmerz auf. »Wie können Sie es wagen!«, stieß er hervor. »Ich werde Ihnen die Wache auf den Hals hetzen.«

»Nein, das werden Sie nicht«, erklärte Nutley. »Denn sonst werden Sie ein Betttuch brauchen, um Ihr Blut aufzuwischen.«

Sein gutturales Lachen hallte durch die Nacht wie der Fluch eines Geistes, und als Cariston sich umsah, um zu sehen, wohin er gegangen war, war er in der Dunkelheit verschwunden.

14

Mason hatte sich noch nie als Feigling betrachtet, aber bei dem Gedanken daran, dass er Riley und den Mädchen wegen des Themas Everton-Maskenball gegenübertreten musste, hätte er am liebsten die Flucht ergriffen. Deshalb war es ihm an diesem Tag nur zu recht gewesen, das Haus wegen eines Vortrags in der Royal Society verlassen zu können.

Riley hatte nicht aufgegeben, sondern ihn jeden Tag mit dem einen oder anderen Grund dazu zu überreden versucht, die Mädchen doch auf den Ball gehen zu lassen – sie machten so große Fortschritte in ihrem Unterricht. Bea hatte es geschafft, drei Tage lang nicht zu fluchen, und Maggie hatte die Schrittfolge nicht nur eines, sondern gleich von drei Tänzen gelernt.

Doch sein Stolz hinderte Mason daran zuzugeben, dass seine Absage eher eine Frage des Geldes als der Manieren war.

Irgendjemand kaufte in einem furchteinflößenden Tempo Freddies Schuldscheine auf – und Mason zweifelte nicht daran, dass sein unbekannter Gläubiger schon bald auf der Schwelle stehen würde, um die Rückzahlung zu verlangen.

Mit diesem zusätzlichen Druck auf seine ohnehin schwachen Finanzen sah sich Mason außer Stande, auch nur einen Schilling für Kleider abzuzweigen, die ohnehin nur einmal getragen wurden.

Andererseits brauchten sie sich gar nicht so aufzuregen, dachte Mason nach einem weiteren Nachmittag stummen Teetrinkens und anklagender Blicke. Schließlich wollte er den Mädchen ja ihre Einführung nicht verweigern, sondern nur ein wenig hinauszögern.

Außerdem hatte er den Eindruck, dass sie etwas vorhatten, denn sie benahmen sich wie Katzen, die eine ahnungslose Maus beobachten. Er wollte jedenfalls nicht in der Nähe sein, wenn sie sich entschieden zuzuschlagen.

Dazu kam, dass er kaum wusste, wie er Riley etwas abschlagen sollte. Die Dame berührte mit all ihren Verkleidungen sein Herz da, wo es das Erbe der Ashlins trug, dem niemals sich zu unterwerfen er geschworen hatte. Er ahnte, dass er ihr bei entsprechenden Tricks nur zu bald in die Falle gehen würde.

Zu seinem Ärger war der Redner des Vortrags, zu dem er heute gegangen war, durch einen entsetzlichen Langweiler abgelöst worden, und Mason ertappte sich bei dem Gedanken, wie Riley das Thema wohl das nächste Mal angehen würde.

In der Pause lief Mason zu seiner Überraschung Dels Onkel, der Herzog von Everton, über den Weg.

Mason hatte Everton immer gemocht, zumal sein eigener Vater wenig Zeit für seine Kinder gehabt hatte, schon gar nicht für seinen zweiten Sohn, der das Spielen und Trinken nicht so mochte wie er selber.

Mason freute sich auf ein angenehmes Gespräch, als der Herzog ihn an seinen Tisch lud, um ein Glas Portwein in seinem Club mit ihm zu trinken. Zu dieser frühen Abendstunde waren die Clubräume fast leer, sodass sie ohne Unterbrechung reden konnten.

Unglücklicherweise war das einzige Thema, worüber der Herzog sprechen wollte, Riley: wo sie herkam, von wem sie abstammte, wie lange Mason sie schon kannte und warum sie nach London gekommen war.

Mason wiederholte all die Lügen, die sie immer erzählten, und versuchte dann, den Herzog auf ein anderes Thema zu bringen, aber der Mann ließ sich nicht ablenken.

Das war wahrscheinlich das Werk Lady Delanders, überlegte Mason. Sie schickte ihren Bruder vor, damit er die Dreckarbeit machte. Aber vielleicht war der Mann auch deshalb so neugierig, weil sein Neffe diese Frau heiraten wollte.

Schließlich verabschiedete Mason sich unter einem Vorwand, weil er nicht einen Mann belügen wollte, vor dem er so viel Respekt hatte. Zu Hause konnte er sich wenigstens in seinem Arbeitszimmer einschließen.

Sein einsamer Heimweg endete auf der Treppe seines Hauses, auf der er Del antraf, einen Wildblumenstrauß in den Händen. Das Pferd seines Freundes schnaubte ungeduldig an einem Pfosten.

»Dein verdammter Butler will mich nicht einlassen«, beklagte sich Del.

Mason verschränkte die Arme vor der Brust. »Weil ich ihm gesagt habe, er soll dich nur ins Haus lassen, wenn ich zu Hause bin.«

Del richtete sich auf. »Jahrelang bin ich hier ein- und ausgegangen, als wäre es auch mein Heim, und jetzt stellt sich selbst Belton gegen mich. Ich vermute, dass es das ist, was Poeten inspiriert. Die Sorge. Die Qual. Der Schmerz unerfüllter Liebe.«

»Ich glaube, du bist von dieser Bestie gefallen, die du immer reitest, und hast dich am Kopf verletzt.«

Del seufzte und warf die Blumen beiseite. »Oh, herzloser Schuft. Intriganter Kerl. Was weißt du von meinen Schmerzen? Du hältst den Engel versteckt, der erschienen ist, um mich zu retten. Ich hätte wissen müssen, dass ein praktisches Herz wie deines so etwas nicht versteht.«

»Ich glaube, dass du nach Hause gehen und ausschlafen solltest, was immer dir das Hirn vernebelt.«

Dels Pferd schnaubte zustimmend.

»Hältst du mich für betrunken?«, fragte Del. »Vielleicht bin ich das auch. Aber eher von dem Blick in die blauen Augen deiner Cousine ...«

»Grünen«, korrigierte Mason.

»Nein, blau. Blau wie Vergissmeinnicht im Frühling.«

»Nein, sie sind grün.«

»Aha!«, rief Del und kam taumelnd auf die Beine. Eine Wolke Brandygeruch schlug Mason entgegen. »Dann hast du sie also doch bemerkt. Und ich nehme an, du lässt mich draußen, damit sie merkt, dass ihr Herz in Wahrheit dir gehört und nicht mir, habe ich Recht?«

»Ihr Herz gehört ihr. Ich versichere dir, dass es keinem von uns gehört.«

Del seufzte. »Da wäre ich mir nicht so sicher.«

Mason vermutete, dass Del gehörig dem guten Brandy zugesprochen hatte, der einmal seinem Vater gehört hatte.

»Sei dir bloß nicht zu sicher«, wiederholte Del. »Ich habe gesehen, wie sie dich ansieht. So sieht eine Dame einen Mann nicht an, wenn sie keine Absichten hat.« Er schlug sich mit der Faust auf die Brust und wäre fast nach hinten gestürzt. »Wir Poeten wissen in solchen Dingen Bescheid.«

Mason reichte ihm stützend den Arm. »Dann bist du jetzt nicht nur ein Experte in Liebesdingen, sondern auch ein Poet.«

Del lächelte. »Ja. Das könnte mir einen Vorteil bei deiner Cousine verschaffen. Scheint mir ein Blaustrumpf zu sein, also mache ich ihr mit Versen den Hof. Dieser Typ Frau liebt Gedichte.«

»Dann muss ich also annehmen, dass du den Abend damit verbracht hast, Oden zu dichten?« Mason ergriff seinen Freund am Arm und führte ihn die Stufen hinunter zur Straße.

»Das habe ich!«, verkündete Del.

»Dann sprecht, Lord Poet!«, drängte Mason ihn.

Grinsend begann Del: »Es war mal ein Mädchen aus Dover…«

Mason stöhnte.

»Was?« Del hielt inne. »Ist Ihnen das nicht literarisch genug, Lord Professor? Ich bin vielleicht nicht so gebildet wie du, aber du musst zugeben, dass es ein fantasievoller Anfang ist.«

»Oh, ja, sehr fantasievoll«, stimmte Mason zu und lenkte Del in Richtung des Hauses seiner Mutter. »Aber wie auch immer – meine Cousine ist nicht aus Dover.«

»Das habe ich bedacht«, erklärte Del. »Aber es reimt sich so gut auf »roll rüber«, dass ich mir da eine kleine dichterische Freiheit erlaubt habe.«

»Ich würde sagen, dass du da einen Riesenfehler gemacht hast.«

Del überlegte ein paar Schritte lang, ehe ihm dämmerte, dass er vom Haus seiner Liebsten weggebracht wurde. »Oh, nein, das tust du nicht. Ich bestehe darauf, dass ich so lange auf deinen Stufen stehen bleibe, bis sie einwilligt, mich zu heiraten.« Er kehrte um und taumelte zurück zum Haus. »Die Schwärze der Nacht soll mich nicht daran hindern, dem Pfad meiner Liebe zu folgen.« Er sank wieder auf die Stufen und sah zu Mason auf. »Was zum Teufel ist Schwärze der Nacht?«

»Etwas, das du morgen sicher entdecken wirst.«

Del nickte. »Ich gebe sicher einen guten Dichter ab, wenn ich so nach meiner Lady schmachte, meinst du nicht?«

»Oh, du bist großartig«, erklärte Mason und setzte sich neben seinen Freund.

Del flüsterte so laut, dass es in der ganzen Straße zu hören war: »Wenn ich den Rest meiner Gesänge oder Strophen oder was auch immer geschrieben habe, werde ich mir bei meinem Schneider eine neue Ausstattung bestellen. Vielleicht kann Mr Pettibone mir seinen empfehlen. Das ist ein Mann mit europäischem Stil.« Er seufzte und sah zu einem erleuchteten Fenster im zweiten Stock hoch. »Sag mir, dass das ihr Zimmer ist. Ich habe sie herunterschauen sehen, und es war, als würden unsere Blicke bis in alle Ewigkeit ineinander versinken. Selbst jetzt spüre ich die Liebe in mir aufwallen wie die Venus, wenn sie sich aus dem Meer erhebt ...«

»Oh, Del, hör auf, das ist Beas Zimmer.« Mason blickte auf und sah, wie der Vorhang wieder vorgezogen wurde. »Und was immer in dir aufwallt, ist vermutlich dein Abendbrot.«

»Nun, es ist alleine deine Schuld, dass ich mit meiner Mutter essen musste. Sie hat mich am Nachmittag nach

Hause befohlen und begonnen, mein Leben umzuorganisieren, ja sogar bestimmt, dass die Kinderzimmer sauber gemacht werden.« Del suchte in seiner Jacke und zog eine silberne Taschenflasche hervor. »Sie spannt das Pferd an, ehe der Wagen da ist, aber du kennst ja meine Mutter.« Er nahm einen großen Schluck und reichte dann Mason die Flasche.

Mason ergriff sie, damit Del nicht auch noch den Rest trank, und nahm einen vorsichtigen Schluck, ehe er die Flasche in seine eigene Tasche steckte.

»Ich kann mir gut vorstellen«, sagte Del, »dass meine Mutter bereits die Schulen aussucht und eine Kinderfrau anheuert, wenn ich nach Hause komme.«

»Deine Mutter ist eine ganz besondere Frau«, meinte Mason diplomatisch.

Del schlurfte mit den Füßen. »Ich nehme an, dass du mich heute Nacht nicht einlässt.«

»Du nimmst richtig an«, stimmte Mason zu.

Del erhob sich und taumelte auf sein Pferd zu. Er ergriff das tänzelnde Tier am Zügel und grinste seinen Freund an. »Dann hat es keinen Sinn mehr.« Er blickte zu Beas Fenster hoch. »Beas Zimmer, sagst du? Ich hätte wissen sollen, dass meine Bea nach mir Ausschau hält, auch wenn es sonst niemand tut.« Sein Pferd schnupperte an seiner Tasche, und Del zog ein Stück Zucker hervor. »Wenn ich doch nur deine Cousine so umgarnen könnte wie mein Pferd.«

»Ich bezweifle, dass sie Zuckerklumpen mag.«

Del nickte und wurde für einen Moment ernst. »Wenn das so wäre, würde ich ihr eine Insel in Westindien kaufen und sie mit Zuckerrohr überschütten. Aber wahrscheinlich würde nicht einmal das ihr Herz erweichen.«

»Warum sagst du das?«

»Weil es sonnenklar ist, dass sie *dich* liebt.«

Riley zog sich vom Fenster in das dunkle Zimmer zurück und versuchte, sich wieder auf die Szenenanweisungen zu konzentrieren.

Sie hatte sich immer wieder davon zu überzeugen versucht, dass sie nicht am Fenster auf Lord Ashlin gewartet hatte ... ganz und gar nicht.

Jetzt, wo er zu Hause war, schlug ihr Herz plötzlich so heftig wie sonst nur bei einer Premiere.

Schlimmer noch, nach all den Stunden voller Proben konnte sie sich an keine einzige Zeile ihres Textes erinnern.

Alles, was ihr einfiel, als sie sich an die ersten Zeilen ihres Monologs zu erinnern versuchte, war das, was Lord Delander eben für alle hörbar auf dem Ashlin Square gesagt hatte.

Weil es sonnenklar ist, dass sie dich liebt.

Riley holte tief Luft. Das Einzige, was klar war, war der Umstand, dass Lord Delander gerne viel trank. Den ganzen Abend hatte er auf den Stufen gesessen.

Riley hatte ihr Fenster einen Spalt geöffnet und amüsiert zugehört, wie Belton höflich, aber fest erklärt hatte, dass Lord Delander im Hause nicht erwünscht sei.

Dennoch hatte Lord Delander seinen Posten wie ein Wachsoldat vor dem Haus bezogen.

Riley musste lächelnd. Der Viscount war hartnäckig, aber er war nicht ...

Sie hielt inne.

»Ach, verflixt«, murmelte sie, ging wieder ans Fenster

und sah der entschwindenden Gestalt Lord Delanders nach, der sein Pferd die Straße hinunterführte. Kurz darauf schloss sich die Haustür, und Riley hörte Stimmengemurmel in der Halle.

Wahrscheinlich Mason und Belton.

Gleich darauf erklangen feste Schritte auf der Treppe. Riley ergriff schnell ihr Textbuch und begann voller Eifer zu lesen, obwohl es inzwischen fast dunkel im Zimmer geworden war.

Riley war es egal – sie hatte alles getan, damit er nicht merkte, wie besorgt sie seinetwegen war.

Sie wusste sehr gut, dass Mason finanzielle Probleme hatte. In den vergangenen Tagen hatte er kaum ein Wort gesprochen. Sie bewunderte seine Entschlossenheit, auf eigenen Beinen zu stehen, aber sie wusste auch, dass man von Stolz alleine nicht satt wird. Sie hatte getan, was sie konnte – einen billigeren Kaufmann und einen günstigeren Kohlenhändler gefunden, aber das waren nur Tropfen auf den heißen Stein.

Riley wusste, was alle im Haus wussten: Die einzige Möglichkeit, den Ruf und den Besitz der Ashlins zu retten, bestand in einer Vernunftehe für Lord Ashlin.

Allein die Vorstellung versetzte Riley einen Stich ins Herz; abgelenkt durch ihre Gedanken, stolperte sie über ein Buch auf dem Boden und landete unsanft auf dem Teppich.

Hastig richtete sie sich wieder auf und griff nach dem Buch.

Als Mason heute Abend wortlos das Haus verlassen hatte, war Riley davon ausgegangen, dass er beschlossen hatte, zu Geld zu kommen – oder besser gesagt: um Geld anzuhalten.

Was zum Teufel hat ihn so lange aufgehalten?, fragte sie sich, als sie ihn die Treppe hochkommen hörte.

Sie stellte sich vor, wie Mason Miss Pindar zum Tanz aufforderte. Oder ihr ein Glas Punsch holte. Oder in einer dunklen Kutsche ihre zarte Hand ergriff.

Verehrte Dahlia, wollen Sie mir die Ehre erweisen, meine ...

Oh, es war nicht fair!

Sie wollte diese Frau sein. Wie eine der Heldinnen in ihren Stücken – eine verschollene Erbin, ein schönes Mädchen, das widrige Umstände von seiner Familie getrennt hatten, nur um von einem edlen Helden gerettet zu werden, der durch all den Schmutz und die Lumpen hindurch ihre adelige Abstammung erkannte ...

»Schön wär's«, murmelte sie.

In dem Moment schwang die Tür auf, und das Licht einer einzelnen Kerze erleuchtete den Raum.

»Riley, sind Sie das?«, fragte Mason.

Ihr Herz setzte einen Schlag aus. Bildete sie sich das nur ein, oder klang in seiner Stimmung wirklich die Hoffnung mit, sie hier zu finden?

Sie, die berüchtigte und nicht gesellschaftsfähige Riley Fontaine.

15

Mason starrte die Frau auf dem Fußboden an. »Was zum Teufel machen Sie da unten?« Er stellte die Kerze auf einen Tisch.

Riley warf die Haare zurück, die sich aus dem einfachen, strengen Knoten gelöst hatten, den sie in letzter Zeit trug. »Ich habe meine Rolle geübt«, erklärte sie und stand auf.

Mason streckte ihr helfend die Hand hin. »Seltsamer Ort zum Üben.«

»Es ist auch eine seltsame Szene«, gab sie zurück und ergriff seine Hand.

Als er sie auf die Füße zog, kam sie etwas schneller hoch, als er erwartet hatte, und sie flog in seine Arme.

Die Verbindung war sofort wieder da, magisch, intim, voller Leidenschaft.

In Masons Kopf schrillten die Alarmglocken, als ihr Körper gegen seinen stieß und ihre Brüste sich an seinen Brustkorb pressten. Riley schlang Halt suchend die Arme um seinen Hals. Dabei seufzte sie leise, und der Klang ihrer Stimme ließ sein Herz erzittern.

Mason hielt sie länger fest als nötig.

»Gehört das auch zu der Szene?«, fragte er und staunte selbst über seine verführerische Stimme. Es war, als spräche Freddie aus ihm.

»Schon möglich«, gab Riley leise zurück. »Die Zuschauer fänden es sicher recht romantisch.«

In ihren Worten schwang Herausforderung mit – als ob sie ihn provozieren wollte.

Mason dachte, dass diese Situation selbst für einen Eunuchen eine Versuchung seiner nicht vorhandenen Sinne gewesen wäre. Er konnte nur noch daran denken, sie zu küssen – gründlich. Wie gestern Nacht. Er sah auf sie hinunter und blickte in ihre verwirrenden grünen Augen, unschuldig und verführerisch zugleich. Ihre Lippen öffneten sich leicht, als wollte sie ihn bitten, die Flamme erneut zum Leben zu erwecken, die, wie sie beide wussten, zwischen ihnen loderte.

Mason zweifelte, dass er dem Feuer diesmal Einhalt gebieten würde, ehe es sie beide verzehrte.

Verdammt, dachte er, *das darf nicht sein*. Abrupt löste er sich von ihr und floh quer durch das Zimmer zum Fenster, um eine ausreichend große Distanz zwischen ihnen zu schaffen.

Eine »Sicherheitszone« war genau das, was die Situation verlangte.

Nicht dass das sein Verlangen nach ihr vermindert hätte. Riley stand im Licht, das vom Flur hereinströmte, geheimnisvoll und gleichzeitig unendlich begehrenswert. Eine sanfte Brise bewegte ihre losen Haarsträhnen, sodass sie sich ihr über die schlanken Schultern legten.

Mason verfluchte seine klassische Bildung, denn er sah immer wieder Aphrodite vor sich stehen – es fehlten nur die griechische Toga, die Muschel und das Meer.

Er wandte sich von dem verführerischen Bild ab, um das Fenster zu schließen – nicht dass er das bei der Hitze seines Blutes nötig gehabt hätte; aber er hatte bemerkt, dass Riley gezittert hatte, als er ihr hochhalf, und er wollte nicht, dass sie sich in seinem Haus erkältete.

Unten ging gerade die Nachtwache am Haus vorbei. Der Mann sah hoch und nickte Mason kurz zu.

»Gute Nacht, Sir«, wünschte der Mann in einem Flüstern, das dennoch gut zu hören war in der Stille der Nacht.

Mason war überrascht, dass er den Mann so gut hören konnte. Der war nicht so dumm, laut zu brüllen, alle zu wecken und damit seinen Job zu riskieren.

Denn wenn er lauter gesprochen hätte, wäre er sicher weithin zu hören gewesen ... so wie Del zum Beispiel.

Mason starrte die offenen Fensterflügel an und blieb wie erstarrt stehen, ehe er einen raschen Blick auf Riley warf.

Offenbar war Beatrice nicht die einzige Zuschauerin bei der Einmannvorstellung gewesen, die der Viscount heute Nacht gegeben hatte.

Wenn Riley am offenen Fenster gestanden hatte, hatte sie alles gehört, was dieser Idiot Del von sich gegeben hatte.

Mason krümmte sich innerlich.

Wahrscheinlich hatte der ganze Ashlin-Square die Liebeserklärung seines Freundes gehört – plus die alkoholbedingte Theorie über die Vorlieben der Dame.

Als Mason sich wieder zu Riley umwandte, bestätigte sich sein Verdacht, denn sie errötete, ohne dass er ihr eine Frage gestellt hatte.

Oh ja, sie hatte alles gehört.

Wenn ihr Erröten sie nicht schon verraten hätte, dann ganz bestimmt ihre nächsten Worte.

»Es ist kalt hier drin«, erklärte sie und erschauerte in der übertriebenen Art einer Schauspielerin. Dann kam sie zum Fenster, schob ihn beiseite und schloss das Fenster mit einem Knall. »Ich weiß nicht, was ich mir dabei gedacht habe, das Fenster aufzulassen.«

»Ja«, meinte Mason, »man weiß nie, was die Nachtluft so hereinwehen kann.«

Jetzt war Riley diejenige, die sich innerlich krümmte, aber sie fasste sich schnell. »Genau. Es geht nicht an, dass die Mädchen sich ein Fieber holen.«

»Ganz richtig«, murmelte Mason. Er sah auf und suchte einen Weg, das Thema offen anzusprechen, aber stattdessen nickte er in Richtung der Papiere und Bücher, die herumlagen. »So spät noch bei der Arbeit? Nehmen Sie sich denn nie einen Abend frei?«

Riley schüttelte den Kopf. »Nicht, wenn das Stück ein Erfolg werden soll.«

Ihre Worte trafen ihn. Das war typisch für sie: Sie versuchte in jeder freien Minute, ihr Stück zu einem großen Erfolg zu machen – für sich und ihre Truppe ... und letztlich auch für ihn. Und wie hatte er den Abend verbracht? Er hatte sich einen Vortrag angehört, war Miss Pindar aus dem Weg gegangen und hatte seine Verantwortung gegenüber der Familie vernachlässigt.

»Nun, hier oben ist es ruhig«, sagte er, in Cousine Felicitys Stil schwatzend. »Wahrscheinlich haben Sie eine Menge geschafft – ohne Störungen und so. Wenn man von Del und seinem Unsinn absieht ...«

Riley hatte begonnen, ihre Papiere einzusammeln, sah jetzt aber auf. »Lord Delander? Er war hier?«

Sie mochte eine berühmte Schauspielerin sein, aber selbst Mason hörte das Zittern in ihrer Stimme. »Ja, ich bin überrascht, dass sie ihn nicht gehört haben, wo doch das Fenster offen stand.«

Riley sah zum Fenster und zuckte die Achseln. »Ich bin so an das Kommen und Gehen im Theater gewöhnt, dass ich Ihre Unterhaltung mit Lord Delander kaum wahrgenommen habe.«

Mason neigte den Kopf und betrachtete sie. »Dann haben Sie auch nicht gehört, dass Lord Delander erklärt hat, Sie seien einverstanden damit, seine Frau zu werden?«

Riley fuhr herum. »Das hat er nicht gesagt! Ich habe jedes Wo …« Sie unterbrach sich mitten im Satz, sank auf einen Stuhl und strich sich die Haare aus dem Gesicht. »Oh, Mist! Natürlich habe ich jedes Wort gehört. Das ganze Haus hat Del gehört.«

Mason nickte. »Dieses Haus und jedes Haus in der Nachbarschaft hat den Idioten gehört.«

Ihre Blicke trafen sich. Zu seiner Überraschung sah er, dass ihre Augen vor Schalk funkelten, als ob es ihr gar nichts ausmachte, dass er sie überführt hatte.

»War er betrunken?«, fragte sie. »Er klang, als ob er kaum noch stehen könnte.«

Mason nickte, war sich aber nicht sicher, ob es sich gehörte, den Zustand der Trunkenheit eines Freundes mit einer Dame zu diskutieren. Aber so war Riley eben; bei ihr schien es keine Tabuthemen zu geben, was er erstaunlich erfrischend fand. »Stehen? Kaum. Aber zum Glück für ihn kennt sein Pferd den Weg zum Haus seiner Mutter.«

Riley unterdrückte ein Lachen. »Ich hoffe, er hört mit seinen lächerlichen Gedichten auf, bis er zu Hause ist. Ich habe so meine Zweifel, ob Lady Delander seine brandyinspirierte Poesie zu schätzen weiß.«

Mason lachte. »Ich kann sie mir kaum als Muse des Bacchus vorstellen.«

Riley begann zu kichern. »Oh, ich habe so das Gefühl, dass wir Lord Delander heute zum letzten Mal gesehen haben. Denn wenn er morgen früh aufwacht und seine neue Berufung als Dichter nicht vergessen hat, wird seine Mutter sicher dafür sorgen, dass er sich weitere derartige Besuche aus dem Kopf schlägt.«

»Nun, dann ergibt sich aus der Episode ja vielleicht doch noch etwas Gutes«, sagte Mason und setzte sich in den Stuhl neben ihrem. Er genoss ihr Beisammensein und konnte sich nicht vorstellen, eine ähnliche Unterhaltung mit Miss Pindar zu haben. »Ein gemäßigter Del würde nicht die ganze Nachbarschaft mit seinen aberwitzigen Thesen unterhalten. Ihre Augen mit Vergissmeinnicht zu vergleichen, wo er doch genau wissen müsste, dass sie grün sind und nicht blau.«

»Wann haben Sie denn auf meine Augenfarbe geachtet?«, fragte Riley. »Da Sie mich nur leidlich hübsch finden, wundere ich mich, dass Sie meine Augenfarbe überhaupt bemerkt haben.«

»Nun … Sie sehen mich seit einer Woche nur noch wütend an; da konnte ich kaum umhin, ihre Augenfarbe zu bemerken.«

Riley lachte, und Mason stimmte mit ein.

»Ich war ein bisschen nervös«, gab sie dann zu.

Mason hob eine Braue.

»Na gut, ich hatte furchtbar schlechte Laune, aber nur, weil ich finde, dass Sie in der Frage des Everton-Maskenballs zu stur sind. Die Mädchen haben eine erfolgreiche Saison verdient.«

Mason hob die Hand. »Riley, ich wünschte, es gäbe

etwas, was ich tun könnte. Sie haben wahre Wunder mit ihnen vollbracht. Langsam fange ich an zu glauben, dass Sie sie gegen Mitglieder Ihrer Truppe ausgetauscht haben. Aber ...« Mason schwieg, weil er es nicht fertig brachte, sein eigenes Unvermögen einzugestehen.

Er konnte es nicht bezahlen. Und er brachte es nicht über sich, Miss Pindar zu heiraten und für den Rest seines Lebens an ein langweiliges Spatzenhirn gebunden zu sein, nur um seine Familie vor dem Ruin zu retten.

Nicht einmal für seine Nichten.

Er hätte wissen müssen, dass Riley ihn durchschauen und in ihrer direkten Art auf den Punkt kommen würde.

»... Sie haben das Geld nicht«, beendete Riley den Satz für ihn. Sie klang aufrichtig mitleidig. Nicht wie seine Standesgenossen, die Finanzkrisen anderer als Manna für ihren Klatsch betrachteten. »Ist es denn so schlimm?«, fragte sie.

»Sehr, sehr schlimm«, gab Mason zu. Aus irgendeinem Grund konnte er ihr sagen, was er keinem Mitglied seiner Familie eingestanden hätte. »Das Schlimmste ist, dass jemand angefangen hat, Freddies Schuldscheine aufzukaufen. Ich weiß nicht wer und warum; aber wenn er sie einfordert, sitzen wir alle auf der Straße. Ich weiß, Sie haben hart gearbeitet, um die Mädchen auf die Saison vorzubereiten, aber ich sehe keine Möglichkeit, wie ich sie finanzieren soll.«

»Ach, vergessen Sie das. Sie brauchen kein Geld, um die Mädchen in die Gesellschaft einzuführen. Sie haben schon alle Kleider fertig und warten nur noch auf Ihre Erlaubnis.«

Mason starrte sie an und fragte sich, ob sie jetzt schon genauso verrückt geworden war wie Cousine

Felicity. Wenn das stimmte, saßen sie jetzt schon auf der Straße.

Er sah offensichtlich so aus, als würde er gleich explodieren, denn Riley eilte an seine Seite. »Oh, werden Sie nicht wütend, es kostet Sie keinen Pfennig! Außerdem war es *Ihre* Idee.«

Mason schüttelte ihre Worte ab wie ein Hund das Wasser. Er öffnete den Mund, um Fragen über Fragen zu stellen, aber kein Laut kam über seine Lippen.

Wie? Wie konnte sie das getan haben?

»Es war Ihre Idee«, wiederholte Riley. »Ich wusste, dass Sie sich keine neue Garderobe für die Mädchen leisten können, deshalb habe ich mir die Freiheit erlaubt, den großen Fundus an Kleidern zu beleihen, den Sie bereits besitzen.«

Mason sah sie misstrauisch an. »Ich besitze einen Fundus an Frauenkleidern?«

Riley nickte, und ihre Augen funkelten. »Das hätte Ihnen niemand zugetraut.«

Mason lachte leise.

»Nun«, fuhr Riley fort, »ist Ihnen nie die Idee gekommen, dass man die Kleidung Ihrer Schwägerin genauso umarbeiten lassen kann wie die Ihres Bruders?«

»Caro«, sagte er leise.

»Verstehen Sie jetzt?« Sie ergriff seine Hand und drückte sie. »Sie hätten ihre Schränke und Truhen auf dem Dachboden sehen sollen. Alle voller bestens erhaltener Kleider. Genug, um den Mädchen ein anständiges Debut zu ermöglichen.«

Mason sank staunend zurück. Langsam fing er an zu glauben, dass es mit Riley an seiner Seite keine finanzielle Hürde gäbe, die er nicht nehmen könnte.

Riley kaute auf ihrer Unterlippe. »Es macht Ihnen doch nichts aus? Ich weiß, dass ich hätte fragen müssen, aber Sie haben es selber vorgeschlagen, also habe ich ...«

»Ausmachen? Wohl kaum. Ich weiß kaum, wie ich Ihnen danken soll.«

»Dann erlauben Sie also, dass die Mädchen in die Gesellschaft eingeführt werden?«

Mason grinste sie an. »Sie können es Ihnen sagen – gleich morgen früh.«

Riley stand auf und führte einen kleinen Freudentanz auf.

Mason hätte am liebsten mitgemacht.

Dann blieb sie stehen und sah ihn an, die Augen voller Wärme und noch etwas anderem.

So wie das, was Del gesagt hatte.

Liebe.

Riley ihn lieben? Es war überheblich, das zu glauben. Oder nicht?

Auch Riley schien sich an die Worte des Viscount zu erinnern, denn sie errötete plötzlich und wandte den Blick ab.

»Ach du liebe Zeit, ich habe Ihre Bibliothek schon wieder in Unordnung gebracht«, sagte sie und begann wieder damit, die Papiere aufzuheben.

Mason bückte sich, um ihr zu helfen, und hob ein Blatt Papier auf, das völlig zerknittert war.

»Was macht *Der neidische Mond*? Haben Sie schon entschieden, ob es eine Komödie oder eine Tragödie werden soll?«, fragte er und blätterte durch die Papiere.

»Ich kann mich nicht entscheiden«, seufzte Riley. »Es fällt mir sehr schwer.«

»Kann ich vielleicht helfen?«, bot er an.

»Sie?« Sie schüttelte bei der Vorstellung den Kopf.

»Ja, ich.« Er zog seinen Mantel aus und hängte ihn über einen Stuhl. »Das ist das Mindeste, was ich für Sie tun kann.«

»Ich dachte, Sie hätten Ihre eigene Braut zu umwerben, Geoffroi«, neckte sie ihn.

»Heute nicht mehr«, gab er zurück, erleichtert, dem Hochzeitsmarkt vorerst entronnen zu sein – zumindest für den Rest der Nacht.

»Ich meine, Sie sollten diesen Satz streichen«, schlug Mason vor und deutete auf einen Teil von Geoffrois Dialog. »Das klingt zu bombastisch.«

Sie saßen seit Stunden nebeneinander am Tisch der Bibliothek, die Kerzen waren heruntergebrannt, und das Textbuch lag offen vor ihnen.

»Nein!«, entgegnete Riley heftig. »Sehen Sie denn nicht, dass dieser Satz für die nächste Szene unerlässlich ist?«

»Aber er klingt, als käme er von Cousine Felicity.«

Riley ergriff das Blatt und las den Satz noch einmal. »Das tut er nicht«, protestierte sie, aber nur halbherzig. Jetzt tat es ihr fast leid, dass sie Mason erlaubt hatte, ihr zu helfen.

Vor allem, wenn sie den Verdacht hatte, dass er Recht hatte. Dennoch protestierte sie noch einmal schwach. »Ich finde den Satz gut.«

»Gute Güte«, ahmte Mason Cousine Felicitys Stimme nach.

Riley schürzte die Lippen. »Na gut. Vielleicht haben

Sie Recht.« Sie strich den Satz und dachte nach. »Was kann man stattdessen sagen?«

»Mein Wunsch ist es, deine Liebe zu erringen«, schlug Mason vor.

»Dein Wunsch oder dein Befehl?«, gab Riley zurück, eine neue Zeile für Aveline improvisierend.

Mason erhob sich und warf sich in Positur, die Hand auf ein eingebildetes Schwert gelegt. »Wenn es sein muss, befehle ich es auch. Aber lieber wäre mir, du schenktest sie mir freiwillig.«

»Jetzt klingen Sie wie Geoffroi«, neckte sie ihn und stand auf. Dann knickste sie. »Wenn Mylord es befehlen, muss ich, die einfache Tochter eines Holzfällers, gehorchen.«

Er verbeugte sich, ergriff ihre Hand und zog sie an die Lippen. Als er sie küsste, trafen sich ihre Blicke.

Plötzlich verschwand die Unbefangenheit zwischen ihnen und machte einer Spannung Platz, die er nun schon kannte. Einen Moment standen sie still da, bis die Uhr auf dem Kaminsims drei schlug. Sofort riss Riley sich los.

»Ich habe gar nicht gemerkt, dass es schon so spät ist«, rief sie und sammelte ihre Sachen ein. »Ich hätte Sie nicht so lange aufhalten dürfen. Sie haben Ihre eigenen Geschäfte, um die sie sich kümmern müssen, statt sich Gedanken um meine armselige Dichtung zu machen.« Sie warf ihm einen Blick über die Schulter zu. »Haben Sie schon mal überlegt, Stücke zu schreiben? Sie haben Talent dafür.«

»Kann man damit Geld verdienen?«, scherzte er.

Riley schüttelte den Kopf. »Romanautoren manchmal, aber Stückeschreiber sind ein ziemlich armseliger Haufen.«

Sie wollte gehen, aber Mason ergriff ihren Arm. »Gehen Sie nicht, Riley, noch nicht.«

Bei seiner Berührung fing ihr Herz an zu rasen. Sie wagte es nicht, ihm in die Augen zu sehen, aus Angst, sie könnte etwas Dummes sagen.

Ich liebe dich, Mason St. Clair, ich liebe deine steife, gelehrte Oxford-Art. Ich liebe jedes ordnungsliebende, ehrenhafte, respektable Detail an dir.

Aber am meisten liebe ich deine Küsse. Ich möchte den Rest meiner Tage damit verbringen, mich auf die Nächte zu freuen, in denen ich in deiner Umarmung dahinschmelze.

Mason musste ihren stummen Wunsch gehört haben, denn er nahm sie in die Arme und senkte seinen Mund auf ihren.

Seine Lippen eroberten sie und verlangten mit höchst unehrenhafter Absicht nach ihr.

Plötzlich war er jeder Zoll der Ashlin-Verführer, den sie erwartet hatte, als sie das erste Mal in sein Haus gekommen war. Wie froh sie jetzt darüber war! Oh, er verbarg es gut mit dieser Brille, aber er küsste und hielt sie mit einer Erfahrenheit, dass sie bezweifelte, dass ihn auch der größte Verführer übertreffen konnte.

Mason zog sich zurück und umfasste ihr Gesicht, sein Blick heiß und voller Verlangen. »Riley, ich . . .«

»Schsch.« Sie stellte sich auf die Zehenspitzen und brachte ihn mit einem Kuss zum Schweigen.

Seine Hände begannen, ihre Schultern zu streicheln und glitten über ihre Arme und zu ihren Hüften. Seine Berührungen verhießen eine Leidenschaft, die sie noch nie erlebt hatte, verhießen auch, dass dies nicht das letzte Mal sein würde, dass er sie in die Arme nahm.

Riley stöhnte auf, als seine Berührungen ihr Verlangen nach ihm nur noch mehr entfachten.

Mason schien sie zu verstehen, denn er schob ihr das Kleid über die Schultern und ließ seinen Mund über ihre Haut wandern, bis er den Ansatz ihrer Brüste erreichte.

Riley bog sich ihm entgegen, bereit, sich seiner Führung zu unterwerfen, all seine Wünsche zu erfüllen. Diesmal würde sie nicht vor ihrer Leidenschaft davonlaufen, vor ihrer Sehnsucht nach ihm.

»Bitte, Mason ...«, flüsterte sie heiser und erregt.

Er erfüllte ihre Bitte, indem er eine ihrer Brustspitzen mit den Lippen umschloss und daran zu saugen begann.

Ihre Lust war so groß, dass sie wie Pfeile kleine Funken durch ihren Körper schickte und sie keuchend und zitternd zurückließ.

Masons andere Hand begann, ihr die Röcke hochzuschieben und über ihre Schenkel zu streicheln, als wolle er verzweifelt seine eigenen Wünsche verwirklichen. Was er tat, als seine Finger liebevoll ihren Strumpfhalter nachzeichneten.

Zum ersten Mal war Riley froh, Strümpfe und Strumpfhalter nicht abgelegt zu haben.

Mit einer raschen Bewegung löste Mason ihren Strumpfhalter und begann, ihr die Strümpfe sacht nach unten zu rollen, wobei seine Finger sanft ihre bloße Haut berührten.

Genauso langsam und gekonnt zog er ihr auch den zweiten Strumpf aus.

Doch die Glut, die ihren Körper verzehrte, war nicht in ihren Beinen, sondern saß höher, und Riley erkannte, dass zu küssen und geküsst zu werden ihr nicht reichte.

Sie wollte, dass er sie berührte – da, wo sie vor Hitze brannte und wo sich all ihre Sehnsucht konzentrierte.

»Ich habe noch nie eine Frau so begehrt wie ich dich begehre«, flüsterte er ihr ins Ohr, während seine Hände erneut auf Streifzug gingen. »Du bist so schön.«

»Leidlich«, flüsterte Riley zurück. »Leidlich hübsch.«

Seine Augen sahen sie mit einem Ausdruck an, der nichts Leidliches an sich hatte, sondern vor Lust brannten. Dann presste sich sein Mund auf ihren in einem Verlangen, dem sie nichts entgegensetzen konnte.

Das war falsch, ermahnte Riley sich. Er liebte sie nicht, er würde sie nicht heiraten, er begehrte nur ihren Körper. Aber Riley war bereits atemlos vor Begierde und kümmerte sich nicht mehr um Falsch oder Richtig.

Ein Teil von ihr klammerte sich an die Vorstellung, dass er vielleicht doch ähnliche Gefühle für sie hegte wie sie für ihn. Dass der ehrenhafte Earl of Ashlin sie mit wilder Leidenschaft liebte.

Wie zum Beweis hielt Mason sie mit einem Arm fest und wischte mit dem anderen die Papiere vom Tisch. Sie wirbelten wie Konfetti durch die Luft.

Auch die Stücke, die sie gut versteckt hatte.

Eines davon landete direkt vor ihm, und er hob es auf, ehe sie es ihm entreißen konnte.

Hast du getacht, tu köntest dich verstecken?

Mason trat einen Schritt zurück. Riley konnte förmlich sehen, wie sich seine Leidenschaft in wilde Wut verwandelte.

»Wann ist das gekommen?«, wollte er wissen und hielt

ihr das Blatt vor die Nase. »*Wann*?« Da Riley ihm an dem Tag, als sie in sein Haus gezogen war, alle Mitteilungen ihres unbekannten Feindes gegeben hatte, brauchte er die Antwort gar nicht abzuwarten.

»Vor zwei Tagen«, flüsterte Riley und sah zu Boden. Doch dann erkannte Mason, dass sie nicht so zerknirscht war, wie es den Anschein hatte, sondern den Boden absuchte ...

»Das ist nicht der einzige Zettel, nicht wahr?« Seine Wut ging mit ihm durch. »Wie viele hast du bekommen, seit du hierher gezogen bist?«

»Drei«, erwiderte Riley, bückte sich und hob zwei weitere Zettel auf.

Drei Nachrichten? Masons Wut war förmlich greifbar. »Was hast du dir dabei gedacht, sie vor mir zu verstecken?«

»Ich will nicht, dass dir etwas passiert.« Tränen traten ihr in die Augen.

Mason wusste nicht, ob er ihr trauen konnte – den Worten wie den Tränen –, auch wenn ihre Angst echt klang. Sein Stolz war tief verletzt.

»Madame«, verkündete er steif, »ich kann sehr gut mit einer solchen Situation umgehen.«

Riley schüttelte den Kopf. »Mason, ich habe in den schlimmsten Vierteln von Paris und London gelebt, während du behütet warst – erst hier, dann in deinem College. Ich will nicht, dass du verletzt ... oder getötet wirst. Du weißt nichts über Schurken wie diese oder wie man ...« Sie hielt inne.

»Wie man sich verteidigt?«

»Ja.« Sie war nicht einmal verlegen bei diesem Eingeständnis. »Du hast selber gesagt, dass du an dem Tag in der Allee einfach nur Glück hattest. Was, wenn dein nächstes Zusammentreffen mit Clyde oder einem ähnlichen Kerl anders ausgeht?«

»Das bezweifle ich.«

»Das kannst du nicht wissen. Hashim war es, der ...«

Mason holte tief Luft, um sich zu beruhigen. »Wenn es um Hashim ginge, würdest du dir nicht solche Sorgen machen? Ist es das?«

Riley nickte. »Wenn du ein Meister im Schwertkampf oder im Umgang mit dem Messer wärest, würde ich mir keine Sorgen machen, aber ...«

»Ein Messer, sagst du?«, fragte Mason. »So eines?« In einer raschen, fließenden Bewegung zog er den Dolch, den er immer im Stiefelschaft verborgen trug, sobald er die Stadt verließ. Ehe sie etwas sagen konnte, wirbelte die Waffe bereits durch den Raum und blieb im Portrait des siebten Earls stecken.

Direkt in seiner Kehle.

Riley verschlug es die Sprache. »Wie hast du ... woher weißt du ...«

»Such dir eine Waffe aus, Riley, und du wirst sehen, dass ich sie beherrsche. Ich lehre nicht nur Militärgeschichte, ich habe es auch studiert. Alles – von der Planung bis zum Kanonenschuss.« Er nahm ihr die anderen Nachrichten aus der Hand und sah sie flüchtig durch. »Wo hast du die gefunden?«

»In meinem Zimmer.«

Mason fluchte. Anscheinend war Riley also nicht sicher, nicht einmal in seinem Haus und unter seinem Schutz. Das war seine Schuld. Er hätte nie so arrogant sein dürfen anzunehmen, dass der Mörder sie in seinem Haus in Ruhe lassen würde.

Wenn der Mann ins Haus gelangen konnte, bedeutete das, dass er nicht nur Riley, sondern auch allen anderen Familienmitgliedern etwas antun konnte.

Mason wusste eine Lösung. Er strebte zur Tür und drehte sich um. »Morgen ziehst du mit Cousine Felicity und den Mädchen aufs Land. Dann bleibt ihr auf Sanborn Abbey, bis ich das hier in Ordnung gebracht habe.«

»Aber morgen ist...« Riley schwieg und errötete, als ihr ihr Versprecher bewusst wurde.

Mason brauchte nicht mehr zu hören.

Morgen ist der Everton-Maskenball, hatte sie sagen wollen.

Das war es also. Sie hatte vorgehabt, hinter seinem Rücken mit den Mädchen zum Ball zu gehen. Nun, das war vorbei. Mason hob die Hand. »Kein Wort mehr. Ihr geht morgen aufs Land, und das ist mein letztes Wort.«

16

Mason handelte so schnell wie an dem Tag, als er Riley zum Ashlin Square gebracht hatte. Am nächsten Morgen kündigte er beim Frühstück an, dass sie nach Sanborn Abbey zurückkehren würden, und zwar schnellstmöglich. Trotz der Proteste und Klagen blieb er fest, und zu seiner Überraschung war es schließlich Riley, die die Wogen glättete und die Mädchen ermahnte, ihrem Onkel zu gehorchen.

Aus irgendeinem Grund weckte das sein Misstrauen, aber er machte sich nicht allzu viele Sorgen um sie – schließlich würde Hashim sie bewachen, und bald würden sie und die Mädchen sicher in dem steinernen Gemäuer von Sanborn Abbey sitzen, wo sie weit von jeder Gefahr entfernt waren.

Das gab ihm Zeit, ihren Feind aufzuspüren, der auch seiner war.

Mason wusste, dass es nur eine Möglichkeit gab, Riley zu beschützen, nämlich indem er sie weit weg brachte – noch weiter als Sanborn Abbey. Doch dazu brauchte er Geld, das er nicht besaß.

Allerdings wusste er, wie er es bekommen würde, auch wenn die Heiratserlaubnis in seiner Tasche ihn genauso deprimierte wie die Vorstellung, Riley niemals wiederzusehen.

Ja, sagte er sich und betrachtete seine Begleiterin für den Abend durch seine schlichte schwarze Maske. Das war der einzige Weg, Riley zu retten.

»Wie gefällt Ihnen mein Kostüm, Lord Ashlin?«, fragte Miss Dahlia Pindar. »Ich habe Wochen darauf verwandt, es vorzubereiten.«

Mason zwang sich zu einem Lächeln für die Schäferin an seiner Seite, die von einer Unmenge weißer und blauer Schleifen umgeben war. »Recht hübsch«, brachte er hervor.

Dahlia strahlte, während ihre Mutter wohl wollend nickte.

Mason wusste von der Kutschfahrt her, auf der sie pausenlos geredet hatte, dass sie das Kostüm selbst entworfen hatte – bis hin zum Schäferstab aus blau-weißer Seide.

Natürlich hatte sie verlangt, dass er das Ding nahm, nachdem sie es eine Viertelstunde getragen hatte, weil es für ihre zarte Konstitution zu viel würde.

So tief war er gesunken – nicht nur, dass er diese Maske trug, sondern auch noch einen Stab mit Seidenrüschen daran. Er konnte nur hoffen, dass Del ihn nicht so sah.

Er konnte sich gut vorstellen, was Riley bei seinem Anblick gesagt hätte. Noch wahrscheinlicher war, dass sie vor Lachen gar nichts hätte sagen können.

Außerdem wusste er, dass er den Abend nicht so langweilig gefunden hätte, wenn er mit Riley hier gewesen wäre.

Jetzt, wo es im Saal unerträglich eng wurde, zeigte sich, dass Dahlias Kostüm keineswegs so originell war, wie sie gedacht hatte. Der Saal wimmelte von Schäferinnen, die alle auf der Suche nach einem attraktiven Junggesellen waren, den sie mit ihrem Hirtenstab an Land ziehen konnten.

Als wieder ein blau-weißes Mädchen vom Lande vorüberzog, blickte Dahlia höhnisch auf das Kostüm des Mädchens und schüttelte ihre Schleifen auf, als wäre sie der anderen überlegen. »Es ist so schwer, ein Original zu sein. Jeder äfft einen sofort nach.«

Mason erkannte, dass er Bea für ihre wenig schmeichelhafte Beschreibung von Dahlia Pindar nicht hätte böse sein dürfen. Seine Nichte hatte Recht. Dahlia hatte in ihrem ganzen Leben noch keinen originellen Gedanken gehabt, von einem kopierwürdigen Kleid ganz zu schweigen

Mason fragte sich, was Riley wohl getragen hätte – etwas Gewagtes, das sie zum Objekt des Verlangens für jeden Mann im Saal gemacht hätte.

Aber *er* hätte sie nach Hause begleitet, eifersüchtig auf die Aufmerksamkeit, die ihr gezollt wurde, und überaus stolz, dass sie sein und sein alleine war …

Aber sie war nicht sein – diese Position erhielt jetzt das Mädchen an seiner Seite.

Ihm blieb nur, den Antrag in angemessener Form zu machen, und schon würde er die reiche Erbin für den Rest seines Lebens an seiner Seite haben.

Er sah sie an und traf ihren erwartungsvollen Blick.

Sie wartete darauf, dass er ihr die eine einfache Frage stellte.

Willst du mich heiraten?

Mason erwiderte ihr Lächeln und sah weg. Er konnte im Stillen üben, soviel er wollte, aber er schaffte es nicht, den Satz auszusprechen.

Gut, es war nur ein Satz, noch dazu einer, der die Zukunft seiner Familie sichern würde.

Als er noch überlegte, wie er sich zu so einem Schicksal verdammen konnte, plauderte Dahlia über dies und das und die Tücken, die passende Spitze für ein blaues Kleid zu finden. Diese Art Geschwätz ging unvermindert weiter, bis Mason seine Zukunft als ein endloses Gejammer vor sich sah.

Statt in der Bibliothek zu sitzen und zu lesen, über Shakespeare zu diskutieren oder Stücke umzuschreiben. Statt sich auf dem Tisch zu lieben, wie er es mit Riley letzte Nacht getan hätte, wenn er nicht die Nachrichten entdeckt hätte.

Mason hielt inne. Es war nicht fair, Dahlia mit Riley zu vergleichen, denn sie waren unvergleichlich.

Mason konnte sich nicht vorstellen, dass Dahlia zu solch sinnlicher Leidenschaft fähig war. Zumal Mrs Pindar schon angedeutet hatte, dass sie mit ihrer Tochter zusammenleben wolle. Ihre Gegenwart würde jeden Funken Sinnlichkeit in jedem Mann ersticken.

Miss Pindar, wollen Sie mich heiraten?

Mason fragte sich, ob einer seiner Ahnen wohl je vor einer so furchterweckenden Wahl gestanden hatte, um das Ashlin-Vermögen zu retten – und die Frau seiner Wahl aufzugeben.

»Die Damen Artemis, Athena und Persephone«, kündigte der Butler der Evertons an.

Ein Aufkeuchen ging durch den Saal. Das Trio blieb als Gruppe auf der obersten Stufe stehen, und für einen kurzen Moment war es still im Saal.

Dann aber erfüllten gewisperte Spekulationen den Ballsaal, als jeder überlegte, wer hinter den drei Schönheiten stecken mochte.

Damit nicht genug, drängte jetzt auch noch ein Haufen junger Romeos und Piraten nach vorne, von denen jeder schubste und drängelte, um als Erster die Damen um einen Tanz bitten zu können.

Gerade als der Klatsch sich einig war, dass der Abend nicht mehr besser werden könnte, trat eine vierte Dame in die Mitte des Trios.

»Die Dame Aphrodite«, tönte der Butler.

Mason erstarrte bei ihrem Anblick.

Riley!

Auf ihrem offenen weizenblonden Haar saß eine einfache Goldkrone. Ihr weißes Kleid war auf der Schulter geknotet und in der Taille von einem goldenen Gürtel gehalten. Die Seide schmiegte sich an ihren Körper und brachte ihre vollendeten Formen zur Geltung, während ein Schlitz bis zu den Knien einen nicht gerade dezenten Blick auf ihre langen Beine erlaubte. Eine Maske verbarg ihre Identität vor den neugierigen Blicken all derer, die vorwärts drängten, um sie genauer zu betrachten.

Wie konnte sie es wagen? All die gehorsame Akzeptanz seines Vorschlags, nach Sanborn zu gehen, war nur Verstellung gewesen!

Ihre beste Vorstellung.

»Wie schockierend«, sagte Miss Pindar. »Ich kann mir nicht vorstellen, warum man sie hereingelassen hat.«

Mason fragte sich gleichzeitig, wie er sie wieder hinauskriegen sollte, ohne allzu viel Aufsehen zu erregen.

Der Fächer des Mädchens bewegte sich in nervöser Hast. »Haben Sie je eine Dame so ... so ... wie soll ich sagen ... so entblößt gesehen?«

»Dahlia!«, mahnte ihre Mutter, gleichermaßen schockiert von dem Kommentar ihrer Tochter.

»Nun, sie ist es doch! Oh, ich frage mich, wer sie wohl sind?«, stellte sie die Frage, die alle im Saal stellten.

Ihre Mutter hob die Nase. »Gesellschaft, in der wir uns nicht sehen lassen. Schamlose Nymphen, alle vier. Finden Sie nicht auch, Lord Ashlin?«

Mason konnte nur nicken. Das war perfekt. Wenn die Identität Rileys und der Mädchen entdeckt würde – was um Mitternacht geschehen würde – würde nicht einmal die Aussicht, dass ihre Tochter die Frau eines Earls werden könnte, Mrs Pindar beruhigen. Dafür war sie jetzt schon moralisch viel zu entrüstet.

Die Dame rümpfte die Nase. »Mich tröstet nur, dass diese losen Dinger, wenn man erst einmal weiß, wer sie sind, keine Einladung in eine gute Gesellschaft mehr erhalten werden. Ich kann nicht verstehen, warum Seine Gnaden sie nicht aus dem Haus gewiesen hat.«

Aus dem Haus gewiesen! Mason konnte darauf nur hoffen. Dann würde er selber dafür sorgen, dass das Quartett zu keiner Gesellschaft mehr ging – denn er würde sie in die entlegendste Ecke Englands bringen.

»Was wollen sie darstellen?«, fragte Miss Pindar, »eine Art von Heiden?«

»Göttinnen«, korrigierte Mason. »Die mit Pfeil und Bogen ist Artemis, die Göttin der Jagd. Die daneben ist Athena, die Göttin der Weisheit.«

»Wie können Sie sich da sicher sein?«, fragte Dahlia leicht verärgert.

»Die Dame hält einen Olivenzweig in der Hand, das Symbol Athenas, während die hinten Persephone sein muss, die Königin der Unterwelt, denn sie trägt ein schwarzes Zepter.«

»Also wissen Sie«, meinte Mrs Pindar. »Das klingt mir

verdächtig nach so einem unleserlichen französischen Roman.«

»Seht euch nur an, wie sie herumstolzieren«, sagte Dahlia. »Lord Ashlin, ich kann Ihnen versprechen, dass ich mich niemals so unziemlich zeigen würde.«

Dessen war sich Mason sicher. Dahlia würde nie etwas tun, was Aufmerksamkeit erregte oder einen langweiligen Abend belebte, und er hatte auch keine Hoffnung, dass sich das je ändern würde.

Mason warf einen weiteren Blick auf das Quartett in Evertons Ballsaal, und ihm wurde klar, dass der Abend durch Rileys Ankunft seine Langeweile verloren hatte.

☆ ☆ ☆

Cousine Felicity hatte Riley in allen Einzelheiten erzählt, wie ein Maskenball ablief – und Riley hatte ihren Abend danach geplant, um das Beste daraus zu machen.

Wie Aschenputtel würden sie fast als letzte Gäste erscheinen und kurz vor der Demaskierung um Mitternacht wieder gehen – ehe irgendjemand herausfand, wer sie waren.

Cousine Felicity hatte für ihre Einladung gesorgt, indem sie Masons Absage abgefangen und in eine Zusage verwandelt hatte, sodass die Mädchen ohne Zögern eingelassen worden waren.

Allerdings hatte Riley nicht erwartet, dass ihr Eintritt den ganzen Saal zum Verstummen bringen würde. Als sie die Führung ergriff, hatte sie ihren Schützlingen zugeflüstert: »Denkt daran, nicht zu sprechen. Und ihr dürft für niemanden die Maske abnehmen. Und geht um Himmels Willen eurem Onkel aus dem Weg.«

Die Mädchen nickten ernst, und ihre Augen hinter den Masken wurden groß, als die Menge auf sie zudrängte.

Riley holte tief Luft und begann den Abstieg in den Ballsaal.

»Einen Tanz, Miss«, rief ein junger Mann Bea zu. »Ich bitte um den ersten Tanz.«

Sein Freund, verkleidet als Wilder aus den Kolonien, fiel vor Louisa auf den Marmortreppen auf die Knie. »Voller Verehrung liege ich Ihnen zu Füßen, meine Persephone. Versprecht mir Euer Herz, und ich rette Euch aus den Tiefen des Hades und schenke Euch all meinen weltlichen Besitz.«

»Was, deine Schuldscheine bei Whites?«, witzelte sein Freund.

Das beeindruckte den anderen gar nicht. Er faltete die Hände zum Gebet und rief: »Honig, Met, Nektar – was immer eine Göttin verlangt, soll Euer sein!«

Louisa warf ihm im Vorbeigehen einen Blick zu, als ob sie an solche Verehrung gewöhnt wäre. Sie neigte leicht den Kopf, wählte eine Rosenknospe aus ihrem Strauß aus und ließ sie vor ihm zu Boden fallen.

Zustimmendes Gemurmel lief durch die Reihen.

»Wenn Sie mir Ihren Namen sagen würden, liebste Gottheit«, bat der junge Mann dankbar und drückte seinen Preis an sich, als wäre er aus Gold. »Dann könnte ich meine Werbung morgen fortsetzen.«

Da verwandelte sich Louisas reizendes Lächeln in eine bitter-süße Miene, sodass selbst Riley staunte, und sie schüttelte den Kopf.

Dann gesellte sie sich wieder zu ihren Schwestern und stieg mit ihnen die Treppe hinunter, ihre Bewunderer im

Schlepp. Die neugierigen Blicke, die ihnen folgten, ließen darauf schließen, dass sie offenbar ein Aufsehen erregten, wie es selbst bei einer solchen Festivität nicht üblich war.

Cousine Felicity hatte Riley versichert, dass beim Everton-Ball ein solches Gedränge herrschen würde, dass sie Mason garantiert nicht in die Arme laufen würden. Deshalb hatte sie ihm auch so bereitwillig zugestimmt, nach Sanborn Abbey zu gehen, während er hier blieb, um den Feind aufzuspüren.

Riley hatte nie vorgehabt, die Stadt am Tag des Balls zu verlassen. Hier würde ihr Verfolger sie nicht aufspüren, und sie wollte die Mädchen nicht im Stich lassen. Mit Jane Gunns Hilfe hatten sie die Kleider aus Stoffen von Lady Caros Truhe genäht.

Außerdem hatte sie all ihre Überzeugungskraft gebraucht, um Hashim dazu zu bringen, gegen einen Befehl Masons zu handeln.

Das und die doppelte Dosis von Cousine Felicitys Schlaftropfen in seinem Tee hatten schließlich gewirkt und den riesigen Mann ruhiggestellt.

Jetzt brauchten sie nur noch Mason aus dem Weg zu gehen. Angesichts der dichten Menge schien das Riley gar nicht so schwer zu sein, wie sie erst angenommen hatte. Außerdem würde er mit Dahlia und ihrer Mutter beschäftigt sein und nicht annehmen, sie hier zu sehen.

Trotzdem erwartete Riley bei jedem Schritt, in ein paar wütende blaue Augen hinter einer schwarzen Maske zu sehen.

»Sie haben einen Triumph erzielt, um den man Sie beneiden wird«, hörte sie Cousine Felicity neben sich flüstern. Sie wandte sich um und entdeckte ihre Komplizin völlig aufgelöst neben sich.

»Bisher«, erwiderte Riley leise. Sie war zu abergläubisch, um sich jetzt schon feiern zu lassen. Selbst wenn der erste Akt bei einer Premiere rauschenden Beifall bekam, feierte Riley immer erst, wenn der Schlussvorhang gefallen war und der Saal vor Applaus und Jubelrufen widerhallte. »Denken Sie daran, dass wir nicht sprechen wollen. Sie wissen nicht, wer wir sind. Aber wenn Sie einen Junggesellen des Typs entdecken, den Mason gutheißen würde, dann zeigen Sie ihn mir und lassen Sie mich entscheiden, ob wir ihm ein paar Informationen zukommen lassen, wie er die Damen morgen wiedersehen kann.«

Cousine Felicity lachte. »Das ist ja wie im Märchen.«

Die Musiker, die in den letzten Minuten ihre Instrumente gestimmt hatten, kündigten den ersten Tanz an.

Riley wusste, dass das die wahre Aufgabe sein würde. Würde es bei den skandalösen Kostümen ein Mann wagen, den Zorn der Gesellschaft auf sich zu ziehen, indem er mit einem der Mädchen tanzte?

In diesem Moment kam ihr Gastgeber, der Herzog von Everton, durch den Saal und blieb vor ihr stehen.

Riley hielt den Atem an und wartete. Wollte er sie hinauswerfen? Diesen Vorschlag hatte sie schon von einigen erbosten Müttern gehört.

Riley sank in einen Knicks, während ihre Gedanken rasten. Warum war der Herzog zu ihr gekommen?

»Madame«, sagte Everton ruhig, »Sie haben für einiges Aufsehen gesorgt, dabei ist es noch nicht einmal zehn.«

So viel zu ihrem Vorsatz zu schweigen. Einen Herzog

konnte man kaum ignorieren, erst recht nicht, wenn er ihr Gastgeber war.

»Verzeihung, Euer Gnaden«, sagte Riley mit der affektierten Stimme, mit der sie Hélène spielte, die französische Emigrantin in *Die vergessene Tochter*. Sie konnte nur hoffen, ihre Identität damit zu verbergen.

»Es gibt nichts zu verzeihen, Madame Aphrodite. Sie haben meinen Ball zu einem sofortigen Erfolg gemacht. Jetzt kann ich mich entspannen.« Er beugte sich über ihre Hand. »Wenn Sie mir die Ehre des ersten Tanzes gewähren würden, hätten alle Klatschmäuler bis zum Ende der Saison etwas zu reden.«

Riley konnte es kaum fassen, dass ihr diese Ehre zuteil wurde, und folgte ihm auf die Tanzfläche.

Kaum war ihre Anstandsdame fort, wurden die Mädchen mit Tanzangeboten überschüttet.

Innerhalb von Sekunden fanden sich Bea und Maggie mit entzückten Partnern auf der Tanzfläche, während Louisa zurückblieb. Sie hatte ihre eigenen Gründe dafür. Sie lächelte die Männer, die sie aufforderten, geduldig an, schüttelte den Kopf zu allen Angeboten, bis ein Mann, der ganz in Schwarz gekleidet war – der Hades zu ihrer Persephone – sich ihr näherte.

Er brauchte nicht einmal zu fragen. Er streckte nur die Hand aus, und sehr zum Zorn ihrer anderen Bewunderer folgte Louisa ihm sofort.

Jeder, der die Szene beobachtet hatte, konnte erkennen, dass das Paar verliebt war, denn trotz der Masken konnten alle die leuchtenden Augen der beiden und das strahlende Lächeln der Dame sehen.

»Roderick«, flüsterte sie, »du hättest nicht kommen sollen.«

Er zog sie näher an sich. »Du auch nicht – in diesem Aufzug.« Eifersucht glomm in seinem stürmischen Blick.

Louisa errötete heftig, so sehr freute sie sich über seine Reaktion. Wie sollte sie es erklären? All die Stunden, die sie mit ihm geprobt hatte, seine Hand gehalten hatte, die keuschen Küsse in Akt drei, das alles hatte zu ... diesen verwirrenden, unglaublichen Gefühlen geführt.

Sie hatte sich verliebt. Sie hatte sich in Roderick Northard verliebt. Es war wunderbar und unvorstellbar.

Er schwang sie herum und hielt ihre Hand besitzergreifend in seiner. Sie war sein, wie es sein sollte.

Doch das hielt Louisa nicht davon ab, sich Sorgen zu machen. Sie beugte sich vor. »Was, wenn du entdeckt wirst? Du warst nicht eingeladen.«

»Ich brauche keine Einladung, um bei dir zu sein. Du bist mein Herz, meine Liebe, mein Leben.«

Louisa seufzte. Er war zwar kein Viscount, nicht einmal ein Adeliger, aber er wusste, wie er ihr den Kopf verdrehen konnte. Und doch ...

»Riley könnte dich erkennen.«

»Und wenn?« Roderick lächelte. »Das ist mir egal. Lass es sie doch herausfinden.«

Louisa war nicht überzeugt. Wenn Riley es herausfand, würde es ihr Onkel erfahren, und dann wäre, wie Bea es so passend ausdrückte, der Teufel los.

Roderick dürfte das Haus nicht mehr betreten, und sie würde ihn nie wiedersehen. Es sei denn ...

Louisa versuchte, diesen skandalösen Gedanken zu verscheuchen. Sie wäre ruiniert, wenn sie mit einem Schauspieler durchbrennen würde. Das Leben, das sie sich erträumt hatte – als eine Dame der guten Gesellschaft –, würde für immer ein Traum bleiben.

Sie musste diese Affäre auf der Stelle beenden, ehe sie sich zu sehr darin verstrickte. Noch während sie mit sich kämpfte, warf sie einen Blick auf den Mann, der ihr Herz erobert hatte.

Sein jungenhaftes Grinsen ließ ihr Herz schneller schlagen.

Dieses Gefühl, dachte sie, war es wert, einen neuen Traum zu träumen.

Riley verbrachte den Großteil des Abends am Rande der Tanzfläche, wo sie alle Aufforderungen zurückwies, um ihre Schützlinge im Auge zu behalten. Als einige ihrer Verehrer allzu hartnäckig wurden, zog sie sich in eine Nische zurück, die für Matronen und Anstandsdamen reserviert war.

Riley setzte sich und genoss es, Ruhe vor ihren Verehrern zu haben und sich in ihrem Erfolg zu sonnen.

Einem Erfolg, den einige Mütter heiratsfähiger Töchter nicht teilten, denn diese waren von den St. Clair-Schwestern in den Schatten gestellt worden. In der Nachbarnische wurde das Ereignis in allen Einzelheiten erörtert.

»Wenn meine Tochter nicht schon verlobt wäre«, beklagte sich eine der Damen, »wäre ich sehr erzürnt darüber, dass der Herzog solche lockeren Damen in seiner Gesellschaft duldet.«

»Da stimme ich dir voll und ganz zu. Sieh dir meine Harriet an. Jeder übersieht sie! Dabei habe ich ein Vermögen für ihr Kostüm ausgegeben – völlig umsonst.«

Die andere Dame schwieg. »Sagtest du gerade, dass

Dahlia verlobt ist? Hat der Earl ihr endlich einen Antrag gemacht?«

Riley spitzte die Ohren. *Dahlia? Antrag?*

Himmel, kam sie zu spät?

»Nun, nicht direkt«, gab Mrs Pindar zu. »Lassen Sie mich sagen, dass ich genug finanzielle Forderungen gegen ihn in der Hand habe, um seinen Widerstand zu brechen. Mein Anwalt wird ihn morgen aufsuchen, und ich denke, am Wochenende wird die Verlobung in allen Zeitungen stehen.«

Riley blieb der Mund offen stehen. Masons unbekannter Gläubiger war Mrs Pindar. Die Frau hatte vor, ihn zu einer Ehe mit Dahlia zu zwingen!

Riley hob das Kinn und wappnete sich gegen die Schmerzen, die sie bei diesem Gedanken empfand. Der ehrenhafte und stolze Mason würde sich nicht weigern können. Wenn er das tat, war der Name Ashlin für immer ruiniert.

»Na also, ich habe Sie überall gesucht«, sagte eine ältere Dame und setzte sich neben Riley. Sie trug ein schwarzes Kleid und einen eleganten schwarzen Turban, und ihr einziger Schmuck war ein auffallendes Smaragdcollier. Ihr majestätisches Auftreten und der Respekt, der ihr entgegengebracht wurden, ließen Riley annehmen, dass sie einen höheren Rang in der adeligen Gesellschaft bekleidete.

Riley erhob sich, um zu gehen, denn sie wollte jetzt mit niemandem sprechen.

»Einen Moment bitte, junge Lady.« Die Dame legte ihr die Hand auf den Arm und hinderte sie so am Aufstehen.

Riley gehorchen widerwillig.

»Sie haben für einiges Aufsehen gesorgt«, begann die Dame.

»Es sieht so aus«, antwortete Riley vorsichtig.

»Ich bin die Countess of Marlowe«, stellte die Dame sich vor und schwieg dann, als erwarte sie, von Riley erkannt zu werden.

»Sehr erfreut, Sie kennen zu lernen«, erwiderte Riley. »Aber ich habe jetzt keine Zeit, ich muss mich . . .«

»Junge Dame, das ist mir völlig egal! Ich habe Ihnen gesagt, dass ich die Countess of Marlowe bin, und jetzt erwarte ich, Ihren Namen zu hören.« Sie sah Riley erwartungsvoll an. Als Riley nichts sagte, fuhr sie fort: »Dann haben Sie also vor, Ihre Identität geheim zu halten. Zu meiner Zeit wären Sie hinausgeworfen worden, aber Everton war schon immer ein schwacher Narr.«

»Der Herzog ist sehr nett zu mir gewesen«, verteidigte Riley ihren Gastgeber.

»Nett? Also wirklich! Er hat Sie und Ihre Begleiterinnen zum Gespräch des Abends gemacht. Nun, bei der Demaskierung werden Sie den Preis für Ihr lockeres Betragen zahlen müssen.«

Riley hätte solch ein Urteil alarmierend gefunden, wenn sie nicht das Zwinkern in den Augen der Dame gesehen hätte. Deshalb lächelte sie nur und sagte nichts.

Der Dame entging nichts. »Oh, ich verstehe. Sie haben gar nicht vor, noch hier zu sein, wenn alle diese Narren ihre Masken abnehmen und so tun, als wären sie überrascht, wenn sie entdecken, mit wem sie den Abend verbracht haben.« Sie stupste Riley in die Seite und wies mit ihrem Fächer auf die Tanzfläche. »Lady Kynsley und ihr Liebhaber, Viscount Worthen. Als wenn keiner ihre Diamanten oder ihr Muttermal am Kinn erkennen würde.«

Riley unterdrückte ein Lachen.

»Oder da drüben«, fuhr die Dame fort. »Selbst bei all den blau-weißen Schäferinnen, die hier herumlaufen, besteht kein Zweifel daran, dass die schwatzhafte, errötende Miss, die gerade mit Ihrem Cousin Lord Ashlin tanzt, keine andere ist als Miss Pindar. Sie hat die unglückliche Manieriertheit ihrer Mutter geerbt.«

Rileys Schock war ihr wohl anzusehen. »Lord wer?«, versuchte sie zu bluffen.

»Versuchen Sie nur nicht, mich an der Nase herumführen zu wollen. Ich habe fünf Minuten nach Ihrem Eintritt aus Everton herausbekommen, wer Sie sind. Der übrigens besser geplant war als Nelsons letzter Feldzug.«

Die Dame lehnte sich zurück und grinste zufrieden. »Was Ihre Zugehörigkeit zu den St. Clairs angeht, habe ich dazu meine eigene Meinung. Weder Ihr Aussehen noch Ihr Körperbau passt zu den Ashlins, obwohl Sie etwas an sich haben, das den falschen Eindruck entstehen lässt, dass Sie wirklich zu diesem sittenlosen Haufen gehören könnten.«

Riley wusste nicht, was sie darauf erwidern sollte.

Die Dame betrachtete sie. »Oh, werden Sie nur nicht prüde. Ich habe gar nicht vor, jemandem Ihr Geheimnis zu verraten. Lassen Sie uns auf etwas Schöneres zu sprechen kommen – diese Narretei um uns herum.«

Für die nächste halbe Stunde unterhielt Lady Marlowe Riley mit ihrem intimen Wissen über die Londoner Gesellschaft und ihre Schwächen und Makel.

»Jetzt habe ich Sie viel zu lange von Ihren Schützlingen fern gehalten, meine Liebe«, schloss Lady Marlowe schließlich. »Sehen Sie sich an, wie spät es ist – wenn Sie

sie vor der Demaskierung hier heraushaben wollen, müssen Sie sich sputen.«

Riley sah auf die Uhr und blickte sich dann im Saal um. Keines der Mädchen war zu sehen. »Na großartig!«, murmelte sie. »Wie soll ich sie in dem Gewühl nur finden?«

Lady Marlowe lachte. »Eine von ihnen kommt gerade mit Lord Bethams Sohn von der Tanzfläche. Säufer, allesamt! Sie sollte sich von ihm fern halten.«

»Danke.« Riley erhob sich, um Maggie in Empfang zu nehmen, die die Komplimente ihres Kavaliers zum Erröten brachten. »Vielen Dank für alles«, sagte sie zu der Dame. Sie wusste nicht, was über sie kam, aber sie beugte sich vor und gab der Dame einen Kuss auf die Wange. »Meine Freunde nennen mich Riley. Ich würde mich geehrt fühlen, wenn Sie dasselbe tun würden.«

Sie war zu sehr damit beschäftigt, nach Louisa und Beatrice Ausschau zu halten, um den schockierten Ausdruck auf Lady Marlowes Gesicht zu bemerken. Sie sah auch nicht die kleine Träne, die der Dame über die Wange rann, ehe sie sie hastig fortwischte.

Oh, es war schlimm genug, dass sie heute Abend gegen alle Anordnungen Masons verstoßen hatte, nur um ihn eines Besseren zu belehren; und nun sah es auch noch so aus, als wenn alle ihre Befürchtungen wahr würden.

»Suchst du jemanden?«, hörte sie eine Stimme an ihrem Ohr, die sie den ganzen Abend nicht hatte hören wollen.

Mason ergriff sie am Arm.

Riley riss sich los. »Bist du verrückt? Du verrätst uns ja.«

»Darum müsstest du dir keine Sorgen machen, wenn du getan hättest, worum ich dich gebeten habe.«

Entrüstet starrte Riley ihn an. »Seit wann darfst du mir befehlen, was ich zu tun habe?«

»Seit du dich unter meinen Schutz gestellt hast«, flüsterte er zurück.

Die bisher verstohlenen Blicke um sie herum verwandelten sich in neugieriges Anstarren. Riley fühlte, wie die Spekulationen bereits außer Kontrolle gerieten.

»Hol die Mädchen und fahr nach Hause«, knurrte Mason, »dort treffen wir uns.«

»Genau das hatte ich vor, ehe du dich mir in den Weg gestellt hast«, gab sie zurück.

»Gut, endlich kommst du zur Vernunft«, sagte er. »Bis dann.« Rasch verschwand er wieder in der Menge.

Da fiel Riley ein, was sie von Mrs Pindar gehört hatte. Blieb ihr noch Zeit genug, um ihn zu warnen, ehe er sich für immer an Dahlia band? Wenn er es nicht schon getan hatte.

Riley warf einen nervösen Blick auf die Uhr und sah, dass es Viertel vor Zwölf war. Verzweifelt suchte sie die Menge nach Maggie ab. Als sie sie sah, ging sie zu ihr und fragte: »Wo sind deine Schwestern?«

Maggie blickte sich in alle Richtungen um. »Louisa hat mit Rod ...«

Sie schloss den Mund und biss sich auf die Unterlippe.

»Roderick?«, fragte Riley, ohne eine Antwort abzuwarten. Verdammt sollte er sein! »Wo sind sie?«

Maggie stöhnte, als hätte sie es vorgezogen, einen Arm zu verlieren, statt ihre Schwester zu verraten.

Am Ende verriet ihr besorgter Blick, was Riley wissen wollte. Sie strebte mit Maggie nach draußen. »Wir werden uns darum noch kümmern müssen.«

Auf dem Weg in den Garten kamen sie am Kartenzimmer vorbei. Aus den Augenwinkeln entdeckte Riley voller Schrecken, dass Bea an einem der Tische saß.

Aber damit nicht genug. Sie war von einer großen Menge umgeben, die ihrem Spiel fasziniert zusah.

Als Maggie und Riley näher kamen, wurde ihre Angst, entdeckt zu werden, noch größer. Denn Beas Partner war niemand anders als Lady Delander!.

Himmel! Was dachte Bea sich bloß, dass sie mit ihrer Klatschtante von Nachbarin Karten spielte?

Schlimmer noch, Del stand neben seiner Mutter und sah Bea unverwandt an, als ob es keine andere Frau im Raum gäbe.

»Sieh doch, Riley«, flüsterte Maggie, »Bea gewinnt.«

In der Tat, das tat sie. Vor dem Mädchen lagen ein großer Haufen Münzen und ein Ohrring der Herzoginwitwe, dessen Rubine und Gold fast schalkhaft glitzerten.

Ohne zu ahnen, dass sie entdeckt war, spielte Bea ihre letzte Karte aus und lächelte Lady Delander triumphierend an, denn sie hatte gewonnen.

Die Zuschauer warfen sich schockierte Blicke zu.

»Also wirklich!«, entrüstete sich Lady Delander.

»Das ist jetzt das fünfte Spiel in Folge, das dieses Mädchen gewonnen hat«, bemerkte ein älterer Mann.

»Ich verlange Revanche«, forderte Lady Delander. »Ich möchte Genugtuung haben, denn irgendwas stimmt da nicht, junge Dame. Sie müssen wissen, dass ich noch nie beim Piquet verloren habe. Nie.«

»Der Augenschein beweist dir das Gegenteil, Mutter«, warf Del ein und zwinkerte Bea zu. »Anscheinend ist eine Göttin unbesiegbar – selbst bei deinem, sagen wir, bemerkenswerten Können.«

»Oh, halt den Mund, Allister«, fauchte Lady Delander. »Ich verlange ein neues Spiel, *Miss Artemis*!«

In diesem Moment sah Bea auf und blickte in Rileys Augen.

Riley nickte in Richtung Uhr und schüttelte den Kopf.

»Es tut mir leid, Mylady«, murmelte Beatrice. Sie schaufelte ihren Gewinn in die Jagdtasche an ihrem Gürtel und eilte hinter Riley her, ehe die entrüstetete Lady sie aufhalten konnte.

Del sah wie betäubt zu, als die schöne Göttin mit ihren reizenden Begleiterinnen aus dem Zimmer floh. Sie hatte nicht nur seine Mutter beim Piquet geschlagen, sondern auch noch sein Herz mit ihren verwegenen Blicken hinter der Maske erobert.

Wie hatte er je glauben können, in Riley St. Clair verliebt zu sein?

Das Faszinierende an seiner neuen Liebe war ihre geheimnisvolle Aura, aber irgendetwas an ihr kam ihm auch sehr vertraut vor.

Als ob er sie schon sein ganzes Leben lang kannte.

Wer zum Teufel war sie?

Zum ersten Mal seit Jahren ignorierte Del die Klagen seiner Mutter und ihre Forderung, dass er das Mädchen sofort zurückholen solle und hundert andere Vorschläge, um zielstrebig in den Ballsaal zu gehen. Denn um Mitternacht wollte er unbedingt in der Nähe der geheimnisvollen Schönen sein.

Als Del sich an die Wand lehnte und die Menge absuchte, die sich im Saal drängte, fragte er sich, wie oft er wohl schon direkt neben ihr gestanden hatte, ohne zu erkennen, dass sie in Griffweite war.

Nun, diesen Fehler würde er nicht noch einmal machen.

Aber erst musste er seine künftige Frau finden, um sie demaskieren zu können.

Die Gärten hinter dem Haus des Herzogs waren fast so voll wie der Ballsaal.

Aber im Gegensatz zu der harmonischen Musik im Saal hörte man hier draußen leise Seufzer und leidenschaftliche Küsse. Alle Manieren und aufmerksamen Augen von Anstandsdamen waren vergessen, sobald die Gäste in die Stille der Gärten kamen.

Hinter Statuen und Rosenbüschen umarmten sich Paare, sie schmiegten sich auf Bänken aneinander und hatten die Welt um sich herum vergessen. In der Dunkelheit und hinter den Masken war es sehr schwer, jemanden wieder zu erkennen.

Riley drehte sich zu ihren beiden widerwilligen Schützlingen um. »Findet eure Schwester – und zwar schnell, ehe sie jemand entdeckt.«

Bea verschwand in die eine Richtung, Maggie in die andere, und Riley ging den Hauptweg hinunter. Anstand und Rücksichtnahme spielten im Moment keine Rolle, und so tippte sie, ohne zu zögern, den Pärchen auf die Schultern.

»Verzeihung«, murmelte sie immer wieder, als sie zahllose Paare bei ihren Zärtlichkeiten unterbrach. Ihr einziger Trost dabei war, dass sie nicht Mason und seine errötende Dahlia in leidenschaftlicher Umarmung fand.

Als sie gerade aufgeben wollte, hörte sie Rodericks vertraute Stimme – und die Zeilen aus seiner Rolle.

»Aveline, süße Aveline. Die verzweifelte Situation, in

der wir uns befinden, kümmert mich nicht, noch unsere Herkunft. Ich will nur, dass wir zusammen sind.«

Riley hätte am liebsten gestöhnt. Mason hatte Recht: Der Satz machte Geoffroi zum Narren.

Riley schob die Zweige eines Busches beiseite und entdeckte das Pärchen in inniger Umarmung.

Riley ergriff Bea am Kleid und riss sie zurück. Dann schob sie das schimpfende Mädchen hinter sich und wandte sich an Roderick, der aus dem Busch stürmte, als suche er einen Gegner.

»Ich verlange Genugtuung!«, stotterte er, ehe er seine Chefin erkannte. »Oh, Riley, Sie sind es.«

»Ja, ich bin es. Erinnere mich daran, dass ich den Satz morgen streiche – zusammen mit allen anderen von dir.«

»Aber Riley...«, begann Louisa zu protestieren und wollte sich an Riley vorbei zu ihrem Liebsten schieben.

Aber Riley war schneller und hielt das Mädchen fest. »Das reicht! Was hast du dir bloß gedacht?«

Das Gesicht des Mädchens sprach Bände – eine Geschichte, die Riley nur zu gut kannte. Louisa hatte ihr Herz verloren.

Rileys Gesicht wurde sanfter, und sie lächelte Louisa an. »Wir reden zu Hause darüber. Und was dich angeht«, wandte sie sich an Roderick, »hältst du dich ab jetzt von Louisa fern. Wenn ich herausfinden sollte, dass du etwas getan hast, was sie unwiderruflich kompromittiert, bist du gefeuert, und ich werde dafür sorgen, dass du in ganz London keine Anstellung mehr findest.«

Der junge Mann richtete sich zu voller Höhe auf. »Hören Sie, ich habe vor, um Louisas Hand anzuhalten.«

Riley schüttelte sich. Das war ja viel schlimmer, als sie befürchtet hatte. »Glaubst du wirklich, dass dein Antrag ernsthaft in Betracht gezogen würde? Roderick, ich weiß nicht, wo du herkommst, aber Schauspieler heiraten keine Earlstöchter.« Sie schüttelte den Kopf und machte sich mit einer störrischen Louisa im Schlepptau auf den Rückweg.

Roderick sah ihnen wütend nach. »Wir werden noch sehen, wer hier unwürdig ist, Madame Fontaine! Wir werden ja sehen.«

Maggie folgte Riley pflichtgemäß aus dem Haus, war aber mehr als traurig, den Ball schon verlassen zu müssen. Nachdem sie jahrelang davon geträumt hatte, solche Feste zu besuchen, wäre sie gerne die ganze Nacht auf dem Ball geblieben.

Das erste Mal im Leben war sie elegant gewesen, und was noch besser war: Sie war begehrt worden. Sie hatte Verehrer gehabt! Männer hatten sie zum Tanz aufgefordert, ihren Namen wissen wollen, sie um einen Hinweis angefleht.

Maggie seufzte. Wenn sie doch nur wie Bea und Louisa ihre wahre Liebe schon in dieser Nacht gefunden hätte.

Maggie wusste genau, wie er aussehen sollte – dunkel und geheimnisvoll. Vielleicht wäre auch eine Augenklappe nicht schlecht, die eine Verletzung verbarg, die er bei einer Schlacht oder einem Duell davongetragen hatte. Sie hätte beim Tanzen in seinen Armen gelegen, seine Mutter beim Kartenspiel geschlagen und all das getan, was Louisa im Garten getan hatte . . . was auch immer das war.

Ganz in Gedanken verloren, verpasste Maggie die oberste Stufe und stolperte.

Direkt in die Arme eines Fremden.

Das Buch, das sie für ihr Kostüm aus der Bibliothek ihres Onkels entliehen hatte, rutschte ihr aus der Hand und polterte die Treppe hinunter, wo es sich zum Hut des Herrn gesellte.

Sein stählerner Griff hielt sie fest und bewahrte sie davor, mit dem Kopf voran auf die Straße zu stürzen. Der würzige, männliche Geruch seines After Shaves hüllte sie angenehm ein.

Als Maggie den Kopf hob, stand sie direkt vor ihrem Traumhelden, und ihr erster ungeschickter Schritt an diesem Abend machte ihr nichts mehr aus.

»Sind Sie in Ordnung, Miss?«, fragte er. Er hielt sie einen Moment länger fest als schicklich, ehe er sie losließ. »Ist Ihnen auch wirklich nichts passiert?«

Maggie konnte nur den Kopf schütteln, denn sie hatte Angst, aus diesem unglaublichen Traum zu erwachen.

»Ich fürchte, Ihr Buch und mein Hut hatten weniger Glück«, lachte der Fremde, nahm zwei Stufen auf einmal und hob die verschmutzten Sachen auf.

Das gab ihr einen Moment Zeit, ihren Retter zu betrachten. Er trug die Uniform eines Marinesoldaten – kein Kostüm, sondern eine richtige Uniform, da war Maggie sich sicher, denn sie passte ihm perfekt. Als er sich unten umdrehte und zu ihr aufblickte, sah er sie an, als wäre sie die schönste Frau der Welt.

Maggie war sich jedenfalls sicher, dass er der attraktivste Mann war, den sie je gesehen hatte – dunkel, geheimnisvoll, wenn auch ohne Augenklappe. Aber das war nur ein kleiner Nachteil, der zu verschmerzen war, wenn dieser Mann sie dafür für den Rest ihres Lebens in seinem sicheren, festen Griff halten würde.

Er verbeugte sich vor ihr und griff nach ihrer Hand. »Wenn ich mich vorstellen darf…«, begann er.

Maggie streckte ihm die Hand entgegen, aber Bea war es, die sie ergriff.

»Tut mir leid, dass ich stören muss, *Athena*«, sagte sie und lächelte den Mann entschuldigend an, »aber wir müssen gehen. Jetzt.«

Damit zog sie ihre Schwester mit.

Maggie leistete kurz Widerstand, aber ihre Schwester war größer und etwas schwerer als sie – da hätte sie sich genauso gut gegen Hashim wehren können.

Captain Westley Hardy sah zu, wie das scheue kleine Ding von dem anderen Mädchen fortgezogen wurde, und er fühlte sich plötzlich so, als hätte er gerade acht Stunden an der Front verbracht statt in der Gegenwart dieses jungen Mädchens.

Wer war sie?

Ehe er ihr folgen konnte, hatte die Gruppe eine Kutsche erreicht und war eingestiegen. Eine Peitsche knallte, und dann war die Schönheit nebst Tross und Pferden in der Dunkelheit verschwunden, ehe er hatte reagieren können.

Verdammt, er kannte nicht einmal ihren Namen.

In diesem Moment rannte ein anderer Mann an ihm vorbei. Der Mann, der ein grässliches Straßenräuberkostüm trug, wandte sich an ihn: »Haben Sie vier Göttinnen gesehen?«

Unter anderen Umständen hätte Captain Hardy den Mann für einen Schwachsinnigen gehalten, aber nach dem, was er gerade mit angesehen hatte, nickte er nur.

Der andere fluchte. »Wie soll ich sie denn nun wieder finden?«

Trotz Kostüms und Maske erkannte Hardy den Mann an der Stimme. »Delander?«

»Hardy!« Del ergriff die Hand des Captains und schüttelte sie. »Ich habe schon gehört, dass du in der Stadt bist. Schön, dich zu sehen. Der Saint wird außer sich sein, wenn er das hört. Wir drei wieder glücklich vereint.«

»St. Clair ist in der Stadt?«, fragte Hardy.

»Jetzt Ashlin. Hat letztes Jahr den Titel seines Bruders geerbt.«

»Dann muss einer von euch wissen, wer das eben war«, sagte Hardy, »die, die als Göttinnen verkleidet waren.«

»Du hast sie gesehen?«, fragte Del. »Gutes Timing – warum hast du nicht eine Salve abschießen lassen oder was immer ihr bei der Marine macht, um ein Schiff aufzuhalten? Du hast einen Schatz ziehen lassen, der mehr wert ist als alles, was du angeblich in den letzten Jahren an Preisgeldern angehäuft hast.«

Hardy freute sich zwar, seinen Freund zu sehen, verspürte aber sofort Eifersucht. »Athena?«

Zu seiner Erleichterung schüttelte Del den Kopf. »Artemis. Hast du sie gesehen? Göttlich!«

»Ja, weißt du, ich denke über die andere ähnlich«, erwiderte Hardy und hielt das Buch hoch, das das Mädchen zurückgelassen hatte.

»Zumindest hast du ein Souvenir.« Del sank auf die Stufen und sah müde in die Nacht. »Was liest eine Göttin denn heutzutage so?«, fragte er seinen Freund.

Hardy sah auf den Band hinunter und betrachtete verwundert den Titel.

Die Taktiken Alexanders des Großen in der Schlacht. Er reichte Del das Buch.

»Nicht gerade Lektüre aus dem Elysium«, witzelte Del. »Wer liest nur so ein langweiliges Buch?« Er schlug das Buch auf und starrte auf die erste Seite. Dann begann er zu grinsen.

»Hardy, mein guter Freund – wie planst du eine Eroberung?« Er gab ihm das Buch aufgeschlagen zurück.

Selbst im schwachen Licht der Fackel konnte Hardy den handschriftlichen Eintrag auf der ersten Seite des Buches erkennen.

Eigentum von Mason St. Clair, Merton College, Oxford.

17

Mason befand sich auf dem Heimweg von der Everton-Veranstaltung, und jeder seiner Schritte hallte vor Wut und Ärger auf den Pflastersteinen wider. Wie konnte sie es wagen, ihm nicht zu gehorchen und ihr Leben in Gefahr zu bringen, nur damit die Mädchen auf diesen albernen Ball gehen konnten?

Riley! Ob sie je aufhören würde, ihn zum Wahnsinn zu treiben?

Mason holte tief Luft. Zu seinem Ärger hatte er sich eingestehen müssen, dass er froh gewesen war, sie zu sehen. Sie hatte verhindert, dass er weiter der leeren Unterhaltung Mrs Pindars und ihrer Tochter hatte zuhören müssen, die sonst den ganzen Abend über weitergegangen wäre.

Während Mason unterwegs war, dachte er noch einmal an sein Gespräch mit Mrs Pindar, das eher eine Reihe verschleierter Drohungen als höflicher Hinweise gewesen war.

Heiraten Sie meine Tochter, oder ich suche mir einen anderen verarmten Earl, der sie zur Gräfin macht.

Zum Schluss hatte sie noch angekündigt, dass ihr Anwalt ihn morgen früh aufsuchen würde, um zu sehen, ob sie sich einig würden.

Mason hatte die Art nicht gefallen, wie die Dame die Augen dabei zusammengekniffen hatte – wie ein Wiesel, das hinter einem Hühnchen her ist. Und dann hatte sie gelächelt und gesagt: »Sie werden sehen, mein Lieber, dass mein Anwalt ein überzeugendes Argument gegen Ihre Verzögerungstaktik vorbringen kann.«

Jetzt hegte er keinen Zweifel mehr daran, wer Freddies Schuldscheine aufgekauft hatte und zu welchem Zweck. Mit jedem Schritt wurde er wütender. Er trat nach einem losen Stein, der ihm im Weg lag.

Was war nur aus ihm geworden?

Er war zwar eine neue Art von Ashlin, aber nicht die respektable und ehrenhafte Art, die er sich vorgestellt hatte, um den Ruf seiner Familie wiederherzustellen.

Was hatte er falsch gemacht?

Er wusste es. Er hatte seinen Anstand und seine Selbstachtung verloren, als er sich entschlossen hatte, eine Vernunftehe zu schließen statt einer Liebesheirat.

Als sein Kopf beschlossen hatte, der immens reichen Miss Pindar den Hof zu machen, hatte er sein Herz verloren.

Er wusste auch, an wen.

Riley.

Aber wie konnte er sie heiraten?

Er besaß keinen Pfennig – schlimmer noch, er hatte Schulden. In den letzten sieben Monaten hatte er immer wieder Freddies Investitionen durchgesehen, die Bücher, jeden Fetzen Papier, um etwas zu finden, das widerlegte, dass jede Münze aus dem Familienvermögen verschwunden war.

Aber er hatte nichts entdeckt. Es gab nichts mehr außer seiner selbst, was er der hart arbeitenden Dame anbieten konnte.

Eben den verarmten Earl, den Mrs Pindar mit berechnendem Funkeln in den Augen verfolgte.

Riley sah ihn nicht so an. Ihr war es egal, dass er ein Earl war. Tatsächlich hatte er den Verdacht, dass sein Titel in ihren Augen eher ein Makel war.

Als er am Ashlin Square ankam, sah er zu seinem Haus herüber und entdeckte, dass in der Bibliothek noch Licht brannte.

Sie wartete auf ihn.

Mason wusste, was er zu tun hatte. Er konnte seine Liebe erfüllen und alles verlieren, oder er konnte die, die er liebte, in Sicherheit bringen, indem er seine eigenen Träume aufgab.

Er hatte gar keine Wahl.

Riley wartete in der Bibliothek auf Mason, wobei sie dem Drang widerstand, das Fenster zu öffnen und nach ihm Ausschau zu halten.

Sie wusste: Wenn sie ihn die Treppe heraufkommen sah, dann verlor sie vielleicht die Kraft für das, was sie vorhatte.

Sie musste ihm auf Wiedersehen sagen.

Sie hatte ihr Versprechen erfüllt und die Mädchen zu einem gesellschaftlichen Ereignis gemacht – falls der nicht endende Strom von Verehrern heute Abend ein Beweis dafür sein konnte. Schon bald würden die Heiratsangebote ins Haus geflattert kommen.

Wenigstens würden die Mädchen glücklich werden, dachte sie.

Und für eine Nacht, beschloss sie, würde auch sie ihr eigenes kleines Glück finden.

Riley sah sich nach einer Beschäftigung um, bis Mason nach Hause kam, und entdeckte seine Brille auf einem Buch liegen, das er gerade gelesen hatte.

Neugierig sah Riley sich um. Als sie entdeckte, dass sie alleine war, nahm sie die Brille hoch und betrachtete sie.

Sie verlieh ihm eine gewisse Strenge, obwohl sie jetzt so unauffällig aussah – wie sollte er ohne Brille zurechtkommen, wenn er sie hier vergessen hatte?

Vielleicht hatte er der Falschen einen Antrag gemacht, wenn man in Betracht zog, wie viele Schäferinnen heute auf dem Ball gewesen waren. Miss Pindar hätte sicher gekocht vor Wut! Das geschähe dem intriganten Weibsstück Recht.

Riley betrachtete erst die Brille und dann den Spiegel über dem Kamin.

Ich frage mich, wie die Welt durch eine Brille aussieht, dachte sie ... trat vor den Spiegel und schloss die Augen, während sie seine Brille aufsetzte.

Als sie sie wieder aufschlug, machte sie eine erstaunliche Entdeckung: Die Gläser im Rahmen waren Glas.

Aus klarem und ungeschliffenem Glas.

Riley betrachtete sich im Spiegel und fragte sich, warum der Earl eine Brille trug, wenn er gar keine brauchte.

»Weil man sich als Sohn eines notorischen Frauenhelden und Mitglieds der guten Gesellschaft so weit wie möglich von seinem Vater zu unterscheiden versucht«, erklang Lord Ashlins Stimme von der Tür her.

Riley fuhr herum und sah ihn an. »Bitte?«

»Du hast dich gefragt, warum ich eine Brille trage, wenn ich sie gar nicht brauche.« Mason trat in die Bibliothek. »Sie erfüllt ihren Zweck. Du siehst aus wie ein Blaustrumpf.«

Riley setzte die Brille ab und errötete, weil er sie ertappt hatte. »Es tut mir leid«, beeilte sie sich zu sagen und hielt ihm die Brille hin. »Ich sah sie da liegen und weiß nicht, was in mich gefahren ist.«

»Neugier vielleicht«, vermutete er, nahm ihr die Brille ab und legte sie wieder auf den Tisch, wo sie vorher gelegen hatte. »Ich weiß nicht, warum ich sie immer noch trage. Gewohnheit, vermute ich.«

Riley schämte sich. Sie hatte gewollt, dass er sie als betörend schöne Aphrodite vorfand, so unwiderstehlich, dass er vor ihr auf die Knie fallen, ihr seine unsterbliche Liebe gestehen und die grässliche Miss Pindar für immer vergessen würde.

Stattdessen hatte er sie als neugierige alte Jungfer ertappt.

Ganz in ihre Gedanken versunken, hatte Riley nicht gemerkt, dass Mason hinter sie getreten war und jetzt ihre Schultern umfasste. Seine Berührung war anders als sonst. Stärker. Beherrschender. Vielleicht war es die Wut auf sie, aber sie hatte das Gefühl, dass sich in ihm etwas verändert hatte.

»Riley, was hast du dir dabei gedacht, meinen Anordnungen zuwider zu handeln?«

Riley sah ihn an. Er hatte die Maske abgesetzt, und sein Gesicht zeigte eine stählerne Entschlossenheit, die sie erschauern ließ, so intensiv war sein Blick. »Deine Anordnung war unberechtigt. Ich weiß wirklich nicht, welche Gefahr mir auf dem Ball des Herzogs hätte drohen können.«

»Zumindest hättest du Kostüme aussuchen können,

die nicht so aus dem Rahmen gefallen wären. Griechische Göttinnen ... also wirklich!«

Riley legte den Finger auf die Nase und tat, als müsse sie ernsthaft darüber nachdenken. »Ja, vielleicht hätte ich sie als Schäferinnen verkleiden sollen, dann hätten sie sich gut in der ganzen Herde verstecken können.«

»Das ist nicht komisch«, erwiderte Mason streng, aber Riley entdeckte ein amüsiertes Funkeln in seinen Augen.

»Gefällt dir etwas an diesem Kostüm nicht?« Riley trat einen Schritt zurück und drehte sich langsam im Kreis. »Ein Mann klassischer Bildung wie du müsste das Kostüm doch zu schätzen wissen.«

Mason knirschte mit den Zähnen. »Ja, sehr. Zu sehr. Ich weiß, dass das Geld in diesem Haus knapp ist, aber hättest du nicht wenigstens so viel Stoff finden können, um euch alle angemessen zu bedecken?«

»Angemessen?« Sie lächelte und stellte einen Fuß vor, sodass das Kleid sich an dem gewagten Schlitz teilte und ihre schlanken Schenkel entblößte. »Ich sehe nicht, was daran nicht angemessen sein soll.«

Riley schob sich näher an ihn heran und ergriff seine Hand, um sie über ihre Brüste und ihre Hüften zu führen.

»Du trägst nichts unter dem Kleid«, sagte Mason mit einer Stimme voller Begehren.

»Mag sein, mag auch nicht sein«, flüsterte sie. »Es gibt nur eine Möglichkeit, das herauszufinden.«

Weiter brauchte sie ihn nicht zu ermutigen. Mason riss sie in seine Arme und küsste sie hart auf den Mund.

Alle Spannung zwischen ihnen verwandelte sich auf der Stelle in flammende Leidenschaft.

Rileys Lippen öffneten sich unter seinen und hießen ihn willkommen.

Wenn sie sich doch bloß so bis in alle Ewigkeit küssen könnten!

Mason schien entschlossen, ihr diesen Wunsch zu erfüllen, denn er fuhr fort, sie mit Lippen und Zunge zu liebkosen, bis sich ihr Kopf vor süßer Verwirrung drehte.

Als er schließlich den Kopf hob, schnappte Riley nach Luft.

»Jeden Tag, den du in London bleibst, bist du in Gefahr«, erklärte Mason.

»Nur durch dich«, flüsterte Riley und küsste ihn erneut. Sie hatte es nicht für so leicht gehalten, ihn davon zu überzeugen, dass Anstand und Schicklichkeit in ihrer Beziehung keine Rolle spielten. Wenigstens für eine Nacht wollte sie dem Mann gehören, den sie nie würde besitzen können.

Es war ein egoistischer Wunsch – für alle Zeit diese eine Nacht in ihrem Herzen bewahren zu können, während er sich schon morgen mit einer anderen verloben würde.

Riley konnte ihm keinen Vorwurf daraus machen – keinen großen, denn Dahlia Pindars Vermögen schuf die Grundlage dafür, dass er das ehrenhafte Leben führen konnte, nach dem er sich so sehnte.

Und das Riley ihm nicht bieten konnte. Ihr Theater würde auf Dauer seine schlimmsten Schulden tilgen, aber Reperaturen an dem alten Anwesen Sanborn Abbey oder an den dazugehörigen Häusern der Pächter wären unmöglich.

Wenn es also keine Stelle gab, an der sie in sein behagliches Zukunftsbild voller Respektabilität passte, dann würde sie wenigstens heute Nacht so tun, als wäre sie irgendjemandes Erbin, reich und passend für ihn.

Letzteres zumindest stimmte.

Sie liebte ihn von ganzem Herzen.

Mason hatte begonnen, ihren Hals zu küssen, und war jetzt an der Stelle hinter ihrem rechten Ohr angelangt, wo sie jedes Mal weiche Knie bekam und ihr Atem kurz und keuchend ging.

Rileys Finger öffneten seine Jacke, glitten über seine Brust, zeichneten jeden Muskel nach, fühlten seine Kraft und seinen harten, kräftigen Herzschlag unter ihrer Handfläche.

Rasch zog Mason seine Jacke aus und dann die Krawatte. Riley half ihm, indem sie ihm das Hemd aus der Hose zog und es ihm über den Kopf streifte.

Dabei nahm sie sich einen Moment Zeit, ihn zu betrachten, und sie fragte sich, ob sie je einen besser aussehenden Mann gesehen hatte. Da sie in einem Theater groß geworden war, hatte sie viele Männer gesehen – in allen Stadien des Angezogenseins, denn sie hatten sich oft unter engen Verhältnissen umziehen müssen, sodass der Anblick einer bloßen Männerbrust nichts Neues für sie war.

Was ihr den Atem stocken ließ, war die Tatsache, dass sie ihm so nahe war. Noch nie hatte ihr ein Mann so viel bedeutet, noch nie hatte sie sich auf das gefreut, was kommen würde, denn sie wusste, dass er sie eng an sich drücken und mit jeder Berührung zu der Seinen machen würde.

Willentlich gab Riley sich hin.

Mason streckte die Hand aus und schob ihr den von einer Spange gehaltenen einzigen Träger des Kleides über die Schulter, sodass er ihre nackten Brüste betrachten konnte.

Riley dachte, dass sie wohl hätte verlegen sein müssen, doch das Funkeln in seinen Augen sagte ihr, dass sie das nicht zu sein brauchte – Mason fand sie begehrenswert. Sehr sogar. Er schlang ihr den Arm um die Taille und zog sie an sich. Riley bog sich ihm entgegen, als seine Lippen eine heiße Spur über ihren Hals zogen. Er verfuhr quälend langsam dabei und kostete jeden Millimeter ihrer Haut aus, als wäre es der letzte Krumen Essen.

Rileys Magen zog sich zusammen, als seine Lippen sich um ihre Brustspitze schlossen und er sacht zu saugen begann.

Sie stöhnte auf, als seine Zunge sie liebkoste. Niemals hatte sie sich das so vorgestellt – so heftig und voller Begierde.

Mason hatte alle Respektabilität in dem Moment über Bord geworfen, als er hereinkam und sie mit seiner Brille sah.

Eine Göttin mit Brille.

Er wollte, dass Riley zu seinem Leben gehörte, und nur sie – zum Teufel mit allen Problemen, die sich daraus ergeben würden. Die Ashlins schlugen sich ihren eigenen Pfad durchs Leben, und es war an der Zeit, dass er seinen wählte.

Er würde schon eine Möglichkeit finden, Freddies Schulden zurückzuzahlen, und Mrs Pindar würde er sagen, sie solle sich mitsamt ihren gierigen Plänen zum Teufel scheren. Dann würde er diese Frau heiraten, die er so sehr liebte. Es war leicht zu glauben, dass das alles möglich war, wenn er Riley so küsste.

Sie erbebte in seinen Armen und presste sich an ihn.

Mason sah sich um – aber es gab wirklich keinen Platz, wo sie sich hätten lieben können, außer auf dem harten Boden, den nur ein dünner Teppich bedeckte.

Das, entschied er, reichte nicht. Aber wo sollte er sie hinbringen? Er konnte sie in diesem Zustand kaum durchs Haus tragen. Etwas Anstand war ihm doch noch geblieben.

»Mein Zimmer«, flüsterte sie, »lass uns in mein Zimmer gehen.«

Mason grinste, denn sie hatte Recht. Ihre Räume waren die ideale Lösung. Ein Bett mit Riley zu teilen – das war es, was er sich wünschte. Also nahm er sie in einer fließenden Bewegung auf die Arme und trug sie hinunter in die Halle.

Er schob ihre Zimmertür mit dem Knie auf, trug Riley hinein und drückte die Tür mit der Schulter wieder zu. Dann ließ er Riley sanft auf das Bett gleiten. Ihr Mädchen hatte Feuer im Kamin gemacht, was den Raum behaglich erwärmte, aber sie zitterte dennoch.

»Ist dir kalt?«, fragte Mason.

Riley schüttelte den Kopf, umfasste sein Gesicht mit beiden Händen und zog ihn zu sich herunter, damit sie ihn küssen konnte.

»Gieriges Mädchen«, flüsterte er an ihren Lippen.

»Vielleicht hätte ich heute Nacht als Habsucht gehen sollen.«

Mason lachte. »Nein, du bist die perfekte Verkörperung Aphrodites.«

»Dann befehle ich dir, mir deine Liebe zu schenken.« Sie wedelte majestätisch mit der Hand.

»Wie Ihr wünscht, Mylady.« Mason war nur zu froh, ihrem Befehl nachkommen zu können.

Er schob ihr das Kleid ganz hinunter. Jetzt lag sie vor ihm, die Haare offen auf Brust und Schultern, nur noch mit der Krone bekleidet. Ihr schlanker Körper lag aufreizend sinnlich vor ihm und lud ihn ein, noch näher zu kommen.

Mason zog seine Hose aus und legte sich zu ihr. Dann fanden sich ihre Körper erneut in einem leidenschaftlichen Kuss.

Riley konnte kaum glauben, dass dies alles geschah. Was dachte sie sich nur? Sie wusste nichts darüber, wie man mit einem Mann schläft! Aber zugleich, als ihre Hände über Masons Körper wanderten, erkannte sie, dass sie vielleicht gar keine Erfahrung brauchte, denn ihre Berührungen schienen ihn zu erregen.

Riley folgte seiner Führung und berührte, küsste und liebkoste ihn, bis ihre Hand seine Härte berührte.

Einen Moment lang zog sie sich zurück und überlegte, was sie tun sollte, aber dann folgte sie wie schon vorher ihrem Instinkt und schloss die Finger um seine harte Männlichkeit.

Das musste richtig sein, denn Mason sog hart den Atem ein und lag ganz still. Als auch sie innehielt, keuchte er: »Bitte, mach weiter.«

Riley lächelte und gehorchte ihm nur zu gerne.

Masons Lippen hatten erneut eine ihrer harten Brustspitzen gefunden und saugten daran. Das Gefühl ließ sie sich winden, und sie presste die Schenkel zusammen, als sie eine seltsame Hitze in sich aufsteigen fühlte.

Dann begannen seine Finger, sie dort zu streicheln und ein neues Begehren in ihr zu wecken. Ihre Hüften zuckten unter seiner Berührung, ohne dass sie es wollte.

Langsam glitt sein Finger tiefer in sie hinein und fand

eine Stelle, die so empfindlich war, dass sie überrascht aufkeuchte.

Mason zog seine Hand zurück und strich ihr sanft das Haar aus dem Gesicht.

»Als du mir gesagt hast, dass du noch nie einen Liebhaber hattest«, begann er leise, »wolltest du da sagen, dass du das hier noch nie getan hast?«

»Das bedeutet es gewöhnlich, wenn eine Frau sagt, dass sie noch nie einen Liebhaber hatte«, erwiderte Riley heftig.

»Ah, da ist wieder dieses Künstlertemperament.« Mason beugte sich vor und küsste sie. »Es ist mir egal, ob du einen hattest oder nicht. Ich will dir nur sagen, dass es wehtun kann.«

»Das erwarte ich.«

Überrascht sah er auf sie hinunter. »Warum sagst du das?«

»Ich habe immer eng mit anderen zusammengelebt und habe gehört, wenn Leute sich lieben. All das Stöhnen und Schreien. Das ließ mich schon denken, dass es nicht allzu angenehm sein kann – aber du fängst an, mich zu überzeugen, dass ich mich in der Hinsicht vielleicht geirrt haben könnte.« Sie lächelte ihn scheu an. »Fahr doch fort, mich zu überzeugen.«

Das tat er nur zu gerne, küsste und streichelte sie, bis sie zitternd und stöhnend in seinen Armen lag.

»Oh, Mason«, keuchte Riley erhitzt, »das ist so wundervoll.«

»Es wird sogar noch besser.«

Riley wusste nicht, wie das noch möglich sein sollte, als er sich auf sie legte und langsam in sie eindrang.

Erst war es unbehaglich, aber Mason nahm sich Zeit

und drang nur langsam in sie ein, bis er die Barriere erreichte, die ihre Unschuld schützte.

Sanft drängte er weiter.

Riley holte tief Luft, als der Schmerz langsam abebbte, und Mason küsste ihren Mund und murmelte ihr Liebkosungen ins Ohr.

Er fuhr fort, sich in ihr zu bewegen, bis ihre Hüften sich seinen Stößen anpassten.

Riley wusste, dass sich etwas in ihr aufbaute, aber sie wusste nicht, was, bis sie so gierig und ihr Gefühl so intensiv wurde, dass es plötzlich in heißer Leidenschaft explodierte.

Riley hätte triumphierend aufgeschrien, wenn Mason sie nicht geküsst hätte. Sein Höhepunkt folgte kurz nach ihrem, und dann lag er erschöpft in ihren Armen.

Eine Zeit lang lagen sie beieinander, stumm angesichts des Wunders, das sie gerade erlebt hatten.

Schließlich richtete Riley sich auf und sagte: »Jetzt weiß ich, was das ganze Schreien zu bedeuten hat.«

18

Als Riley aufwachte, wusste sie erst nicht, wo sie war. Durch einen Spalt in den Vorhängen strömte das Sonnenlicht herein und zeigte ihr, dass es schon spät sein musste. Sie wusste nicht, wann Mason gegangen war, erinnerte sich nur noch an die köstlichen Erlebnisse der Nacht.

Dann sah sie die Nachricht auf ihrem Kopfkissen.

Willkommen zum letzten Tag deines Lebens.

Die ungelenken Buchstaben waren ihr nur zu vertraut.

Riley öffnete den Mund, um zu schreien, aber eine Hand legte sich auf ihre Lippen und erstickte jeden Laut.

»Das wäre nicht sehr klug«, hörte sie eine Stimme. »Denn dann käme dein Liebhaber herein, und ich müsste auch ihn töten. Aber dafür werde ich nicht bezahlt – bisher jedenfalls nicht.«

Riley kannte diese Stimme – sie hatte sie schon zahllose Male gehört. Sie fuhr herum und sah Daniel vor sich, einen der Schauspieler ihrer Truppe, der sie angrinste.

Voller Entsetzen sah Riley, wie Daniels freundliches Gesicht sich verwandelte. Seine Augen verengten sich zu hasserfüllten Schlitzen, seine Lippen entblößten höhnisch grinsend die Zähne – und dann lachte er.

Sekunden später stopfte er ihr einen Knebel in den Mund und band ihn fest, sodass sie nicht schreien konnte. Dann fesselte er ihr die Arme auf den Rücken. Seine Finger krallten sich in ihr Fleisch, bis der Schmerz fast unerträglich wurde. Dann hob er sie hoch.

Riley kämpfte und wehrte sich, aber der Mann war plötzlich so wendig wie ein Terrier und doppelt so schnell. Seine Hand legte sich um ihre Kehle und begann, ihr die Luft abzudrücken.

»Wer bist du?«, versuchte Riley zu sagen und blickte in die kältesten Augen, die sie je gesehen hatte.

»Nicht der arme Schauspieler vom Lande, den du angeheuert hast«, spottete er. »Von jetzt an bin ich Mr Nutley für dich.«

Mason erwachte von einem lauten Pochen an seiner Tür aus einem unruhigen Schlaf.

»Was ist?«, rief er, griff nach seinem Morgenrock und warf einen Blick auf die Uhr.

Viertel nach Zwölf.

Himmel, er hatte den ganzen Vormittag verschlafen.

Das passiert eben, wenn man nachts nicht schläft, konnte er Freddie sagen hören.

»Onkel«, hörte er Bea besorgt rufen. »Onkel, ich glaube, etwas stimmt nicht.«

Mason riss die Tür auf. »Ich habe schon mit Riley über den Ball gesprochen, Beatrice. Wir reden später darüber.« Er wollte die Tür wieder schließen, aber Bea schob ihren Fuß in die Lücke.

»Onkel, es geht um Riley! Ihre Tür ist abgeschlossen, und als ich das Ohr daran gelegt und gelauscht habe ...«

Mason schüttelte den Kopf. »Bea, glaubst du nicht, dass du langsam etwas zu groß bist fürs Lauschen?«

»Nicht, wenn es nützlich ist«, gab sie zurück und ergriff seinen Arm durch die schmale Lücke, um ihn in den Flur zu ziehen. »Onkel! Riley ist in Gefahr, ich habe einen Mann in ihrem Zimmer gehört.«

Wut und Angst mischten sich in Mason und setzten alle Vernunft außer Kraft. Er brauchte nur Sekunden, um zu begreifen, dass Rileys Feind sie überwältigt hatte.

Er riss sich von Bea los und war schon halb die Treppe hinunter.

Verdammt! Warum war er gegangen? Das hatte er nur aus einem törichten Rest von Scham getan.

Mason drückte die Klinke hinunter, aber die Türe war tatsächlich abgeschlossen. Er tat einen Schritt zurück und trat die Tür ein, die daraufhin nach innen fiel und den Blick ins Zimmer freigab.

Zu Masons Entsetzen stand Daniel, einer der Schauspieler, neben Rileys Bett und hatte ihr die Hände um den Hals gelegt, während sie geknebelt war und schon blau anlief.

»Ein Schritt, Ashlin«, warnte ihn Daniel, »und ich breche ihr das Genick. Ich mache sie vor Ihren Augen fertig.« Er drückte fester zu, wie um seinen Worten Nachdruck zu verleihen.

»Dann werde ich Sie töten«, antwortete Mason erregt.

Daniel lachte und schob sich mit Riley zum offenen Fenster. »Das glaube ich kaum«, erklärte er und drehte sich so, dass man die Pistole in seinem Gürtel sah. »Ich hätte nicht gedacht, dass ich euch beide kriege, aber heute scheint mein Glückstag zu sein. Ich werde dich und deine Hure töten – was für ein Skandal. Du hast deine kleine Nutte getötet und dich dann selbst umgebracht.«

»Warum?«, fragte Mason.

»Ich habe meine Gründe«, prahlte der andere.

Rileys Atem ging mühsam, und verzweifelt krallte sie ihre Finger in die Hände um ihren Hals.

Mason trat einen Schritt vor und überlegte, wie er den Schurken am besten ablenken konnte.

Hilfe kam ganz unerwartet von Bea. Sie trat zu ihm, zog blitzschnell seinen Dolch aus dem Schaft, und ehe Mason sie aufhalten konnte, hatte sie die Waffe mit einem gezielten Wurf quer durchs Zimmer auf Daniels Bein geworfen.

Daniel schrie auf, ließ Riley los und umklammerte den Dolch, der in seinem Schenkel steckte.

Mason konnte sich nur wundern, woher seine Nichte von dem Dolch wusste und wo sie gelernt hatte, damit umzugehen, aber ihre schnelle Reaktion gab ihm genau die Gelegenheit, auf die er gewartet hatte.

Er sprang nach vorne, stieß Riley beiseite und warf sich auf Daniel.

Die Wucht des Aufpralls schleuderte beide Männer in das Fenster. Glas und Holzsplitter fielen um sie herum zu Boden und hinterließen ein klaffendes Loch in der Scheibe. Die Männer kämpften und schlugen aufeinander ein. Daniel kannte keine Fairness, aber auch Mason hatte alle Anstandsregeln vergessen. Er kämpfte wie ein Teufel, landete einen Treffer nach dem anderen auf dem Kiefer des Mannes, bis dieser zu benommen war, um sich noch länger zu wehren. Einen scheinbar endlosen Moment lang schwankte Daniel am Rande des Fensters, ruderte mit den Armen und blickte wild um sich, bis er rücklings durch die Öffnung fiel und zwei Stockwerke tiefer auf der gepflasterten Straße aufschlug. Er war sofort tot.

Mason sank erschöpft und blutend zu Boden.

Bea hatte es geschafft, Riley loszubinden, die jetzt an Masons Seite eilte. »Bist du verletzt?«

»Nein«, keuchte Mason und strich ihr über das Haar und die tränennassen Wangen. »Und du?«

Sie schüttelte den Kopf.

Mason zog sie in seine Arme und hielt sie ganz fest, unfähig, irgendetwas zu sagen.

In diesem Moment stürmte Hashim mit einem gutturalen Kriegsschrei herein. Als er sich verwirrt umsah, sagte Mason: »Es ist vorbei«, und nickte zu dem offenen Fenster, an dem Bea stand und auf die schreckliche Szene unten blickte.

Bea drehte sich zu ihm um. »Onkel?«

»Ja?«

»Da unten versammelt sich eine Menschenmenge.«

Mason stand auf und zog Riley mit sich hoch, wobei er sie eng an sich drückte. Sie traten ans Fenster und schauten nach unten. »Wir bringen die Leiche besser ins Haus, ehe die halbe Fleet Street hier ist und Spekulationen anstellt.« Er wandte sich an Hashim. »Können Sie sich darum kümmern?«

Der Sarazene nickte.

Nachdem er gegangen war, vergrub Riley das Gesicht in Masons Brust. »Ich wusste nichts. Ich habe gedacht, Daniel wäre nur irgendein Schauspieler, der einen Job braucht. Wer hätte gedacht, dass er zu solchem Hass fähig ist?«

Mason war ähnlich verblüfft. Er hatte bei seinen Nachforschungen nichts über den Mann herausfinden können und ihn schließlich als Verdächtigen verworfen, da er ihm ganz normal erschienen war. »Hat er irgendwas zu dir gesagt? Irgendetwas, was dir einen Hinweis darauf gegeben hat, warum er deinen Tod wollte?«

»Nein, nichts ... gar nichts«, sagte Riley. »Er hat sich vor meinen Augen verändert – als wäre er ein anderer Mensch und hätte den Daniel die ganze Zeit nur gespielt.«

Mason sah auf. »Hat er nicht doch irgendetwas gesagt, das uns einen Hinweis geben könnte?«

Riley schloss die Augen. »Nutley«, flüsterte sie und sah auf. »Er wollte, dass ich ihn Mr Nutley nenne.«

Mason nickte und merkte sich den Namen. Fürs Erste musste er sich eine plausible Erklärung einfallen lassen, warum ein Schauspieler des Queens Gate Theaters aus einem Fenster seines Hauses gefallen war. Danach musste er sich darum kümmern, dass die Leiche weggebracht und beerdigt wurde. »Ich muss nach unten«, erklärte er. »Wirst du es alleine schaffen, Riley?«

Sie nickte.

Bea trat vor. »Ich bleibe bei ihr, Onkel.«

»Du bist ein gutes Mädchen«, sagte Mason und fuhr ihr durchs Haar. »Wer hat dir übrigens beigebracht, wie man ein Messer wirft?«

Bea errötete. »Viscount Delander. In dem Sommer, als ihr beide in den Ferien in Sanborn Abbey wart.«

Mason schüttelte den Kopf. »Del! Was für ein schlechter Einfluss! Erinnere mich daran, dass ich mich bei ihm bedanke.«

»Mason!«, rief Riley. »Es ist doch jetzt vorbei? Ich meine, jetzt, wo Daniel ...« Sie sah zu dem zerbrochenen Fenster hin und erschauerte. »Jetzt, wo er tot ist, bin ich doch sicher – oder?«

Mason lächelte sie an. »Ich glaube schon. Er kann dir nie wieder Angst machen.«

Eine Träne rollte Riley über die Wange, gefolgt von einer weiteren.

Mason trat zu ihr und zog sie eng an sich. »Ganz ruhig, du bist jetzt in Sicherheit. Nichts kann dir noch etwas anhaben.«

»Du hast mir das Leben gerettet. Das werde ich dir nie vergessen.« Ihr Dank kam von Herzen, und ihr Blick sprach Bände.

Er sprach von Liebe, wie sein Mund es nicht zu sagen wagte. Noch nicht. Nicht, solange ihm die Mittel fehlten, um um sie anzuhalten.

Als er nichts sagte, löste sie sich aus seinen Armen und wandte sich ab. »Du kümmerst dich besser um Daniel.«

Mason hörte das leichte Zittern in ihrer Stimme.

Er hatte sie erneut im Stich gelassen – aber das würde er auch tun, wenn er um ihre Hand anhielte und sie zu einem Leben in Armut verdammte. Riley verdiente so viel mehr.

»Danke, Mason«, hörte er sie sagen, als er das Zimmer verließ. »Danke für alles.«

Er wünschte, es wäre wahr und er könnte ihr alles geben.

»Riley, Riley!«, rief Cousine Felicity. »Komm schnell. Oh, liebes Mädchen, wo bist du?«

Riley war gerade dabei, zusammen mit Nanette ihre Sachen zu packen. Jetzt, wo ihr Leben nicht länger bedroht war, sah sie keinen Grund mehr, in Ashlin House zu bleiben. Mrs Pindars Anwalt war erschienen, kurz nachdem man Daniels Leiche weggebracht hatte, und hatte die Absicht der Dame klar gemacht – Mason musste auf der Stelle um Dahlias Hand anhalten, wenn er nicht im Schuldgefängnis landen wollte. Es sah ganz so aus, als ob Mrs Pindar in der Tat die Oberhand hätte.

Zumindest war das das, was Maggie belauscht hatte, und obwohl Riley zur Wahrung des Scheins das Mädchen wegen seines Lauschens gescholten hatte, hatte sie dies schweren Herzens getan.

Ohne Geld zur Tilgung seiner Schulden hatte Mason kaum eine Chance, seine Familie zu retten. Noch vor dem Dunkelwerden würde er sich also mit Miss Pindar verloben.

»Oh, Riley, wo bist du?«, wiederholte Cousine Felicity.

»Ich bin hier. Was ist denn los?«

»Los? Nichts natürlich«, erwiderte die Dame , umgeben von einem Wirbel aus Spitze. »Aber du wirst es nicht glauben, wer eine Kutsche geschickt hat!«

Riley seufzte. Sie sah deutlich den schlechten Einfluss Aggies auf die Dame – mit jedem Tag wurde ihr Verhalten aufgedrehter. »Sag schon«, drängte sie, wohl wissend, dass Cousine Felicity erst Ruhe geben würde, wenn sie ihre ganze Geschichte erzählt hätte.

Cousine Felicity beugte sich vor und flüsterte: »Die Countess of Marlowe.« Sie sprach den Namen aus, als wäre das ein unglaubliches Ereignis.

»Lady Marlowe?« Riley erinnerte sich an den Namen. »Oh, ja. Ich habe sie gestern auf dem Ball kennen gelernt.« Sie drehte sich um und fuhr fort zu packen.

Cousine Felicity folgte ihr völlig aufgelöst. »Du *hast Lady Marlowe* kennen gelernt?«

»Ja, warum? Ist das so ungewöhnlich?« Riley faltete ein Hemdchen und packte es in ihre Truhe.

Cousine Felicity schüttelte den Kopf. »Aber meine Liebe, Lady Marlowe geht nie aus. Du kannst sie letzte Nacht nicht kennen gelernt haben.«

»Ich nehme an, für Seine Gnaden hat sie eine Ausnahme gemacht. Wir haben uns fast eine Stunde lang unterhalten.«

»Nun, ich nehme an, das erklärt alles«, kündigte Cousine Felicity an.

Riley hatte fast Angst zu fragen. »Erklärt was?«

»Warum Lady Marlowe dir ihre Kutsche geschickt hat. Du sollst sie sofort aufsuchen.«

Riley schüttelte den Kopf. »Ich kann jetzt unmöglich weg. Ich muss packen, und dann haben wir bis heute Abend Proben im Theater.« Sie griff nach einem weiteren Hemd und legte es zusammen. »Sei so lieb und sag der Dame mit Bedauern ab.«

Cousine Felicity starrte Riley an, als hätte sie sie gerade gebeten, woanders als in der Oxford Street einzukaufen.

»Gibt es noch etwas?«, fragte Riley.

»Du kannst der Countess nicht absagen, das tut man nicht.«

»Ich weiß, dass es von Lady Marlowe nett ist, mir ihre Kutsche zu schicken, aber ich kann nicht alles fallen lassen, um eine einsame alte Dame zu besuchen, nur weil sie es will.«

»Oh, doch, das wirst du tun«, erklärte Cousine Felicity, nahm Riley das Hemd aus der Hand und legte es beiseite. »Du ziehst dich um und kommst nach unten und steigst in die Kutsche – wenn schon nicht deiner selbst wegen, dann um der Mädchen willen.«

Riley hatte Cousine Felicity noch nie so sprechen hören. »Du tust so, als wäre das ein Befehl der Königin. Ich glaube kaum, dass eine Absage . . .«

Cousine Felicity stemmte die Hände in die Hüften. »Lady Marlowe mag vielleicht nicht mehr ausgehen, aber ihr Wort ist Gesetz.«

»Das hast du über Lady Delander auch gesagt, und sieh sie dir an.«

Doch Cousine Felicity war nicht zu überreden. Sie senkte die Stimme und flüsterte: »Selbst Lady Delander fürchtet ihren Zorn. Es geht das Gerücht, dass sie ihre eigene Tochter verbannt hat, weil das Mädchen die Familie zu ruinieren drohte. Du kannst nicht absagen.«

Riley seufzte. Da Lady Marlowe wusste, dass sie keine St. Clair war, konnte sie Gerüchte verbreiten. Riley konnte sich gut vorstellen, wie die Londoner Gesellschaft ihren Aufenthalt im Hause Ashlin dann bewerten würde. Das würde den Namen der Mädchen genug beschmutzen, um ihnen jede Aussicht auf eine gute Partie zu verderben, was auch für die Verbindung Masons mit Miss Pindar galt.

»Vielleicht sollte ich doch hingehen«, gab sie nach.

Cousine Felicity lächelte erleichtert. »Natürlich solltest du das.« Dann schnatterte sie weiter, wie Riley sich für einen Besuch bei der Herzogin kleiden müsse, während Riley dachte, dass dies etwas war, was sie noch für Mason und die Mädchen tun konnte, ehe sie zu ihrem alten Leben zurückkehren und den Rest ihrer Tage versuchen würde, sie alle zu vergessen.

☆ ☆ ☆

Das Haus der Marlowes überraschte Riley mit seiner Pracht. Sie hatte Ashlin House schon für großartig gehalten, aber offenbar gab es auch innerhalb des Londoner Hochadels noch große Unterschiede. Dieser Gedanke war ihr noch nie gekommen – sie hatte immer geglaubt, dass die High Society Londons in derselben Sphäre verkehrte, aber das war ganz offensichtlich nicht der Fall.

Wohin sie sah, schimmerte Gold: Goldene Bilderrahmen, goldene Untersetzer und Stuckverzierungen, goldene Kaminbestecke. Das alles wurde durch brokatbezogene Wände und dicke Samtvorhänge in Szene gesetzt. Das Haus war offenbar so vornehm wie seine Bewohnerin.

Riley wurde die Treppe hoch durch eine lange Galerie voller Gemälde und chinesischer Vasen geführt, bis sie in einen hellen Raum mit Blick auf den Garten gelangte. Dort saß die Countess in einem strengen schwarzen Kleid an einem Tisch, ein Schachspiel vor sich.

»Spielen Sie?«, fragte sie, als Riley näher trat.

Diese schüttelte den Kopf.

»Schade. Es ist ein intelligentes Spiel – es braucht Mut und Können. Ich könnte mir vorstellen, dass Sie eine gute Schachspielerin wären.« Die Countess betrachtete Riley prüfend, als würde sie sie mit einer unsichtbaren Person vergleichen. »Hmmm«, sagte sie dann. »Nun, stehen Sie da nicht herum, Kind. Setzen Sie sich. Ich beiße nicht, auch wenn mancher das seinen ungehorsamen Kindern erzählt, damit sie sich benehmen.«

Riley lachte und setzte sich auf den Stuhl, den die Countess ihr anbot.

Während die alte Dame den Tee einschenkte, redete sie über die Ereignisse vom Abend zuvor und gab offen ihre Kommentare zu den Kostümen ab, zu den Paaren und zu den allgemein bekannten Affären, die die Gesellschaft bewegten. Dann fragte sie aus heiterem Himmel heraus: »Ich bin immer noch recht verwirrt Ihretwegen. Ich weiß, dass Sie keine St. Clair sind, also frage ich Sie: Wer sind Sie?«

»Ich fürchte, die Geschichte würde Sie nur langweilen«, sagte Riley. Ihr Blick blieb an einem Portrait über dem Kamin hängen. Dort war ein Gentleman in Öl verewigt, der neben einer Säule stand, seinen Hund zu Füßen. In der Hand hielt er nach Art eines Spazierstocks ein Schwert, dessen Spitze auf den Boden zeigte. Sein Gesicht lächelte den Betrachter an, und ein leicht schalkhafter Zug lag um seine Lippen. Er hatte Lachfältchen und freundliche Augen. Im Hintergrund erhob sich ein großes Herrenhaus inmitten einer weiten Rasenfläche, die durch Büsche und Baumgruppen anmutig gegliedert wurde. Rundum schmückten Schwäne und andere Vögel die Grünanlagen.

Riley hätte schwören können, dass sie diesen Mann schon irgendwann gesehen hatte – aber sie wusste nicht mehr wann und wo. Und das Haus – es war wie aus einem Traum. »Wer ist das, Mylady?«, fragte Riley und deutete auf das Gemälde.

Die Countess sah über die Schulter. »Mein verstorbener Mann. Warum fragen Sie?«

»Er kommt mir bekannt vor«, überlegte Riley. »Aber vielleicht kommt mir das nur so vor, weil er so zufrieden aussieht, glücklich, da wo er ist.«

»Das war er auch. Mein Mann war nie glücklicher als auf dem Land. Das war unser Besitz – Marlowe Manor. Er war fast immer dort.«

Riley sah sie an. »War? Gehört es Ihnen denn jetzt nicht mehr?«

Die Countess schüttelte den Kopf. »Nach dem Tod meines Mannes sind der Titel und das Haus an einen Cousin gegangen.«

»Das tut mir leid.« Riley war sich nicht sicher warum, aber es war einfach schade, dass ein Ort des Glücks verloren gegangen war.

»Das braucht es nicht«, sagte die Dame mit einer wegwerfenden Handbewegung. »Sie sind meiner Frage ausgewichen, und zwar recht geschickt, aber ich bestehe auf einer Antwort. Wer sind Sie?«

»Niemand von Bedeutung, Mylady«, antwortete Riley. »Lord Ashlin brauchte jemanden, der ihm bei seinen Nichten hilft, und ich habe meine Dienste angeboten. Das ist alles.«

Die Dame füllte Rileys leere Teetasse erneut. »Ich habe gehört, dass es in Ashlin House heute Morgen einen Todesfall gegeben hat«, bemerkte sie so beiläufig, wie man sich nach dem Wetter erkundigt.

Selbst nach Jahren der Schauspielkunst verblüffte Riley die Frage und verschlug ihr die Sprache. »Hm, ja«, brachte sie schließlich hervor. »Ein Unfall.«

»Wie unangenehm«, kommentierte die Dame und reichte ihr die Teetasse zurück. »Wer war es?«

»Ein Bediensteter«, erklärte Riley getreu der Geschichte, auf die Mason den gesamten Haushalt eingeschworen hatte. »Er war beim Fensterputzen und ist versehentlich hinausgefallen.«

»Wirklich«, sagte die Dame eher fragend als kommentierend, aber Riley bot keine weiteren Erläuterungen an.

Lady Marlowe schüttelte den Kopf. »Ich finde die ganze Situation höchst seltsam, wenn man bedenkt, dass dieser Bedienstete eine Pistole im Gürtel hatte. Sind alle Bediensteten Lord Ashlins bewaffnet?«

Unsicher erhob sich Riley. »Ich fürchte, ich habe schon zu viel von Ihrer Zeit beansprucht, Mylady. Ich wünsche Ihnen noch einen guten Tag.«

Die Countess hielt sie auf. »Ich bin noch nicht fertig mit Ihnen. Ich will wissen, wer Sie sind! Wer waren Ihre Mutter und Ihr Vater, Mädchen? Sagen Sie es mir!« Die Augen der Frau blickten wild, fast verzweifelt.

Riley schüttelte den Kopf und wandte sich zur Tür. Dabei entdeckte sie das Portrait hinter der Tür, das ihr bisher entgangen war.

Anders als der Mann mit dem Hund auf dem anderen Bild war ihr diese Darstellung nicht nur vage vertraut.

Sie fuhr herum und sah die Countess an. »Wo ist sie? Wo ist Elise?«

19

»Oh, ja, Mylord, das stimmt, das war Daniel Nutley«, sagte Mr McElliott, der Detektiv aus der Bow Street, den Mason angeheuert hatte. Der Mann zog seinen Hut und setzte sich auf den Platz, den Mason ihm anbot. »Ich habe mich vor einer Stunde dessen versichert. Es gibt keinen Detektiv in der Stadt, der jetzt nicht das Ableben dieses Schuftes feiert – schlecht bis ins Mark war der.«

»Das beantwortet noch nicht meine eigentliche Frage«, erwiderte Mason. »Warum war er hinter Riley her?«

McElliott rieb sich das stoppelige Kinn. »Das wird wegen des Geldes gewesen sein, Mylord. Daniel Nutley hat für nichts einen Finger gerührt, es sei denn, er wurde dafür bezahlt.« Er wischte sich die Stirn mit einem nicht besonders sauberen Taschentuch. »Es heißt, er habe von seiner eigenen Mutter einen Penny verlangt, als sie im Sterben lag, weil ihm die Formalitäten nach ihrem Tod so viel Mühe machten.«

»Dann sind Sie sich also sicher, dass er bezahlt wurde, um die Tat zu verrichten.«

»Ja.« McElliott nickte. »Er wurde dafür bezahlt. Nutley stand in dem Ruf, Dinge zu erledigen, mit denen sich ein Gentleman nicht die Hände schmutzig machen will – ohne Fragen zu stellen. Im *Eisernen Schwein* unten am Fluss soll er damit geprahlt haben, dass ein Kerl oben am

River Tick ihm einen Batzen Geld für eine große Sache schuldet, an der er seit einem Jahr dran ist. Er behauptete, dass er den armen Kerl mit dem Drücker bekannt machen müsse, da er bislang keinen Pfennig habe zahlen können. Ich denke, dieser Job muss Ihre Miss gewesen sein.«

»Der Drücker?«

McElliott schnaubte. »Ja, der Drücker.« Er hob seine rechte Hand. »So nannte er seine Hand – weil er mit einer Hand einem Mann das Genick brechen konnte. Das war sozusagen sein Markenzeichen.«

Mason erschauerte, als er daran dachte, wie er in Rileys Zimmer gekommen war und die Hand des Mannes um Rileys Hals gelegen hatte. Wenn Bea nicht den Lärm gehört hätte … wenn er ein bisschen später gekommen wäre …

»Dann müssen wir herausfinden, wer Nutleys Auftraggeber ist«, schloss Mason.

McElliott nickte. »Nutley war keiner, der Namen nannte – deshalb hatte er immer Aufträge. War sehr diskret – das war so ziemlich das einzige Prinzip, an das er sich strikt hielt.«

»Und da wir bisher über niemanden aus der adeligen Schicht gehört haben, dass er sich den Hals gebrochen hat«, ergänzte Mason, »können wir davon ausgehen, dass Nutles Auftraggeber noch lebt.«

»Auf jeden Fall«, bestätigte McElliott. »Er hätte nicht versucht, Ihre Miss abzumurksen, wenn er davon ausgegangen wäre, dass er nicht bezahlt wird.«

»Ah, stimmt. Gezahlt wird nach der Arbeit«, sagte Mason.

»So war Nutley«, stimmte der Detektiv zu.

»Also läuft der, der Riley tot sehen will, immer noch da draußen rum.«

»So muss es sein. Seltsam genug«, kommentierte McElliott. »Nutley hatte fast ein Jahr Zeit, um sie umzubringen. Aber Sie sagen, dass es, bis sie zu Ihnen kam, immer nur Unglücksfälle gab – kleinere Drohungen, um sie aus London und dem Geschäft zu verjagen.«

»Ja«, bestätigte Mason.

»So«, sagte McElliott, »dann stellt sich also die Frage, warum ihr Einzug in Ihr Haus die Sache hat eskalieren lassen? Warum wurde es plötzlich so wichtig, dass sie stirbt?«

Sie saßen schweigend da, jeder in Gedanken versunken, bis McElliott schließlich sagte: »Eine Sache ist sicher: Nutleys Tod wird den Auftraggeber nicht aufhalten. Nach meiner Erfahrung macht das die Kerle nur noch unberechenbarer. Ihre Miss ist immer noch in Gefahr.«

Mason sprang auf und klingelte nach Belton. Kurz darauf erschien der Butler. »Belton, wo ist Miss Riley?«

»Sie ist noch bei Lady Marlowe zu Besuch, Mylord«, gab Belton Auskunft.

Mason warf McElliott einen Blick zu. »Sie wähnt sich in Sicherheit. Ich muss sie warnen und hierher zurückbringen.«

»Das ist keine so gute Idee, Mylord, das mit dem Zurückbringen«, wandte der Detektiv ein.

»Sie haben Recht«, stimmte Mason zu, »ich werde sie wegschicken.« Und diesmal würde er sie nicht so leicht entwischen lassen.

Er erhob sich und streckte dem Detektiv die Hand

hin. »Wenn Sie mich jetzt bitte entschuldigen; ich muss eine Dame retten.«

»Wo ist diese Frau?«, wiederholte Riley. »Die auf dem Bild?«

»Dann kannst du dich an sie erinnern«, erwiderte die Countess, »kannst dich an meine Tochter erinnern?«

Tochter? Riley wurde es eng um die Kehle. Wenn Elise die Tochter der Countess war, dann machte das Riley zu ihrer …

Der Raum begann sich um sie zu drehen, und Riley stützte sich Halt suchend auf die Lehne eines Stuhls.

Die Countess eilte an ihre Seite. »Das ist ein bisschen viel auf einmal, ich weiß. Ich habe mich nach unserem Kennenlernen auch unsicher gefühlt.«

»Ich weiß nicht, was Sie meinen«, stammelte Riley, die immer noch nicht begriff, was geschah.

»Ich denke doch«, erwiderte die Countess. »Everton hat Recht – du hast ihre Exaltiertheit, ihr Auftreten, ihre Augen.«

Riley schüttelte den Kopf. »Ich weiß nicht, was Sie meinen, Mylady.«

»Na, hör mal! Du weißt ganz genau, was ich meine und worüber ich spreche. Ist es denn so schwer für dich zuzugeben, dass du meine Enkelin bist?«

Riley schüttelte weiter den Kopf. »Wie können Sie sich so sicher sein?«

»Ich war es nicht, als Everton mir letzte Woche von dir erzählt hat.«

»Der Herzog? Was hat er mit all dem zu tun?«

»Wenn einer in der Lage wäre, Elises Kind zu erkennen, dann er.« Die Countess schwieg und betrachtete das Portrait ihrer Tochter. »Er hat sie sehr geliebt. Ich wusste nicht wie sehr, bis sie fort war. Er hätte sie beschützt … und dich, wenn ich nur nicht so dickköpfig gewesen wäre.« Die Countess lachte. »Das ist eine Eigenschaft der Fontaines – eine, die uns offenbar allen drei eigen ist.«

»Fontaine?«, flüsterte Riley, und ein eisiger Schauer lief ihr über den Rücken.

»Ja, mein Mädchenname. Elise hat ihn angenommen, als sie nach Frankreich ging. Da habe ich sie schließlich gefunden.«

»Sie haben den Brief geschickt«, sagte Riley, der plötzlich einfiel, wie ein Diener in Livree mit einem Brief in der Hand bei ihnen erschienen war. Sie warf noch einen Blick auf das Bild des Marquis – den Diener im Hintergrund, der das Pferd hielt – es war dieselbe Uniform. »*Sie* haben das Geld und die Kutsche geschickt, um sie zurückzuholen.«

Die Countess nickte.

Riley holte tief Luft und stellte die Frage, die sie seit Jahren beantwortet haben wollte. »Wo ist sie?«

Das schien die Countess zu verblüffen.

»Wo ist Elise?«, fragte Riley noch einmal und wich vor der Countess zurück. »Wo ist meine Mutter? In Schottland zu einem Jagdausflug? Oben, wo sie eine lange Nacht wegschläft? Oder ist sie in Brighton, um die Seeluft zu genießen?«

Die Countess starrte sie an.

»Darf ich nicht fragen, wo meine Mutter ist?«, fuhr Riley fort. »Als Sie mich hergeholt haben, haben Sie doch sicher damit gerechnet, dass ich nach ihr frage.«

»Du weißt es nicht?« Die Worte ihrer Großmutter waren kaum mehr als ein Flüstern.

»Weiß was nicht?«

»Kind, deine Mutter ist nicht hier«, sagte die Countess und griff nach Rileys Hand.

Riley schüttelte den Versuch der Dame, Vertrautheit herzustellen, ab. Sie wollte ihre Antwort haben. Und zwar jetzt.

»All diese Jahre hast du es nicht gewusst?«, sagte die Dame mit trauriger Verwunderung in der Stimme.

»Was nicht gewusst?«, fragte Riley. »Meine Mutter hat mich im Stich gelassen.«

»Nein, Riley, das hat sie nicht.«

Riley schüttelte den Kopf. »Sie waren nicht dabei. Fragen Sie sie selbst. Fragen Sie Elise, warum sie mich zurückgelassen hat. Warum sie ihr eigenes Kind im Stich gelassen hat, damit es in den Straßen von Paris verkauft wird.«

»Das kann ich nicht.« Die Schultern der Countess bebten.

Offenbar wollte die alte Dame nicht zugeben, dass ihre Tochter zu einem so herzlosen Verhalten fähig war.

»Sie können nicht oder Sie wollen nicht?«, fragte Riley nach.

Die Dame wandte sich um, Tränen in den Augen. »Ich kann nicht, mein liebes Kind, weil deine Mutter damals nie nach Hause gekommen ist. Sie kam bei einem Kutschenunfall ums Leben, keine Stunde, nachdem sie in England angekommen war.«

Riley und die Countess brauchten über eine Stunde, um ihre jeweiligen Geschichten zusammenzubekommen … und sich miteinander anzufreunden.

»Woher sind Sie sich so sicher, dass ich Ihre Enkelin bin?«

»Wenn man von der Ähnlichkeit absieht – das Auftreten deiner Mutter und die grünen Augen der Fontaines –, bestätigt dein Name die ganze Sache. Als du dich gestern schließlich vorgestellt hast, war es, als lache Elise mich noch von ihrem Grab her aus.«

»Mein Name?«

»Ja, Riley. Das ist der Name, den ich für ihr vaterloses Kind vorgeschlagen hatte. Es geschah voller Hohn, aber sie hat ihn tatsächlich gewählt.«

Riley verstand noch immer nicht, wie ihr Name ein Hinweis auf ihre Identität sein konnte. »Ist Riley ein Name aus der Familie?«

Die Countess lachte. »Gewissermaßen.« Sie deutete auf das Portrait des Earls. »Siehst du den Hund da?«

Riley nickte.

»Das war sein Lieblingshund … und dein Namenspatron.«

»Ich wurde nach einem Hund benannt?« Riley hatte nie über die Herkunft ihres seltsamen Namens nachgedacht – war er doch das Einzige, an das sie sich ganz sicher aus ihrer Kindheit erinnern konnte.

»Ja. Das ist in der Tat seltsam, aber sei froh, dass deine Mutter dich nicht nach mir benannt hat.«

»Und das wäre schlimmer, weil …?«, bohrte Riley nach.

Die Countess beugte sich vor und flüsterte ihr ihren Namen ins Ohr.

»Ich verstehe. Dann lieber einen Hundenamen.«

Sie lachten beide, und zum ersten Mal im Leben fühlte Riley die warmen Bande einer Familie. Diese Frau war ihre Großmutter – die Verbindung zu einer Vergangenheit, die sie nicht kannte.

Doch schon bald wurde der Moment der Leichtigkeit wieder durch bitter-süßes Schweigen abgelöst.

»Ich gebe mir an allem die Schuld«, erklärte die Countess und schüttelte den Kopf. »Wenn ich doch Elises Ehe nur anerkannt hätte ...«

»Meine Mutter war verheiratet?« Riley sah ihre Großmutter an.

»Ja«, sagte die Countess. »Ich sehe an deinem Gesicht, dass du das auch nicht gewusst hast. Da hast du dich all die Jahre für einen Bastard gehalten, den die Mutter im Stich gelassen hat, und nichts davon stimmt.«

Ihre Eltern waren verheiratet gewesen. Dann war sie also eine Dame – nicht nur auf der Bühne, sondern so wie Felicity und die Mädchen und weit mehr als die Kaufmannstochter Dahlia Pindar.

»Ich habe mich in deinem Vater und seiner Familie getäuscht. Ich gebe es jetzt zu, auch wenn es mir schwer fällt.«

Ihr Vater. Riley probte stumm das Wort. »Wer war er? Lebt er noch? Hat er Verwandte?«, fragte Riley.

Die Countess hob die Hand. »Langsam. Das Thema der Ehe deiner Eltern ist kompliziert.«

»Wie kann eine Ehe kompliziert sein?«, fragte Riley.

»Du warst nie verheiratet«, witzelte die Countess. »Aber zurück zu deiner Frage. Dein Vater hieß Geoffrey Stoppard.«

Geoffroi, mein liebster Geoffroi..

Die Zeile ging ihr durch den Kopf – doch nicht aus dem Stück, sondern aus ihrer Kindheit. Ihre Mutter hatte diesen Satz oft im Schlaf gesagt, und Riley hatte sie bis zum *Neidischen Mond* in Erinnerung behalten.

»Warum lächelst du?«, fragte ihre Großmutter.

Riley schüttelte den Kopf. »Nichts, Großmutter. Erzählt weiter.«

Die Countess sah nicht überzeugt aus, fuhr aber dennoch fort. »Nachdem deine Eltern nach Schottland durchgebrannt sind, wurden sie auf der Rückfahrt in der Kutsche überfallen. Dein Vater hat sich gewehrt und wurde dabei getötet.«

Ihr Vater war gestorben, weil er ihre Mutter verteidigt hatte – das war romantischer und tragischer als ihre Stücke. Trotzdem blieb noch immer eine wichtige Frage unbeantwortet. »Aber warum wäre meine Mutter dadurch ruiniert gewesen? Meine Eltern waren doch verheiratet.«

»Aber ohne Trauschein. Die Ehedokumente wurden gestohlen, und Elises Geld und Juwelen auch.«

»Aber es gab doch die Kirchenbücher«, beharrte Riley, »Zeugen, den Pfarrer.«

»Nein, nichts davon«, erwiderte die Countess. »Der Schmied, der sie getraut hat, wurde vierzehn Tage später bei einer Kneipenschlägerei getötet. Ohne Zeugen und ohne Dokumente hatten wir nur das Wort deiner Mutter, dass sie mit Geoffrey Stoppard verheiratet war.«

»Also war meine Mutter ruiniert«, sagte Riley.

Die Countess nickte. »Völlig. Sie war bereits schwanger mit dir, und da es keine Beweise für eine Ehe gab, wurde sie weggeschickt.«

»Und die Familie meines Vaters? Hätte sie nicht helfen können?«

Die Countess wurde blass. »Das war mein Fehler. Ich habe die Stoppards als zu tief unter uns stehend betrachtet und deshalb keinen Kontakt mit ihnen aufgenommen. Ich konnte die Vorstellung nicht ertragen, dass Stoppards Vater die Verfügungsgewalt über das Erbe deiner Mutter erhalten hätte.« Die Dame warf einen Blick auf das Portrait ihrer Tochter, als wolle sie sich zum hundertsten Mal bei ihr entschuldigen.

»Und?«

»Ich habe mich geirrt. Trotz ihres erkauften Titels sind die Stoppards hoch angesehen. Dein Großvater wird in Regierungskreisen wegen seiner Wirtschaftsreform sehr bewundert, und dein Onkel ist Admiral bei der Marine. Nach den Berichten über ihn scheint er Nelsons mutigster Mann zu sein.« Sie schwieg. »Die Familie deines Vaters hätte dich und deine Mutter beschützt – ich dagegen habe euch in meinem Stolz und meiner Wut dem Schicksal überlassen.«

Riley sah zu dem Bild ihrer Mutter hoch. »Wo ist sie beerdigt?« Sie hatte ihrer Mutter all diese Jahre über Unrecht getan – dabei hatte ihre Mutter sie geliebt und beschützt und alles aufgegeben, um ihr Kind zu bekommen. Vielleicht sollte sie es wieder gutmachen, indem sie ihrem Grab die Ehre erwies.

»Auf Marlowe Manor. Wir können morgen dorthin fahren. Ich bezweifle, dass es Stephen etwas ausmachen wird, zumal das Haus von Rechts wegen dir gehört.«

»Mir?«, fragte Riley. »Wie kann es mir gehören? Sie sagten doch vorhin, dass Haus und Titel an einen Cousin gegangen seien.«

»Ja, nach Elises Tod.« Die Countess nickte. »Aber nur, weil ich nicht beweisen konnte, dass du ihre rechtmäßige Erbin bist, und weil ich nicht wusste, wo du bist.«

»Ich verstehe immer noch nicht, wie der Besitz auf meine Mutter oder mich übergegangen sein könnte.«

»Weil der erste Lord Marlowe ein schlauer Fuchs war – er hat der guten Queen Bess in einigen kniffeligen diplomatischen Situationen aus der Patsche geholfen, und als für ihn die Zeit gekommen war, sich zurückzuziehen, verlieh die Queen ihm den Titel des Earl of Marlowe nebst Herrenhaus und Ländereien als Belohnung für die vielen Jahre seines aufopfernden Dienstes. Aber der neue Lord Marlowe war nicht umsonst all die Jahre Diplomat gewesen und konnte gut verhandeln. Während die Papiere aufgesetzt wurden, bat er die Königin, den Titel nicht nur in der männlichen Linie, sondern auch in der weiblichen weitervererben zu dürfen.« Rileys Großmutter grinste. »Er schmeichelte dem alten Mädchen, indem er sagte, dass sie das beste Beispiel dafür sei, dass auch eine Frau einen Titel würdig tragen könne.« Die Countess lachte. »Er hatte nämlich nur eine Tochter und wollte nicht, dass sein hart erarbeiteter gesellschaftlicher Aufstieg nach seinem Tod wieder in Vergessenheit geraten würde.«

»Dann war meine Mutter eine Countess.«

»Ja, so wie du, wenn du nur den Beweis erbringen könntest, dass deine Mutter und dein Vater verheiratet waren.«

»Das ist wie etwas aus einem meiner Stücke«, murmelte Riley.

Ihre Großmutter konnte besser hören, als Riley gedacht hatte, denn sie lachte auf. »Ich nehme an, das hört sich an wie eine dieser pathetischen Tragödien, die sich Kunst nennen.«

Riley runzelte die Stirn. »Ich muss Ihnen sagen, dass meine Stücke nie pathetisch sind.«

»Bah!« Die Countess fuhr wegwerfend mit der Hand durch die Luft. »Du hättest keinen Erfolg, wenn sie es nicht wären. Und ich nehme doch an, dass du Erfolg hast?«

»Ja... meistens schon...«

»Du zögerst. Hast du nun Erfolg oder nicht?«

Riley schüttelte den Kopf und erzählte ihrer Großmutter von Mason. »Ich bin also gezwungen, mit diesem Stück einen enormen Erfolg zu haben, damit ich ihm zurückzahlen kann, was ich ihm schulde.«

»Das wirst du nicht tun«, erklärte ihre Großmutter mit Nachdruck. »Ich schicke Ashlin noch heute Nachmittag eine Anweisung. Dann ziehst du auf der Stelle bei mir ein. Ich will nichts mehr von dem Unsinn hören, dass du auf die Bühne zurückgehst. Du bist die rechtmäßige Countess of Marlowe, und so ein öffentliches Schauspiel ist jetzt unter deiner Würde.«

»In den vergangenen Jahren war es das nicht«, erklärte Riley hitzig. »Ich werde keine Wohltätigkeit von Ihnen annehmen – selbst wenn Sie meine Großmutter sind. Meine Schulden zahle ich selber zurück.«

»Dickköpfiges Gör«, murmelte ihre Großmutter. »Das hast du von den Stoppards.«

Riley hustete und warf ihrer Großmutter einen fragenden Blick zu.

»Oh, ein bisschen sicher auch von den Fontaines«, gestand diese zu. »Aber nur ein bisschen.«

Mason machte sich ohne Zögern auf den Weg zu Marlowe House. Als er dort aus dem Wagen stieg, den Belton für ihn hatte vorfahren lassen, kam hinter ihm eine Kutsche zum Stehen, deren Kutscher Stephen Cheval, Marquess of Cariston, einem herbeieilenden Burschen die Zügel zuwarf. Der elegant gekleidete Cariston stieg vom Bock und schenkte Mason ungefähr so viel Beachtung wie einem Bettler, der auf einer Treppe schläft.

Mason musterte den Mann finster. Er hatte Cariston nie gemocht – weder persönlich noch seinen Ruf. Vor Jahren waren sie Schulkameraden gewesen, und schon da hatte Cariston nur Verachtung für diejenigen mit niedrigerem Titel und weniger Vermögen gezeigt.

»Ashlin«, sagte er und senkte nur leicht grüßend den Kopf.

»Cariston«, erwiderte Mason.

Der Mann musterte verächtlich den Wagen, der davonfuhr. »Überrascht, Sie ausgehen zu sehen«, sagte er dann. »Dachte, Sie hätten inzwischen schwarze Handschuhe angezogen und wären aufs Land gezogen, wo es doch heute Morgen so einen Skandal in Ihrem Haus gegeben hat.«

Mason fühlte sich plötzlich sehr unbehaglich in seiner Haut. »Kaum ein Skandal«, bemerkte er, »nur ein Unglück in der Dienerschaft.«

Caristons Augen wurden schmal. »Ein Unglück, sagen Sie. Da habe ich aber anderes gehört. Dachte, jemand hätte gesagt, Ihre Cousine sei ermordet worden. Stranguliert oder so.«

Stranguliert.

Wieder sah er vor seinem geistigen Auge, wie Nutley Riley die Hände um den Hals gelegt hatte.

Aber woher konnte Cariston von Rileys Verwicklung in die Sache wissen, wenn er nicht...

Mr McElliotts Worte dröhnten wie eine Warnung in seinem Kopf.

Nutley war bekannt dafür, dass er Dinge erledigte, mit denen ein Gentleman sich nicht die Finger schmutzig machen will.

Erneut musterte er Cariston und versuchte, das alles zu verstehen. »Kaum etwas so Dramatisches«, erwiderte er überlegt. Möglicherweise wurden bereits aus der Fleet Street wilde Gerüchte verbreitet, und Cariston hatte die Geschichte gerade von dort aufgeschnappt.

»Und Ihre Cousine?«, bohrte Cariston nach.

Wieder erschauerte Mason. »Meine Cousine wurde Zeugin des unglücklichen Vorfalls, aber es hat sie nicht zu Tode erschreckt. Überzeugen Sie sich selbst, sie ist gerade bei Lady Marlowe zu Besuch.«

»Ihre Cousine ist *hier*?«

Mason entging die Unruhe des sonst so gelassenen Cariston nicht, ebenso wenig wie das Zittern in seiner Stimme.

Wann zum Teufel hatte Cariston begonnen, sich so für Ashlin und Riley zu interessieren? Mason warf ihm einen Blick zu und sah, dass der Mann die Lippen zusammenpresste.

»Ja«, sagte Mason, »Ihre Tante war so freundlich, meine Cousine zum Tee einzuladen – beziehungsweise herzuzitieren. Sie kennen ja Ihre Tante.«

Cariston zuckte die Achseln, als wäre es ihm egal, ob seine Tante eine ganze Schiffsladung Matrosen oder eine Verwandte der Ashlins einlud, aber Mason ließ sich nicht täuschen.

Er hatte ausreichend Erfahrung mit Erstsemestern, um zu merken, wenn jemand seine Unbeteiligtheit nur spielte – war es über entdecktes Schummeln oder wegen persönlicher Dinge.

Vielleicht ging es gar nicht um die Verbindung von Lady Marlowe zu den Ashlins allgemein, dachte Mason.

Sondern nur um eine: Riley.

Mason schüttelte den Verdacht ab – er erschien ihm einfach zu ungeheuerlich.

An der Tür nickte Cariston dem Butler kurz zu. »Rogers.«

»Ihre Tante erwartet Sie, Mylord. Soll ich Sie anmelden?« Dann sah Rogers Mason an und hob sacht eine Braue. »Ja, bitte?«

»Ich bin Lord Ashlin«, erklärte Mason und reichte ihm seine Karte. »Ich möchte meine Cousine abholen, sie ist bei Lady Marlowe zu Besuch.«

Rogers nickte und ging durch die Galerie voran, in der Riley und Lady Marlowe gerade die Bilder von Verwandten betrachteten.

Lady Marlowe entdeckte sie zuerst. »Cariston, du kommst spät.«

»Verzeihung, Mylady«, erklärte er, »aber Geschäfte haben mich aufgehalten.«

Die Dame schnaubte. »Ihr jungen Männer macht immerzu Geschäfte.« Sie betrachtete Mason. »Wer ist das bei dir? Ashlin, nicht wahr?«

Jetzt sah Riley auf. Sie eilte an Masons Seite, ergriff seine Hand und strahlte ihn an. »Mason, du wirst nie erraten, was sich herausgestellt hat.«

Mason sah, dass Cariston fast so weiß wie seine gestärkte Krawatte geworden war.

»Erlaube bitte, Riley«, sagte Lady Marlowe, »dass ich Lord Ashlin und diesem Verwandten von mir unsere guten Nachrichten erzähle.« Sie straffte die Schultern und erklärte: »Meine Herren, erlauben Sie, dass ich Ihnen die Countess of Marlowe, meine lange verschollene Enkelin, vorstelle.«

Riley die Countess of Marlowe? Was redete das alte Mädchen da? Mason sah die alte Dame an, als wäre sie verrückt geworden, und Cariston tat das Gleiche.

Dann entdeckte Mason einen Funken mörderischer Wut in Caristons schockiertem Blick, ehe er sich in gespieltes Überraschtsein verwandelte. Denn die Neuigkeit, so schien es, war für Cariston nicht ganz so neu, wie er tat.

Denn auch wenn Stephen Chevel, Marquess of Cariston, Viscount Henley Baron Welsby sich zu seiner wieder gefundenen Cousine umwandte, um ihre Hand in herzlicher Begrüßung zu umfassen, konnte er sich kaum freuen, seinen anderen wertvollen Titel aufgeben zu müssen.

Den des Earls of Marlowe.

20

»Kannst du dir das vorstellen?«, fragte Riley. »Ich bin eine Countess.« Sie seufzte und lehnte sich in ihrem Stuhl in Masons Arbeitszimmer zurück. Dann hob sie die Nase und wedelte in perfekter Imitation Lady Delanders mit der Hand durch die Luft.

»Lass dir das nicht zu Kopf steigen«, warnte Mason und goss sich einen Drink ein. »Noch bist du keine Countess.«

»Ich weiß, aber du hast meine Großmutter doch gehört. Sie ist immer noch überzeugt davon, auf irgendeine Weise die Ehe meiner Mutter beweisen zu können, und dann kann ich meine Ansprüche stellen.« Sie setzte sich auf. »Mein Cousin, Lord Cariston, schien nur zu bereitwillig zu sein, mir in der Sache zu helfen, was sehr nett von ihm ist. Großmutter sagt, er halte sich nur selten in Marlowe Manor auf und habe sich nie sonderlich um den Besitz geschert, sodass es ihm vielleicht gar nichts ausmacht, den Besitz an mich abtreten zu müssen.« Sie drückte Masons Arm. »Ich habe eine Familie. Eine Großmutter und einen Cousin. Es ist, als ob ein Traum wahr geworden wäre.«

Mason entschloss sich, seinen Verdacht für sich zu behalten. Lieber wollte er sich dem Thema mit ein paar vorsichtigen Fragen nähern. »Hast du Lord Cariston früher schon einmal kennen gelernt?«

Riley schüttelte den Kopf. »Nein, aber er scheint ein Gentleman zu sein.«

»Ja, ganz Gentleman. Vielleicht ein bisschen zu sehr«, murmelte Mason.

Riley sah ihn an. »Was sagst du?«

»Ich habe mich heute Nachmittag mit dem Detektiv getroffen, den ich angeheuert habe, und er sagte mir, dass Daniel Nutley ein berüchtigter Auftragsmörder war.«

Riley hob eine Braue. »Nun, das hätten wir uns auch ohne Detektiv schon gedacht.«

Mason achtete nicht auf ihre Bemerkung, denn er wusste, dass sie es ihm immer noch übel nahm, ihren Detektiv damals gefeuert zu haben. »McElliott glaubt, dass er im Auftrag eines Mitglieds der adeligen Gesellschaft gehandelt hat.«

Riley setzte sich gerade auf. »Willst du damit sagen, dass mein Cousin, den ich bis heute nicht kannte und der nicht wusste, dass ich überhaupt existiere, hinter allem steckt?« Sie schüttelte den Kopf. »Das ist doch lächerlich. Wie ich von meiner Großmutter weiß, ist Lord Cariston sehr reich, auch ohne den Besitz der Marlowes. Er wird die Einkünfte kaum vermissen.«

Was sollte er sagen? Sie hatte Recht, aber Mason konnte seinen Verdacht nicht abschütteln. Er war sich absolut sicher, dass Cariston hinter der Sache steckte, und er würde nicht eher ruhen, bis er die Identität von Nutleys Auftraggeber herausgefunden hatte.

Aber woher sollte Cariston wissen, dass Riley die Erbin der Marlowes war, wenn es doch sonst niemand wusste?

Es musste eine Erklärung dafür geben, und er würde

der Sache auf den Grund gehen, ehe ... ehe Cariston Zeit hatte, einen Ersatz für Daniel Nutley zu finden.

»Ich will ja nur, dass du vorsichtig bist. Solange ich nicht weiß, für wen Nutley gearbeitet hat, kann ich nicht sicher sein, dass du außer Gefahr bist.« Er trank sein Glas leer und setzte sich an seinen Schreibtisch. »Zumindest kannst du jetzt aufhören, an deinem Stück zu arbeiten.«

»Warum sollte ich das tun? Wir haben ein Abkommen getroffen. Du bist doch der, der immer über Ehre redet. Nun, ich werde das Stück bis zum Ende aufführen und dafür sorgen, dass die Mädchen alle gut heiraten.«

»Das werde ich nicht zulassen, und deine Großmutter auch nicht.«

Riley hob eine Braue. »Vor ein paar Stunden warst du noch nicht dagegen, dass ich auf der Bühne stehe. Was ist jetzt anders?«

»Alles ist anders.«

»Dann werde ich meine Großmutter um das Geld bitten, das ich dir schulde.« Riley verschränkte die Arme über der Brust. »Dagegen kannst du doch nichts haben. Es ist genug, um Mrs Pindar die Schuldscheine abzukaufen.« Sie warf ihm einen Blick zu. »Ja, ich weiß von der widerlichen Erpressung der Dame. Jetzt kannst du sie und ihren Anwalt zum Teufel schicken.« Sie hielt inne und runzelte die Stirn. »Für einen Mann, dem man die Rettung anbietet, siehst du nicht allzu erfreut aus.«

»Ich werde Lady Marlowes Geld nicht annehmen.«

»Und warum nicht?«

»Ich brauche es nicht.«

»Aber was ist mit Miss Pindar? Maggie sagt, ihr Anwalt verlangt ...«

Er starrte sie an.

Riley besaß den Anstand zu erröten. »Ich habe ihr gesagt, dass man nicht lauscht, aber ich weiß, dass du unter Druck stehst.« Sie stand auf und beugte sich über seinen Tisch. »Bitte, lass mich dir helfen.«

»Du brauchst dir um Mrs Pindar und ihre Drohungen keine Sorgen zu machen. Ich habe mich darum gekümmert.«

»Aber wie?«

Er winkte ihre Frage beiseite. »Das braucht dich nicht zu kümmern.«

»Verstehst du denn nicht, Mason? Du brauchst Miss Pindar nicht zu heiraten. Du kannst…« Riley schloss den Mund. Sie sah ihn an, senkte dann den Blick und seufzte.

Mason war dankbar, dass sie nicht weiter gesprochen hatte, was ihr auf der Zunge gelegen hatte:

… mich stattdessen heiraten.

Dessen war sich Mason nur zu bewusst.

Aber wie konnte er sie jetzt noch bitten, ihn zu heiraten?

Wenn er jetzt vor ihr auf die Knie sänke und sie um diese Art Vernunftheirat bäte, wäre er der schlimmste Heuchler – zumal er bisher geschwiegen hatte.

»Wenn die Dinge anders lägen…«, begann er zögernd. »Aber das sind sie nicht … ich habe nie …«

Riley hob die Hand. »Sprich nicht weiter.« Sie sah aus, als wenn sie jeden Moment in Tränen ausbrechen würde. Sie legte eine Hand an ihre zitternden Lippen, wandte sich um und verließ fluchtartig den Raum.

Mason lief ihr nach. »Was ist denn los?«

»Ich gehe. Ich ziehe so bald wie möglich aus deinem Haus aus. Ich muss nur noch meine Papiere zusammensuchen«, schluchzte Riley. »Nanette kann den Rest packen und mir dann nachbringen.« Sie hob ihre Röcke an und marschierte die Treppe hoch.

Mason hielt sie am Arm fest. »Ich will nicht, dass du gehst.«

»Da bin ich mir sicher«, erwiderte Riley, »aber ich glaube kaum, dass Dahlia oder Mrs Pindar es gutheißen würden, wenn du deine Mätresse mit ihnen unter einem Dach wohnen ließest.« Sie wandte sich auf dem Absatz um und fegte an Belton vorbei.

»Ich lasse nicht zu, dass dir etwas geschieht. Die Ehre verlangt es ...«

»Zum Teufel mit deiner Ehre«, unterbrach sie ihn wild. »Wo war denn deine Ehre gestern in der Bibliothek? Oder letzte Nacht?« Sie kam zwei Stufen wieder hinunter. »Ich gehe. Du bist nicht länger für mich verantwortlich. Wenn du mein Geld nicht willst, gibt es keinen Grund für mich, unter deinem Schutz zu bleiben.«

»Riley, das hier ist nicht eines deiner Stücke!«

Riley lachte verbittert und wütend auf. »Eine wundervolle Tragödie, findest du nicht? Du solltest sie aufschreiben, vielleicht macht sie dich reich.«

Damit verschwand sie nach oben. Mason wusste, dass er hätte versuchen sollen, sie aufzuhalten. Aber das hätte ihre Entschlossenheit zu gehen nur erhöht und es ihm noch schwerer gemacht, ihr zu folgen. Nein, er würde sie von dem Detektiv verfolgen lassen, den McElliott vor dem Haus postiert hatte, damit er erfuhr, wo sie hinging. Nur so konnte er für ihre Sicherheit sorgen.

Vorerst.

Als Mason zurück in sein Arbeitszimmer ging, verfolgten ihn Rileys letzte Worte.

Er wühlte in Freddies Papieren, bis er eine Investition fand, die er bislang überlesen hatte. Er las und begann zu lächeln.

Du solltest sie aufschreiben, hatte sie gesagt.

Vielleicht würde er genau das tun.

Der *Schwarze Schwan* war nicht gerade das passende Lokal für einen Landadeligen, aber in den letzten zwei Wochen, seit seine Tante ihre verlorene Enkelin wieder gefunden hatte, saß Stephen hier jeden Tag. Jetzt, wo Ashlin herumschnüffelte und Lady Marlowe neue Anstrengungen unternahm, um Beweise für die Eheschließung ihrer Tochter mit Stoppard zu finden, würden sie auch eine Spur zu seinem Vater entdecken – und dann zu ihm.

Pläne wirbelten ihm durch den Kopf. Er musste seine Gläubiger bezahlen, ehe sie seine Geldnot öffentlich machten. Dafür brauchte er das Einkommen aus dem Marlowe Besitz.

Um wenigstens die Illusion aufrecht erhalten zu können, dass die Caristons immer noch reich und mächtig waren.

Verdammt, das Geld gehörte ihm – nicht ihr.

Stephen starrte mit dumpfem Blick in das trübe Bier vor ihm, während rund um ihn herum Halunken und Gesindel aus den Seven Dials ihre Pläne schmiedeten.

»Hab' gehört, Sie suchen nen neuen Mann«, sprach ihn eine raue Stimme an und riss Cariston aus seinen Träumen vom Glanz der Caristons – alles dahin, weil sein Vater seit Jahren unklug investiert hatte. »Für Nutley, wo jetzt mit ner Schaufel zu Bett gebracht worn is.« Der

Mann lachte, und ein paar Zuhörer gaben derbe Kommentare ab.

»Still, du Narr!«, fauchte Stephen ihn an. »Ich will meine Angelegenheiten nicht überall breit getreten haben.«

Der Mann packte Stephen plötzlich an der Kehle und drückte zu, sodass es ihm die Luft abschnürte. »Niemand nennt mich 'nen Narren, du nich und auch kein anderer.«

Stephen nickte und gurgelte eine Entschuldigung.

Der Mann lächelte und ließ ihn los.

Stephen keuchte und blickte auf den Tisch hinunter, aber diesmal achtete er darauf, seinen Abscheu vor dem Mann und seinesgleichen gut zu verbergen. »Ihre Dienste könnten mir von Nutzen sein.«

»*Ihre Dienste könnten mir von Nutzen sein*«, äffte ihn der Mann nach. Er beugte sich vor, und sein Atem, eine Mischung aus saurem Bier und verfaultem Fleisch, traf Stephen wie ein Schlag. »Du klingst win richtiger Adeliger. Entweder du brauchst meine Dienste oder du brauchse nich.« Der Mann erhob sich.

»Nein, warte!«, rief Stephen. »Ich brauche sie, aber nur, wenn du zu Ende bringen kannst, wo Mr Nutley aufgehört hat.«

»Mr Nutley also, äh?« Der Mann hustete und spuckte dann Schleim auf den Fußboden. »Nutley war nur ein Angeber, der herumstolzierte und dachte, er wär was Besseres in seinen schönen Kleidern. Wenn du mich frags', hat er genau das bekommen, was er verdient. Ich dagegen steh zu meinem Wort und hab keine Angst zu tun, was getan werden muss.« Der Mann zog ein langes Messer und begann, sich mit einem teuflischen Grinsen damit in den Zähnen zu puhlen.

Stephen betrachtete ihn. »Was denkst du darüber, eine Frau um die Ecke zu bringen?«

Der Mann grinste. »Wenn es sich lohnt.« Stephen grinste beifällig.

»Da ist eine Frau, die ich von der Erde verschwinden sehen will.«

»Hat dich betrogen, was? Dir Hörner aufgesetzt?«

»Ja, etwas in der Art«, erwiderte Stephen, dem es egal war, wenn der Mann ihn für einen rachsüchtigen Liebhaber hielt.

»Die Hure soll weg, aber es muss nach Unfall aussehn?«

»Genau«, sagte Stephen. »Und schnell. Was immer dir einfällt.«

Der Mann nickte. »Mir gefällt die Art, wie du Geschäfte machst. Wenne willst, dass der Hure Gerechtigkeit widerfährt, is Bean McElliott genau dein Mann.«

»Riley, glaubst du, dass dieses Kleid ein gutes Hochzeitskleid abgäbe?«, fragte Bea. Die Mädchen waren zu einer Anprobe bei Jane Gunn im Theater gewesen und saßen nun oben bei ihr, um mit ihr Tee zu trinken. »Oder hältst du es für zu gewagt?« Sie warf Maggie einen Blick zu, die errötend den Tee eingoss.

»Was kümmert es dich?«, fauchte Louisa. »Als wenn eine von euch heiraten würde. Schon gar nicht, wenn du jeden Nachmittag darauf verschwendest, bei Lady Delander Haushaltsführung zu lernen.«

»Da wäre ich mir nicht so sicher«, warf Maggie ein. »Du sollst wissen, dass ...«

»Maggie!«, unterbrach Bea sie.

Riley warf ihnen einen Blick zu und überlegte, was sie wohl aushecken mochten – viel konnte es nicht sein, wenn sie jeden Nachmittag bei Lady Delander verbrachten. Sie wusste auch, dass Louisas schlechte Laune dem Umstand entsprang, dass sie Roderick mit einer Liste von Einkäufen weggeschickt hatte, die ihn den ganzen Nachmittag auf Trab halten würde.

»Was glaubst du, Riley?«, wiederholte Bea, erhob sich und drehte sich langsam einmal um sich selbst. »Ich meine, das wäre ein perfektes Hochzeitskleid.«

»Es ist entzückend«, sagte Riley wahrheitsgemäß. Riley selbst hätte für Bea nicht unbedingt blassblaue Seide gewählt, aber man konnte sich darauf verlassen, dass Jane Gunn die schmeichelndste Farbe für eine Frau fand. Die kunstvolle Stickerei, die die Dame selbst angefertigt hatte, schmückte Saum und Ausschnitt mit zierlichen Blüten und Schmetterlingen. »Es ist eine hervorragende Wahl für Lady Marlowes Ball.«

Zu Rileys Entzücken hatte ihre Großmutter angeboten, einen Ball zur Einführung der Mädchen in die Gesellschaft zu geben. Mason hatte zu dieser Wohltätigkeit erst zugestimmt, nachdem die Mädchen ihm drei Tage lang damit in den Ohren gelegen hatten. So hatte es Bea zumindest grinsend erzählt.

Die Vorstellung ließ auch Riley grinsen. Sie wünschte nur, sie wäre dabei gewesen – und hätte vielleicht mitgemacht.

Seine Nachgiebigkeit war vielleicht auch dem Umstand zu verdanken, dass die Mädchen endlich doch zu einem Trio von jungen Damen erblüht waren, die seit dem Everton-Ball sehr gefragt waren.

»Und mein Kleid?«, fragte Maggie. Für das brünette

Mädchen hatte Jane Gunn einen pfirsichfarbenen Musselin ausgewählt, der die zierliche Figur des Mädchens unterstrich. Ein transparentes Oberkleid verlieh Maggie die Aura einer orientalischen Prinzessin.

»Es ist sehr schön«, sagte Riley. »Ich hoffe nur, dass es deinem Onkel auch gefällt.«

»Als wenn wir ihn je zu Gesicht bekommen würden«, entgegnete Louisa. »Seit er zugestimmt hat, dass wir in die Gesellschaft eingeführt werden, ist er kaum noch zu Hause. Stundenlang ist er weg, und nicht mal den Tee trinkt er mit uns. Vor allem, seit …«

»Louisa, sei still!«, zischte Bea.

Ihre Schwester richtete sich auf. »Nun, er war seit Tagen nicht mehr zu Hause.«

Riley holte tief Luft. Sie wusste, warum Mason nicht mehr zu Hause war.

Miss Pindar.

An dem Tag, an dem sie gegangen war, nachdem sie ihm das Geld ihrer Großmutter angeboten und ihn praktisch angebettelt hatte, sie zu heiraten, hatte sie den Beweis dafür gesehen, dass er seinen Entschluss bereits getroffen hatte. Denn auf seinem Schreibtisch hatte eine Heiratserlaubnis für ihn und Miss Dahlia Pindar gelegen.

»Ich nehme an, er schmiedet Hochzeitspläne.«

»Natürlich«, stimmte Louisa zu, »er ist … uuuuff!«

Beas Ellbogen war in den Rippen ihrer Schwester gelandet und hatte ihre Enthüllungen über Masons Hochzeitspläne abrupt beendet.

Zum ersten Mal war Riley froh über Beas schlechte Manieren, denn sie wollte von der bevorstehenden Hochzeit nichts mehr hören.

»Cousine Felicity lässt sich entschuldigen«, sagte Maggie. »Sie liest diesen neuen Roman – den, von dem alle reden, und will das Haus nicht verlassen, ehe sie ihn durchgelesen hat und mitreden kann.«

Riley lächelte. Typisch Felicity, dass sie ihrer Vorliebe für Klatsch alles andere unterordnete.

»So, wir müssen jetzt nach Hause«, kündigte Bea an und erhob sich mit einem strengen Blick auf Maggie. »Wir sehen dich ja heute Abend.«

»Ihr kommt zur Aufführung?«, fragte Riley. Noch nie zuvor war sie vor einer Premiere so aufgeregt gewesen.

»Natürlich«, sagte Louisa. »Das wird eine denkwürdige Nacht.«

Wenn Riley nur gewusst hätte, wie wahr das war.

Das Marlowe Stadthaus wimmelte von Menschen. Diener eilten hin und her, während Lieferanten Kisten um Kisten mit Champagner brachten sowie Delikatessen und Blumen und andere Dinge für den Ball der Geschwister St. Clair.

Mason bahnte sich einen Weg zu Lady Marlowe, die mit fröhlicher Miene jedermann herumkommandierte, der sich in Hörweite befand. Riley war nirgends zu sehen – was auch gut war.

»Lord Ashlin, wenn Sie nicht hier sind, um zu helfen, stehen Sie nur im Weg«, beklagte sich Rileys Großmutter

Mason nahm es nicht übel. Er wusste, dass er zu einem schlechten Zeitpunkt kam, aber es ging nicht anders. Was er heute Morgen entdeckte hatte, bestätigte seinen Verdacht. »Ich bin in einer wichtigen Angelegenheit hier, Mylady. Wenn Sie einen Moment Zeit für mich hätten.«

»Aber wirklich nur einen Moment«, sagte Lady Marlowe und stützte sich auf seinen Arm, um sich in einen Alkoven führen zu lassen, wo sie auf einen Stuhl sank. »Hier stehen wir nicht im Weg, falls diese verflixten Musiker endlich zu erscheinen geruhen.« Sie verschränkte die Hände im Schoß und holte tief Luft. »Nun, was hat sie den langen Weg hierher geführt? Wollen Sie endlich um Rileys Hand anhalten? Wenn ja, stimme ich zu. Ich habe euch Ashlins schon immer gemocht – Ihr Großvater hat mir ein paarmal den Kopf verdreht, als ich noch ein junges Ding in seiner ersten Saison war.«

»Ich danke Ihnen, Mylady. Jetzt, wo ich meine finanzielle Situation verbessert habe, fühle ich mich würdig genug, um um sie anhalten zu können.«

»Würdig, sagen Sie? Bah. Geld hin oder her – sie waren immer der Mann für sie. Sie lieben sie, und sie liebt Sie, und nur das zählt.«

»Ich habe vor, sie noch in diesem Monat zu meiner Frau zu machen«, erklärte Mason. »Aber ich bin wegen einer anderen Sache hier. Was wissen Sie über Lord Caristons Geschäfte?«

Lady Marlowe schüttelte den Kopf. »Kaum etwas.«

»Und über die seines Vaters?«

Sie zog die Nase kraus. »Stephens Vater war hier kaum gerne gesehen. Ein entfernter Cousin meines Mannes, und der sagte, entfernt waren sie aus gutem Grund.«

Mason nickte. »Ihr Mann war ein weiser Mann.« Er schwieg und überlegte, wie er seine nächste Frage stellen sollte.

Die Countess ließ ihm kaum eine Wahl. »Heraus damit, Mann, ich bin ein Freund klarer Worte. Sagen Sie, was Sie wollen.«

»Wie ist Rileys Mutter gestorben?«

Lady Marlowe erbleichte. »Ein Unfall. Ihre Kutsche hat sich überschlagen.«

Mason nickte. »Und ihr Mann?«

»Von Straßenräubern erschossen.«

Mason drängte: »Und der Schmied, der sie getraut hat?«

»Es gab eine Schlägerei in einer Kneipe, und dabei wurde er erstochen.«

Mason beugte sich vor. »Hat Riley Ihnen erzählt, dass es einen Anschlag auf ihr Leben gab?«

Ihre Großmutter schüttelte den Kopf. »Dieses Kind. Sie hat kein Wort gesagt!«

»Nun, an dem Morgen, als sie zum Tee bei Ihnen war, brach ein Mann ins Haus ein und versuchte, sie umzubringen. Zum Glück konnte es verhindert werden.«

»Der Diener, der aus dem Fenster gefallen ist«, murmelte die Dame. Sie sah auf. »Ich dachte mir gleich, dass an der Sache etwas faul ist.«

»Das war es«, gab Mason zu. »Ich glaube, dass alle Todesfälle in Verbindung miteinander stehen.«

Die Augen der Countess wurden schmal. »Was wollen Sie damit sagen?«

»Finden Sie es nicht seltsam, dass alle so unverhofft sterben und auch Riley in eine Reihe von Unglücksfällen verwickelt ist?«

»Das ist nur Schicksal«, wehrte die alte Dame ab, aber sie klang nicht überzeugt.

»Schicksal oder sorgfältige Planung«, sagte Mason. »Mylady, ich habe guten Grund zu der Annahme, dass nichts an diesen Ereignissen Schicksal war.«

»Sie haben Cariston erwähnt.« Sie schüttelte den

Kopf. »Er kann nichts damit zu tun haben, zumindest nicht mit den frühen Todesfällen. Da war er noch ein Baby.«

»Aber sein Vater nicht.«

Lady Marlowe runzelte die Stirn. »Warum in aller Welt sollte ein Cousin meines Mannes, noch dazu selber Marquess und einer der reichsten Männer Englands, zu solchen Mitteln greifen, um das Marlowe-Erbe antreten zu können? Der Titel meines Mannes ist nicht so alt, und wenn der Besitz auch ein gutes Einkommen liefert, so sicher nichts, was mit dem der Caristons vergleichbar wäre.«

»Das stimmte früher, aber die Ländereien gehören nicht mehr zur Familie. Seit Jahren nicht mehr.«

»Was?« Lady Marlowe sah Mason fassungslos an.

»Soweit ich herausfinden konnte, ist Cariston bankrott.«

Lady Marlowe sank zurück. »Das ist unmöglich.«

»Leider nicht. Mir ging es vor kurzem noch ähnlich, und ich kenne alle Anzeichen. Außerdem habe ich ein paar diskrete Nachforschungen anstellen lassen. Ihr Neffe hat genug Schuldscheine gemacht, um eine ganze Armada damit zu versenken.«

»Jeder erlebt mal einen Engpass«, wandte sie ein. »Das führt kaum zu Mord, wie Sie wohl andeuten wollen. Cariston mag zu vielem fähig sein, aber Mord? Dafür ist er zu feige. Seinem Vater hätte ich alles zugetraut, aber nicht dem Sohn.«

Mason zuckte die Achseln. »Nicht alle Menschen reagieren vernünftig, wenn sie sich dem Ruin gegenübersehen – und Ihr Neffe ist ein sehr stolzer Mann.« Er nickte Mr McElliott zu, der in der Tür stand und wartete. »Lady

Marlowe, darf ich Ihnen Mr McElliott vorstellen, einen Detektiv, den ich angeheuert habe, damit er mir hilft, die Sache zu untersuchen. Er ist der Mann, den der Marquess of Cariston gestern angeheuert hat, damit er Ihre Enkelin umbringt.«

»Umbringt! Wenn das wahr ist, was suchen Sie dann hier?«, fragte die alte Dame. »Warum sind Sie nicht zu Hause und beschützen meine Enkelin?«

Mason starrte sie an. »Deshalb bin ich ja hier. Ich will sie auf der Stelle nach Sanborn Abbey bringen, wo sie sicher ist, bis ich Cariston verhaften und außer Landes bringen lassen kann.«

Doch seine Worte schienen Lady Marlowe nicht zu beruhigen, denn sie runzelte die Stirn, als hätte er ihre Enkelin bereits im Stich gelassen. »Aber Riley ist nicht hier – sie ist doch bei Ihnen!«

Masons Herz tat einen Sprung, dann flammte seine Wut auf. »Diese verlogene, unmögliche ...«

»Na los, sagen Sie es doch«, unterbrach ihn Lady Marlowe. »Sie hat uns beide an der Nase herumgeführt. Ich wette, sie ist in ihrem Theater. Entschlossen, Ihnen Ihre Schulden zu bezahlen. Stures Mädchen.«

»Entschlossen oder nicht«, erklärte Mason und sprang auf, »ihr Stück wird die kürzeste Spielzeit in der Geschichte von Covent Garden haben.«

21

Bei einer Premiere stand das Queens Gate Theater jedes Mal vor einer Reihe von Problemen, und das war diesmal nicht anders. Riley wurde von allen Seiten mit Fragen und Vorschlägen bestürmt. Zu ihrer großen Freude war die Vorstellung heute Abend ausverkauft, und noch immer stand eine große Menge draußen und verlangte nach zusätzlichen Eintrittskarten.

Noch nie hatte Riley erlebt, dass vor einer Premiere so viel Aufregung herrschte. Es war, als ob ganz London ihr Stück sehen wollte.

Wenn sie doch nur, so ihr gieriger Wunsch, allen schon heute Abend eine Karte verkaufen könnte. Jetzt schon hatte sie für jeden freien Zentimeter Karten verkauft und in die Logen zusätzliche Stühle gestellt, weil die Sponsoren Besucher mitbrachten.

Mason würde über seine Prozente an den Einnahmen höchst erfreut sein.

Wenn ich ihn dazu bringen kann, das Geld anzunehmen, dachte sie verstimmt. Wenn sie allerdings in Betracht zog, was Louisa heute angedeutet hatte, brauchte er ihr Geld nicht mehr. Wahrscheinlich begleitete er heute Abend die perfekte und immer respektable Miss Pindar in irgendein hochexklusives Etablissement, das weit über den gemeinen Schauplätzen des Covent Garden lag.

Riley schüttelte ihr Selbstmitleid ab. Sie musste sich noch mit den Beleuchtern besprechen, das nervöse Orchester beruhigen und sich umkleiden und schminken.

»Riley, meine Liebe«, rief Aggie aus der Herrenumkleide, »mein Kostüm ist unvollständig.« Er trat in Jacke und Hose, die Jane Gunn ihm für die Rolle des Königs genäht hatte, auf den Flur hinaus; allerdings fehlten der pelzverbrämte Umhang, die Krone und das Zepter, die auch noch dazu gehörten. »Schick die nutzlose Nanette, damit sie das Zubehör meines Kostüms holt.«

Riley stöhnte. Alle Schauspieler waren selber dafür verantwortlich, sich ihre Kostüme komplett aus der Garderobe und die Accessoires aus der Requisite zu holen. Aus irgendeinem unbekannten Grund schaffte Aggie es nie, vor einer Premierennacht alles Nötige bereitzustellen, sodass er alle Arten von Hilfestellungen verlangte, ehe er auf der Bühne stand.

»Nanette hat zu tun«, erklärte ihm Riley. »Du musst es selber machen.«

Aggies entsetzter Blick verriet Riley, dass er gleich einen seiner Anfälle bekommen würde.

Sie seufzte und machte sich auf den komplizierten Weg durch Requisiten und Bühnenbilder, die an der Wand lehnten, bis sie auf die Bühne kamen. Riley ging die Treppe hinunter, als die Tür zur Requisitenkammer aufgerissen wurde. Die schwere Tür neigte dazu, heftig zurückzuschwingen und den unglücklichen Besucher in dem Raum gefangen zu halten, bis jemand vorbeikam, der ihn befreite.

Das war wahrscheinlich auch der Grund, warum Aggie den Raum nicht mochte. Letzten Winter hatte er eine höchst unbequeme Nacht hier unten verbracht, nachdem er ein Paar heimlich geborgter Pistolen hatte zurückbringen wollen.

Riley wollte gerade dem, der darin war, etwas zurufen, als sie eine Stimme hörte, die ihr bekannt vorkam.

»Sag das nochmal«, verlangte die Frau. »Sag mir, wie sehr du mich liebst, Roderick.«

Verdammter Kerl, dachte Riley.

Sie hätte den Mann gar nicht erst anstellen sollen – irgendetwas an ihm kam ihr unecht vor, und jetzt benutzte er die männliche Hauptrolle dafür, alle Frauen zu verführen, die in seinen Dunstkreis kamen.

Erst Louisa, und jetzt wahrscheinlich ein junges Ding, das fünfzehn Minuten Zeit hatte, ihn anzuhimmeln, ehe der Vorhang sich hob.

»Ja, ich liebe dich«, hörte sie Roderick sagen, »von ganzem Herzen. Alles, was ich besitze, lege ich dir zu Füßen.«

Ein tiefes Stöhnen folgte, dann das Geräusch von Küssen und das Rascheln abgelegter Kleidung.

Riley riss die Tür auf und entdeckte ein vertrautes Gesicht, das sie wütend ansah.

»Louisa!«, rief Riley. Sie ergriff das Mädchen am Arm und riss es aus Rodericks Griff. Während sie sie mit sich zog, grollte sie: »Was zum Teufel tust du da?«

Louisa stellte sich sehr gerade hin, schob sich die zerzausten Haare aus dem geröteten Gesicht und wandte sich an Riley. »Ich bin hier, weil ich meinem Herzen folge. Ich will Schauspielerin werden und mit Roderick leben. Da ich weiß, dass mein Onkel nie seine Zustimmung geben wird, haben Roderick und ich vor wegzulaufen.«

»Louisa!«, stöhnte Roderick und schüttelte den Kopf. Aber wenigstens kam er aus seiner Ecke und stellte sich offen an Louisas Seite.

»Weglaufen?«, wiederholte Riley. »Bist du verrückt geworden? Du kannst ihn nicht heiraten«, fuhr sie fort und deutete auf Roderick.

»Pass mal auf …«, begann er.

»Oh, sei still!«, fauchte Riley. »Wenn heute nicht die Premiere wäre und deine Zweitbesetzung schon zu betrunken, um die Rolle zu übernehmen, würde ich dich auf der Stelle feuern.«

Roderick richtete sich auf. Er erinnerte sie in seiner Haltung an Mason, wenn der besonders ehrenhaft sein wollte. »Machen Sie sich keine Mühe«, erklärte er in gekünstelt vornehmem Ton. »Ich kündige. Ich wollte schon immer die Chance haben, auf der Bühne zu stehen, und heute Abend habe ich sie. Aber ich werde da draußen nicht alleine sein.« Er ergriff Louisas Hand. »Denn *das* ist meine Aveline, sonst gehe ich nicht auf die Bühne.«

Louisa? Sie sollte vor der gesamten Londoner Gesellschaft die Aveline spielen? War der Mann verrückt geworden?

Anscheinend waren sie es beide – denn Riley sah jetzt erst, dass Louisa das einfache Kleid Avelines trug.

»Louisa, geh hoch und zieh das Kostüm aus«, befahl Riley.

Louisa sah zu Roderick auf und dann wieder Riley an. Sie schüttelte den Kopf.

»Es tut mir leid, Madam«, erklärte Roderick.

Ehe Riley reagieren konnte, griff er um ihre Taille und trug sie in den Requisitenraum, wo er sie auf einem Stapel Vorhänge absetzte. Riley landete auf einem Haufen alter Vorhangstoffe und ruderte mit Armen und Beinen, um sich aufrecht zu halten. Roderick und Louisa schoben die schwere Tür zu.

»Ist sie da drinnen auch sicher?«, hörte Riley Louisa fragen.

»Ja«, beruhigte Roderick seine Liebste.

Riley kam auf die Füße, eilte durch den Raum und ergriff den Riegel. Sie zog und zerrte, aber er saß fest. »Lasst mich raus!«, schrie sie und schlug gegen die dicke Eichentür. »Louisa, mach sofort die Tür auf!«

Sie hörte Roderick sagen: »Oh, mach nicht so ein Gesicht, meine Liebe. Sobald wir auf dem Weg nach Gretna Green sind, schicken wir jemanden, der die Tür aufmacht.«

Dann hörte Riley zu ihrem Ärger, wie Schritte sich entfernten. »Louisa! Roderick! Tut das nicht! Lasst mich raus!«

Sie schlug und klopfte noch eine Weile an die Tür und schrie, bis sie heiser wurde, aber niemand kam zu ihrer Rettung. Über sich hörte sie Schritte, als die Besucher ihre Plätze einnahmen. Das Orchester stimmte seine Instrumente und begann dann ein paar populäre Lieder zu spielen, um die Zuschauer zu unterhalten, bis das Stück begann.

Ohne sie …

Riley sah sich nach Aggies Requisiten um, sah sie aber nirgends. Wahrscheinlich waren sie die ganze Zeit in seiner Garderobe gewesen, und er hatte sie gefunden und würde nicht mehr hier herunterkommen.

Riley vergrub das Gesicht in den Händen und stöhnte. Was für eine Katastrophe.

»Es tut mir leid, Mylord, aber der erste Akt beginnt gleich, und das Haus ist ausverkauft – selbst mit Eintrittskarte kann ich Sie nicht mehr einlassen.«

Frustriert wandte Mason sich ab. Was, wenn Stephen da drinnen war? Niemand konnte vorhersagen, was der Mann tat, wenn er erfuhr, dass gegen ihn ein Haftbefehl vorlag.

Mason sah sich um und überlegte, wie er hineinkommen könnte – und dann fiel ihm der Seiteneingang ein, den er benutzt hatte, als Riley angegriffen worden war. Er lief um das Haus herum, fand aber auch diese Tür von einem Mann bewacht, der ihn genauso wenig einlassen wollte wie der Türsteher am Haupteingang.

Entmutigt, aber entschlossen nicht aufzugeben, umkreiste Mason das Theater, bis er vor einem Haufen Müllsäcke zum Stehen kam. Hinter dem Abfall war eine kleine Treppe versteckt, die in den Keller führte.

Mason rannte die Stufen hinunter und hielt nur so lange inne, wie er brauchte, um die Tür einzutreten.

Nachdem seine Augen sich an die Dunkelheit gewöhnt hatten, entdeckte er hinten im Gang eine Treppe, die nach oben führte, vermutlich auf die Bühne.

Er hatte schon den halben Weg hinter sich gebracht, als er jemanden an eine Tür klopfen und um Hilfe rufen hörte.

Riley!

Mason rannte zur Tür und riss sie auf.

»Mason!«, rief Riley.

Er trat ein und wollte sie in die Arme nehmen, aber statt der warmen Begrüßung, die er erwartet hatte, wehrte sie ab und rief: »Nein!« Sie stürzte zur Tür, die sich gerade langsam schloss.

Als das Schloss einrastete, stieß Riley einen Fluch aus, der Bea alle Ehre gemacht hätte.

»Du hast die Tür ins Schloss fallen lassen«, jammerte sie und schlug mit den Fäusten auf das Holz ein.

»Ich nehme an, das war ein Fehler?«

Riley sah ihn an. »Sie hat nur außen ein Schloss. Wir sitzen in der Falle.«

Jetzt verstand Mason, warum sie ihn nicht wie einen Helden begrüßt hatte.

Riley setzte sich wieder auf den Berg von Stoffen und alten Vorhängen und ließ die Füße baumeln. Wenigstens hatten Roderick und Louisa eine brennende Kerze da gelassen, sonst hätten Mason und sie im Dunkeln sitzen müssen.

Über ihren Köpfen lachten die Zuschauer laut und applaudierten dann begeistert.

Riley sah zur Decke hoch. »Das Ende des zweiten Aktes. Deine Szene ist besser angekommen als erwartet.«

»Freut mich, wenn ich dir von Nutzen sein konnte«, erklärte Mason aus einer anderen Ecke des kleinen Raums. »Wie seltsam, dass niemand dein Fehlen bemerkt.«

»Roderick und unsere neue Aveline haben sich entschlossen, heute Abend eine kleine Revolution anzuzetteln. Ich bin von meiner Zweitbesetzung ausmanövriert worden.«

»Ginny?«

»Nein, deine Nichte – Louisa.«

Mason sprang auf. »Louisa! Diese kleine ...«

Riley machte eine abwehrende Handbewegung. »Mach dir keine Mühe, ich habe sie schon auf jede erdenkliche Weise beschimpft. Es waren Flüche dabei, die sogar Bea nicht kennt.«

Mason verschränkte die Arme vor der Brust. »Das ist alles deine Schuld. Wenn du uns nicht verlassen hättest, wäre Louisa nie so weit gegangen.«

Riley wurde wütend, kletterte von dem Stoffestapfel auf den Boden und stellte sich vor Mason. Dann tippte sie ihm mit dem Finger auf die Brust und erklärte: »Meine Schuld? Ich bin nicht gegangen, weil ich es wollte! Ich bin gegangen, weil du dich entschlossen hast, Miss Pindar zu heiraten!«

»Wie kommst du auf die Idee, ich würde sie dir vorziehen? Ich habe keineswegs die Absicht, das Dummchen zu heiraten.«

»Nicht?« Riley hätte ihm so gerne geglaubt.

»Natürlich nicht. Ich habe mich bei Evertons Maskenball entschieden. Warum sollte ich mit dir schlafen und dann eine andere Frau heiraten? Es gibt nur eine Frau, mit der ich das Bett teilen möchte, und die bist du!«

Riley neigte den Kopf. »Aber ich habe die Heiratserlaubnis auf deinem Schreibtisch gesehen, und Mrs Pindar hat Freddies Schuldscheine.«

Mason verdrehte die Augen. »*Deshalb* bist du so plötzlich aus meinem Arbeitszimmer gerannt. Betrachte die Lizenz als meinen letzten Tribut an gesellschaftliche Zwänge.« Er trat näher zu ihr. »Ich habe nicht verstanden, warum du so leicht aufgegeben hast. Ich dachte, dass du kein Leben in Armut führen wolltest.«

»Habe ich etwa bisher ein Leben in Reichtum geführt?«, lachte Riley.

Auch Mason lachte. »Sicher nicht mehr als ich.« Dann trat er zu ihr und nahm sie in die Arme.

»Du wirst Dahlia also nicht heiraten?«, fragte Riley nach ein paar Minuten.

Mason schüttelte sich. »Niemals. Ich habe entdeckt, dass ich Schäferinnen und Schafe nicht besonders mag.«

Riley lächelte und schmiegte dann den Kopf an seine Brust. »Und was ist mit Freddies Schulden?«

»Mach dir darüber keine Sorgen. Du solltest lieber überlegen, wie du uns hier herausbekommmst.«

Riley warf einen Blick zur Tür. »Leider sitzen wir hier bis zum Ende des Stückes fest. Erst hinterher räumen sie die Requisiten weg.«

Mason wackelte mit den Brauen und grinste sie an. »Meinst du, die Zeit reicht?«

Riley drängte sich an ihn. »Bist du dir sicher, dass du Dahlia nicht heiraten wirst?«

»Ganz sicher.«

»Dann, denke ich, haben wir Zeit.«

Mason senkte den Kopf und küsste sie innig auf den Mund.

Riley erwiderte seinen Kuss genauso hungrig. In den letzten Wochen hatte sie oft an ihre gemeinsame Nacht gedacht und davon geträumt, sich erneut von Mason lieben zu lassen.

Jetzt, wo es so weit war, wollte sie keine Zeit verlieren. Rasch streifte sie ihm die Jacke ab und zog ihm das Hemd aus der Hose.

»So eilig?«, fragte Mason.

»Erinnerst du dich an den Text, den ich auf dein Geheiß hin streichen sollte? Mit Geoffrois Monolog hätten wir mehr Zeit gehabt.«

»Dann lass uns keine Zeit verlieren.« Mason griff nach einem Samtcape, schüttelte es aus und breitete es über den Berg Stoffe. Dann grinste er über das improvisierte Bett. Riley kletterte hinein und lächelte ihn an.

Gerade, als Mason sich zu ihr legen wollte, entdeckte er eine Krone mit Glasjuwelen. Er ergriff sie und setzte sie sich auf. »Jetzt musst du mir gehorchen«, erklärte er mit einer Zeile aus dem dritten Akt.

Riley lachte und führte die Rolle fort. »Oh, befehlt nur, Mylord.« Sie hob ihren Rock an und bewegte einladend einen nackten Schenkel.

Mason war überrascht, wie schnell er zum Verehrer des Theaters geworden war. »Mein erster Befehl lautet, dass du dein Kostüm änderst.« Seine Hand glitt über ihr Bein nach oben bis zur Hüfte. Er zog sie an sich und fuhr fort, sie zu entkleiden. »Alle meine Untertanen müssen von jetzt an nackt gehen.«

»An diesen Text erinnere ich mich gar nicht«, neckte ihn Riley, knöpfte sein Hemd auf und fuhr ihm mit den Fingern über die Brust.

»Ich schreibe das Stück gerade um«, erklärte Mason.

»Bis jetzt gefällt es mir«, schnurrte Riley und schmiegte ihre Hüften an seine.

Mason zog ihr das Kleid über den Kopf, sodass sie nur noch ihr Hemdchen trug. Dann umfasste er ihre Brüste und senkte den Kopf, um an den harten Spitzen zu saugen. Riley seufzte leise.

Doch sie wollte ihm das Spiel nicht alleine überlassen. Zwischen heißen Küssen und gemurmelten Liebkosungen zog sie ihm seine Sachen aus, bis Jacke, Hemd und Hose in einem Haufen auf dem Boden landeten.

Angeregt durch seine spielerische Stimmung griff Riley dann zu einem Federwisch, der auf einer Kiste neben ihr lag. »Ihr Zepter, Sir«, erklärte sie.

Mason grinste und benutzte sein falsches Utensil dazu, um sie zu kitzeln, wobei er sie liebkoste und streichelte, bis sie vor Lust brannte und ihn anflehte, sie zu erlösen.

Ihr offenes Begehren ließ auch ihn vor Lust stöhnen, und Riley vernachlässigte ihn nicht. Ihre Hände wanderten an seinem Körper nach unten, bis sie entdeckte, dass er für sie bereit war.

Riley konnte nicht länger warten. Sie schlang die Beine um seine Hüften und drängte sich ihm entgegen.

Mason gehorchte nur zu gerne und drang mit einem Stoß tief in sie ein.

Riley stöhnte lustvoll auf. »Oh, ja ... bitte, Mason!«

All ihre Ängste waren verschwunden. Ihre Erleichterung, ihn zurückzuhaben, kam zu der Liebe, die sie für ihn empfand; und ihre Hüften bewegten sich in einem leidenschaftlichen Rhythmus, der ihn einlud, es ihr gleich zu tun.

Mason verstand sofort. Er hatte an nichts anderes mehr denken können – außer Riley für immer in seinen Armen zu haben –, und jetzt war es so weit.

Jetzt war sie sein, und er drang in sie ein, streichelte sie, wollte nur die Überraschung in ihren Augen sehen, als seine Berührungen sie über die Grenze trieben.

Als es so weit war, küsste sie ihn. Dann schrie sie auf: »Mason! Oh, Mason!«

Als sie sich um ihn zusammenzog, konnte auch er sich nicht länger beherrschen. Mason stieß einen heiseren Schrei aus, der von Lachen und Applaus von oben begleitet wurde.

Als der Lärm oben abebbte, sah Mason auf Riley hinunter und sagte: »So habe ich es noch nie erlebt.«

22

Lord Cariston lungerte am Rande der Menge, die aus dem Queen's Gate Theater strömte, und hasste jedes angeregt lächelnde Gesicht.

Er wartete schon den Großteil des Nachmittags in der Nähe des Theaters und hatte die ganze Aufführung über auf den Aufruhr wegen Rileys Ableben gewartet.

Aber es war nichts passiert.

Er hatte gesehen, dass McElliott das Theater eine Stunde vor der Vorstellung betreten hatte, aber seitdem schien nichts passiert zu sein.

Außer dass er zu seinem großen Entzücken gesehen hatte, wie verzweifelt Ashlin versucht hatte, ins Haus zu kommen.

»Sag ihr auf Wiedersehen«, hatte Cariston geflüstert, als Ashlin in einer Seitenstraße verschwunden war. »Sie hätte dich ohnehin ruiniert.«

Ja, es war für alle das Beste, wenn sie starb und vergessen wurde.

Jetzt brauchte er nur noch die Bestätigung, dass sie tot war, und dann würde er zu Lady Marlowe gehen, um das alte Mädchen zu trösten. Er musste in ihrer Gunst bleiben, denn er wollte sicherstellen, dass er bei ihrem Tod der einzige Erbe war.

Er hatte nicht all die vielen Jahre damit verbracht, der

alten Krähe um den Bart zu gehen, um jetzt leer auszugehen, wenn sie für immer die Augen schloss.

Cariston zog sich den Hut ins Gesicht und überlegte, wie er erfahren könnte, was er wissen wollte.

Dann erspähte er glücklicherweise einen alten Freund, Viscount Barnet, der mit seiner Kröte von Frau im Schlepp in der Menge mitging.

»Barnet!«, rief Stephen laut. »Schön, Sie zu sehen, Mann.«

»Cariston.« Barnet streckte ihm die Hand hin. »Habe gehört, Sie wären auf dem Land.«

Stephen zuckte zusammen und verfluchte stumm die Londoner Klatschmäuler. »Nichts dergleichen.«

»Gut. Bin froh, das zu hören.«

»Barnet«, rief Lady Barnet. »Beeil dich, bitte. Ich möchte pünktlich zu Lady Marlowe kommen. Ich kann meine Schwester in dem Aufruhr hier nicht finden, und ich will hören, ob sie das Buch jetzt durch hat. Gerade nach heute Abend. Vielleicht wird darin erklärt, was passiert ist.«

Barnet nickte und wandte sich wieder an Stephen. »Ich gehe immer nur ins Theater, wenn die Fontaine auf der Bühne steht, und wissen Sie was: Heute war sie gar nicht da!« Barnet seufzte. »Aber warum erzähle ich Ihnen das überhaupt, Sie waren doch sicher auch drinnen?«

Stephen konnte seine Schadenfreude kaum verhehlen. Riley war nicht auf der Bühne erschienen – das konnte nur eines bedeuten: McElliott hatte die gierige Hexe umgebracht.

»Ja, das war eine Enttäuschung«, brachte er hervor.

Barnet beugte sich vor und flüsterte vertraulich: »Ich

habe keine Ahnung, wer das Mädchen ist, das sie ersetzt hat, aber das war ein köstlicher Happen. Das könnte mein Interesse am Theater erhöhen – wenn Sie verstehen, was ich meine.« Barnet zwinkerte ihm zu.

»Mein Lieber! Wir müssen los, sonst finden wir bei Lady Marlowe keinen Platz mehr«, drängte seine Frau.

»Hören Sie, Cariston, halten Sie sich lieber von der Mausefalle Pfarrer fern.« Dann rief er: »Ja, Liebes, ich komme.« Er verabschiedete sich hastig und machte sich auf den Weg zu seiner Kutsche. Im Gehen drehte er sich noch einmal um. »Sehen wir uns bei dem Marlowe-Fest? Es wird wahrscheinlich furchtbar voll werden.«

Stephen zwang sich zu einem Lächeln. »Ja«, antwortete er, »es scheint ein vielversprechender Abend zu werden.« Als die Kutsche der Barnets davonrollte, setzte er hinzu: »Vielversprechender, als du ahnst, du alter Narr!«

Riley löste sich aus Masons Armen. »Wir müssen uns anziehen. Unsere Retter können jetzt jeden Moment hier sein.«

Mason grinste sie an. »Du könntest sie wegschicken, und wir verbringen die Nacht hier.«

Er küsste sie, und Riley spürte, wie ihr Blut sich erneut erhitzte.

»Nein«, lachte sie, »so leicht kannst du mich nicht überreden. Meine Großmutter erwartet uns beim Ball für die Mädchen.«

Die Mädchen!

»Oh, nein!«, rief Riley und sprang auf. »Louisa! Wir müssen sie aufhalten! Sie wollte nach dem Stück mit Roderick nach Schottland durchbrennen!« Rasch fuhr sie in ihre Kleidung und stieß Mason sanft an. »Zieh dich an, du musst sie aufhalten!«

»Vielleicht sollte ich den jungen Roderick fordern – du weißt schon, zu einem Duell für die Familienehre.«

»Ach, zum Teufel mit der Ehre«, erwiderte Riley. »Halt die beiden einfach nur auf.«

»Und was, wenn jemand deine Eltern aufgehalten hätte?«, fragte Mason. »Dann läge ich jetzt nicht hier und würde die Frau ansehen, mit der ich den Rest meines Lebens verbringen will. Außerdem glaube ich, dass Roderick vollkommen passend für Louisa ist.«

»Wie kannst du das sagen?«, fragte Riley. »Du hast mir ausdrücklich gesagt, dass du willst, dass die Mädchen vornehme junge Männer heiraten. Roderick ist Schauspieler und arm wie eine Kirchenmaus, und außerdem ein schlecht erzogener, übler ...«

Mason legte ihr einen Finger auf die Lippen und beendete ihre Klagen. »... Betrüger.«

»Ja, ein Betrüger«, stimmte Riley zu. »Er ist die schlimmste Art von Heuchler.«

Mason legte die Hände auf den Rücken und wippte auf den Ballen auf und ab. »Ja, denn er ist kaum von niedriger Herkunft oder arm.«

Riley betrachtete ihn stumm. »Was weißt du, was ich nicht weiß?«

»Roderick Northard ist nicht der Mann, für den du ihn hältst.«

»Sondern?«

»Erinnerst du dich noch daran, wie uns Cousine Felicity vor ein paar Wochen aus der Zeitung vorgelesen hat, dass ein Verwandter des Duke of Walford vermisst wird und dass sie den Fluss nach ihm absuchen wollen?«

Riley nickte.

»Sie hätten stattdessen das Theater durchsuchen sollen. Deine männliche Hauptrolle hast du mit dem Sohn des Herzogs besetzt.«

Riley schüttelte den Kopf. »Warum hast du mir das nicht gesagt?«

»Weil er mich darum gebeten hat. Als ich die Wahrheit herausgefunden habe, habe ich ihn zur Rede gestellt und eine Erklärung verlangt.«

Draußen näherten sich die Schritte der Bühnenarbeiter. Riley hob eine Braue, weil Mason noch nicht angezogen war, und rasch schlüpfte er in seine Sachen, während er weitererzählte.

»Dein Roderick Northard ist unter dem Namen Roderick Northard Benton bekannt, Viscount Hurley. Sein Vater und Großvater haben ihn bedrängt, die Tochter des Marquis of Rowden zu heiraten und sich niederzulassen, aber er hat sich geweigert. Daraufhin haben seine Verwandten ihm den Geldhahn zugedreht, damit er nachgibt. Als er deine Anzeige sah, dass du Schauspieler suchst, hat er sich vorgestellt.«

Riley konnte es noch immer nicht glauben. »Aber warum wollte er ausgerechnet zur Bühne? Wenn seine Verwandten ihm schon kein Geld mehr geben, wenn er dieses Mädchen nicht heiratet, was werden sie dann erst tun, wenn sie herausfinden, dass er zum Theater gegangen ist?«

»Er hofft sogar, dass es bekannt wird«, sagte Mason. »So wird Lord Rowden sich weigern, ihm seine Tochter zur Frau zu geben.«

Riley musste lachen. »Das erklärt, warum er den Geoffroi so gut spielt, denn dem ergeht es kaum anders als ihm.« Aber eine Frage hatte Riley noch. »Hat Louisa das gewusst?«

Mason schüttelte den Kopf. »Wahrscheinlich ist sie erbost, wenn sie es herausfindet. Sie glaubt, dass sie einen perfekten Ashlin-Skandal verursacht, aber falls sich die Leute das Maul zerreißen, dann wohl kaum über ihre unpassende Ehe.«

»Dann wird sie also eine Viscountess werden?«

Mason lächelte. »Irgendwann einmal Herzogin, denn Hurley ist der Erbe. Allerdings können Jahre vergehen, ehe er den Titel seines Urgroßvaters annimmt – die Bentons sind dafür bekannt, dass sie uralt werden –, aber irgendwann wird Louisa die Herzogin von Walford sein.«

»Sie wird wütend sein«, meinte Riley. »Ich glaube, sie plant für sich eine Karriere auf der Bühne.«

»Eine Karriere hat sie vor sich«, sagte Mason, »aber nicht auf der Bühne.«

Riley hatte immer noch Bedenken. »Wird seine Familie sie akzeptieren?« Das war eine Frage, die ihr wirklich am Herzen lag. Denn wenn die Gesellschaft Louisa akzeptierte, obwohl sie schon einmal auf der Bühne gestanden hatte, würde sie selbst es vielleicht auch schaffen.

»Sie sind vielleicht erst ein bisschen distanziert, aber unsere Familien sind immer sehr gut miteinander ausgekommen.«

Die Bühnentechniker nahten, und Riley wünschte fast, sie würden die Tür nie öffnen, denn was würde jetzt weiter geschehen?

Wie zur Antwort nahm Mason sie in die Arme. »Auch du hast eine lange Karriere vor dir, Madame – und sie beginnt heute Abend. Ich meine, wir sollten zu deiner Großmutter fahren, damit die anbetende Menge dich sehen kann.« Er grinste sie an, und Riley wunderte sich kurz über seine seltsame Wortwahl, aber als sein Mund sich auf ihren legte, verlor sich alles in einer überwältigenden Leidenschaft.

Sie küssten sich, bis die Tür aufschwang.

»Riley!«, rief einer der Techniker aus.

Mason und Riley traten auseinander, und Riley grinste die Männer an.

»Wir haben uns gefragt, wo Sie sind. Aber Mr Pettibone wollte nichts davon hören, dass wir die Aufführung stoppen, um Sie zu suchen. Gut, dass Sie in Ordnung sind.«

Ein frecher Junge stieß einen lauten Pfiff aus, und ein paar kicherten, als sie ihre Chefin und den Lord leicht aufgelöst den Raum verlassen sahen.

»Meinst du, sie wissen Bescheid?«, fragte Riley Mason, als sie die Treppe hochstiegen. »Werden sie überall erzählen, was …«

Er zupfte ihr ein paar Federn aus den Haaren. »Warum in aller Welt sollten sie so etwas denken?«

Im Marlowe-Haus herrschte, wie erwartet, ein fürchterliches Gedränge. Als Riley und Mason endlich dort eintrafen, war es schon fast Mitternacht.

Sie wären sicher eher da gewesen, wenn Riley nicht darauf bestanden hätte, nach oben zu gehen und ihr Haar zu richten – und Mason ihr nicht dabei geholfen hätte.

»Wie sollen wir je Bea und Maggie finden?«, klagte Riley, stellte sich auf die Zehenspitzen und spähte über die Köpfe der Menge hinweg.

»Ich glaube, da hinten ist deine Großmutter, aber die Mädchen kann ich nirgendwo sehen«, sagte Mason. »Vielleicht tanzen sie gerade.«

»Könnte sein«, meinte Riley. »Ehe ich mich ins Gewühl stürze, gehe ich nach oben und hole das Halsband, das ich auf Wunsch meiner Großmutter heute tragen soll. Sie hat mir gesagt, wo ich es finde.«

Mason küsste sie auf die Stirn. »Hol deinen Schatz, ich suche solange nach deinem Cousin.«

»Glaubst du wirklich, dass er es wagen würde, hierher zu kommen?«

»Nicht, wenn er weiß, was gut für ihn ist. Jetzt ist sein Haus durchsucht, und wenn er dort war, wurde er verhaftet, aber wenn nicht ...« Mason sah die Treppe hoch. »Vielleicht sollte ich lieber mit dir gehen.«

Riley schüttelte den Kopf. »Such du die Mädchen. Ich bin wieder hier, ehe du zehn Schritte durch die Menge geschafft hast.«

Riley lief die Treppe hoch und in das Zimmer ihrer Großmutter. Nur eine Kerze brannte an der Wand, ansonsten war der Raum dunkel. Die Schublade des Nachttischchens war geöffnet, und die Schmuckkästen lagen leer auf dem Boden.

Riley trat näher und stolperte fast über eine leere Karaffe auf dem Boden, was den Brandygestank erklärte. Dann trat zu ihrem Entsetzen ihr Cousin hinter einem Vorhang hervor; er hielt eine Pistole in der Hand und starrte Riley sichtlich geschockt an.

»Riley!«, sagte er in der verwaschenen Sprechweise eines Betrunkenen. »Du sollst doch ...«

»Tot sein? Ja, Stephen«, erwiderte sie, so freundlich sie konnte. »Aber ich muss dich enttäuschen, ich bin eindeutig am Leben – und ich habe vor, es auch zu bleiben.«

Stephen versuchte nicht einmal, seine Rolle als Auftraggeber für Nutley zu leugnen. Der Alkohol verlieh ihm offenbar Mut. »Aber ich habe McElliott gesehen ... und ich habe gehört, dass du nicht auf der Bühne warst ... und ich dachte ...«

Riley schüttelte den Kopf. »Du hast dich geirrt. Genauso wie in der Annahmne, dass dir niemand auf die Schliche kommt.« Sie warf einen Blick auf das Chaos rundum. »Ich vermute, du wolltest dich mit noch mehr Marlowe-Vermögen aus dem Staub machen.«

»Das wäre nicht nötig, wenn du nicht alles ruiniert hättest. Das ist alles nur deine Schuld!«, schrie er plötzlich und fuchtelte dramatisch mit der Pistole herum. »Du und der tugendhafte Ashlin! Er hat mir die Polizei auf den Hals gehetzt, ganz ohne Grund. Ich werde gejagt wie ein Krimineller!«

Riley war es inzwischen egal, dass er mit einer Pistole auf sie zielte. Hatte der Mann tatsächlich die Frechheit, ihr die Schuld an allem zu geben?

»Ohne Grund?«, fauchte sie. »Du hast einen Mann angeheuert, damit er mich umbringt. Nicht nur einmal, sondern zweimal. Ich meine, das macht dich tatsächlich zu einem Kriminellen.«

Stephen kniff die Augen zusammen. »McElliott – ich hätte es wissen müssen. Wahrscheinlich steckt er mit Ashlin unter einer Decke.« Er fluchte laut. »Ich hätte dich schon vor Monaten töten lassen sollen, ehe Ashlin dich zu Gesicht bekam. Mein Vater sagte immer, die Welt sei besser dran ohne die Marlowe-Huren.«

»Dein Vater? Was hat der damit zu tun?« Riley wusste

zwar durch Mason, wie die Zusammenhänge waren, aber sie wollte es von Stephen selber hören. Betrunken wie er war, würde er ihr sicher die ganze Geschichte erzählen.

»Viel.« Stephen warf sich in die Brust. Er tat ein paar Schritte und begann dann, die ganze schreckliche Wahrheit zu erzählen. »Wir waren bankrott – er hatte viel in den Kolonialkrieg investiert und dann alles bei einem ungeschickten Geschäft auf den Plantagen verloren. Wir waren bankrott, deshalb wollte er deine Mutter töten, um Titel und Vermögen der Marlowes zu erben.«

»Aber dein Vater scheiterte, genau wie du?«

Stephen kräuselte die Lippen. »Ich bin nicht gescheitert, noch nicht.« Er hob die Pistole und fuhr fort:

»Mein Vater hätte nie gedacht, dass einer wie Geoffrey Stoppard sich wehren könnte – und als er es doch tat, flohen die Straßenräuber, die eigentlich alle Insassen der Kutsche hatten töten sollen. Es war enttäuschend, dass deine Mutter noch am Leben war, aber andererseits war sie als schwangere Frau ohne Heiratspapiere ohnehin so gut wie tot.« Stephen griff in die Tasche und zog einen Packen verknitterter Papiere hervor. »Mein Vater war ein sentimentaler Narr. Er hat das hier zur Erinnerung aufgehoben, obwohl er wusste, dass deine Großmutter überall danach suchen ließ.«

Er hielt die Papiere an die Kerzenflamme. »Ich wollte sie verbrennen, sobald ich von deinem Tod hörte, aber ich kann es genauso gut auch jetzt schon tun.«

»Nein.« Riley sah ihren Familienanspruch für immer verloren.

Stephen lächelte und zog die Papiere zurück, ehe sie Feuer fingen. »Vielleicht hast du Recht. Solange sie in meinem Besitz sind, zahlst du vielleicht ordentlich dafür.

Wenn nicht heute, dann ein anderes Mal.« Er steckte sie wieder in seine Manteltasche.

Riley atmete mühsam.

Ihr Cousin schob sich zum Fenster und zog den Vorhang zurück, um Garten und Straße hinter dem Haus überblicken zu können. Sekunden später zog er den Vorhang wieder vor. »Er hat das Haus umstellen lassen.« Er wandte sich zu Riley um und zielte mit der Pistole auf sie. »Wie soll ich jetzt hier rauskommen?«

»Hast du etwa gedacht, dass Mason dich nicht kriegt?«

»Mason also, ja?« Stephen lächelte höhnisch. »Dein Tod wird den guten Mason daran erinnern, dass er ein Störenfried ist. Wenn er sich etwas aus dir macht, wird dein Tod ihn außerdem lehren, nie mehr seine Nase in anderer Leute Angelegenheiten zu stecken.«

Er durchquerte das Zimmer und ergriff Riley am Arm. Als sie sich wehrte und protestierte, legte er ihr die Mündung der Pistole an die Schläfe und sagte warnend: »Eine falsche Bewegung, Cousine, und die Diener deiner Großmutter müssen hier Schlimmeres wegmachen als die Unordnung.«

Riley blieb still stehen – bei seiner Trunkenheit und Erregung konnte es gut sein, dass er abdrückte, und je ruhiger sie sich verhielt, desto mehr Zeit konnte sie gewinnen.

Wenn sie doch Mason nur erlaubt hätte, mit nach oben zu kommen. Er hätte Stephen entwaffnen können, aber jetzt steckte er wahrscheinlich in der Menge fest und konnte sie nicht erreichen.

»Der einzige Weg nach draußen«, sagte Stephen, »ist das Hauptportal. Und du, liebste Cousine, bist mein Garantieschein für einen störungsfreien Abgang.«

Er ergriff sie am Ellbogen und drückte ihr die Waffe gegen die Rippen. Seite an Seite gingen sie die Treppe hinunter und steuerten dann auf den Haupteingang zu.

Es wurde still im Saal, und alle starrten sie an.

Riley merkte es nicht gleich, weil sie sich auf ihre Atmung konzentrierte. Sie wusste, dass Stephen sie töten würde, sobald er aus dem Haus war – dann war seine Rache an ihr und Mason komplett.

»Da ist sie!«, sagte jemand.

»Unmöglich«, wandte ein anderer ein.

»Aber sie muss es sein«, meldete sich ein Dritter zu Wort. »Sieh dir das Haar an, die Augen. Sie ist Régines Ebenbild.«

Zustimmendes Gemurmel erhob sich, und dann begann einer zu klatschen, und andere folgten, bis alle applaudierten.

Stephen blieb verwirrt stehen. »Was soll das?«

»Ich habe keine Ahnung«, erwiderte Riley wahrheitsgemäß.

Stephen zog sie weiter.

Die Menge teilte sich vor ihnen und klatschte weiter, und andere Gäste kamen aus den umliegenden Zimmern herbei.

Rechts von Riley sagte eine Frau zu ihrem Begleiter: »Das muss in dem Teil des Buches stehen, den ich noch nicht gelesen habe.«

»Nein, denn ich habe es durchgelesen und erinnere mich nicht daran«, erwiderte der Mann, als ob sie Zuschauer bei einem Bühnenstück wären.

»Vielleicht gibt es eine Fortsetzung?«

»Oh, hoffentlich!«, rief ihr Begleiter aus. »Es sieht recht aufregend aus.«

Stephens Griff um Rileys Arm wurde noch fester. »Warum klatschen die? Was soll das?«

»Ich weiß es nicht«, sagte Riley.

»Ich aber.« Mason stellte sich ihnen in den Weg.

Es wurde still im Saal, nur das Seufzen einiger Damen war zu hören.

»Aus dem Weg, Ashlin!«, warnte Stephen. »Sonst töte ich sie auf der Stelle.«

»Und dann, Cariston?«, fragte Mason. »Wo wollen Sie hin? Was wollen Sie machen? Ich sage es Ihnen: Sie werden hängen. Es ist vorbei, Mann. Lassen Sie sie gehen, dann sind sie nur ruiniert.«

Stephen schluckte zweimal. Aber was er dann sagte, gefiel Riley gar nicht.

»Wenn ich ruiniert bin, sollt ihr beide meine Schmach teilen!« Mit diesen Worten hob er die Pistole. »Meine Damen und Herren, ich möchte Ihnen meine Cousine vorstellen – Madame Fontaine.«

»Nein«, protestierte Riley. »Stephen, tu das nicht.«

»Aber Cousine, die ganze vornehme Gesellschaft soll von deiner schillernden Vergangenheit wissen. Ja, meine Herrschaften, diese junge Frau ist die berüchtigste Hure Londons – nein, Englands!«

Missbilligendes Schweigen folgte auf seine Erklärung, aber Riley hatte das seltsame Gefühl, dass der Hass Stephen entgegenschlug, nicht ihr.

Ein kräftiger Mann trat neben Mason. »So spricht man nicht über Régine«, tadelte er Stephen.

»Sie haben mich nicht verstanden«, sagte Stephen. »Das hier ist Madame Fontaine, der Bastard von Lady Marlowes Tochter.«

Gemurmel und neues Klatschen folgten seinen Worten.

»Bitte, Stephen«, flüsterte Riley, »sei still.«

Aber Stephen fuhr fort, da ihm anscheinend alle zuhörten. »Meine leichtlebige Cousine lebt mit Lord Ashlin zusammen – ohne die Segnung eines Pfarrers.«

»Wie freundlich von Ashlin, dass er sie aufgenommen hat«, erklärte eine alte Dame, die nicht weit entfernt stand. Sie lächelte Riley an, als wäre sie das glücklichste Mädchen der Welt. »Die Ashlins haben immer schon Persönlichkeit gezeigt. Zum Wohle einer Dame so ein Risiko einzugehen ...« Tränen glitzerten in ihren Augen. »Was haben Sie für ein Glück«, wandte sie sich an Riley.

»Verstehen Sie denn nicht!«, kreischte Stephen jetzt. »Sie ist eine Hure, die man schneiden muss. Ausstoßen. Was sehen Sie mich so an. Seht sie an – sie ist nur ein Stück Dreck!«

»Ich glaube, wir haben genug gehört, Cariston«, erklärte ein junger Mann, den Riley vom Everton-Ball wieder erkannte, und trat zu Mason. »Es wäre mir eine Ehre, Ihnen zu assistieren, Ashlin.«

»Ehre?«, höhnte Stephen und zielte auf Mason. »Dieser Mann hat keine Ehre. Und er wird sterben wie ein tollwütiger Hund.«

Als sie sah, dass Mason in Gefahr war, vergaß Riley ihre Ängste. Sie fuhr herum und schlug Stephen den Arm hoch, sodass der Schuss in die Decke ging und Stuck herniederregnete.

Ein Aufschrei ging durch die Menge.

»Mein Gott«, beschwerte sich der kräftige Mann neben Mason. »Die Pistole war ja geladen! Verdammt dumm, so etwas zu einem Ball mitzubringen.«

Mason drängte nach vorne und packte mit dem jungen Mann zusammen Stephens Arme.

Stephen kämpfte und wehrte sich und rief dabei: »Sie ist eine Schauspielerin, eine Hure. Sie ist es nicht wert, zu uns zu gehören.«

In dem Moment stürmte McElliott mit drei Polizisten durch die Eingangstür.

»Ich habe einen Schuss gehört, Mylord!«, erklärte er. »Ist jemand verletzt?«

»Uns geht es gut«, beruhigte ihn Mason. Er übergab Stephen den Polizisten. Stephen wehrte sich, und Schmuckstücke fielen ihm aus der Tasche.

»Sieht so aus, als käme auch noch Raub zu der Anklage«, bemerkte McElliott. »Kommen Sie, Mylord. In unseren Kolonien wird es Ihnen gefallen.«

»Moment!«, rief Riley und wandte sich an Mason. »Er hat den Beweis in der Tasche, dass meine Eltern verheiratet waren.«

Eine rasche Durchsuchung förderte den Beweis zutage, der Riley übergeben wurde.

»Das gehört mir«, widersprach Stephen. »Es gehört alles mir«, rief er immer wieder, während er abgeführt wurde.

Mason nahm Riley in die Arme und küsste sie. Erneut brandete Beifall auf. Dann drängte die Menge vor und gratulierte.

»Warum nennen mich alle Régine?«, fragte Riley Mason, der sie erneut umarmte.

»Ich denke, ich sollte es dir erklären«, begann Mason. »Vielleicht hätte ich dich erst fragen sollen.«

»Was fragen?«

Ehe Mason antworten konnte, trat ein junges Mädchen vor, das wohl seine erste Saison erlebte, und zog ein schmales Buch aus ihrem Täschchen. »Lord Ashlin, Lady

Fontaine, darf ich so kühn sein und Sie bitten, mein Exemplar zu unterschreiben?«

Riley sah auf den Titel des Buches hinunter.

Die geheimen Tagebücher der Régine, Madame Fontaine.

»Was zum . . .«, begann Riley mit der Vorahnung, dass sie das eigentlich gar nicht wissen wollte.

»Es war deine Idee.« Mason grinste sie an. »Du hast mir gesagt, dass ich deine Lebensgeschichte aufschreiben soll – also habe ich es getan.«

EPILOG

Riley riss Mason das Buch aus der Hand, als ihre Kutsche vom Haus ihrer Großmutter davonrollte. »Ich kann nicht glauben, dass du das getan hast«, sagte sie.

»Ich hoffe, es macht dir nichts aus«, sagte Mason. »Eigentlich solltest du dich sogar geehrt fühlen. Das Buch hat schon die dritte Auflage, und die vierte ist bereits vorbestellt.«

»So viele?« Riley verschlug es den Atem.

Mason nickte. »Da Freddie viel in eine Druckerei investiert hat, habe ich mit dem Buch ein kleines Vermögen verdient.«

»Ein Vermögen?« Das gefiel Riley.

»Ja. Genug, um die drängendsten Schulden zu bezahlen. Mrs Pindar war ziemlich verstimmt, als ich kam, um ihre Schuldscheine auszulösen.« Er schwieg einen Moment. »Weißt du, ich konnte einfach nicht als armer Schlucker zu dir kommen. Du hast so hart gearbeitet, und ich habe gemerkt, dass ich schlimmere Gewohnheiten hatte als Freddie oder mein Vater. Ich musste einfach so handeln wie meine fleißigen Ahnen und mich mehr den praktischen Dingen zuwenden, um Geld zu verdienen.«

»Du dummer, stolzer Kerl. Es war mir vollkommen egal, ob du ein Earl oder ein Bettler bist, ich will doch nur mein Leben mit dir verbringen.«

»Ich weiß, aber ich musste es schaffen, meinen eigenen

Weg finden. Man kann sagen, dass du mich so beschämt hast, dass ich ein ehrenhafter Mann geworden bin.«

»Indem du mich Régine getauft und die übertriebene Version meiner Lebensgeschichte verkauft hast.« Riley lachte. »Ich wünschte nur, es wäre mir zuerst eingefallen.«

»Aber das ist es. Du hast mir doch den Vorschlag gemacht, als du mich verlassen hast.«

Riley ergriff seine Hand und hielt sie fest. »Es ist mir egal, wie du es geschafft hast. Hauptsache, wir können ...« Anstand war ihr jetzt egal. »... wir können immer zusammen sein.«

»Genau, was ich will«, erklärte Mason und zog sie in seine Arme. »Ich wollte nichts anderes, seit ich dich zum ersten Mal gesehen habe. Und jetzt habe ich auch die Mittel, um mich zu erklären.«

In der engen Kutsche fiel er auf die Knie. »Riley Fontaine, ich liebe dich von ganzem Herzen. Willst du meine Frau werden?«

»Ja«, flüsterte Riley, fast ängstlich, den zauberhaften Moment zu vertreiben, wenn sie lauter spräche.

Mason küsste sie auf den Mund und besiegelte das Abkommen, diesmal nicht mit einem Handschlag.

»Mason, ich war nie hinter Geld, einem Titel oder hinter Ansehen her – ich wollte immer nur dich«, sagte Riley dann.

»Das weiß ich. Deshalb wollte ich nicht nur mit Löchern in den Taschen zu dir kommen.«

Riley schüttelte den Kopf. Was interessierten sie die Gründe für sein Zögern? Jetzt hatte er ihr endlich seine Liebe erklärt.

Aber ein Problem blieb noch – der Grund für ihre hastige Rückkehr nach Ashlin House.

»Was meinst du, was mit den Mädchen passiert ist?«, fragte Riley.

»Und Cousine Felicity«, setzte Mason hinzu. »Sie hat mir heute Morgen erzählt, dass Lord Chilton seine Kutsche um halb neun schicken wollte. Wenn man bedenkt, wie Cousine Felicity mir zugesetzt hat, dass die Mädchen eingeführt werden, sollte man meinen, dass sie zu ihrem Einführungsball auch erscheinen.«

Die Kutsche erreichte ihr Ziel, und Riley sah, dass alle Fenster im Haus erleuchtet waren.

Mason raste die Treppe hoch, Riley dicht auf den Fersen.

In der Halle saß ein betrübter Belton auf einem Stuhl, das Gesicht in den Händen vergraben. »In all den Jahren«, murmelte er vor sich hin, »habe ich noch nie eine solche Schande erlebt!«

»Was ist los, Mann! Was ist passiert?«, fragte Mason den Butler.

Belton nickte in Richtung eines Silbertabletts, das auf dem Tisch stand. Darauf lagen drei versiegelte Umschläge. »Ich weiß nicht, wie das passieren konnte, aber das ist alles, was ich von ihnen finden konnte.«

Riley und Mason sahen einander beunruhigt an, ehe Mason die erste Nachricht öffnete. Auf dem Wachs leuchtete ihm das vertraute Wappen der Delanders entgegen.

»Sie ist von Del«, verkündete Mason und faltete das Blatt auseinander. »Ich kann mir nicht vorstellen …« Mason unterbrach sich. »Das glaube ich nicht!«

»Was?« Riley stellte sich auf die Zehenspitzen und las den Brief.

Ashlin,

tut mir leid, dass ich es Dir so beibringen muss, aber ich habe keine andere Wahl als diese Nachricht. Es ist feige, aber das Beste, was ich im Moment bieten kann. Versprich mir, dass du mich nicht forderst, denn ich hasse frühes Aufstehen und bleibe lieber mit meiner Frau im Bett als dir auf einem nassen Rasen gegenüberzustehen. Ja, mein Freund, meine Frau. Meine baldige Frau, denn ich habe deine Nichte Beatrice entführt. Wir sind in Schottland, um Mutters Geschrei zu umgehen. Weiß nicht, warum ich nicht früher daran gedacht habe. Bea ist ein gescheites Mädchen, das gut Piquet spielen kann, sodass letztlich auch Mutter glücklich sein wird. Vor allem aber liebe ich sie. Wohl schon seit Jahren. Hätte das eher machen sollen, aber ich gehöre wohl zu denen, die eine lange Leitung haben.

Die Nachricht war nur mit dem Wort *Del* unterschrieben.

Riley und Mason sahen einander sprachlos an.

»Hast *du* davon gewusst?«, fragte Mason dann.

Riley schüttelte den Kopf. »Ich wusste, dass Bea in den Viscount verliebt ist, aber *damit* hätte ich nie gerechnet.«

Erst Louisa und ihr Adeliger, jetzt Bea und Del.

»Oh, da ist noch mehr, Mylord«, sagte Belton unglücklich.

Mason nahm die zweite Nachricht zur Hand.

Riley betrachtete das Siegel. »Von wem ist das?«

»Captain Hardy«, erklärte Mason und öffnete die Nachricht. »Aber warum er ...«

Diesmal wartete Riley nicht, dass Mason zu Ende sprach, sondern las gleich mit.

Ashlin,

Sie kennen mich als praktischen, seriösen Mann, aber das war, ehe ich mich in Ihre Nichte Margaret verliebt habe. Liebe kann einen Mann zu Dingen treiben, die er nie für möglich gehalten hätte, und so ertappe ich mich dabei, diese Nachricht für Sie zu schreiben, um Ihnen zu sagen, dass ich Ihre Nichte nach Schottland gebracht habe, um zu heiraten. Ich hätte ja formvollendet um ihre Hand angehalten, aber mein Schiff geht Ende der Woche, sodass ich mich beeilen muss, denn Maggie begleitet mich auf meine Fahrt auf der India. Wir wünschen uns das beide. Ich versichere Ihnen, dass ich Ihre Nichte bis ans Ende lieben und ehren und respektieren werde,

Captain Hardy

»Das glaube ich nicht!« Mason war perplex. »Ich meine, ich zweifele nicht daran und habe auch nichts dagegen, dass sie Hardy heiratet, aber wann hat sie ihn denn kennen gelernt?«

Riley zuckte die Achseln. Beide überlegten die Möglichkeiten, bis Riley etwas einfiel.

»Himmel«, rief sie aus, »der Everton-Ball! Sie haben sich draußen auf der Treppe getroffen. Ich dachte, die Uniform des Mannes wäre nur ein Kostüm, dabei ist er wirklich in der Marine!«

»Ich möchte wetten, dass Del dabei seine Hand im Spiel hatte«, ergänzte Mason. »Die beiden waren schon in der Schule die besten Freunde.«

Riley begann zu kichern.

»Was ist so komisch?«, fragte Mason.

»Nun, wenn das Schiff des Captains je Probleme hat, können sie Maggie zu den Gegnern schicken. Sie kann mit ihrer Tollpatschigkeit eine ganze Flotte versenken.«

Mason lachte und sah erneut auf den Brief herunter. »Ich kann ihm und Del nicht böse sein. Wenn sie die Frau gefunden haben, die sie lieben, kann ich verstehen, dass sie keinen Tag länger warten wollen, um mit ihr zusammen zu sein.«

Riley schmiegte den Kopf an seine Brust und lächelte ihn an.

»Da ist noch ein Brief, Mylord«, meldete sich Belton.

»Gut«, sagte Mason. »Vielleicht von Northard, der sich entschuldigt.«

Aber die Nachricht, so sahen sie bald, war nicht von Louisas Beau, sondern von Lord Chilton.

»Was zum Teufel kann der wollen?« Mason erbrach das Siegel.

Ashlin,

ich habe erfahren, dass Ihre Cousine, meine liebe Felicity, in großer Gefahr ist. Deshalb habe ich zu drastischen Mitteln gegriffen, um für ihre zukünftige Sicherheit zu sorgen und sie vor diesem Glücksjäger Pettibone zu schützen. Wie Sie wissen, sind Felicity und ich seit einiger Zeit verlobt, was in ein paar Jahren zu einer Ehe führen sollte. Ich habe meine Pläne geändert und bringe Ihre Cousine heute nach Gretna Green, um sie zu heiraten. Ich würde es nicht so übereilen, wenn ich es nicht für dringend nötig hielte, und ich hoffe, dass Sie mich verste-

hen. Felicitys Glück und Vermögen müssen gesichert sein, und ich weiß, dass ich der beste Mann dafür bin.

Chilton

Mason fiel das Blatt aus der Hand, und es flatterte zu Boden. Verblüfft schaute er Riley an.

»Er hat sie weggebracht? Lord Chilton?« Riley begann erneut zu kichern. »Weil er Angst hatte, Aggie würde mit ihrem Geld durchgehen? Oh, was wird er sagen, wenn er entdeckt, dass Cousine Felicity gar kein Geld hat?«

»Ich habe keine Ahnung. Aber besser so, als dass Chilton herausfindet, dass sie weggelaufen ist und Mr Pettibone geheiratet hat«, erklärte Mason.

»Besser als du denkst«, murmelte Riley leise.

Aber Belton war es, der sie beide überraschte. »Wie kommen Sie darauf, Mylord, dass Lady Felicity mittellos wäre?«

»Nun, natürlich hat sie kein Geld, Belton. Sie lebt bei uns, solange ich denken kann.«

»Aber nur, weil sie nicht alleine in ihrem Haus leben wollte.«

»Ihr Haus?«, fragte Mason.

»Ja, Sir«, erwiderte Belton. »Das, was sie von ihrem Mann geerbt hat.«

»Cousine Felicity war verheiratet?«, fragten Riley und Mason im Chor.

Belton sah sie an. »Ja, sicher – mit Lord Blanden, dem Cousin Ihrer Mutter. Bei seinem Tod hat er Lord Chilton als Treuhänder für ihr Vermögen eingesetzt, weil er Ihrem Vater nicht traute. Ich bezweifle aber, dass Lady

Felicity weiß, wie reich sie ist – was angesichts ihrer … großzügigen Art vielleicht auch besser ist.« Belton betrachtete Mason schweigend. »Ich dachte, Sie wüssten das.«

Mason schüttelte den Kopf. »Nein. All die Jahre, und Cousine Felicity hat lieber mit uns in Armut gelebt.«

»Dies ist ihr Zuhause, Mylord«, erklärte Belton. »Ich wäre nicht überrascht, wenn sie Lord Chilton zu überreden versuchte, hier einzuziehen.«

»Es ist ja nicht so, dass wir jetzt keinen Platz hätten«, lachte Mason und setzte sich auf die Treppe. »Nun, ich werde wohl ein zweites Buch schreiben müssen – und Cousine Felicity kann mir das Geld für ihre Kleiderrechnunen wiedergeben.«

Riley lachte und fragte dann: »Worüber soll denn das zweite Buch sein?«

»Wieder ein Bestseller. *Die ungekürzten Tagebücher Freddie St. Clairs.*«

»Freddie hat Tagebuch geführt?«

Mason nickte. »Ich habe sie gefunden, als ich nach Schreibpapier gesucht habe. Wahrscheinlich verkauft es sich besser als die Fortsetzung zu deinem, die ich bereits skizziert habe.«

Riley setzte sich neben ihn. Das war zu viel auf einmal. Nach einiger Zeit fragte sie. »Was passiert bei mir als Nächstes?«

Mason grinste sie an. »Vielleicht solltest du es lesen.«

»Mir wäre lieber, du würdest es mir sagen.«

Mason stand auf und zog sie in seine Arme. »Belton, meine Kutsche.«

»Ja, Mylord«, sagte der Butler. »Mit welchem Ziel?«

»Gretna Green«, sagte Mason und sah Riley voller Liebe an. »Ich muss einen Skandal komplett machen.«

Roland de Gallienne ist der tapferste Ritter von König Henry II von England. Als er sich – müde vom Krieg gegen Frankreich – in das Kloster Châteauroux zurückzieht, trifft er dort Hope, die magische Heilkräfte haben soll.
Hope, die vom gierigen Abt des Klosters gefangen gehalten und erpresst wird, hat sich geschworen, Roland de Gallienne, der ihrem Volk, den Franzosen, so viel Unheil gebracht hat, umzubringen. In ihren Augen ist er ein Mörder. Sie hat mit allem gerechnet, nur nicht damit, dass der Hass, den sie für ihn empfindet, sich ganz plötzlich in etwas völlig anderes verwandeln könnte ...

3–404–18285-5

Tykota Silverhorn ist von Geburt an dazu bestimmt, Häuptling zu werden. Zu seinem eigenen Schutz wuchs er bei den Weißen auf. Nun kehrt er zu seinem Stamm zurück. Aber Tys Feinde warten auf ihn und greifen seine Postkutsche an.
Nur mit Mühe kann er sich und eine seiner Mitreisenden retten: die temperamentvolle Makinna Hillyard, der er helfen muss, in der Wildnis zu überleben. Sie haben nichts gemein, doch auf der gefährlichen Flucht entwickeln sie plötzlich Gefühle füreinander, die sie nie für möglich gehalten hätten …

3–404–18284-7

BASTEI LÜBBE

Sie ist die Tochter eines reichen und mächtigen Ranchers – er der Sohn eines ständig betrunkenen Taugenichts. Als der elfjährige Luke Shardlow die achtjährige Charity Barnham vor dem Ertrinken rettet, verspricht sie ihm zur Belohnung die Erfüllung eines Wunsches.
Fünfzehn Jahre später begegnen sie sich erneut. Charity ist mit dem Sohn eines reichen Farmers verlobt, den ihr Vater für sie ausgesucht hat. Doch das Wiedersehen mit Luke ändert alles. Die gesellschaftlichen Unterschiede sind Charity plötzlich egal, und sie beginnt, sich gegen den Wunsch ihres Vaters aufzulehnen …

ISBN 3-404-18283-9

BASTEI LÜBBE